andree 3 X
Rose Lue

MALVEILLANCE

Danielle Steel

MALVEILLANCE

Roman

PRESSES
DE LA CITÉ

Laurédit.inc.

Titre original : *Malice*
Traduit par Vassoula Galangau

© Danielle Steel, 1996
© Presses de la Cité, 1996, pour l'édition française
ISBN 2-258-04109-0

A mes enfants merveilleux,
remarquables et pleins d'affection,
Beatrix, Trevor, Todd,
Nick, Samantha, Victoria,
Vanessa, Maxx et Zara,
qui ont donné un sens à ma vie.
A vous, que je porte à jamais
dans mon cœur,
avec toute ma gratitude et ma tendresse,
et avec mes excuses
pour la peine que je vous ai faite, parfois,
à cause de cette chose néfaste
qu'on appelle « renommée ».

Je vous aime tant !

D.S

1

Le son de l'orgue montait vers le ciel bleu de Wedgwood. En cette douce matinée d'été, les oiseaux gazouillaient sur les branches. Quelque part dans le lointain, une voix d'enfant appela un petit copain. A l'intérieur du temple, les paroissiens entonnaient à l'unisson les hymnes que Grace connaissait depuis sa plus tendre enfance. Mais aujourd'hui, elle ne pouvait pas chanter. Ni bouger. Elle ne pouvait que regarder fixement le cercueil de sa mère.

Tout le monde considérait Ellen Adams comme une bonne épouse, une excellente mère, un membre estimé de la communauté. Avant la naissance de Grace, elle avait été enseignante. Elle souhaitait d'autres enfants mais son vœu n'avait pas été exaucé. De santé fragile, elle avait été atteinte d'un cancer de l'utérus à trente-huit ans. Elle avait subi une hystérectomie, une chimiothérapie et des séances de rayons. Malheureusement, les traitements avaient été inutiles. Le mal avait déjà touché d'autres parties de son corps : les poumons, le système lymphatique et les os. Elle avait désespérément lutté pendant quatre ans et demi. Et, à quarante-deux ans, elle avait perdu l'ultime bataille.

Grace avait soigné sa mère pratiquement toute seule, mis à part les deux derniers mois, au cours desquels son père avait embauché deux infirmières. Mais Grace continuait à s'occuper de la malade, après l'école. C'était elle qui, chaque nuit, accourait à son chevet, alertée par ses cris de douleur, elle qui l'aidait à se retourner dans le lit, elle encore qui l'accompagnait à la salle de bains ou lui administrait ses médicaments. Les infirmières s'en allaient en fin d'après-midi, car le père de Grace ne souhaitait aucune présence étrangère la nuit. Sans doute avait-il du mal à accepter la gravité de la maladie de sa chère épouse — c'était ce que disaient ses amis. A présent, debout à côté de sa fille, il pleurait sans retenue.

John Adams était bel homme. A quarante-six ans, il était considéré comme le meilleur avocat de la région. Diplômé de la faculté de droit de l'Illinois, il avait servi le drapeau américain pendant la Seconde Guerre mondiale avant de revenir s'installer à Watseka, sa ville natale, située à environ soixante-dix kilomètres au sud de Chicago. Une petite ville peuplée de braves gens dont il écoutait les doléances à longueur de journée. Défenseur hors pair, il obtenait presque toujours gain de cause, qu'il s'agisse de divorces, de litiges ou d'autres préjudices. Quand c'était possible, il s'efforçait d'apporter la paix au sein des familles déchirées. Son honnêteté absolue, son sens de la justice, son aptitude à mener à bien ses missions — procès contre l'Etat, testaments, adoptions — lui avaient acquis l'estime générale. Tout comme le médecin généraliste, autre figure éminemment populaire — et l'un de ses amis les plus proches —, John Adams avait conquis à jamais le cœur des habitants de Watseka.

Il en avait toujours été ainsi. De tout temps, on l'avait adoré : petit garçon, quand il était le meilleur joueur de football de son école, puis adolescent, lorsque ses parents avaient trouvé la mort dans un tragique accident de la route. Ses grands-parents étant décédés depuis longtemps, tous les voisins s'étaient offerts pour l'héberger jusqu'à la fin de ses études secondaires. Il s'était finalement partagé entre deux familles qui l'adulaient.

10

Il connaissait pratiquement tous les habitants de la ville. Les veuves et les divorcées s'étaient mobilisées pour le consoler dès qu'elles avaient appris qu'Ellen était gravement malade. Mais il n'avait encouragé aucune avance. Il se contentait de saluer aimablement ses admiratrices et de leur demander des nouvelles de leurs enfants. Jamais il n'avait eu un regard équivoque. Cette attitude digne et réservée l'avait valorisé un peu plus encore aux yeux de ses concitoyens.

— Et Dieu sait s'il aurait le droit de s'amuser un peu, alors que sa femme est alitée depuis des années ! soupiraient ses amis. Mais John reste si fidèle, si honnête.

Honnête. Loyal. Et brillant... Au fil du temps, sa clientèle n'avait cessé d'augmenter. Frank Wills, son associé, faisait semblant de s'en étonner. On lui préférait toujours John. C'était devenu un sujet de plaisanterie entre eux.

— Je n'y crois pas. Il doit faire leur marché gratuitement ! soupirait Frank, l'air faussement indigné.

Excellent juriste lui aussi, il s'occupait, par la force des choses, de l'élaboration des contrats, qu'il passait au peigne fin avant de les remettre à John Adams. Et ce dernier était invariablement couvert de lauriers. Sa renommée avait dépassé le cadre étroit de Watseka. Le standard téléphonique de leur cabinet croulait sous les appels en provenance d'autres villes. Petit et effacé, Frank n'en prenait pas ombrage. Leur cabinet prospérait ; les deux hommes, qui s'étaient connus à l'université, se complétaient merveilleusement. Et maintenant, assis trois rangs derrière son associé et sa fille, Frank les observait avec compassion.

John s'en sortirait, il le savait. Et, dans un an ou deux, malgré ses farouches dénégations, il serait remarié, Frank en aurait mis sa main au feu. Grace, en revanche, aurait certainement beaucoup plus de mal à refaire surface. Elle paraissait anéantie, regardant sans les voir les gerbes de fleurs posées devant l'autel. C'était une jolie fille. Du moins elle pourrait l'être si elle s'en donnait la peine. A dix-sept ans, elle était mince, élancée, elle avait les jambes longues et fines, et sa taille de guêpe faisait ressortir le galbe parfait de sa poitrine. Autant d'attraits qu'elle s'acharnait à cacher sous des vêtements informes — sweaters et chemises amples — trouvés à l'Armée du Salut. Pourtant, John Adams aurait eu les moyens d'offrir à sa fille une garde-robe correcte si elle le lui avait demandé. Mais, contrairement aux autres jeunes filles de son âge, Grace n'accordait aucun intérêt aux vêtements, pas plus qu'aux garçons, d'ailleurs. Au lieu de se mettre en valeur, elle s'ingéniait à s'enlaidir. Aucun maquillage ne rehaussait jamais l'éclat naturel de son teint. La plupart du temps, son épaisse chevelure auburn pendait tristement dans son dos. Des mèches rebelles tombaient sur ses yeux couleur de bleuet. Elle ne vous regardait pas en face, n'engageait jamais la conversation. Il fallait l'observer attentivement pour s'apercevoir de sa beauté, sinon elle passait totalement inaperçue. Et c'était apparemment ce qu'elle souhaitait. Aujourd'hui, elle portait une robe noire ayant appartenu à sa mère, qui lui donnait un air vieillot, impression accentuée par sa pâleur de cire et son catogan austère.

— Pauvre gosse, murmura la secrétaire de Frank, tandis que Grace et son père avançaient dans l'allée centrale derrière le cercueil. Pauvre John, pauvre Ellen, pauvres gens...

Les avis se rejoignaient concernant Grace. C'était une enfant excessivement timide et très renfermée. Quelques années plus tôt, une rumeur avait couru selon laquelle elle aurait été un peu attardée. Elle s'était révélée totalement fausse. Son carnet de notes le prouvait. Ses professeurs la considéraient comme l'une de leurs élèves les plus douées. Dommage qu'elle fût si repliée sur elle-même et si solitaire. Elle n'adressait pas la parole à ses camarades, ne riait jamais ou presque, et quand cela lui arrivait, elle s'éloignait en courant. C'était d'autant plus inexplicable que ses parents, eux, étaient parfaitement à l'aise en société. Mais pas Grace. Peut-être à cause des crises d'asthme qui l'avaient tant de fois obligée à quitter précipitamment l'école pour rentrer à la maison.

A présent, Grace et son père étaient debout devant le temple, dans le soleil de midi. Des amis leur serraient la main, les embrassaient, murmuraient des paroles réconfortantes. John les remerciait. Sa fille, elle, restait muette, les yeux secs, le visage glacé, comme absente. Dans sa robe noire, beaucoup trop grande pour elle, elle faisait peine à voir.

Sur le chemin du cimetière, son père lui reprocha sa tenue. Même ses chaussures étaient démodées. Elle portait des escarpins noirs à talons usés, qui avaient autrefois appartenu à Ellen. Comme si cela pouvait la rapprocher de sa mère...

— Pourquoi n'as-tu pas mis quelque chose de plus convenable ? grommela-t-il d'un ton irrité, tandis qu'ils roulaient vers le cimetière St. Mary, suivis par une longue procession de voitures.

Il y allait de sa réputation. Un homme de sa position ne pouvait se permettre de laisser sa fille unique apparaître en public fagotée comme une miséreuse.

— Maman ne voulait pas que je porte du noir. Mais j'ai... j'ai pensé que cela s'imposait aujourd'hui, balbutiat-elle, misérablement tassée dans un coin de l'immense limousine mise à leur disposition par les pompes funèbres.

Deux mois plus tôt, des élèves de terminale avaient loué la même Cadillac à l'occasion du bal de promotion où Grace s'était distinguée par son absence. La longue agonie de sa mère lui avait ôté toute envie de s'amuser, et de toute façon elle n'avait pas de cavalier. Elle avait même hésité à assister à la remise des diplômes. Finalement elle s'y était rendue et, au retour, elle s'était empressée de montrer son diplôme à Ellen. L'université de l'Illinois avait accepté sa candidature, mais elle avait repoussé son inscription d'une année pour continuer à s'occuper de la malade. En fait, c'était une idée de son père. Selon lui, Ellen préférait de loin les douces mains de Grace à celles des infirmières. Grace s'était inclinée sans un mot de protestation. Il aurait été inutile de le contrarier. Il arrivait toujours à ses fins. Au bureau comme à la maison, il avait l'habitude d'être obéi au doigt et à l'œil. Et cela ne changerait pas de si tôt. Peut-être même jamais... Grace l'avait très bien compris. Tout comme Ellen, d'ailleurs.

— Tout est prêt à la maison ? demanda-t-il en la regardant.

Elle acquiesça. Son extrême timidité ne l'avait pas empêchée d'endosser le rôle de la parfaite petite ménagère dès l'âge de treize ans. Elle aurait tout fait pour soulager sa mère.

Elle avait tout préparé avec soin. Assiettes, verres et couverts étaient disposés sur le buffet. Des plats recouverts de papier aluminium attendaient dans le réfrigérateur. La veille au soir, elle avait fait cuire une dinde et un rosbif. Les voisins s'étaient chargés du reste. A elle seule, Mme Johnson avait apporté un jambon, des saucisses, une jardinière de légumes, des crudités, sans parler des pâtisseries. Il y en aurait pour tout le monde... Ils allaient recevoir une bonne centaine d'invités, peut-être davantage. Toutes les relations, tous les amis de John Adams viendraient l'assurer de leur sympathie.

Ils avaient tous fait preuve d'une grande sollicitude. Le nombre incroyable de gerbes et de couronnes en témoignait. Les employés des pompes funèbres n'en avaient jamais vu autant.

— Ce sont des obsèques royales, avait déclaré le vieux M. Peabody en remettant à John le livre de condoléances plein de signatures.

— C'était une femme exceptionnelle, avait-il tranquillement répondu.

Il jeta un coup d'œil de biais à sa fille. Les frusques qu'il détestait ne parvenaient pas à dissimuler sa beauté rayonnante. Pourquoi s'acharnait-elle à s'enlaidir ? Bah ! Il l'acceptait comme elle était. Elle avait de bons côtés. Oui. Un tas de bons côtés. Durant l'interminable calvaire d'Ellen, elle avait été formidable. Cela allait leur faire tout drôle de se retrouver tout seuls. Mais, d'une certaine manière, ça valait mieux. Ellen souffrait tellement, surtout vers la fin...

— La mort de maman va laisser un grand vide, dit-il à mi-voix. Toutefois... (il chercha les termes adéquats, soucieux de ne pas la choquer)... notre vie sera plus simple dorénavant. Après tout ce qu'elle a enduré, la pauvre chérie !

Grace ne répondit rien. Elle savait mieux que personne — mieux que son père en tout cas — combien sa mère avait souffert.

Au cimetière, la cérémonie fut brève. Le pasteur prononça un éloge funèbre émouvant devant la tombe, avant de lire des passages des Psaumes. Ensuite, la procession de voitures repartit en sens inverse, vers la maison des Adams.

Cent cinquante personnes prirent d'assaut le pimpant pavillon tout blanc aux volets vert sombre, ceint par une clôture en bois. Sur le devant, il y avait des parterres de marguerites jaunes et blanches. A l'arrière, sous la fenêtre de la cuisine, les roses qu'Ellen aimait tant embaumaient. Le brouhaha des voix évoquait davantage un cocktail qu'un repas d'enterrement. Frank Wills tint conseil dans le salon tandis que John, très entouré, bavardait dans le jardin sous le chaud soleil de juillet. Grace servit du thé glacé et de la limonade, son père déboucha plusieurs bouteilles de vin. Il restait encore des tonnes de nourriture quand les dernières personnes prirent congé, vers seize heures.

— Nous en avons de bons amis, murmura le père de Grace, avec un sourire plein de fierté, alors qu'elle entassait sur un plateau les assiettes sales.

Il se savait respecté. Aimé. Admiré. Et ce n'était que justice. Il avait rendu service à la plupart des habitants de Watseka et ceux-ci étaient venus pour les soutenir moralement, lui et sa fille, lors de cette épreuve douloureuse. En suivant du regard Grace qui s'activait dans le salon, il réalisa qu'ils étaient seuls au monde. Ellen les avait quittés, les infirmières étaient parties, il ne restait plus qu'eux deux. Mais John Adams n'était pas du genre à s'apitoyer sur son sort.

— Bon, je vais ramasser les verres dans le jardin.

Il réapparut une demi-heure plus tard, avec un plateau chargé de piles de verres et d'assiettes, sa veste sur le bras, le nœud de sa cravate desserré. Si elle avait été plus sensible au charme masculin, Grace aurait noté celui de son père. D'autres n'avaient pas manqué de le remarquer. Il avait perdu du poids ces derniers temps, ce qui était compréhensible, et paraissait aussi mince et musclé qu'un jeune homme. Dans le contre-jour éblouissant, il était difficile de distinguer la véritable nuance de ses cheveux : gris ou blond cendré ? En fait, il s'agissait d'un mélange des deux. Et ses yeux étaient du même bleu que ceux de sa fille.

— Tu dois être épuisée, ma chérie.

Elle continua à mettre les assiettes dans le lave-vaisselle en haussant les épaules. Une boule lui serrait la gorge. Elle ravala ses larmes. Ç'avait été une journée horrible, précédée par quatre années horribles. Parfois, elle avait envie de disparaître, de se volatiliser dans les airs sans laisser de traces. Mais cela n'était pas possible, elle le savait. Il y avait toujours un nouveau jour, une nouvelle semaine, un nouveau devoir à accomplir. Oh ! elle aurait mille fois préféré être enterrée aujourd'hui, à la place de sa mère.

— Puis-je t'aider ?

16

— Non, merci, ça ira. Voudras-tu dîner tout à l'heure ?

— Je serais incapable d'avaler quoi que ce soit. Ecoute, Grace, tu as eu une journée épouvantable. Laisse tomber tout ça. Essaie de te détendre.

Elle hocha la tête, puis se remit à la tâche. Il la laissa et, une heure plus tard, elle avait fini de ranger. Les restes étaient dans le réfrigérateur, le lave-vaisselle tournait, la cuisine rutilait. Elle inspecta pour la énième fois la salle de séjour, le chiffon à la main, à la recherche d'un hypothétique grain de poussière. C'était une façon comme une autre de ne pas penser à ce qui s'était déroulé aujourd'hui.

Pour atteindre sa chambre, elle devait passer devant celle de son père. A travers la porte close, elle crut l'entendre parler au téléphone. « Pourvu qu'il sorte ce soir », pensa-t-elle en refermant sa propre porte... Elle s'affala en travers du lit, tout habillée. Elle avait la bouche sèche, les membres engourdis, un poids énorme sur le cœur. Des larmes jaillirent enfin au coin de ses paupières, puis tracèrent des sillons sur ses tempes.

— Oh, maman, pourquoi ? pourquoi m'as-tu quittée ?

La mort était la trahison finale, l'ultime abandon. Qu'allait-elle faire maintenant ? Qui allait lui venir en aide ? Comment allait-elle vivre en attendant la rentrée universitaire de septembre ?... Si son inscription était toujours valable... et si son père consentait à la laisser partir... Mais elle n'avait plus aucune raison de rester auprès de lui. Non, plus aucune. Elle souhaitait de toutes ses forces quitter une fois pour toutes cette maison où elle avait été si malheureuse, pendant si longtemps.

La porte voisine grinça. Les pas de son père résonnèrent dans le couloir, puis dans le vestibule. Il appela Grace, qui garda le silence. Elle était trop lasse, trop épuisée, trop triste pour répondre. Il finit par regagner sa chambre. Alors seulement, elle se leva pour se diriger vers sa salle de bains personnelle. C'était son seul luxe, cette salle de bains minuscule, que sa mère l'avait autorisée à peindre en fuchsia. Elle jouxtait la troisième chambre à coucher, celle que ses parents destinaient au fils qu'ils n'avaient jamais eu, et que sa mère avait transformée en buanderie.

Grace ouvrit les robinets en grand. Pendant que l'eau chaude remplissait la baignoire, elle alla fermer sa porte à clé. Ensuite, elle retira la robe noire et terne, qui tomba silencieusement sur le plancher, se débarrassa de ses chaussures éculées, de ses sous-vêtements. Enfin, elle se laissa glisser dans l'eau moussante où elle resta allongée, les yeux fermés. Elle était totalement inconsciente de sa beauté, de ses longues jambes fuselées et de la courbe douce de ses seins. Elle ne voyait rien de tout cela, aujourd'hui encore moins que les autres jours. On eût dit que sa tête était remplie de sable. Aucune image ne se formait dans son esprit. Elle n'avait personne à qui s'accrocher, personne à qui parler, aucun projet, aucun rêve, rien. Rien que le vide. La seule chose qu'elle désirait était de rester immobile, détachée de l'affreuse réalité.

Des coups répétés firent vibrer la porte. Elle devait être là depuis longtemps car l'eau du bain était presque froide.

— Que fais-tu, Gracie ? Tu vas bien ?

— Oui, ça va, répondit-elle, émergeant de sa torpeur.

Le soir était tombé mais elle n'avait allumé aucune lumière.

— Allez, viens. Ne reste pas toute seule.

— J'arrive, dit-elle à regret, la voix morne.

Après s'être séchée, elle passa un jean et un tricot de corps. Malgré la chaleur, elle enfila un sweater informe. Ce ne fut qu'ensuite qu'elle déverrouilla la porte. Cinq minutes plus tard, elle était dans la cuisine en train de vider le lave-vaisselle. Debout devant la fenêtre, son père contemplait les roses favorites d'Ellen. Il avait accueilli Grace avec un sourire.

— Allons nous asseoir dans le jardin. Il fait si beau ce soir... Tu finiras de ranger tout à l'heure.

— Non, autant que ce soit fini.

Il décapsula une bouteille de bière avec un haussement d'épaules et sortit sur le perron d'où il suivit la trajectoire lumineuse des lucioles. Dans le firmament, des millions d'étoiles scintillaient, mais Grace n'avait nulle envie de les regarder. Malgré elle, les souvenirs la submergeaient : la façon dont sa mère était morte, ses poignantes supplications dont l'écho résonnait encore à ses oreilles : « Sois gentille avec papa, Gracie. Occupe-toi de lui. » Le bonheur de John. C'était tout ce qui importait à Ellen. Depuis toujours.

Plus tard, de nouveau seule dans sa chambre, Grace s'allongea sur le lit, après avoir éteint les lumières. Elle ne s'habituait pas au silence. A chaque instant, elle s'attendait à entendre la voix de sa mère, ses plaintes, ses gémissements. Mais rien ne se produisit. Ellen Adams ne souffrait plus. Elle reposait en paix. Et il ne restait plus que ce silence pesant.

Il était 22 heures lorsqu'elle se dévêtit, laissant tomber ses habits sur le tapis. En chemise de nuit, elle donna un tour de clé à la porte avant de se recoucher. Il n'y avait plus rien à faire. Les travaux ménagers étaient terminés. Elle avait failli s'installer devant la télévision, puis s'était ravisée. Elle voulait dormir, dormir pour oublier cette journée atroce. Les obsèques, les condoléances, le parfum entêtant des fleurs, le discours du pasteur au cimetière. Personne ne connaissait vraiment sa mère. Les gens ne savaient rien d'eux et, au fond, ils s'en moquaient. Ils ne comprenaient rien, ne voyaient rien, ne s'attachaient qu'à leurs propres illusions.

— Gracie ? (Son père grattait doucement à la porte.) Gracie, ma chérie, es-tu réveillée ?

Elle ne répondit pas. Qu'avaient-ils à se dire ? Qu'Ellen leur manquait ? Cela ne la ramènerait pas à la vie. Elle resta sur le lit, dans le noir, vêtue de sa légère chemise de nuit de nylon rose.

La poignée de la porte s'était mise à tourner, mais Grace ne bougea pas. Elle avait fermé à clé. Elle s'enfermait toujours. A l'école, cette manie lui valait les moqueries de ses camarades, mais cela lui était parfaitement égal. On pousse un verrou et on est tranquille, à l'abri d'une mauvaise surprise.

— Gracie ?

Il était toujours là, de l'autre côté de la porte. Il l'appelait d'une voix douce. Elle se contenta de fixer le panneau de bois sans un mot.

— Je t'en prie, bébé, laisse-moi entrer. Il faut que nous parlions. Nous avons eu beaucoup de peine tous les deux. Allons, trésor, laisse-moi t'aider. (Une nouvelle fois, il s'attaqua à la poignée.) Voyons, chérie, ne m'oblige pas à défoncer cette porte, tu sais que je peux le faire. Gracie, ouvre-moi tout de suite, s'il te plaît.

— Je ne peux pas. Je suis malade.

— Tu n'es pas plus malade que moi.

Il déjouait facilement toutes ses ruses. Tout en parlant, il fit sauter les boutons de sa chemise. Il se sentait épuisé, lui aussi, mais n'avait pas l'intention de céder. Sa fille avait du chagrin, il entendait la consoler. Il était là pour ça.

— Gracie !

Le ton ferme de sa voix la fit sursauter. Elle s'assit, les yeux écarquillés de frayeur.

— Non, papa, n'entre pas.

L'angoisse perçait dans son cri. Elle redoutait la force physique de son père. Elle l'entendit qui s'éloignait dans le couloir. Elle resta assise au bord du lit, tremblante. Ce n'était pas fini, elle le savait. Elle ne le connaissait que trop bien. Il ne renonçait jamais. Il reviendrait à la charge. En effet, une minute plus tard, il était de retour. Quelque chose de métallique glissa dans la serrure, le mécanisme céda avec un déclic et, l'instant d'après, il apparut sur le seuil, torse et pieds nus, l'air irrité.

— Pourquoi diable t'es-tu enfermée ? Nous sommes seuls tous les deux ! Tu sais que je ne te ferai pas de mal.

— Oui, oui, bien sûr. Je te demande pardon, papa.

— Voilà qui est mieux, dit-il en s'approchant. Il n'y a aucune raison pour que tu sois malheureuse. Allez, viens, on va discuter dans ma chambre.

Il arborait une expression paternelle qui ne fit qu'éveiller la méfiance de Grace. Elle leva les yeux sur lui, sans parvenir à contrôler ses tremblements.

— Je ne me sens pas bien. J'ai la migraine.

— Ça suffit ! gronda-t-il en l'attrapant par le bras pour la faire lever. Je t'ai dit de venir dans ma chambre.

— Je ne veux pas... je... *non* ! hurla-t-elle tout en essayant de dégager son bras de la poigne de fer.

Il était en colère à présent. Ses sempiternelles réticences la rendaient fatigante ! Il ne poursuivrait pas ce petit jeu-là. Pas maintenant. Pas ce soir. Il n'y avait pas de raison. Elle devait le savoir pourtant, sa mère le lui avait suffisamment répété. Ses yeux lancèrent des éclairs, tandis qu'ils se plantaient dans ceux de sa fille.

— Eh bien, que tu le veuilles ou non, tu m'obéiras.

— Oh, non, s'il te plaît, implora-t-elle d'une toute petite voix plaintive, mais déjà il l'entraînait de force hors de la pièce, non, je t'en supplie... Maman...

Elle s'interrompit, sentant venir une crise d'asthme. Un sifflement chuintant monta de sa poitrine.

— Quoi maman ? cria-t-il, furieux. Elle t'a bien expliqué, non ? Souviens-toi de ce qu'elle te disait.

— Je m'en moque !

C'était la première fois qu'elle osait lui opposer un refus aussi catégorique. D'habitude, elle se bornait à pleurer, à trépigner ou à geindre, sachant que finalement elle se soumettrait à sa volonté. C'était nouveau, cette brusque rébellion, mais il allait la mater. Et tout de suite !

— Maman n'est plus là, poursuivit-elle, tremblant des pieds à la tête.

Elle le dévisageait d'un air résolu, comme si elle cherchait à puiser en elle le courage qui lui avait fait défaut jusqu'à présent. Il eut un sourire mauvais.

— Eh non, elle n'est plus là. Voilà la différence, ma belle ! On n'a plus besoin de se cacher, toi et moi. On peut faire tout ce qu'on veut. C'est notre vie. Ça ne regarde personne. Et personne n'en saura rien.

Il s'approcha d'elle, les yeux brillants. D'un geste brutal, il déchira sa mince chemise de nuit.

— Voilà, on n'a plus besoin de ça. On n'a besoin de rien. Tout ce que je veux, c'est toi, ma petite Gracie, mon joli bébé qui m'aime et que j'adore.

D'une main fébrile, il défit sa ceinture. Son pantalon tomba sur ses chevilles, dévoilant son érection.

— Oh, non, non, je t'en prie !

Grace poussa un cri rauque, un cri de honte et de frayeur. Son regard se détourna de ce spectacle hélas trop familier.

— Pitié, pitié, murmura-t-elle, les joues mouillées de larmes.

Elle savait que ses pleurs ne l'arrêteraient pas. Il ne comprenait pas. Il ne voulait pas comprendre qu'elle s'était pliée à ses caprices monstrueux uniquement parce que sa mère le lui avait demandé. Cela datait de l'année de ses treize ans, celle au cours de laquelle Ellen avait ressenti les premières atteintes de la maladie. Mais de tout temps, aussi loin qu'elle pouvait s'en souvenir, ses parents s'étaient déchirés. Nuit après nuit, elle avait assisté à leurs disputes. Elle les entendait à travers la cloison. Sa mère sanglotait alors que son père la rouait de coups. Pelotonnée sous les couvertures, elle guettait les bruits, terrorisée. Et le lendemain, sa mère trouvait toujours une explication aux vilaines marques sur sa peau : elle s'était fait un bleu en se cognant contre un meuble, elle s'était pris les pieds dans le tapis ou bien elle avait glissé dans la baignoire. Mais Grace savait ce qu'il en était réellement. Ils le savaient tous les trois. A l'extérieur, personne ne s'en doutait. Personne n'avait jamais imaginé que l'honorable John Adams se livrait à de telles atrocités.

Au fil du temps, la situation avait empiré. A plusieurs reprises, il avait menacé de s'en prendre à Grace. Ellen s'était interposée. Elle avait constamment attiré sur elle les foudres de son mari et avait continué à combler son besoin de violence. C'était elle qui avait conseillé à sa fille de s'enfermer la nuit à double tour. Elle avait fait trois fausses couches dues aux mauvais traitements, puis n'avait plus été enceinte. Mais même alors, elle n'en avait pas tenu rigueur à son mari. Ellen dissimulait tant bien que mal ses ecchymoses et subissait les brutalités de John sans se révolter. Elle acceptait tout pour le garder. Son adoration pour lui frisait l'obsession. Elle l'aimait depuis le lycée, du temps où il était le garçon le plus séduisant de la ville. Pour elle, il était son seul espoir. Son seul avenir. Issue d'un milieu très modeste, elle avait dû interrompre ses études avant la terminale. Elle était jolie, bien sûr, mais, sans John Adams, que serait-elle devenue ? Que serait-il advenu d'elle s'il ne l'avait pas épousée ? Il avait réussi à la convaincre qu'elle ne valait pas grand-chose. Et il l'avait réduite à sa merci. La peur de le perdre lui faisait accepter tous les sacrifices.

Entre-temps, Grace avait grandi. Chaque jour, telle une fleur qui s'épanouit, elle devenait plus belle. Les yeux de John s'allumaient quand son regard se posait sur elle. Il n'était pas difficile de deviner ce qu'il avait en tête. Lorsque Ellen tomba malade, le drame se noua. La chimiothérapie et les rayons l'avaient terriblement affaiblie. Elle n'était plus qu'une ombre, incapable de satisfaire les appétits insatiables de son époux. Ce dernier lui lança un premier avertissement : cela ne pouvait plus durer. A elle de trouver une solution si elle tenait à sauver leur mariage. L'ultimatum vint peu après : il allait la quitter si elle le forçait un jour de plus à l'abstinence. Elle n'était plus en mesure de lui donner ce qu'il réclamait. Grace, en revanche, avait tout pour rendre un homme heureux.

Ellen capitula une fois de plus. Elle entreprit d'instruire sa fille de treize ans sur ses futurs devoirs. Afin de ne pas l'effaroucher, elle lui présenta la chose sous un aspect anodin : Grace pouvait aider ses parents à sa manière. Par exemple, en offrant à papa « un cadeau », après quoi ils seraient heureux tous les trois, et papa la chérirait plus que jamais. Mais quoi ? Quel cadeau ? Au début, Grace l'avait regardée sans comprendre. Ensuite, elle avait longuement pleuré. Que penseraient ses camarades si elles l'apprenaient ? Et comment pouvait-on faire ça avec son propre père ? Non, non, c'était mal ! Ellen insista. Si Grace ne volait pas à son secours, elle en mourrait. Pire encore, John les abandonnerait et elles finiraient sous les ponts. Et tout en brossant un sombre tableau du présent, elle rendit sa fille responsable de leurs malheurs futurs.

L'univers de Grace basculait. Elle oscillait entre la culpabilité et la peur. Mais ses parents mirent rapidement fin à ses hésitations. Une nuit, ils vinrent ensemble dans sa chambre. Son père accomplit son forfait, assisté de sa mère. Celle-ci tint Grace étroitement enlacée, en lui répétant tout doucement qu'elle était une gentille petite fille. Et qu'ils l'aimaient tendrement tous les deux. Lorsqu'ils regagnèrent leur chambre, John prit Ellen dans ses bras et la remercia d'une voix émue.

Dès lors, la vie de Grace ne fut plus qu'un long tunnel noir. Tous les soirs ou presque, la scène se répétait. La même torture, la même douleur à l'intérieur de son corps. Et chaque fois, elle souhaita mourir. Elle ne se confia à personne, naturellement. Au bout de quelque temps, Ellen cessa d'accompagner John. Leur fille savait dorénavant ce qu'il attendait d'elle. Ils ne lui avaient pas laissé le choix. Elle obéissait par amour pour sa mère. Elle détestait son père mais se soumettait dans l'espoir d'épargner de nouvelles souffrances à Ellen. Les rares fois où elle s'était refusée à lui, il s'était sauvagement vengé sur Ellen sans tenir compte de son état de santé. Grace avait bien reçu le message. Alertée par les hurlements de sa mère, elle accourait en pleurs dans la chambre de ses parents. Elle s'excusait, jurait de se montrer plus docile. Alors, il lui en demandait la preuve, encore et encore. Pendant plus de quatre ans, elle s'était pliée à toutes ses fantaisies, à toutes ses exigences. Elle était sa fille et son esclave. Ellen lui avait fourni des pilules contraceptives. Ç'avait été sa seule initiative pour protéger sa fille.

Grace avait toujours vécu dans un cruel isolement. Elle n'avait jamais eu d'amie. Au début, la crainte qu'on découvre que son père battait sa mère avait été pour elle un tourment de tous les instants. Après, quand il avait commencé à abuser d'elle, ça avait été pire. Elle s'était mise à éviter tout le monde, les autres écolières et les professeurs. Comme si un signe caché, une sorte de mal obscur imprimé à jamais sur ses traits, pouvait trahir son inavouable secret. Le mal, c'était lui, mais de cela elle ne s'était jamais rendu compte.

Jusqu'à aujourd'hui.

Sa mère était morte, plus rien ne l'obligeait à continuer. Surtout pas ce soir. Et pas ici. Jusqu'alors, il l'avait forcée à l'accueillir dans sa chambre. Il n'avait jamais osé l'entraîner dans la sienne. Mais on aurait dit qu'il lui réservait la place d'Ellen... la place de l'épouse... ou de la maîtresse attitrée.

Maintenant, il la regardait frissonner, pâle et défaite, avec un sourire ravi. Ses supplications, ses larmes avaient exacerbé son désir. Il l'empoigna par les épaules. D'une seule poussée, il la jeta sur le lit où sa femme reposait encore deux jours plus tôt. Le lit conjugal dans lequel la pauvre Ellen s'était consumée des années durant, à la flamme d'un amour destructeur.

Grace se mit à se débattre. Une volonté farouche l'animait. Elle était prête à employer tous les moyens pour se défendre. Pour se soustraire à son emprise. Elle avait eu tort de rester sous le même toit que lui. Elle avait espéré que compte tenu des circonstances il la laisserait tranquille ce soir. Elle avait été stupide. Mais elle allait réagir. Elle allait lui résister. Elle ne lui permettrait plus de la toucher, non, plus jamais, malgré ses promesses à sa mère. Elle tenta de le repousser, mais en vain. Il était le plus fort. Il l'avait clouée sur le matelas et l'écrasait de tout son poids. De son genou, il lui écarta les jambes. Et soudain, la douleur la transperça, plus fulgurante que jamais. Il lui faisait délibérément mal, pour la punir. L'espace d'une seconde, elle crut qu'elle allait perdre connaissance. Le plafond se mit à tourner, alors qu'il se plongeait au plus profond de sa chair meurtrie, avec une brutalité sans cesse renouvelée. Anéantie, elle se dit qu'il allait peut-être l'achever. L'idée de mourir lui fit l'effet d'une douce délivrance. Mais, l'instant suivant, son instinct de survie reprit le dessus. Elle recommença à se débattre. Un gouffre insondable menaçait de l'engloutir, mais elle tint bon. La conviction étrange mais absolue que c'était la dernière fois s'imposa à son esprit. Il ne la violerait plus. Elle l'en empêcherait. C'est alors que, comme à travers un rideau de brouillard, elle sut comment...

Ils avaient roulé au bord du lit, près de la table de nuit où Ellen posait ses tubes de médicaments à côté d'un verre et d'une carafe d'eau. Elle aurait pu l'assommer avec la carafe, mais il n'y avait plus rien sur la surface lisse. Dans un état second, elle tendit le bras vers le petit meuble. Il continuait à s'acharner sur elle en poussant des ahanements et des grognements de bête. Il lui avait assené plusieurs gifles au début et il avait maintenant entrepris de la châtier par sa seule force sexuelle. La joue de Grace cuisait là où il l'avait frappée. Elle voyait trouble, mais elle parvint à atteindre la poignée ouvragée. Elle tira, et le tiroir s'ouvrit. Sa main tâta à l'intérieur, parmi les objets épars, puis effleura la forme froide et compacte du revolver que sa mère gardait toujours là, pour se défendre contre un éventuel cambrioleur.

Ses doigts se refermèrent sur la crosse.

Elle prit l'arme. Elle voulait lui faire peur, lui montrer qu'elle ne jouerait plus le rôle de la victime. Qu'il n'avait plus aucun droit sur elle. Qu'il fallait que ça s'arrête. Elle ne survivrait pas à un nouvel assaut. Si elle se montrait suffisamment ferme, peut-être consentirait-il à la laisser aller à l'université. Sinon, son sort était scellé. Elle serait son esclave jusqu'à la fin de ses jours. Oui, il fallait que ça s'arrête. Ce soir. Tout de suite. Au moment où sa main frémissante brandissait le revolver, il laissa échapper un rugissement de plaisir qui la fit tressaillir. A la douleur physique et à l'humiliation vint se mêler la répulsion. Et la haine. Alors, il leva les yeux et aperçut l'arme.

— Ah, petite garce ! hurla-t-il, encore chaviré par l'intensité de l'extase.

Jusqu'alors, aucune femme ne l'avait excité autant que Grace. Il aurait voulu la posséder corps et âme, la broyer, la dévorer. Sa passion débridée pour la chair de sa chair devait correspondre à un fantasme terriblement primitif et sauvage. Comment osait-elle le menacer ? Furieux, il s'empara du petit poing armé. Elle lut dans son regard le châtiment qui l'attendait. Il allait la frapper sans pitié, et cela ranimerait ses ardeurs... Paniquée, elle serra davantage le revolver qu'il tentait de lui arracher. Et le coup de feu partit. Il prit un air étonné, ses yeux se révulsèrent, puis il retomba pesamment sur elle. La balle avait fait un trou dans sa gorge. Il saignait abondamment. Affolée, elle se tordit dans tous les sens sous le corps inerte et si lourd tout à coup ! Son souffle se bloqua au fond de sa poitrine. Elle étouffait. Elle dut rassembler toutes ses forces pour le repousser. Il roula sur le dos dans un gargouillis affreux, les yeux vitreux.

— Oh, mon Dieu, mon Dieu, gémit-elle en portant les mains à sa gorge et en aspirant laborieusement l'air tiède.

Elle était couverte de sang. Il y en avait partout. Le liquide rouge et visqueux avait imprégné les draps et les oreillers. Grace porta autour d'elle un regard halluciné. Elle ne voyait plus rien, n'entendait plus rien, à part la voix plaintive de sa mère : « Sois gentille avec papa, Gracie, prends soin de lui. »

Les yeux du blessé la scrutaient avec une indicible épouvante. Tremblante et glacée, elle se réfugia dans un coin de la pièce, et une violente nausée lui souleva le cœur. Lorsqu'elle eut fini de vomir, elle s'obligea à composer un numéro de téléphone.

— Vite, une ambulance ! une ambulance, oui. On a tiré sur mon père... euh... j'ai tiré sur mon père.

Elle respirait par saccades. Elle donna l'adresse, raccrocha, resta là, le souffle court, à le regarder. Il n'avait pas esquissé le moindre mouvement depuis qu'il s'était affalé sur le dos. Son sexe s'était rétracté. L'instrument de torture qui l'avait tant fait souffrir pendant des années paraissait si petit, si inoffensif à présent. Tout comme lui, d'ailleurs. Il avait rapetissé. Il ressemblait à un gosse apeuré. Le sang jaillissait à flots de sa blessure. De temps à autre, un drôle de son, mi-plainte, mi-borborygme, franchissait ses lèvres crayeuses. Grace l'examina. Un nouvel accès d'asthme la fit suffoquer. Elle avait commis un acte abominable, mais cela avait été plus fort qu'elle. Elle tenait toujours l'arme, et elle était recroquevillée dans un coin quand la police arriva.

— Bon Dieu ! murmura le premier officier qui entra dans la pièce.

Il ôta le revolver des mains de Grace, tandis que les autres entraient à leur tour. Le plus jeune eut l'idée de l'envelopper dans une couverture. Au premier coup d'œil, il avait noté tous les détails : la nudité de la jeune fille, les bleus, les ecchymoses, le sang, les yeux hagards. Les rescapés de l'enfer devaient avoir ce regard-là. Elle était folle, sans aucun doute.

Son père vivait encore quand les ambulanciers l'emportèrent sur une civière. La balle lui avait brisé les cervicales. Il était complètement paralysé et n'avait pu répondre à leurs questions. Ses paupières s'étaient fermées alors qu'on lui administrait de l'oxygène.

— Est-ce qu'il va s'en sortir ? demanda le chef de la brigade à l'un des infirmiers.

— On n'en sait rien. Mais il y a peu de chances.

L'ambulance démarra en trombe et le policier hocha la tête. Il connaissait bien John Adams. Celui-ci s'était récemment occupé de son divorce. Pourquoi, au nom du ciel, cette gosse lui avait-elle tiré dessus ? Que s'était-il passé ? Il avait remarqué comme les autres qu'ils étaient nus tous les deux, mais cela ne voulait rien dire. Le drame avait sans doute éclaté après que chacun se fut retiré dans sa chambre. John devait dormir sans pyjama. Mais pourquoi sa fille était-elle nue, elle aussi ? Visiblement, elle n'avait pas toute sa tête. Le décès de sa mère avait sûrement porté un coup trop violent à ses nerfs fragiles. Peut-être avait-elle rendu son père responsable de la mort d'Ellen...

— Comment va-t-elle ? s'enquit-il auprès de son jeune collègue.

Il y avait une bonne douzaine d'hommes sur les lieux. C'était leur plus grosse affaire depuis dix ans, quand le fils du pasteur s'était suicidé après avoir absorbé du LSD. Ç'avait été une tragédie. Là, ce serait un scandale. John Adams assassiné par sa propre fille ! Personne ne voudrait le croire.

— Est-elle droguée ? se renseigna-t-il.

L'un des policiers prenait des photos de la pièce. L'arme du crime reposait dans un sac en plastique.

— Non, je ne crois pas, répondit le jeune inspecteur. Elle est en état de choc. Et elle a la trouille. Elle a eu une crise d'asthme. Elle a encore du mal à respirer.

— Ah oui ? la pauvre chérie ! railla son supérieur d'une voix pleine de sarcasme. (Il l'avait suivi dans la salle de séjour impeccablement propre. Il avait peine à croire qu'il s'était trouvé ici même, pas plus tard que cet après-midi après les obsèques de Mme Adams. La petite était sûrement déséquilibrée.) Son père a encore plus de mal à respirer, figurez-vous.

— Qu'est-ce qu'ils ont dit ?

— Qu'il est dans un sale état. Les vertèbres brisées, un poumon en capilotade et Dieu seul sait quoi encore. Ah, elle ne l'a pas raté !

— Pensez-vous qu'il... qu'il a abusé d'elle, monsieur ? interrogea le jeune policier.

Son chef le fusilla du regard.

— John Adams ? Etes-vous devenu dingue, vous aussi ? Savez-vous qui est John Adams ? Le meilleur avocat de la ville. Le gars le plus correct que je connaisse. Croyez-vous qu'un homme comme lui aurait violé sa propre fille ? Eh bien, vous ne ferez pas long feu dans la police si vous tirez des conclusions aussi hâtives, mon jeune ami.

— Peut-être, mais je trouve ça bizarre. Ils étaient nus tous les deux. La petite a un hématome sur le bras et puis... (Il hésita, redoutant la réaction de son supérieur, mais après tout une preuve est une preuve.) En plus du sang, il y avait des taches de sperme sur les draps, poursuivit-il hâtivement. On dirait...

— On dirait quoi, O'Byrne ? Il existe mille et une manières pour que ce genre de tache fleurisse sur les draps d'un homme seul, n'est-ce pas ? De là à affirmer que John Adams s'offrait du bon temps avec sa fille... Vous feriez mieux de vous ôter cela de la tête.

— Désolé, monsieur.

Deux agents avaient roulé les draps pour les glisser dans des sacs en plastique. L'un d'eux raccompagna Grace dans sa chambre. Assise au bord du lit, drapée dans la couverture, elle avait toujours le même air hébété. Elle avait retrouvé son aérosol et elle respirait un peu mieux. Mais sa pâleur mortelle, ses yeux hagards, la façon dont elle balançait le buste d'avant en arrière inspiraient les plus vives inquiétudes au policier. Elle avait déclaré qu'elle ne se souvenait de rien. Ni où elle avait trouvé l'arme, ni comment elle s'en était servie. Tout ce qu'elle se rappelait, c'était la détonation.

— Admettons, dit-il. Comment se fait-il alors que tu sois couverte de sang ? Où étais-tu quand tu lui as tiré dessus ?

Il avait conçu les mêmes soupçons qu'O'Byrne, bien que ce fût difficile, voire impensable, d'admettre une pareille monstruosité de la part d'un citoyen aussi respectable que John Adams.

— Je ne m'en souviens pas.

Cette voix monotone ! Cette petite figure blême ! Il avait remarqué qu'elle se déplaçait comme une somnambule. Son souffle sortait laborieusement de sa bouche. Les vapeurs de l'aérosol l'avaient étourdie.

— Tu ne sais plus où tu étais quand tu as tiré sur ton père ?

— Non... si... à la porte, je crois. Oui, à la porte.

Elle devait le protéger. Elle en avait fait la promesse solennelle à sa mère.

— Ainsi, tu as visé ton père de la porte. (C'était impossible compte tenu de l'angle de tir.) En es-tu sûre ? Y avait-il quelqu'un d'autre dans la pièce ? Grace, est-ce que quelqu'un d'autre a blessé ton père ?

Et qui donc ? un rôdeur ? C'était encore moins crédible que le scénario de l'amnésie. Grace le regarda comme si elle ne le voyait pas.

— Non. C'est moi. Je lui ai tiré dessus depuis la porte.

Le policier aspira une bouffée d'air moite. Il savait que la balle qui avait traversé la gorge de John Adams avait été tirée de très près, presque à bout portant, par quelqu'un qui se tenait face à lui, probablement par sa fille. Mais où se trouvaient-ils à ce moment-là ?

— Etais-tu au lit avec lui ? demanda-t-il.

Elle fixait le vide en silence.

— Etiez-vous au lit tous les deux ? répéta-t-il en détachant chaque syllabe, et elle hésita une seconde avant de murmurer :

— Je ne sais pas... Je ne crois pas...

Le chef passa la tête par l'entrebâillement de la porte :

— Ça avance ?

L'autre répondit par un haussement d'épaules. Ça n'avançait pas beaucoup, non. La petite tremblait toujours violemment. Il se demanda si elle n'avait pas perdu la raison.

— Grace, nous allons t'emmener avec nous, d'accord ? Tu vas être placée en garde à vue pendant quelques jours.

Elle acquiesça en resserrant la couverture autour d'elle mais resta assise, le visage et les mains souillés de sang.

— Tu devrais prendre une douche. Et t'habiller.

Elle inclina la tête... et ne bougea pas.

— Grace, nous allons t'emmener, reprit-il patiemment, sûr à présent qu'elle était folle. Nous te garderons pendant soixante-douze heures en attendant les conclusions de l'enquête.

Meurtre avec préméditation ? Accident ? Passage à l'acte imprévisible ? Avait-elle agi sous l'emprise de la drogue ? Dans un accès de démence ? Seuls les tests de laboratoire le diraient... De nouveau, elle hocha la tête sans quitter sa place. Son mutisme, sa confusion, sa prostration plaidaient la thèse de la folie. Les policiers firent appel à une collègue qui arriva rapidement. Elle aussi remarqua les marques bleuâtres sur la peau blanche de Grace. Des griffures. Des contusions. Lorsqu'elle lui enjoignit de nettoyer les traces de sang, Grace s'exécuta docilement, toujours en silence.

— Tu t'es disputée avec ton père ? demanda la femme policier, alors que Grace enfilait son tee-shirt sur son jean élimé.

Elle tremblait toujours et n'ouvrait pas la bouche.

— Etais-tu fâchée contre lui ?

32

Aucune réaction. Oh, elle ne montrait aucune hostilité. En fait, elle ne laissait rien transparaître. Aucun sentiment. On aurait dit qu'elle était en transe. Elle traversa le salon flanquée de deux inspecteurs. Pas une fois elle ne demanda comment allait son père. Une photo de sa mère dans un cadre d'argent accrocha son regard. Ellen Adams, sa petite fille de deux ou trois ans dans les bras, souriait à l'objectif. Grace la regarda. Comme elle était belle, alors ! Mais si exigeante, si intransigeante en même temps. Elle aurait voulu se justifier, lui expliquer qu'elle ne pouvait endurer plus longtemps les sévices de son père. Mais le mal était fait. Elle avait trahi sa mère. Elle n'avait pas tenu parole. Elle ne s'était pas occupée de son père, comme elle le lui avait maintes fois promis. Et maintenant, il était parti, lui aussi.

— Elle n'est pas dans son état normal, déclara la femme policier pendant que Grace scrutait intensément la photo, comme pour graver dans sa mémoire les traits de sa mère.

— Allez-vous la faire examiner par un psychiatre ? demanda le jeune officier.

— Oui, probablement, répondit son supérieur.

S'il s'était écouté, il l'aurait directement expédiée à l'hôpital psychiatrique. A moins qu'elle joue la comédie... C'était difficile de se faire une opinion.

Sept voitures de police stationnaient devant la maison, gyrophare en action, quand Grace sortit dans le jardin. O'Byrne l'aida à s'installer dans l'un des véhicules, et la femme policier prit place à son côté. Aucun élan de sympathie ne la poussait vers la jeune prévenue. Elle en avait vu d'autres. Des droguées, des affabulatrices qui simulaient la démence à seule fin d'échapper à la justice. Comme cette adolescente de quinze ans qui avait massacré toute sa famille sous prétexte que « des voix en provenance du poste de télévision » lui en avaient donné l'ordre. La petite Adams appartenait sûrement à cette catégorie de garces suffisamment futées pour jouer les irresponsables. Evidemment, elle n'avait pas l'air normale. Rien que la façon dont elle haletait, bouche ouverte, vous donnait la chair de poule. Détraquée ou saine d'esprit ? Les psychiatres se chargeraient de trancher.

Elles n'échangèrent pas un mot durant le court trajet. Lorsqu'elle pénétra dans le hall du commissariat central, Grace titubait. L'éclairage au néon accentuait son effrayante pâleur. A peine venait-on de l'enfermer dans une cellule qu'un agent de police fit irruption.

— Grace Adams ? questionna-t-il d'une voix forte.

Elle ne put qu'incliner la tête. Un vertige la fit chanceler. Peut-être allait-elle mourir. En tout cas, elle l'espérait de toutes ses forces. La mort mettrait fin au cauchemar.

— Oui ou non ? s'époumona l'agent.

— Oui.

— Votre père vient de mourir. Je vous arrête pour meurtre.

Il lui cita ses droits, tendit un formulaire à la gardienne en uniforme qui l'accompagnait, puis ressortit. La lourde porte garnie de barreaux claqua violemment.

— Déshabille-toi.

Grace considéra sa geôlière, terrifiée.

— Mais... pourquoi ?

— Fouille corporelle.

La jeune fille obéit lentement, en tremblant. Elle n'était plus à une humiliation près. Le reste se déroula très vite. On prit ses empreintes digitales, après quoi elle dut poser de face et de profil pour des photos d'identité.

— Sale affaire, décréta froidement une autre gardienne, en lui passant un mouchoir en papier pour qu'elle essuie ses doigts maculés d'encre. Quel âge as-tu ?

Grace la dévisagea. Qu'avaient-ils dit, déjà ? Son cerveau se refusait à enregistrer les informations. Et soudain, la mémoire lui revint. Elle l'avait assassiné. Il était mort. C'était fini.

34

— J'ai dix-sept ans.

— Ce n'est pas de chance. Dans l'Illinois, les mineurs sont poursuivis en justice à partir de treize ans. Ils encourent les mêmes peines que les adultes. Si les jurés te déclarent coupable, tu risques d'écoper de quatorze-quinze ans de prison. Ou de la peine de mort. Ton nom figurera peut-être parmi ceux des grands criminels, mon lapin !

Criminelle... jurés... coupable... La signification des mots se dérobait. La réalité aussi. Quelqu'un lui intima l'ordre de mettre ses mains dans son dos. Des bracelets d'acier se refermèrent autour de ses poignets. Une minute plus tard, elle se retrouva dans une cellule où quatre autres détenues reposaient sur des matelas, enroulées dans des couvertures. Dans un coin, une cuvette de W-C dépourvue de couvercle exhalait un relent fétide.

Personne ne souffla mot quand la gardienne retira les menottes à la nouvelle arrivante.

Grace se laissa tomber sur l'unique couchette vide. Elle jeta autour d'elle un regard incrédule. Comment en était-elle arrivée là ? Elle ne l'avait pas fait exprès. Elle n'avait rien projeté, rien prémédité. Simplement, il n'y avait pas d'autre solution. C'était elle ou lui. Et maintenant qu'elle l'avait mis hors d'état de nuire, elle ne ressentait aucun remords. C'était arrivé, et puis voilà... Elle l'avait tué.

2

Grace resta étendue toute la nuit ; elle sentait à peine les pointes des ressorts métalliques à travers le tissu élimé... En fait, elle ne sentait rien. Elle ne tremblait plus. Elle était allongée là, inerte. Elle n'avait plus de famille. Plus de parents. Pas d'amis. Personne. Si les jurés la déclaraient coupable, elle encourrait la peine capitale. Les paroles venimeuses de la gardienne hantaient son esprit. D'après le Code pénal en vigueur dans l'Illinois, elle serait jugée comme une adulte accusée de meurtre. Mais si la mort était le tribut à payer à la société, elle le paierait. Au moins, il ne la violenterait plus. Il ne la torturerait plus. L'enfer qu'il lui avait fait endurer pendant quatre ans était terminé.

— Grace Adams ?

On l'appelait. Elle ouvrit les yeux. Il était sept heures du matin. Trois heures s'étaient écoulées depuis son arrestation. Elle n'avait pas dormi mais, bizarrement, la tension insoutenable qui l'habitait s'était dissipée ; tout comme l'impression de flotter hors de son corps, tel un être désincarné. Elle se rappelait parfaitement tout ce qui s'était passé. Elle avait tué son père, il avait succombé à sa blessure. Et elle ne regrettait rien.

Une gardienne l'escorta dans une petite pièce miteuse fermée par de lourdes portes blindées. Elle l'y laissa seule, sans aucune explication. Le mobilier se réduisait à une table et quatre chaises disposées sous la lumière crue d'un tube de néon. Cinq minutes plus tard, une des portes s'ouvrit. Quelqu'un entra. Une femme. Une dame grande et blonde, qui examina Grace pendant un long moment, sans dire un mot.

La jeune fille attendait en silence. Elle n'avait pas bougé d'un millimètre mais faisait penser à une gazelle aux abois prête à disparaître d'un bond. Sauf que c'était impossible. Elle était bel et bien en cage. Sous une apparente indifférence, on devinait pourtant sa frayeur. Et on était frappé par sa dignité. Elle semblait posséder cette qualité rare, propre à tous ceux qui « reviennent de loin ». Une sorte de patience tranquille, presque de la résignation, engendrée par une souffrance trop prolongée et trop intense. Durant sa brève existence, elle avait déjà connu le malheur, la trahison, l'abandon, la mort. Cela se lisait dans ses yeux. C'était une enfant solitaire, une écorchée vive, songea l'arrivante. Dès qu'elle avait aperçu Grace Adams, elle en avait été persuadée.

— Je m'appelle Molly York, dit-elle. Je suis psychiatre. Savez-vous pourquoi je suis ici ?

Grace fit oui de la tête. Elle n'avait pas esquissé le moindre mouvement, et les deux femmes se faisaient face aux deux extrémités de la pièce.

— Que s'est-il passé hier soir ? Vous vous en souvenez ? Nouveau hochement de tête.

— Vous ne voulez pas vous asseoir ? demanda Molly en indiquant les chaises.

Elles prirent place de part et d'autre de la table. Grace gardait les yeux baissés. Le vague élan de sympathie qu'elle éprouvait à l'égard de l'arrivante céda aussitôt le pas à la méfiance. La visiteuse n'était certainement pas venue en amie. Elle était l'un des rouages de l'implacable machine judiciaire, au même titre que les policiers. Donc, sa présence ne pouvait être bénéfique à Grace. Elle voulait bien répondre à ses questions, à condition qu'elles ne soient pas trop indiscrètes. Tout ce qui touchait à son père ne regardait personne. Elle ne l'exposerait pas au déshonneur. Elle lui devait au moins cela. Elle ne déclarerait rien qui puisse jeter le discrédit sur ses parents. Quelle importance de toute façon ? Il était mort, et elle-même ne songeait pas à sauver sa vie.

— Eh bien, que s'est-il passé hier soir ?

Molly l'observait avec beaucoup d'attention.

— J'ai tué mon père d'une balle de revolver.

— Pour quelle raison ?

Pas de réponse.

— Aviez-vous déjà pensé à lui tirer dessus ?

Cette fois, la réaction ne se fit pas attendre.

— Non, jamais. L'arme s'est retrouvée dans ma main. J'ignore comment. Maman la gardait dans sa table de nuit. Elle était très malade et avait peur d'être attaquée par un cambrioleur, quand nous sortions le soir, mon père et moi. Elle disait que le revolver la rassurait. Elle ne l'a jamais utilisé.

A première vue, la jeune fille n'avait rien à voir avec la créature déséquilibrée ou l'attardée mentale décrite dans le rapport de police. Et elle ne paraissait pas dangereuse. Elle ressemblait à une collégienne bien élevée, terriblement fragile, jeune et innocente. Et elle était étrangement calme, compte tenu de l'épreuve traumatisante qu'elle venait de traverser, de sa situation précaire, et du fait qu'elle n'avait pas dormi de la nuit.

— Qui tenait le pistolet ? Vous ou votre père ? Est-ce que vous vous êtes battus tous les deux pour le prendre ? Avez-vous essayé de le lui arracher ?

— Non, pas du tout. C'est moi qui avais l'arme. Je l'ai braquée sur lui. Ensuite... (elle omit délibérément de mentionner qu'il l'avait frappée)... j'ai appuyé sur la détente.

Son regard se posa sur ses mains longues et fines.

— Vous deviez avoir une raison de faire cela. Etiez-vous fâchée contre lui ? A-t-il dit ou fait quelque chose qui vous a mise en colère ? Vous êtes-vous disputés ?

— Non... c'est-à-dire que... (elle s'était battue pour sa survie, songeait-elle)... ce n'est pas important.

— Ça doit l'être suffisamment pour que vous ayez tiré sur lui. Et que vous l'ayez tué, observa Molly York d'un ton pointu. Est-ce que vous vous êtes déjà servie d'une arme à feu ?

Oh, elle aurait dû ! elle aurait dû l'éliminer des années auparavant. Mais sa mère en aurait eu le cœur brisé. La pauvre Ellen aimait tellement son mari, à sa manière...

— Non. Pas jusqu'à hier soir.

— Pourquoi ? qu'est-ce qui a changé hier soir ?

— Maman est morte avant-hier... non, il y a trois jours maintenant. Nous l'avons enterrée hier.

Molly York ne l'avait pas quittée des yeux. Cette jeune fille l'intriguait. Visiblement, quelque chose la rongeait. Un sombre secret, mais lequel ? Elle avait admis à mots couverts qu'une dispute l'avait opposée à son père. A quel sujet ? En l'écoutant, le Dr York s'était forgé une opinion inébranlable : Grace Adams cachait quelque chose. Une information susceptible de causer du tort à quelqu'un. Mais à qui ? A elle-même ? A son père ? Molly n'était sûre de rien. L'innocence ou la culpabilité des détenus n'était pas de son ressort. Son travail consistait à déterminer si une personne était démente ou saine d'esprit et donc responsable de ses actes. Autrement dit, si « elle savait ce qu'elle faisait ». Or, qu'avait fait exactement Grace Adams ? Et John Adams ? Que lui avait-il fait pour la pousser au meurtre ?

— Pourquoi vous êtes-vous disputés ? A propos de votre mère ? Lui a-t-elle laissé de l'argent ? Un objet quelconque que vous auriez voulu avoir ?

Un sourire morose étira les lèvres pleines de la jeune fille. L'espace d'une seconde, elle eut un air plus mûr, plus averti.

— Maman ne possédait rien. Elle ne travaillait pas. C'était papa qui subvenait à nos besoins. Il est avocat. Enfin, il l'était, ajouta-t-elle doucement.

— Et vous êtes sa légataire ?

— Je ne sais pas. Je le suppose.

Elle ignorait que les meurtriers ne bénéficiaient d'aucun héritage. Si on la déclarait coupable, elle serait déchue de tous ses droits. Mais son crime n'avait sûrement pas été dicté par l'intérêt, se dit Molly.

— Alors ? Pourquoi vous êtes-vous disputés ?

La persévérance du Dr York mettait Grace sur des charbons ardents. Cette femme la poussait dans ses derniers retranchements en posant inlassablement les mêmes questions et en la scrutant de ses yeux intelligents. Elle semblait tout comprendre, tout deviner, au-delà des mots prononcés. Mais elle pouvait bien insister. Cela ne servirait à rien. Grace n'en dirait pas plus. Personne ne saurait jamais ce que son père lui avait infligé. Ce n'était pas leur affaire. Elle se tairait, même s'il y allait de sa vie. Il était hors de question que toute la ville soit au courant de son véritable mobile. Que penseraient alors les gens de son père ? Et de sa mère ? Elle se refusait à salir leur mémoire.

— Je n'ai jamais dit que nous nous étions disputés.

— Oh si, vous vous êtes disputés ! dit tranquillement Molly. Sinon, pourquoi le drame aurait-il éclaté ? Vous êtes entrée dans sa chambre et vous l'avez tué ? (Et comme Grace acquiesçait :) D'après votre déposition, vous l'avez mis en joue depuis la porte. Or, la balle a été tirée à quatre ou cinq centimètres de distance. A quoi pensiez-vous quand vous avez appuyé sur la détente ?

— Je ne sais pas. A rien. Quelle importance ?

La psychiatre pencha le buste en avant.

— Comment ça, quelle importance ? Pour l'amour du ciel, Grace, vous êtes inculpée de meurtre. Si votre père a cherché à vous blesser, à vous nuire d'une quelconque manière, ou à vous faire du mal, les charges retenues contre vous changeront radicalement. Il ne s'agira plus que de légitime défense. Au pire, d'homicide involontaire. Dire la vérité n'est pas trahir, vous savez. Je vous en prie, dites-moi tout.

— Pourquoi ? Pourquoi devrais-je tout dire ? A vous ou à qui que ce soit ?

« Une enfant égarée », songea Molly. Mais une enfant qui avait tué son père.

— Parce que si vous continuez à vous taire, vous risquez de passer de nombreuses années en prison. Ce serait injuste si le coup de feu est parti accidentellement, alors que vous vous défendiez. Pourquoi l'avez-vous tué, Grace ? Que vous a-t-il fait ?

— Il... rien ! J'étais bouleversée par la mort de maman, bredouilla-t-elle en remuant nerveusement sur sa chaise.

— Est-ce qu'il vous a violée ?

Dans un sursaut, Grace fixa Molly, les yeux écarquillés.

— Non. Jamais, souffla-t-elle, hors d'haleine.

— A-t-il couché avec vous ? Avez-vous eu des rapports intimes avec votre père ?

Dans le regard de Grace, la peur le disputait à l'horreur. De nouveau, elle avait du mal à respirer. Elle détestait cette femme ! Mais que cherchait-elle au juste ? A rendre les choses plus pénibles encore ? A étaler des détails sordides au grand jour ? A traîner ses parents dans la boue ?

— Non ! Bien sûr que non !

Elle avait presque hurlé.

— En êtes-vous sûre ?

Un silence suivit, long et pesant. Les deux femmes s'observaient mutuellement.

— J'en suis sûre. Sûre et certaine, articula lentement Grace.

Elle paraissait à bout de nerfs. Son agitation intérieure n'avait pas échappé à l'œil exercé de son interlocutrice, qui revint à la charge.

41

— Avez-vous eu un rapport sexuel avec lui, hier soir, avant de l'abattre ?

— Pourquoi me posez-vous toutes ces questions ? demanda misérablement Grace, la main sur la poitrine, suffoquée par une brusque montée d'asthme.

— Parce que je veux la vérité. Je veux savoir si vous aviez une bonne raison de le supprimer. Grace, est-ce que vous et votre père étiez amants ? Aimiez-vous coucher avec lui ?

— *Non* !

C'était le cri du cœur. Elle détestait ça. Et elle ne pouvait rien avouer. Elle n'avait pas le droit.

— Avez-vous un petit ami ? Etes-vous déjà sortie avec un garçon de votre âge ?

Un soupir souleva la poitrine oppressée de Grace. Comment l'aurait-elle pu ?

— Non.

— Etes-vous vierge ? (Puis, après un silence :) Je vous ai demandé si vous étiez vierge.

Une fois de plus, elle l'acculait. Grace avala péniblement sa salive.

— Je ne sais pas. Je suppose que oui.

— Vous supposez ! Vous avez flirté avec l'un de vos camarades d'école ? C'est ça que vous voulez dire ?

— Peut-être.

Sa naïveté arracha un sourire à Molly. On ne perdait pas sa virginité en échangeant un baiser avec un garçon.

— Avez-vous un fiancé ? A dix-sept ans, ce serait parfaitement normal.

Elle sourit à nouveau mais Grace fit non de la tête.

— Y a-t-il quelque chose que vous voudriez préciser à propos d'hier soir ? Vous rappelez-vous ce que vous avez éprouvé avant de saisir le revolver ? Qu'est-ce qui vous a incitée à lui tirer dessus ?

— Je ne sais pas.

Il était inutile d'insister. La jeune fille s'était repliée sur elle-même, déterminée à s'enferrer dans le mensonge. Molly la regarda un long moment avant de refermer son carnet de notes et de décroiser les jambes.

— Dommage. J'aurais pu vous aider.

Elle vit l'hésitation se peindre sur le petit visage pâle. Si elle acceptait de parler, elle bénéficierait de circonstances atténuantes, Molly en était persuadée. Mais elle semblait indifférente à son sort. Son entêtement puéril ne la rendait que plus attachante. C'était une jeune fille ravissante, honnête et loyale, à ceci près que sa loyauté risquait de la précipiter à sa perte. Ses grands yeux bleus exprimaient une misère insondable. Molly n'avait pas encore découvert le moyen de gagner sa confiance. Cela viendrait peut-être. Mais le temps pressait. Tant que Grace dissimulerait le motif de son acte, personne au monde ne pourrait la sauver.

— Je vous ai dit tout ce dont je me souviens.

— Vous savez bien que non, dit doucement Molly. Une autre fois, peut-être. (Elle lui tendit sa carte de visite.) Appelez-moi si vous changez d'avis. De toute façon, je reviendrai vous voir. Je dois faire un rapport.

De nouveau, les traits de Grace se crispèrent.

— Un rapport ? A quel sujet ?

Ce Dr York l'effrayait. Elle était trop intelligente et posait trop de questions.

— Sur votre état mental. Et sur les circonstances du meurtre. Vous n'êtes pas très coopérative, pour le moment.

— Vous n'avez qu'à écrire ce que je vous ai raconté. J'ai trouvé l'arme et je l'ai abattu.

— Comme ça ? fit Molly en claquant des doigts.

— Oui, *comme ça*, répéta Grace lugubrement, comme si elle cherchait à se convaincre.

— Désolée, mademoiselle Adams, mais je ne crois pas un mot de votre histoire.

— C'est pourtant comme ça que ça s'est passé.

— Et maintenant ? Comment vous sentez-vous après avoir perdu votre père ?

En l'espace de trois jours, ses deux parents étaient morts. En trois jours seulement, elle s'était retrouvée orpheline, seule, et en prison.

— Je suis triste pour papa... et pour maman, s'empressa-t-elle d'ajouter. Mais elle souffrait tellement... elle est mieux là où elle est.

« Et toi, petite fille ? As-tu beaucoup souffert ? » pensa Molly. Cette question n'avait cessé de lui trotter dans la tête. Grace Adams était une énigme. Un cas à part. Elle n'avait rien de commun avec les autres adolescents accusés de parricide qu'elle avait pu examiner. C'était une jeune fille brillante, dotée d'un esprit vif, qui s'ingéniait à dissimuler les causes profondes de son crime. Molly réprima une furieuse envie de décocher un coup de pied rageur à la table.

— Et votre père ? Est-il mieux là où il est, lui aussi ?

Prise de court, Grace lui lança un coup d'œil étonné.

— Comment ? Euh... non, je ne crois pas. Il n'était pas malade. Il ne souffrait pas.

— Pensez-vous que vous méritez ce qui vous arrive ? Préférez-vous rester seule, sans famille ?

— Oui. Oui, peut-être.

Elle était sincère, cette fois.

— Pourquoi donc ?

— Parce que c'est plus simple.

— Je ne partage pas votre avis. Personne n'est fait pour vivre seul. Surtout pas une jeune fille de dix-sept ans. Et à moins que vous n'ayez été très malheureuse. Au fait, comment était votre vie chez vous ?

— Très... calme.

Elle se fermait à nouveau. Comme une huître.

— Vos parents s'entendaient-ils bien ? Je veux dire, avant que votre mère ne tombe malade.

— Oui, ils s'entendaient parfaitement bien.

Molly aurait voulu lui répondre « cessez donc de me prendre pour une idiote », mais elle dit :

— Etaient-ils heureux ?

— Oui, bien sûr.

Aussi longtemps qu'elle s'était « occupée » de son père de la façon dont sa mère l'avait exigé, ses parents avaient été heureux.

— Et vous ?

— Moi aussi, naturellement. (Malgré elle, des larmes brillèrent soudain dans ses yeux. Décidément, ce psychiatre possédait l'art et la manière de tourner le couteau dans la plaie.) J'étais très heureuse. J'aimais beaucoup mes parents.

— Au point de mentir à seule fin de les protéger ? Ou de refuser de dévoiler les raisons pour lesquelles vous avez tiré sur votre père ?

— Il n'y a rien à dire.

— D'accord ! lança Molly en se redressant. Au fait, vous passerez une visite médicale à l'hôpital aujourd'hui.

— Mais pourquoi ? Pour quoi faire ?

La terreur qui se lisait dans les prunelles limpides de Grace était très révélatrice pour Molly.

— Pour rien. Simple formalité. Nous voulons nous assurer que vous êtes en bonne santé.

Grace bondit sur ses jambes. Elle était totalement paniquée.

— Non. Je n'irai pas. Je ne veux pas y aller.

— Je crains que vous n'ayez pas le choix. Vous ne semblez pas réaliser que vous êtes en état d'arrestation, mon petit. Avez-vous un avocat ?

Grace la regarda d'un air absent. *Un avocat...* Quelqu'un d'autre lui avait déjà dit qu'elle devait prendre un avocat, mais elle n'en connaissait aucun. A part Frank Wills, bien sûr, l'associé de son père. Elle ne l'avait pas contacté. Elle n'avait rien à lui dire.

— Non.

— Votre père n'avait pas d'associés ?

— Il en avait un, mais je n'ose pas l'appeler.

— Faites-le. Il vous faut un défenseur. Vous pouvez toujours avoir recours à un avocat commis d'office, mais je crois que vous vous sentiriez plus à l'aise avec quelqu'un que vous connaissez.

C'était un conseil judicieux.

— Oui, peut-être.

Grace avait ébauché un vague signe d'assentiment. Elle se sentait dépassée par les événements. Il s'était passé tant de choses en si peu de temps, la tragédie était survenue si brusquement, tout semblait si compliqué, si difficile... Pourquoi ne l'exécutaient-ils pas là, tout de suite, au lieu de la presser comme un citron pour obtenir des aveux, sans parler de la fameuse visite médicale... Cette seule pensée éveilla à nouveau une sourde terreur en elle.

— Je vous reverrai tout à l'heure ou demain, dit gentiment Molly.

Grace ne réagit pas. Elle penchait la tête d'un air accablé, comme si un fardeau trop lourd l'écrasait. Une vague de pitié envahit Molly. Quel était le véritable mobile du crime ? se demanda-t-elle pour la énième fois. Elle se promit de le découvrir.

En sortant de la pièce exiguë aux portes blindées, Molly passa devant le bureau de l'officier chargé de l'enquête. Ayant fait toute sa carrière à la police de Watseka, Stan Dooley déclarait volontiers que plus rien ne parvenait à l'étonner en ce bas monde. Pourtant, il avait failli tomber à la renverse en apprenant que Grace Adams avait tué son père. Il avait eu l'occasion de rencontrer la victime à plusieurs reprises. A son avis, John Adams était le meilleur des hommes. Assassiné par sa propre fille ! Il n'arrivait pas à y croire !

— Alors ? Droguée ou cinglée ? demanda-t-il à Molly dès qu'il la vit entrer.

La psychiatre haussa les épaules. Après une heure d'entretien avec Grace, elle n'était pas plus avancée. La jeune détenue s'était forgé une carapace hermétique. Elle ne s'ouvrait pas, ne s'épanchait pas, ne se fiait à personne. Seule la conclusion des examens médicaux permettrait à Molly d'y voir plus clair.

— Ni l'un ni l'autre, répondit-elle. Elle crève de peur, elle est bouleversée, mais elle est lucide. A propos, j'ai l'intention de l'envoyer à l'hôpital aujourd'hui.

— Vous voulez savoir si elle se drogue ?

— En fait, j'aimerais qu'elle soit examinée par un gynécologue.

— Ah bon ? s'étonna Stan. Que cherchez-vous au juste ?

Le Dr York était connue dans le service pour son intuition. Et pour sa manie de toujours aller au fond des choses.

— A étayer ma théorie au sujet de Mlle Adams. Je pense qu'elle était en train de se défendre. D'habitude, les filles de dix-sept ans ne tuent pas leurs parents. Surtout dans ce milieu social.

Le détective Dooley haussa les sourcils.

— Balivernes ! grommela-t-il d'un ton cynique. Et la petite de quatorze ans qui a exécuté toute sa famille, y compris sa grand-mère et ses quatre petites sœurs l'année dernière ? Elle se défendait, elle aussi ?

— Ce n'était pas la même chose. J'ai lu les rapports de police, Stan. John Adams était nu comme un ver. Grace aussi. Et il y avait des taches de sperme sur les draps. Elle était peut-être en état de légitime défense, vous ne pouvez pas le contester.

— Si ! Vous auriez connu John, vous seriez de mon avis. C'était un homme droit, honnête, d'une grande gentillesse. Il vous aurait plu, d'ailleurs ! jeta-t-il avec un regard égrillard qu'elle ignora.

Il aimait bien mettre en boîte cette superbe blonde issue d'une grande famille de Chicago. C'était un jeu innocent qui ne portait pas à conséquence. Molly York passait pour une jeune femme sérieuse, dans son travail comme dans la vie. Son intelligence, sa compétence, son esprit vif forçaient l'admiration de Stan. Il savait qu'elle vivait avec quelqu'un, un médecin comme elle, mais cela ne l'empêchait pas de la taquiner. Elle acceptait ses plaisanteries de bonne grâce.

— Docteur, écoutez-moi, poursuivit-il d'une voix véhémente. Cet homme n'aurait jamais violé sa gosse, croyez-moi. Quant aux taches suspectes... mettez-vous à sa place. Sa femme était morte, il devait se sentir seul. Peut-être s'est-il adonné à quelque plaisir solitaire. Est-ce que je sais, moi ?

— Elle ne l'aurait pas tué pour ça, rétorqua froidement Molly.

— Peut-être qu'il n'a pas voulu lui donner la clé de sa voiture. J'en sais quelque chose, mes garçons deviennent dingues quand ça arrive. Ou bien il détestait son petit copain. En tout cas, si vous pensez qu'il l'a agressée, vous faites fausse route. Ce n'est pas de la légitime défense. C'est un meurtre.

— On verra. En attendant, envoyez-la vite à l'hôpital Mercy, répondit-elle tout en rédigeant une ordonnance.

— A vos ordres, doc ! Voilà, vous êtes contente ?

— Ravie. Vous êtes formidable.

Elle lui sourit, et Dooley lui rendit son sourire.

— Dites-le au patron.

Elle cherche une aiguille dans une botte de foin, se dit-il en même temps. L'hypothèse de la légitime défense ne tenait pas debout, il en avait l'intime conviction. John Adams n'était ni un tyran domestique ni un satyre. Aucun citoyen de Watseka n'accorderait le moindre crédit aux suppositions de Molly York, quelles que soient les conclusions des médecins.

Une demi-heure plus tard, deux femmes policiers vinrent chercher Grace dans sa cellule. Elles l'installèrent, menottes aux poignets, dans une camionnette aux fenêtres grillagées. Durant le trajet, elles se mirent à bavarder entre elles, sautant du coq à l'âne. Elles évoquèrent les prisonnières qu'elles avaient escortées la veille, le film à la télévision de ce soir, les prochaines vacances que l'une

d'elles voulait passer dans le Colorado. Elles n'adressè-
rent pas la parole à Grace. C'était aussi bien. Tassée sur
la banquette, l'adolescente fixait le vide. Elle n'avait plus
qu'une pensée : quelle sorte d'examen allait-elle subir à
l'hôpital ? La camionnette se gara dans un parking sou-
terrain et ses geôlières la firent monter dans un ascenseur. Arrivées dans les étages, elles lui ôtèrent les menottes et la laissèrent en compagnie d'un médecin, de son
assistant et d'une aide-soignante.

La jeune fille fut conduite dans une salle attenante. Là
non plus, on ne prit pas la peine de lui donner des explications. Aidé de son assistant, le médecin procéda aux
examens prescrits par le Dr York. Prise de la température, de la tension, auscultation du cœur et des poumons,
examen de l'œil, des oreilles, de la gorge. Analyse
d'urine, prise de sang. Recherche d'infections ou de
substances interdites par la loi. Puis l'aide-soignante lui
enjoignit de se déshabiller. Lorsque, nue et tremblante,
elle se tint devant eux, ils l'examinèrent avec le plus
grand soin, recherchant des lésions. Il y en avait un certain nombre. Des marques un peu partout : plusieurs
bleus sur les bras, deux sur les seins, un sur une fesse.
Ils finirent par découvrir un vilain hématome à l'intérieur
de sa cuisse, là où son père l'avait pincée, puis un autre
plus haut. Malgré les protestations de Grace, l'assistant
prit des photos, pendant que son supérieur notait ses
conclusions. Elle fondit en larmes.

— Non, pas ça, je vous en prie. J'ai reconnu les faits,
j'ai signé des aveux, que vous faut-il de plus ? A quoi ser-
viront toutes ces photos ? Laissez-moi tranquille.

L'objectif s'était approché de son entrejambe où
d'autres ecchymoses étaient visibles. Des sanglots
secouèrent Grace et le médecin menaça de l'attacher si
elle refusait de coopérer.

— Allongez-vous sur la table d'examen, ordonna-t-il.

Jusqu'alors, il ne s'était pas directement adressé à elle.
La plupart des ordres étaient formulés par l'aide-soi-

gnante. Les hommes en blanc ignoraient totalement la patiente. Ils parlaient d'elle comme si elle avait été un morceau de viande et non un être humain.

Le médecin enfila des gants de caoutchouc sur lesquels il étala un peu de gel.

— Qu'allez-vous faire ? demanda Grace d'une voix terrifiée.

— Vous n'avez jamais passé d'examen gynécologique ? dit-il, surpris.

C'était une jolie fille de dix-sept ans et il doutait qu'elle soit encore vierge, mais cela, il le saurait dans une minute.

— Non, je...

Sa mère, qui lui avait procuré la pilule, ne l'avait jamais emmenée chez le médecin. Les paroles du Dr York lui revinrent en mémoire : « Je vous ai demandé si vous étiez vierge. » Qu'est-ce que cela changerait ? Son père était mort et elle avait reconnu l'avoir tué. Alors, à quoi rimait cette sinistre comédie ? Elle sut ce que devait éprouver un animal traqué et se remit à pleurer. L'aide-soignante réagit aussitôt. Si Grace ne s'exécutait pas de son plein gré, ils allaient être obligés de la ligoter sur la table, déclara-t-elle sèchement. La jeune fille obéit, les genoux tremblants, et mit les pieds dans les étriers. L'homme en blouse blanche s'assit sur un tabouret, une lampe sur le front. Un instrument glacé se glissa en elle, écartant ses chairs. Le médecin procéda à une investigation minutieuse, avant de pratiquer un prélèvement qu'il déposa sur une mince lamelle de verre.

— Voilà, déclara-t-il enfin, indifférent. Vous pouvez vous rhabiller.

C'était fini. Elle ignorait ce qu'ils avaient découvert. Ils n'avaient fait aucun commentaire et, dans sa naïveté, Grace se mit à espérer qu'ils n'avaient rien remarqué, rien décelé. Elle se rhabilla. Deux gardiens — des hommes cette fois — la ramenèrent en camionnette au poste de police où elle fut à nouveau enfermée dans la cellule qui empestait l'urine. Deux de ses compagnes venaient d'être libérées. Elles étaient accusées d'usage de drogue et de racolage. Leur souteneur s'était empressé de payer la caution. Restaient les deux autres : l'une arrêtée pour vol, l'autre pour détention illégale de cocaïne. Connaissant les poursuites engagées contre Grace, elles lui fichaient une paix royale.

Le dîner se composait d'un tout petit morceau de viande calciné et d'épinards gorgés d'eau. Grace grignotait un peu de viande en s'efforçant de faire abstraction de l'odeur ambiante quand la gardienne revint la chercher. Peu après, elle se retrouva dans la petite pièce éclairée au néon où elle avait rencontré Molly York le matin même. Celle-ci l'attendait, vêtue de jeans et d'un pull en coton. Elle était venue directement de la clinique où elle exerçait, après une journée épuisante. Douze heures s'étaient écoulées depuis leur première entrevue.

— Bonsoir, murmura Grace, circonspecte, comme à l'approche d'un danger.

— Comment allez-vous ? demanda la psychiatre (Grace haussa les épaules avec un petit sourire contrit.) Avez-vous appelé l'associé de votre père ?

— Non, pas encore... Je ne sais pas quoi lui dire. Il était très lié avec mon père, acheva-t-elle dans un murmure.

— Cependant, il est le seul à pouvoir vous aider, non ?

— Je ne sais pas.

Rien de moins sûr, pensa-t-elle en même temps, sous le regard scrutateur de Molly.

— Avez-vous des amis ? Des gens susceptibles de vous soutenir ?

Elle connaissait la réponse. Elle avait deviné dans quel cruel isolement vivait Grace. Cette dernière n'avait personne au monde à part ses parents. Une mère et un père qui avaient détruit sa vie. Le père surtout, si les suppositions de Molly étaient exactes.

— Et vos parents ? Avaient-ils des amis ?

— Non, répliqua Grace après réflexion. Mon père avait beaucoup de relations. Maman, en revanche, ne fréquentait personne. (Elle était bien trop soucieuse de cacher aux autres qu'elle était une femme battue, pensat-elle.) Tout le monde appréciait mon père mais, non, il n'avait aucun ami proche.

— Mais vous-même ? Vous n'aviez pas de copines à l'école ? Non ? Pourquoi ?

— Je... n'avais pas le temps. Je devais vite rentrer à la maison pour m'occuper de maman.

— Est-ce bien vrai ? N'aviez-vous pas un secret, plutôt ?

— Bien sûr que non, murmura Grace, les yeux baissés.

Molly la regarda. Sa voix se durcit.

— Vous mentez ! Ce soir-là, il vous a violée.

Les yeux couleur de bleuet s'agrandirent.

— Non ! Comment pouvez-vous dire une chose pareille ?

Redoutant une crise d'asthme, elle s'interrompit, le souffle court. Elle avait essayé d'avoir l'air choqué mais n'avait réussi qu'à laisser transparaître sa terreur. Cette femme en savait trop. Il fallait coûte que coûte sauver les apparences. Éviter que les autres apprennent l'affreuse vérité. Qu'ils jugent mal ses parents par sa faute. Seigneur, que penseraient d'eux les braves gens de Watseka, s'ils savaient ?

— L'examen gynécologique a révélé quantité de lésions vaginales, dit Molly tranquillement. Cela n'arrive jamais lors de rapports sexuels normaux. Le médecin qui vous a examinée aujourd'hui a noté dans son rapport que vous avez dû être violée par une demi-douzaine d'hommes. Ou par un seul, extrêmement brutal. C'est la raison pour laquelle vous lui avez tiré dessus, n'est-ce pas ?

Aucun son ne franchit les lèvres de Grace.

— Était-ce la première fois qu'il vous violait ?

Dans le silence tendu qui suivit, Molly regarda la jeune prisonnière, en attendant sa réponse. Elle vit un flot de larmes voiler ses yeux, malgré ses efforts désespérés pour l'endiguer.

— Non... il ne m'a pas touchée... tout le monde adorait papa...

Elle l'avait tué et maintenant elle se devait de le protéger.

— Votre père vous aimait-il ? Ou est-ce qu'il se servait seulement de vous ?

— Il... m'aimait, s'écria-t-elle, affolée.

— Pourtant, cette nuit-là, il vous a violée.

Pas de réponse. Pas de dénégation non plus.

— Et ce n'était pas la première fois, n'est-ce pas ? Je vous en supplie, Grace, parlez !

— Je n'ai rien à vous dire ! jeta-t-elle, furieuse. Et vous ne pouvez rien prouver.

— Pourquoi le défendez-vous ? Essayez de vous rendre compte de la situation. Vous avez été arrêtée pour meurtre. Le procureur n'hésitera pas à vous faire subir une lourde peine s'il pense que vous n'aviez aucun mobile valable. Vous devez vous défendre. Je ne vous incite pas à mentir, Grace, je vous exhorte à dire la vérité. S'il a abusé de vous, s'il vous a brutalisée, le tribunal vous accordera les circonstances atténuantes. Vous serez jugée pour homicide et vous plaiderez la légitime défense. Cela change tout. Souhaitez-vous croupir en prison pendant vingt ans uniquement pour préserver la réputation de votre tortionnaire ? Je vous en prie, pensez-y.

Mais Grace secoua la tête. Elle y avait déjà pensé. Elle avait longuement pesé le pour et le contre. Se taire ou révéler que son père était un monstre. Sa mère ne le lui aurait jamais pardonné. Car Ellen aimait John passionnément. Il était celui dont elle avait besoin, celui qu'elle s'acharnait à retenir auprès d'elle à n'importe quel prix, par n'importe quel moyen, en lui sacrifiant tout, jusqu'à sa propre enfant.

— Je n'ai rien à vous dire, répéta-t-elle obstinément d'un air sombre.

— Pourquoi ? Il est mort. La vérité ne le touchera pas. Cessez de vous faire du mal, cela ne servira à rien. Votre loyauté vis-à-vis d'un homme qui a ruiné votre existence ne peut que vous causer du tort. (Elle saisit la main de Grace entre les siennes, par-dessus la table, comme pour la sortir de son refuge de silence.) On dit que la nuit porte conseil, continua-t-elle d'une voix plus douce. Je reviendrai demain. Tout ce que vous me direz restera entre nous, je vous en donne ma parole. Mais j'ai besoin de savoir ce qui s'est passé exactement. Promettez-moi d'y réfléchir.

Rien ne transparut sur le visage fin de Grace. Au bout d'un très long moment, elle inclina imperceptiblement la tête.

Molly la quitta, le cœur lourd. Rien ne semblait pouvoir combler l'abîme qui la séparait de sa jeune patiente. Elle était bien placée pour le savoir. Elle avait déjà eu affaire à des gosses violés, à des femmes battues. Chaque fois elle s'était heurtée à un mur de silence. La loyauté des victimes à l'égard de leur bourreau paraissait sans limites. Néanmoins, presque toujours, elle avait réussi à les faire parler. Mais Grace, elle, ne céderait pas, elle en avait le pressentiment.

Le bureau de Stan Dooley était vide. Elle y entra pour consulter une fois de plus le rapport médical et les polaroïds. Le policier revint, tandis qu'elle se penchait sur le dossier. Quatorze heures s'étaient écoulées depuis son premier entretien avec Grace Adams.

— Vous n'avez rien de mieux à faire la nuit ? la taquina-t-il. Une belle fille comme vous !

Elle eut un rire amusé en rejetant en arrière ses longs cheveux blonds.

— Je suis comme vous, Stan. Vous aussi vous travaillez du matin au soir.

— J'y suis obligé. Pas vous. Dans dix ans, je serai à la retraite. Alors que vous serez psychiatre jusqu'à cent ans.

— Merci pour le vote de confiance, soupira-t-elle en refermant le dossier. Avez-vous jeté un coup d'œil au rapport de l'hôpital concernant Grace Adams ?

— Oui, et alors ? fit-il, impassible.

Molly lui décocha un regard irrité.

— *Alors* ? Ne me dites pas que vous manquez à ce point d'imagination.

— Qu'est-ce que l'imagination vient faire là-dedans ? Elle a peut-être couché avec quelqu'un. Rien ne prouve qu'elle a été violée. Et encore moins par son père.

— A votre avis, Dooley, avec qui a-t-elle couché ? Avec une demi-douzaine de gorilles ? Vous n'avez pas vu les contusions ? Avez-vous seulement lu les notes du médecin sur les lésions internes ?

— Je n'en sais rien. Certains l'aiment chaud, comme on dit, pas vrai ? Écoutez, docteur, elle ne s'en plaint pas. Elle n'a pas dit qu'elle avait été violée. Qu'attendez-vous de moi au juste ?

— Un peu de bon sens. Elle n'a que dix-sept ans et c'était son père. Elle le protège, pour sauvegarder sa réputation. Mais j'affirme, moi, que cette jeune fille était en état de légitime défense. Et vous le savez.

— Le protéger ! Elle l'a bel et bien liquidé, oui ! Vous êtes gentille, mon petit, mais votre théorie de la légitime défense ne tient pas debout. Que savons-nous exactement ? Qu'elle a eu des rapports sexuels un peu rudes, point final. On n'a pas la preuve que son père s'envoyait en l'air avec elle. Et de toute façon, même si c'était vrai, elle n'aurait pas dû lui tirer dessus. Revoyez la définition de la légitime défense ! D'ailleurs, elle n'a jamais prétendu avoir été violée. Ça, c'est *vous* qui le prétendez.

— Mais qu'en savez-vous ? (Elle avait crié, mais il resta de marbre.) Sur quoi vous basez-vous pour la condamner ? Vous la connaissez à peine. Vous ne l'avez même pas interrogée. Vous refusez de prendre en considération le fait le plus élémentaire : il s'agit d'une jeune fille de dix-sept ans, presque une enfant, vivant dans un isolement absolu, comme sur une autre planète.

— Une autre planète ! Laissez-moi vous confier un petit secret, docteur York. Votre protégée n'est pas une martienne. C'est une meurtrière. C'est aussi simple que ça. Voulez-vous que je vous dise ce que je pense, au fond, de tous vos rapports médicaux ? Pas grand-chose. La gosse est sans doute partie s'amuser ce soir-là, après les obsèques de sa mère, et son père n'a pas trouvé son attitude correcte. Il l'a attendue et quand elle est rentrée, il lui a sonné les cloches. Elle a pris la mouche et... pan ! elle l'a tuée. Les taches de sperme sur les draps sont pure coïncidence. Vous ne pouvez pas accuser d'inceste un homme respecté par toute la ville. J'ai téléphoné à son associé aujourd'hui. Il est du même avis que moi. La seule idée que John Adams ait pu nuire à son enfant — et je n'ai pas prononcé le mot viol — l'a mis hors de lui. Il m'a dit que John adorait sa femme et sa fille. Selon lui, il ne vivait que pour elles. C'était un mari fidèle, un père dévoué. Il a ajouté que la petite était bizarre. Renfermée. Presque hostile. Qu'elle ne parlait à personne et n'avait pratiquement pas d'amis.

— Dans ce cas, vos allusions à un petit copain tombent d'elles-mêmes.

— Pas du tout. Elle n'avait pas besoin d'un amant régulier pour se donner du bon temps pendant une demi-heure.

— Vous ne voulez vraiment pas voir l'évidence, n'est-ce pas ? s'emporta Molly.

Comment pouvait-il être aussi borné ? Aussi aveugle ?

— Que suis-je censé voir, docteur ? Voilà une gosse de dix-sept ans qui a tiré sur son père. Elle semble bizarre et elle est peut-être complètement folle. Elle avait peut-être peur de lui, ou peut-être y avait-il encore autre chose. Mais le fait est qu'elle l'a tué. Et qu'elle n'a jamais dit qu'elle a été violée. C'est vous qui l'affirmez.

— Elle a peur. Elle craint que l'on découvre leur secret.

Elle en avait la conviction. Elle avait vu des centaines de cas analogues.

— L'idée qu'il n'y a pas de secret ne vous a pas effleurée ? Voulez-vous que je vous dise ? Vous avez inventé cette histoire parce que vous avez pitié d'elle et que vous aimeriez la disculper.

— Je n'ai pas inventé les ecchymoses et les lésions, rétorqua-t-elle. C'est dans le rapport médical, et sur les photos.

— Elle est peut-être tombée dans l'escalier. En tout cas, vous êtes la seule à parler de viol. N'essayez pas de salir la mémoire de John Adams. Vous n'y arriverez pas.

De guerre lasse, Molly changea de sujet.

— A propos de l'associé de M. Adams... Va-t-il défendre Grace ?

— Ça m'étonnerait. Il a demandé si elle allait être remise en liberté sous caution et je lui ai répondu que non, puisqu'elle est inculpée de meurtre. Alors il a dit : « Tant mieux, parce qu'elle n'a plus nulle part où aller. » Elle n'a aucune famille. Et quant à Wills, il a scrupule à l'héberger. Il est célibataire, voyez-vous. Et pour répondre à votre question, non, il n'a pas l'intention de la défendre. Qu'elle prenne un avocat commis d'office, a-t-il conclu. Remarquez, je le comprends. Visiblement, la mort de son associé l'a bouleversé.

Si Grace n'avait pas souhaité faire appel à l'associé de son père, c'est qu'elle devait se douter que Frank Wills ne la soutiendrait pas, songea Molly, déçue.

— Avec l'argent de son père, elle a les moyens d'engager un avocat privé, non ?

— Wills n'en a pas parlé. Il ne s'est même pas proposé de lui trouver un autre défenseur, expliqua Stan Dooley. Mais il m'a dit que John Adams, qui était son meilleur ami, lui devait une coquette somme. La longue maladie de sa femme l'a pratiquement mis sur la paille. Restent ses parts dans le cabinet juridique et la maison, qui est hypothéquée. Selon Wills, la vente de la propriété n'épongera pas les dettes de John. Et, bien entendu, il n'a pas l'intention de payer un avocat de sa poche. Demain, j'appellerai le bureau des avocats commis d'office.

Molly répondit par un hochement de tête. Ses pensées voguaient vers Grace. Grace qui vivait dans une solitude accablante. Un isolement complet. Sans amis et sans attaches, comme cela arrivait fréquemment chez les adolescents accusés de meurtre. Mais, contrairement à la plupart des cas, Grace était issue d'un milieu favorisé. Elle avait grandi dans une jolie maison, ses parents étaient connus et respectés. A toutes fins utiles, Molly nota le numéro de téléphone de Frank Wills.

— Comment se porte le beau Dr Kildare ? s'enquit Dooley en faisant allusion au fiancé de la jeune femme.

— Il sauve des vies. Je l'ai à peine vu ces jours-ci.

Elle sourit au policier. Souvent, son conformisme l'exaspérait. Mais, sous ses aspects bourrus, il cachait un cœur généreux.

— Dommage, dit-il. Il vous éviterait un tas d'ennuis, s'il était plus disponible.

— Oui, je sais.

Alors qu'elle s'éloignait, Stan la suivit d'un regard admiratif. Elle alliait le charme à l'intelligence. Ses collègues la tenaient pour un psychiatre compétent, malgré ses idées parfois peu orthodoxes.

Plus tard dans la soirée, Molly appela Frank Wills. Il lui répondit sèchement. Grace Adams méritait la peine capitale, déclara-t-il sans préambule.

— Elle n'a aucune excuse. John était l'homme le plus gentil de la terre, poursuivit-il avec une émotion dont Molly pensa obscurément qu'elle était feinte. Tout le monde vous le confirmera. Je ne connais pas une seule personne qui n'appréciait pas John Adams. A part sa fille, bien sûr. Je n'arrive pas à croire qu'elle l'a assassiné.

Il avait passé la journée à rédiger l'oraison funèbre qu'il comptait prononcer aux funérailles. Toute la ville y assisterait, sauf Grace, naturellement. Mais, cette fois-ci, il n'y aurait pas de visite de condoléances.

— Il n'avait que son épouse et sa fille, ce malheureux...

Sa voix se brisa et Molly attendit qu'il se ressaisisse.

— Selon vous, monsieur Wills, avait-elle une raison de le tuer ? questionna-t-elle d'un ton détaché.

Elle ne devait négliger aucune information si elle voulait avancer. Son correspondant avait sa petite idée là-dessus.

— L'argent, assena-t-il après un silence. L'héritage. John n'avait pas fait de testament mais elle s'est probablement figuré que tout lui reviendrait. Evidemment, légalement, elle n'a plus aucun droit sur la fortune de celui qu'elle a supprimé. Mais cela, à mon avis, elle ne le savait pas.

— Une fortune importante, je présume, jeta Molly innocemment, passant sous silence les renseignements que lui avait fournis Dooley. J'imagine que la part de M. Adams dans votre société représente une somme considérable. Vous étiez, tous les deux, de si grands avocats...

Elle l'avait flatté exprès. Son correspondant tomba dans le piège.

— Oui, c'est exact, répondit-il d'un ton plus chaleureux. Cela dit, il me devait une grosse partie de son capital. Il disait qu'il me laisserait ses parts s'il ne parvenait pas à s'acquitter de sa dette avant sa mort. Il ne savait pas qu'il nous quitterait si prématurément, le pauvre.

— Est-ce qu'il a couché cela sur le papier ?

— Je l'ignore. Il s'agissait d'un arrangement entre nous. Le traitement d'Ellen était extrêmement coûteux. Il était normal que je lui prête de l'argent de temps à autre.

— Et la maison ?

— Hypothéquée. C'est une belle propriété, cependant pas assez cossue pour qu'on se fasse tuer pour elle.

— Croyez-vous vraiment qu'une adolescente de dix-sept ans puisse tuer son père pour une maison, monsieur Wills ? C'est un peu tiré par les cheveux, non ?

— Pas tant que ça. Cette petite folle a certainement pensé que le prix de la vente lui permettrait de s'offrir un collège de luxe sur la côte Est.

— C'était son rêve ? s'étonna Molly.

Grace lui avait fait l'effet de quelqu'un de totalement dépourvu d'ambition.

— Je ne connaissais pas ses rêves, docteur. Une chose est certaine : elle a tué son père. On dit que le crime ne paie pas et sur ce point, Dieu merci, la loi est parfaitement claire. Elle n'aura ni les parts de sa victime ni sa propriété. Rien. Pas un sou.

Sa véhémence mit Molly sur ses gardes. Elle ne put s'empêcher de se demander si c'était l'indignation ou l'intérêt qui rendait Wills aussi hostile.

— Qui héritera, dans ce cas ? Avait-il d'autres parents, même éloignés ?

— Non, aucun. Mais, comme je vous l'ai déjà dit, il me devait pas mal d'argent. Nous avons travaillé ensemble pendant une vingtaine d'années et je l'ai aidé chaque fois qu'il me l'a demandé. Ce n'est pas rien.

— Oui, bien sûr, répondit-elle calmement. Je comprends.

Molly mit fin à la conversation après l'avoir remercié poliment. Le petit visage tourmenté de Grace la hantait. Lorsque son fiancé rentra, tard dans la nuit, elle lui fit part de ses inquiétudes. Il avait passé une journée épuisante aux urgences à soigner des blessés par balles et des accidentés de la route. Il était éreinté, mais il l'écouta attentivement.

Molly York et Richard Haverson vivaient ensemble depuis deux ans. De temps en temps, la question du mariage revenait sur le tapis, mais ni l'un ni l'autre

60

n'étaient pressés de régulariser leur situation. Ils s'estimaient heureux ainsi. Tout les rapprochait : leur profonde affection, leurs goûts communs, leur passion pour leur travail. Et même leur physique ! Leurs amis leur trouvaient un air de famille — Richard était blond, grand et mince comme Molly.

— Cette petite est dans de sales draps, conclut le jeune homme en luttant contre sa fatigue. Si tu veux mon avis, le dénommé Wills espère vivement qu'elle sera condamnée. Il pourra ainsi disposer librement de l'argent de son associé. Mais si elle n'avoue pas que son père la violait, comment veux-tu l'aider ?

Molly leva les yeux de sa tasse de café.

— Si seulement j'arrivais à la faire sortir de son mutisme ! A lui tirer un mot, un seul, sur ce qui s'est réellement passé le soir du meurtre... Bon sang, on n'abat pas son père d'un coup de revolver au beau milieu de la nuit sans raison ! Les policiers ont découvert sa chemise de nuit à moitié déchirée par terre. Tous les indices, toutes les preuves sont là. Mais elle ne nous autorise pas à les utiliser.

— Tu y arriveras, sourit-il avec une tendre confiance. Tu arrives toujours à bout de toutes les résistances.

Mais pas de celle de Grace Adams, justement, se dit amèrement Molly. Pour la première fois, toutes ses manœuvres d'approche avaient échoué. La jeune fille était figée dans une attitude d'autodestruction inébranlable. Ses parents avaient ôté en elle toute volonté de se défendre. Elle ne les dénoncerait pas.

Lorsque Molly se réveilla le lendemain, à six heures du matin, sa première pensée fut pour Grace. Sur le chemin de la clinique, elle jeta un coup d'œil à sa montre. Elle était en avance. Elle songea à rendre visite à la jeune prisonnière, puis eut une meilleure idée. A huit heures et demie tapantes, elle entra dans le bureau des avocats commis d'office.

— David Glass est-il là ? demanda-t-elle à la réceptionniste.

David était le plus jeune de l'équipe. Molly et lui n'avaient travaillé ensemble que deux fois, mais elle avait eu largement le temps d'apprécier ses qualités. Ancien enfant des rues de New York, il s'était arraché à la violence des ghettos du Bronx pour gravir peu à peu les échelons de la réussite. Et maintenant, il était devenu le défenseur des causes perdues. Au tribunal, il se battait comme un lion contre ses adversaires et le plus souvent il obtenait des résultats brillants. Aux yeux de Molly, il était l'avocat idéal pour Grace Adams.

— Oui, docteur York, il est quelque part par là, répondit la réceptionniste.

Molly partit à sa recherche dans le dédale des couloirs. Elle le trouva dans la bibliothèque, assis à une table encombrée de livres, buvant tranquillement un café. Il leva les yeux, l'accueillit d'un sourire.

— Salut, Doc. Comment allez-vous ?

— Comme d'habitude. Et vous ?

— Pareil. J'essaie de faire acquitter mes clients.

— A propos, je vous apporte une affaire.

Il haussa les sourcils, avec un « tiens, tiens » amusé. Plus petit que Molly, il ne manquait pas de séduction, avec ses yeux noirs et ses cheveux bruns et bouclés. Une sorte d'aura se dégageait de lui. Il tirait parti de ses imperfections en se donnant de faux airs de Clark Gable. Une lueur vive avait dansé au fond de ses yeux quand il avait aperçu Molly, signe que la jeune femme lui plaisait.

— C'est vous qui distribuez les dossiers maintenant ? Vous avez changé de métier ?

— Non, mon cher. Mais je voudrais que vous en preniez une qui me tient particulièrement à cœur. Un cas sur lequel je travaille depuis peu. On nommera un avocat d'office aujourd'hui. J'aimerais que ce soit vous.

— J'en suis flatté. Comment se présente cette affaire ?

— Assez mal, à vrai dire. Une jeune fille inculpée de meurtre. Elle risque des années de réclusion, peut-être même la peine de mort. Elle a dix-sept ans... Elle a mortellement blessé son père par balle.

Il hocha la tête. Il avait vu pire à New York. Des crimes odieux, dignes de figurer au musée des horreurs.

— Parfait. Le genre de délit que je préfère, plaisanta-t-il. Elle lui a tiré dessus elle-même ou elle a persuadé son petit ami de le faire à sa place ?

— Rien d'aussi palpitant, répliqua Molly, les sourcils froncés. C'est assez compliqué. Pouvons-nous aller en parler quelque part ?

— Si vous ne craignez pas d'être un peu à l'étroit, je vous propose mon cagibi.

La pièce qui lui tenait lieu de bureau était en effet minuscule. Mais une fois la porte refermée, elle offrait un peu d'intimité. Il passa devant Molly, sa tasse de café à la main, les bras chargés de livres.

— Eh bien, je vous écoute, dit-il, tandis qu'elle prenait place sur l'unique chaise.

Un soupir gonfla la poitrine de la jeune femme. En son for intérieur, elle priait pour que David Glass accepte de défendre Grace.

— Voilà : elle l'a tué presque à bout portant avec un revolver qu'elle prétend avoir « trouvé dans sa main ». Sans savoir comment, d'après sa déposition. Elle affirme qu'ils formaient une famille unie et heureuse, à ceci près que ce jour-là, ils avaient enterré sa mère. Mais à part ça, pas de problème.

— Est-elle saine d'esprit ?

Il semble moyennement intéressé, se dit la psychiatre avec un pincement au cœur. Pourtant il aimait relever les défis et avait un faible pour ceux qu'il appelait « les gosses égarés ». Sans lui, Grace n'avait aucune chance. Elle partait battue d'avance et le pire était qu'elle ne semblait pas en avoir conscience. Elle ne se préoccupait pas de son destin, comme si, au fond, elle avait déjà renoncé à tout espoir. Sa propre vie lui importait peu. Mais pas à Molly.

— Oui, elle est parfaitement saine d'esprit, confirma-t-elle. Profondément déprimée, bien sûr, passablement névrosée, très certainement, mais à juste titre. Je suis convaincue que son père abusait d'elle. (Elle énuméra brièvement les conclusions du rapport médical, puis décrivit l'état psychologique de sa patiente.) Elle jure qu'il ne l'a jamais touchée. Franchement, je n'en crois pas un mot. Je pense qu'il l'a violée et que ce n'était pas la première fois. Sauf que ce soir-là, la mère n'était plus là. Grace avait perdu celle qu'elle considérait, à tort d'ailleurs, comme sa protectrice. La panique aidant, le drame a éclaté. Il devait se trouver au-dessus d'elle, compte tenu de la distance d'où elle a tiré. Oui, il était sur elle, en train de la violer, quand elle a pris l'arme dans le tiroir de la table de nuit, et que le coup de feu est parti.

— Qu'en pensent les policiers ? demanda-t-il, intrigué à présent.

— Tout le problème est là. Ils ne veulent pas en entendre parler. Le père, un avocat de renom, était aimé et respecté de toute la ville. Aucun habitant de Watseka ne croira jamais que l'honorable M. Adams, grand redresseur de torts, couchait avec sa fille. La tenait-il en joue, cette nuit-là, a-t-elle tenté de lui prendre le pistolet ? Je n'en sais rien. Mais je suis persuadée qu'une chose horrible s'est produite dans la vie de cette jeune fille. Quelque chose dont elle refuse obstinément de parler. Tous les témoignages concordent : elle n'a aucun ami. Son existence se déroulait entre les bancs de l'école et le chevet de sa mère malade. Celle-ci est morte il y a quelques jours, elle n'a plus aucune famille, aucune relation. Et elle est face à une ville entière prête à clamer devant les jurés que son père était un homme irréprochable.

David la regarda un instant. Ils avaient fait équipe deux fois et il avait appris à se fier à son intuition.

64

— Mais vous avez décidé de ne pas vous ranger à l'opinion générale. Pourquoi ?

— Parce que je sais qu'elle ment. J'en suis sûre. Elle
est terrifiée. Elle continue à le défendre comme si elle
craignait encore ses représailles.

— Si j'ai bien compris, elle ne dira rien.

— Pas pour le moment. Elle a atteint le fond, c'est
écrit sur son visage. Elle a baissé les bras.

— Mais pas vous, dit-il en souriant. Telle que je vous
connais, vous reviendrez à la charge jusqu'à ce qu'elle se
décide à parler.

— Vous péchez par excès de confiance. Le temps
presse. Ils vont établir aujourd'hui la mise en accusation,
puis ils lui assigneront un avocat.

— Sa famille ne connaissait pas un homme de loi qui
pourrait la défendre ? Un associé de son père, par
exemple ?

— Justement, l'associé de son père s'est désisté. Il
clame qu'il a scrupule à défendre une meurtrière. A
l'entendre, il ne reste pratiquement plus un sou aux
Adams, à cause de la maladie d'Ellen. Sauf les parts de
John dans le cabinet juridique et la maison, qui est hypothéquée. Il en héritera si Grace est condamnée. Il prétend
avoir prêté d'énormes sommes d'argent à son associé. Et
il refuse de débourser un centime pour la défense d'une
fille indigne. C'est pourquoi je m'adresse à vous. Ce
type-là ne m'inspire pas confiance. Il décrit le défunt
comme un saint, et proclame que Grace mérite la peine
capitale.

— A dix-sept ans ? Charmant individu, lâcha David,
écœuré. Est-ce que votre protégée est au courant de ce
qui se trame dans son dos ? Sait-elle que l'associé de son
père s'apprête à mettre le grappin sur leur maison pour
combler une dette hypothétique ?

— Je ne crois pas. Et même si elle s'en doutait, elle ne
réagirait pas. J'ai l'impression qu'elle se ferait volontiers

brûler pour expier sa faute... La pauvre gosse est persuadée qu'elle a encore des devoirs vis-à-vis de ses parents.

— Et moi, j'ai l'impression qu'elle a autant besoin d'un psychiatre que d'un avocat.

Le sourire de David Glass s'élargit. L'idée de retravailler avec le Dr York le comblait d'aise. Lors de leur première collaboration, il avait rêvé d'une aventure sentimentale qui n'avait jamais vu le jour. En galant homme, le jeune et bouillant avocat s'était contenté de l'amitié de son équipière. Au fil du temps, il avait appris à la respecter. Il lui vouait une profonde estime qu'il savait réciproque.

— Qu'en pensez-vous ? questionna la voix anxieuse de Molly, le tirant de ses méditations.

— Grace Adams s'est fourrée dans une situation inextricable. Quel est le chef d'accusation ?

— Je ne sais pas encore. Meurtre avec préméditation, probablement, si toutefois ils parviennent à apporter la preuve qu'elle a tué pour toucher son héritage. Ce sera difficile, étant donné que la maison est hypothéquée et que son père avait promis ses parts à son associé.

— Attention, Grace ne savait peut-être rien de tout ça. Et elle ignorait sans doute qu'elle ne pourrait hériter de son père si elle l'éliminait. Voilà ce qu'ils diront s'ils veulent l'accuser de meurtre au premier degré.

— Si elle déclare qu'elle a tiré sans intention de provoquer la mort, le bureau du procureur la chargera de meurtre au second degré, murmura Molly avec espoir. Elle en prendra pour quinze ou vingt ans. Elle sortira de prison à quarante ans mais au moins elle sauvera sa tête... Elle va être traduite en justice comme une adulte, David. Si le jury est constitué de bons citoyens de Watseka, ils n'hésiteront pas à l'envoyer à la chaise électrique. Quand je pense que si elle nous disait la vérité, elle serait seulement accusée d'homicide par imprudence !

— Bon sang ! On va avoir du pain sur la planche.

— Dois-je en conclure que vous acceptez de la représenter devant la cour ?

— J'essaierai. Il n'y a pas de raison que l'on refuse ma candidature. Mais elle sera condamnée si elle est jugée dans cette ville. J'ai envie de demander que l'affaire soit renvoyée devant un autre tribunal.

— Vous ne voulez pas la rencontrer d'abord ?

— Bien sûr ! Si elle accepte de me raconter ce qui a précédé la tragédie, elle a une chance de s'en sortir. Sinon, elle est perdue. Il faut qu'elle parle, Molly.

Celle-ci acquiesça.

— Elle le fera peut-être si vous gagnez sa confiance. Je comptais lui rendre visite cet après-midi, mais je dois terminer mon rapport sur ses facultés mentales. J'ai établi mon diagnostic dès le premier jour : Grace est responsable de ses actes, tout à fait apte à assister au procès. Ensuite je suis retournée la voir, pour qu'elle garde contact avec l'extérieur.

Elle se fait du souci pour Grace Adams et elle a raison, pensa David.

— J'irai la voir tout à l'heure avec vous si on me confie l'affaire, assura-t-il. Appelez-moi à l'heure du déjeuner.

Il nota le nom de Grace et son numéro d'écrou. Molly le remercia avec chaleur avant de prendre congé. Elle se sentait plus légère. S'il existait un moyen de sauver Grace, David Glass le trouverait. Il était son seul espoir.

Elle n'eut pas le temps de l'appeler avant quatorze heures. On lui répondit qu'il était sorti. Au comble de l'angoisse, elle essaya de le joindre à nouveau vers seize heures. Jusque-là, elle n'avait pas eu une minute à elle. La journée s'était passée en visites médicales et en rapports rédigés à l'intention des tribunaux. Elle avait vu un garçon de quinze ans qui avait voulu se suicider. Il avait enjambé un pont et s'était écrasé sur le béton, mais il avait survécu. Il était tétraplégique et passerait le restant de ses jours sur une chaise roulante. Il pouvait seulement remuer le nez et les sourcils et avait du mal à parler.

Molly rappela David une troisième fois en fin d'après-midi. Elle commença par s'excuser de son retard.

— Je viens moi-même de rentrer, répondit-il.

— Que vous ont-ils dit ?

— Ils m'ont souhaité bonne chance. Pour eux, l'affaire est pratiquement classée. Elle l'a supprimé pour l'argent, même s'il n'y en avait pas beaucoup. Les policiers sont convaincus qu'elle ignorait que toutes leurs économies étaient passées dans les traitements d'Ellen. Ils affirment aussi qu'elle ignorait que les meurtriers ne peuvent hériter de leurs victimes. Les uns soutiennent l'hypothèse du meurtre prémédité, les autres pensent qu'elle l'a tué après une dispute, si bien que nous aurons affaire à un meurtre au premier degré, au mieux à un second degré. Cela va chercher dans les vingt ans de réclusion, si ce n'est la peine de mort.

Molly sentit les larmes lui monter aux yeux.

— Mais ce n'est qu'une enfant... une petite fille, balbutia-t-elle, consciente de trop s'impliquer dans le cas de Grace Adams. Comment comptez-vous la défendre ?

— Je ne sais pas encore. Rien ne prouve que son père l'a agressée, à moins que votre hypothèse de viol s'avère exacte. Laissez-moi le temps de souffler. Je viens juste d'obtenir l'autorisation d'assurer sa défense. Ils m'ont fait la faveur de remettre à quelques jours la mise en accusation, pour que je puisse la voir auparavant. Une première entrevue a été fixée à neuf heures demain matin. Je serai au poste de police dès huit heures pour étudier son dossier. Voulez-vous venir ? Le fait qu'elle vous connaisse déjà m'aiderait à briser la glace.

— Je ne suis pas sûre qu'elle me porte dans son cœur. Je n'ai pas arrêté de lui poser des questions sur son père et je crois qu'elle n'aime pas ça.

— Elle aimera encore moins la chaise électrique. Je propose que nous nous retrouvions à huit heures et demie là-bas.

— J'y serai. Et... David ?

— Oui ?

— Merci... merci pour tout.

— Nous ferons de notre mieux. A demain matin.

En raccrochant, Molly se surprit à espérer un miracle.

3

Ils se retrouvèrent le lendemain à l'heure dite, devant le commissariat central. Entre-temps, David avait épluché tous les rapports de police. Molly avait apporté ses notes ainsi que le dossier médical, que l'avocat parcourut rapidement, tandis qu'ils gravissaient les marches. A la vue des polaroïds, il haussa les sourcils.

— On dirait qu'il l'a frappée avec une batte de base-ball, remarqua-t-il.

— Et elle dit qu'il ne s'est rien passé !

Molly soupira. Une petite lueur d'espoir brillait à présent dans les ténèbres. Si seulement David inspirait confiance à Grace ! Si seulement elle sortait de son mutisme ! Son avenir, sa vie en dépendaient, et elle ne s'en rendait pas compte. Le gardien de jour les conduisit dans la petite pièce aux portes blindées, avec sa table et ses quatre chaises. Plusieurs minutes s'écoulèrent avec une lenteur exaspérante. David alluma une cigarette. Il tendit le paquet à Molly, qui refusa. Enfin, une paire d'yeux apparut derrière le judas. Un cliquetis de serrure suivit, tandis que la surveillante déverrouillait la porte menant aux cellules de sécurité. Le lourd battant s'ouvrit sur une frêle silhouette. Grace franchit le seuil d'un pas hésitant. Elle était vêtue du tee-shirt et du jean qu'elle portait le soir de son arrestation. Personne n'était venu lui apporter d'autres vêtements.

David la détailla avec attention. Grande, mince, gracieuse, elle avait l'air encore plus jeune que ses dix-sept ans. Mais, lorsqu'il croisa son regard, elle lui parut soudain nettement plus âgée. Il y avait quelque chose d'infiniment triste dans ses yeux, une sorte de résignation proche de l'indifférence. Elle se déplaçait nerveusement, telle une biche prête à disparaître, d'un saut rapide, dans les ombres du sous-bois. Elle avait passé des heures harassantes en compagnie des policiers. Ceux-ci lui avaient indiqué qu'elle pouvait réclamer la présence de son avocat pendant l'interrogatoire, mais elle ne l'avait pas jugé nécessaire. Puisqu'elle avait admis les faits, elle pouvait aussi bien répondre seule à leurs questions.

Un inspecteur lui avait toutefois signalé qu'un avocat lui serait attribué et qu'il allait venir la voir. Elle n'avait eu aucune nouvelle de Frank Wills et ne s'était pas donné la peine de le contacter. Elle n'avait passé aucun coup de fil. Elle n'avait personne à appeler, personne vers qui se tourner. Le drame avait fait la une des journaux. Grace avait parcouru les articles comme s'il s'était agi de l'histoire de quelqu'un d'autre. Les journalistes présentaient la victime comme un homme admirable, un juriste de grand talent, d'une honnêteté à toute épreuve. Ils avaient brossé un portrait succinct de sa meurtrière décrite comme une « adolescente de dix-sept ans fréquentant le lycée Jefferson ». Certains s'étaient même risqués à offrir différentes versions de la nuit du meurtre, toutes très approximatives, évidemment.

Molly brisa le silence en faisant les présentations.

— Grace, voici David Glass. Il vient du bureau des avocats commis d'office. Il vous représentera au tribunal.

— Bonjour, Grace, dit-il doucement.

Il ne l'avait pas quittée des yeux depuis qu'elle était entrée dans la pièce exiguë. Il était facile de deviner, à l'expression de son visage, la terreur qui l'habitait. David saisit la main qu'elle lui tendit poliment, une main transparente, qui se mit à trembler dans la sienne. Lorsqu'elle dit « enchantée », il remarqua sa respiration un peu sifflante. Molly l'avait prévenu qu'elle souffrait d'asthme.

— Asseyez-vous. Nous avons du pain sur la planche, reprit-il. J'ai étudié votre dossier hier après-midi. Vous êtes en mauvaise posture, Grace, je ne vous le cache pas. J'ai besoin d'informations. Je voudrais que vous me disiez ce qui s'est réellement passé. Ensuite, un enquêteur procédera aux vérifications nécessaires. Je m'engage à faire de mon mieux pour vous défendre, à condition que vous m'aidiez.

Il s'interrompit un instant en priant pour que la peur ne l'ait pas rendue sourde à ses arguments.

— Il n'y a rien à vérifier, rétorqua-t-elle tranquillement, très droite sur son siège. J'ai tué mon père.

En disant cela, elle le regarda droit dans les yeux, mais il soutint son regard sans broncher, nullement impressionné par ces aveux trop rapides.

— Je le sais. Mais encore ?

Il sut alors ce que le Dr York avait éprouvé en la voyant pour la première fois. Aucune étincelle de vie n'animait plus Grace. Elle était loin, très loin. Rien ni personne ne pouvait l'atteindre. Elle ressemblait plus à une apparition qu'à un être vivant.

— Eh bien ? insista-t-il avec douceur. Vous souvenez-vous de ce qui s'est passé ?

— Oui, bien sûr... (Certaines choses demeuraient floues, comme le moment exact où elle avait sorti l'arme de la table de nuit. Mais elle se rappelait l'avoir soupesée avant de dégager le cran de sécurité.) Je lui ai tiré dessus.

— Où avez-vous pris le revolver ? demanda-t-il aussi simplement que s'ils parlaient de la pluie et du beau temps.

Molly retint son souffle. Elle avait eu raison de s'adresser à David Glass. Il possédait l'art de mettre en confiance.

— Dans la table de chevet de ma mère.

— Comment l'avez-vous pris ? Se trouvait-il à portée de main ?

— Oui, en quelque sorte. Je n'ai eu qu'à ouvrir le tiroir.

— Et votre père ? A-t-il eu l'air surpris quand il l'a aperçu ? s'enquit-il d'un ton uni, comme s'il évoquait un sujet sans importance.

Grace inclina la tête.

— Il ne l'a pas vu tout de suite... oui, il a paru surpris quand je l'ai braqué sur lui. Il a essayé de me l'arracher et le coup est parti...

Un éclair douloureux passa dans ses yeux. Elle ferma un instant les paupières.

— Vous deviez être assez près de lui, non ? Comme ça ? fit-il négligemment, en indiquant les deux mètres qui les séparaient.

Il savait que la distance était plus courte mais il voulait l'entendre le dire.

— Non... euh... nous étions plus près l'un de l'autre.

Il répondit par un hochement de tête entendu, presque complice. On dirait deux amis engagés dans une conversation banale, pensa Molly, fascinée par la facilité avec laquelle Grace s'ouvrait à David. Elle paraissait beaucoup moins réticente. Plus encline aux confidences.

— A quelle distance, alors ? poursuivit-il gentiment, sans la brusquer. Cinquante centimètres ? Moins, peut-être ?

— Moins... admit-elle d'une voix faible, le regard détourné, sachant ce qu'il avait en tête. Beaucoup moins, en fait.

— Pourquoi donc ? Que faisiez-vous à ce moment-là ?

— Nous étions en train de... de discuter, articula-t-elle laborieusement, à bout de souffle.

— A quel sujet ?

Prise de court, elle réprima un sursaut.

— De... je... euh... au sujet de maman, je crois, oui... de maman, bégaya-t-elle.

Une fois de plus, l'avocat acquiesça paisiblement, comme lors d'un échange de vues des plus ordinaires. Ensuite, il se renversa sur sa chaise et scruta le plafond. Il crut entendre son cœur battre la chamade lorsqu'il posa la question suivante :

— Est-ce que votre mère était au courant, Grace ? De ce qu'il vous faisait subir, je veux dire.

Il s'était exprimé d'une voix si douce que Molly en eut les larmes aux yeux. Très lentement, le regard de David dériva du plafond au visage de Grace dont les yeux s'étaient embués.

— Vous pouvez me le dire, vous savez, murmura-t-il. Cela restera entre nous, je vous l'assure. Mais il faut que je sache la vérité si je dois vous défendre.

La jeune fille lui lança un coup d'œil farouche, prête à tout nier en bloc. Elle aurait voulu être sous terre. Disparaître. Enfouir dans les profondeurs glacées du tombeau son secret, mais le fardeau était trop lourd. Elle n'avait plus la force de se taire. Ni le courage de parler. Un torrent de larmes inonda ses joues et elle serra les dents. Comme s'il avait deviné ses hésitations, l'avocat lui saisit la main.

— Laissez-vous aller. Cela ira mieux après. Vous n'y pouviez rien... Il fallait que ça s'arrête.

Un sanglot désespéré déchira Grace. Ils étaient tous là, à la harceler de questions, les policiers, la psychiatre, et maintenant cet avocat... qui, sans qu'elle sache comment, avait su gagner sa confiance. Elle avait de la sympathie pour le Dr York, mais un élan plus spontané et plus fort la poussait vers David.

— Oui, elle était au courant.

C'était la déclaration la plus triste qu'il ait jamais entendue. Si John Adams avait encore été de ce monde, il lui aurait volontiers écrasé son poing sur la figure.

74

— Comment a-t-elle réagi ? Était-elle furieuse contre lui ? ou contre vous ?

Grace secoua la tête d'un geste imperceptible.

— Non, elle était d'accord. Elle voulait que je... elle disait que je... exhala-t-elle en luttant contre une crise d'asthme. Maman me répétait sans cesse que je devais m'occuper de papa... être gentille avec papa... oui, elle était d'accord, répéta-t-elle, les yeux emplis de larmes.

David et Molly échangèrent un regard consterné, plein de compassion.

— Depuis quand abusait-il de vous ? demanda-t-il d'une voix pleine de douceur.

— Depuis longtemps, soupira-t-elle, l'air harassé, si épuisée et fragile qu'il eut peur pour elle. Depuis quatre ans... La première fois, c'est maman qui m'a forcée à... à faire ça...

— Et ce soir-là ? c'était différent des autres fois ?

— Je ne sais pas. Oui, sans doute. Je n'en pouvais plus. Maman était partie, plus rien ne m'obligeait à continuer. Il m'avait entraînée dans leur lit. Il n'aurait jamais osé, avant... Et il m'a frappée, en plus du reste... (Cela, ils le savaient par les photos.) Je me suis souvenue du revolver. Je n'avais pas l'intention de tirer, je voulais juste l'arrêter... oui, l'arrêter... (Et elle l'avait fait. Définitivement.) Je ne savais pas qu'il en mourrait...

C'était fini. Bizarrement, une sensation de soulagement se mêlait à l'immense fatigue qui l'écrasait. Pour rien au monde elle ne se serait confiée aux policiers. Ils ne l'auraient pas crue. A leurs yeux, son père incarnait la perfection. La plupart d'entre eux le connaissaient personnellement, et jouaient avec lui au golf le dimanche. Alors que David et Molly l'avaient crue, elle en était persuadée. Ils l'avaient crue et avaient promis de ne pas divulguer son secret.

— Vous êtes très courageuse, la félicita David. Je suis content que vous ayez accepté de me parler.

Ainsi, les soupçons de Molly York étaient fondés. Sauf que c'était pire que tout ce qu'elle avait imaginé. Une petite fille violée à treize ans par son père, avec la complicité active de sa mère. « Les salauds ! » pensa-t-il, écœuré. John Adams avait amplement mérité son sort. De là à expliquer aux jurés que Grace n'avait fait que se défendre, après quatre ans de cruels sévices, c'était une autre paire de manches. Molly avait en vain essayé de convaincre les policiers. Ils n'avaient rien voulu entendre. Et il n'y avait aucune raison pour que les membres du jury se montrent plus compréhensifs.

— Raconteriez-vous votre histoire aux inspecteurs ? demanda-t-il calmement. (Elle fit non de la tête.) Pourquoi ?

— Ils ne voudront pas me croire. Et puis, je ne peux pas faire ça à mes parents.

— Vos parents sont morts, dit-il fermement.

Et elle risquait de les rejoindre si elle continuait à se taire. Dire la vérité était son unique chance. Son récit lui permettrait de plaider la légitime défense et, au moins, de faire transformer le chef d'accusation en homicide involontaire.

— Réfléchissez, Grace. Il va falloir raconter votre histoire à quelqu'un d'autre que moi ou le docteur ici présent.

Et convaincre le jury que votre propre vie était en danger, acheva-t-il mentalement. Mais Grace s'était raidie.

— Je ne peux pas. Que vont-ils penser de moi ? C'est tellement horrible.

Elle se remit à pleurer.

Molly se leva pour l'entourer de ses bras.

— Grace, c'est horrible à cause de vos parents, pas à cause de vous. Rien ne vous oblige à payer pour eux. David a raison, il faut que vous parliez.

Au terme d'une longue discussion, Grace promit d'y réfléchir. Elle n'avait pas l'air de croire que dire la vérité était la meilleure solution. Ils la laissèrent dans la petite pièce éclairée au néon.

— Nous ferions mieux d'échanger nos métiers, murmura Molly dans le couloir. Encore que je sois incapable d'exercer le vôtre.

N'étant pas parvenue à s'attirer la confiance de Grace, elle éprouvait un cuisant sentiment d'échec.

— Allons donc ! Ne soyez pas si dure avec vous-même. Elle a accepté de répondre à mes questions parce que vous aviez préparé le terrain. Et parce que son lourd secret devait lui peser... Elle a vécu quatre ans d'enfer. Parler a dû être un soulagement pour elle. (Un sourire malicieux éclaira les traits de David.) Le tuer aussi, je présume. Dommage qu'elle ne l'ait pas fait plus tôt. Et toute la ville qui décrit ce monstre de perversité comme un saint ! Ça me rend malade. Encore heureux qu'elle ne soit pas devenue folle.

Par miracle, elle avait tenu bon. Elle était abîmée, tourmentée, terrorisée, mais la violence n'avait pas affecté ses facultés mentales. Ni son pouvoir de raisonnement. Et David comptait là-dessus pour lui épargner vingt années de prison. Cependant, lorsqu'il la revit le lendemain, avant la mise en accusation, elle n'avait pas changé d'avis. Elle ne reviendrait pas sur sa déposition, déclara-t-elle de son ton distant, presque absent. Non. Elle ne dirait rien aux policiers. Il réussit tout de même à la convaincre de plaider non coupable. Mais le chef d'accusation tomba comme un couperet : meurtre avec intention de donner la mort. Un crime passible d'une lourde peine : vingt ans, perpétuité ou peine capitale suivant le bon vouloir des jurés.

Le juge refusa la liberté sous caution, requête de toute façon irrecevable, puisqu'il n'y avait personne pour payer. Les jours suivants, David Glass tenta l'impossible pour persuader sa cliente de raconter à la police ce qu'elle avait enduré pendant quatre ans. Les viols répétés, les coups, les humiliations, les sévices. Mais à chaque nouvel argument, Grace se refermait un peu plus. Non, c'est impossible, répondait-elle invariablement, et elle ne mollit pas, même quand, excédé, il menaça de tout laisser tomber.

Molly lui rendait visite également. Elle avait envoyé depuis longtemps son rapport à la cour. Elle s'en était tenue à son tout premier diagnostic : Grace Adams était saine d'esprit, donc apte à assister à son procès.

Le temps, qui semblait s'être figé, se mit alors à filer à une vitesse incroyable. Le jour des auditions préliminaires arriva. Grace répéta ses déclarations devant le juge : elle avait trouvé l'arme et avait tué son père. David avait un air sombre. La défense manquait singulièrement de témoignages. Il avait envoyé un enquêteur en ville, dans l'espoir de découvrir quelqu'un qui aurait eu des soupçons à l'encontre de John Adams. Celui-ci était revenu bredouille. Les réactions se partageaient entre le scepticisme et l'indignation. L'idée que l'honorable John Adams ait pu lever la main sur son enfant, pire encore qu'il ait cherché à assouvir des désirs inavouables avec elle, était intolérable aux honnêtes gens. La plupart s'écriaient, outrés, que la défense avait inventé de toutes pièces ces odieuses suppositions pour justifier un crime abominable, commis de sang-froid. David alla personnellement interroger les professeurs de Grace. Ils la décrivirent comme une élève brillante mais passablement perturbée. Une jeune fille solitaire. Presque sauvage, voire antisociale. Ils ignoraient que depuis que son père avait commencé à abuser d'elle, Grace s'était enfermée dans une tour d'ivoire. Et que, pour conjurer sa peur, elle s'était composé un personnage distant et inaccessible. Ils ne s'étaient pas doutés un seul instant de son calvaire. Certains évoquèrent ses crises d'asthme, qui avaient débuté en même temps que la maladie de sa mère. Curieusement, son acte insensé ne les étonnait pas. Comme si son caractère renfermé la prédisposait au meurtre. A leur avis, le décès de sa mère avait ébranlé ses nerfs trop fragiles, la précipitant dans une crise de démence.

Pendant ce temps, les braves citoyens donnaient leur version. Selon eux, Grace avait tué soit pour toucher l'héritage, soit pour se venger, à la suite d'une dispute. Personne ne voulait croire que le charmant, le sublime John Adams était un tyran domestique, ni qu'il battait sa femme avant de soumettre sa fille à ses actes pervers. Pour David, au contraire, comme pour Molly, il n'y avait pas l'ombre d'un doute. Le récit de Grace avait l'accent limpide de la vérité. L'avocat passa l'été à échafauder son plan de défense. Sur ses conseils, Grace avait finalement accepté de raconter aux policiers ce qui s'était réellement passé. Ils avaient haussé les épaules. Ces aveux tardifs tombaient vraiment à pic, pensèrent-ils. Il devait s'agir d'un subterfuge astucieux de son avocat. Mais ils ne mordraient pas à l'hameçon, et ils ne s'étaient pas gênés pour le faire comprendre à David. En désespoir de cause, celui-ci prit rendez-vous avec le procureur. Là encore, il se heurta au même mur de défiance. Il ne lui restait plus qu'à prier le ciel pour que les jurés se montrent plus réceptifs. Le procès devait s'ouvrir dans la première semaine de septembre.

Grace fêta ses dix-huit ans en prison.

Elle avait été transférée dans une cellule individuelle. Les journalistes l'avaient harcelée tout l'été. A tout instant, l'un d'eux se présentait au commissariat, en quête d'une interview. Il glissait deux ou trois billets de vingt dollars dans la poche du garde de service et peu après, Grace était aveuglée par les lumières des flashes. Naturellement, toutes les feuilles de chou locales avaient publié ses confessions accompagnées de commentaires acides. Elle avait pleuré amèrement, se sentant de nouveau coupable, et il avait fallu à David tout son savoir-faire pour la calmer. Mais, au fil des jours, une étrange transformation s'opérait en elle. On aurait dit qu'elle se préparait à une existence de recluse. De nombreuses années de prison l'attendaient, pensait-elle, si elle échappait à la peine de mort. Son avocat ne partageait pas son pessimisme. Il gardait espoir. Il espérait parvenir à convaincre les jurés que Grace, victime de la violence et de la perversité de son père, s'était battue pour y échapper.

Il commença par agir pour essayer de renvoyer l'affaire devant un autre tribunal, prétextant que tout Watseka était contre sa cliente. Sa requête fut refusée. Pendant ce temps, la presse se déchaînait. Les reporters, avides de sensations fortes, inventaient des détails de plus en plus sordides. A la fin de l'été, les journaux décrivaient Grace comme un ignoble petit monstre qui, des semaines et des mois durant, avait prémédité la mort de son père pour s'emparer de sa fortune. Le fait que ladite fortune s'élève à peu de chose ne semblait pas poser de problèmes aux auteurs de ces articles. Peu à peu, Grace apparaissait sous les traits les plus dégradants, elle était présentée comme une « fille facile », une « obsédée sexuelle » qui avait jeté son dévolu sur son propre père, puis l'avait abattu au cours d'une scène de jalousie. Chaque jour, un nouvel article noircissait davantage l'image de celle que tous considéraient à présent comme une froide meurtrière.

La constitution du jury dura plus d'une semaine. A la suite d'une nouvelle et vigoureuse requête de l'avocat de la défense, le juge consentit à les isoler, afin de les soustraire aux rumeurs. Le magistrat, un vieux grincheux à la voix de stentor, fréquentait le même club de golf que le père de Grace. Mais il se disait impartial et David dut bien le croire. De toute façon, il n'avait pas le choix. L'avenir s'annonçait sombre, le jeune avocat en avait conscience. Il songeait déjà à faire appel, ou à obtenir l'annulation du jugement pour vice de forme.

Le procureur exposa son point de vue à la cour : Grace Adams avait conçu le projet d'assassiner son père la nuit des funérailles de sa mère. Sans savoir que le Code pénal mettait le patrimoine des victimes à l'abri de la convoitise de leurs assassins, elle avait tué froidement, dans l'espoir d'hériter, avant que son père ne dépense son argent ou ne se remarie. John Adams était bel homme, ajouta le procureur. Grace éprouvait pour son père une irrésistible attirance. Et lors de cette nuit fatale, poursuivit-il à l'intention des douze hommes et femmes assis au banc des jurés, elle avait tenté de le séduire. La chemise de nuit en lambeaux devint, entre les mains de l'accusation, un indice supplémentaire. Grace l'avait déchirée délibérément pour exhiber ses charmes. Bien sûr, John Adams n'avait pas succombé, peut-être même l'avait-il remise vertement à sa place, signant par là même son arrêt de mort. Et maintenant, elle allait jusqu'à l'accuser de viol. Certes, l'examen médical avait démontré qu'elle avait eu des rapports sexuels le soir du meurtre, mais il n'y avait aucune preuve permettant d'incriminer son père.

— Cette nuit-là, Grace Adams est allée à un rendez-vous clandestin, résuma-t-il. Et quand, à son retour, son père l'a grondée, elle a essayé de le séduire. Il l'a repoussée et elle l'a abattu.

Un verdict implacable devait punir ce meurtre au premier degré, la réclusion à vie ou la mort, acheva le procureur. Grace Adams s'était rendue coupable d'un crime monstrueux, dicté par la haine et l'intérêt, expliqua-t-il aux jurés, en esquissant un geste théâtral vers la salle bondée de journalistes venus des quatre coins des Etats-Unis. Il existe des êtres abjects, comme Grace Adams, assena-t-il. Ils ne méritent aucune miséricorde, aucune indulgence. Non. Une fille qui tue son père et qui s'acharne ensuite à souiller sa mémoire à seule fin de se dérober aux conséquences de son acte est indigne de la moindre pitié.

Suivit un long défilé de témoins à charge. Tous chantèrent les louanges de John Adams. Ceux qui connaissaient Grace déclarèrent qu'ils la trouvaient « effacée », « timide », ou « bizarre ». Le témoignage de l'associé de son père fut le plus accablant. Le jour de l'enterrement de sa mère, dit Frank Wills, Grace lui avait demandé à plusieurs reprises des précisions sur la situation financière de son père. Elle voulait savoir à quelle somme s'élevait exactement leur fortune, après la longue maladie de la pauvre Ellen.

— Je n'ai pas eu le cœur de lui faire de la peine. J'ai passé sous silence le coût exorbitant des traitements et les prêts que j'avais concédés à John. Je lui ai répondu qu'ils étaient riches, soupira-t-il en jetant un regard malheureux aux jurés. (Ses yeux chargés de reproche foudroyèrent Grace, qui le dévisageait d'un air consterné.) Bien mal m'en a pris ! Si je lui avais révélé la vérité, John serait peut-être encore de ce monde.

Un remous parcourut l'audience. Assise au banc des accusés, Grace se pencha vers son défenseur.

— Je ne lui ai jamais rien demandé, murmura-t-elle, incapable de comprendre pourquoi ce bon vieux Frank s'efforçait de lui nuire.

— Je vous crois, répondit David à mi-voix.

Une fois de plus, Molly avait vu juste. L'associé de John Adams déployait la stratégie du serpent. Il avait distillé son venin dans l'esprit des jurés, à seule fin de se débarrasser de Grace. Au cours de son enquête, l'avocat avait appris que John Adams lui avait signé une reconnaissance de dette, et qu'il lui laissait la maison et ses parts dans leur affaire au cas où sa fille mourrait prématurément ou serait dans l'incapacité d'hériter. Maintenant, à la lumière de ce faux témoignage, il se demandait si les biens des Adams n'étaient pas plus importants que Wills voulait bien le laisser entendre. En tout cas, une chose paraissait certaine : il faisait tout pour aggraver les présomptions qui pesaient sur Grace, dans le but de l'éliminer. Comme pour s'assurer qu'elle ne viendrait pas un jour lui réclamer sa part de l'héritage.

— Oui, je vous crois, répéta-t-il.

Il était bien le seul. Frank Wills s'était montré plus que convaincant.

82

Les témoins de la défense se comptaient sur les doigts d'une main. Deux professeurs, un couple de vieux amis. De nouveau, les mêmes adjectifs furent employés pour qualifier Grace : « timide », « distante », « renfermée »... Parce qu'elle avait un sombre secret à cacher, expliqua David Glass à l'assistance. Et parce qu'elle vivait un véritable cauchemar à la maison. Une existence partagée entre la honte et la terreur. Enfin, le médecin de l'hôpital Mercy vint à la barre. Interrogé par David, il fit un résumé détaillé des contusions qu'il avait relevées sur le corps de Grace.

— Pouvez-vous affirmer avec une certitude absolue que Mlle Adams a été violée ? demanda le procureur lors du contre-interrogatoire.

— On n'est jamais certain à cent pour cent. Mais, en l'examinant, ma conclusion a été que Mlle Adams avait subi des sévices sexuels extrêmement violents pendant une longue période... Aux déchirements anciens des muqueuses s'ajoutaient des lésions du même type beaucoup plus récentes.

— Pourquoi dites-vous *avait subi*, docteur ? Ces rapports sexuels *violents* ne sont-ils pas quelquefois recherchés par les prétendues victimes ? Autrement dit, si Mlle Adams avait un comportement sexuel masochiste avec ses amants, si elle ne pouvait atteindre le plaisir que par une souffrance physique intense, l'examen n'aurait-il pas révélé les mêmes lésions ? interrogea le procureur d'un ton pointu, ignorant tous les témoignages précédents, qui avaient dépeint Grace comme une jeune fille solitaire et sans amis.

— Euh... oui, je le suppose. A condition que la souffrance physique en question soit vraiment brutale, répondit le médecin, pensif.

Son interlocuteur eut un sourire malveillant à l'adresse des jurés.

— C'est ainsi que je l'entendais. Certains aiment les sensations fortes, n'est-ce pas ?

David n'avait cessé de faire objection. Il avait fait appel à toutes ses ressources. A plusieurs reprises, il avait réussi à instiller le doute dans l'esprit des jurés, mais, à nouveau, son adversaire revenait sur la préméditation. Il était difficile de combattre cet argument majeur de l'accusation. Molly York témoigna en faveur de Grace, bien sûr, puis l'accusée s'avança à la barre. Elle raconta son histoire d'une manière aussi simple qu'émouvante. Dans n'importe quelle autre ville, elle se serait attiré la sympathie de tous. Pas à Watseka. La population y était entièrement conquise à John Adams. Sa mort tragique avait été un pavé dans la mare tranquille de cette petite ville du Midwest. On en parlait constamment, dans les cafés, les restaurants, les magasins. Les journaux publiaient régulièrement des comptes rendus du procès, et les chaînes de télévision locales avaient singulièrement augmenté leur taux d'écoute rien qu'en diffusant de temps à autre des photos de Grace.

Le jury délibéra pendant trois jours, tandis que Grace, avec David et Molly, attendait dans la salle d'audience. Pour se détendre, ils parcouraient tous les trois inlassablement les couloirs du palais de justice, escortés par un policier en uniforme. A présent, Grace était tellement habituée à porter des menottes qu'elle les remarquait à peine, sauf quand ses geôliers les serraient trop, exprès. Mais cela n'arrivait qu'avec des suppléants qui avaient connu et apprécié son père. Lors de sa plaidoirie, David avait réclamé sa remise en liberté. Cependant, à mesure que les délibérations se prolongeaient, l'espoir d'un acquittement s'amenuisait. Et à présent, l'avocat avait des doutes. Molly tenait gentiment la main de Grace. Durant ces dernières semaines, leur bataille commune les avait rapprochés. Aux yeux de Grace, la providence lui avait envoyé Molly et David au milieu du désastre. Elle n'avait pas, n'avait jamais eu d'autres amis, et elle en était venue à leur accorder toute sa confiance. Et son affection.

Pendant ce temps, les jurés se penchaient sur les propositions du juge. Ils avaient le choix entre quatre possibilités, leur avait expliqué le magistrat. Le meurtre avec préméditation entraînant la perpétuité ou la peine capitale, s'ils pensaient qu'elle avait prémédité l'assassinat. L'homicide volontaire, si elle avait abattu son père intentionnellement mais sans préméditation, passible de quinze à vingt ans de réclusion criminelle. L'homicide involontaire, si elle lui avait tiré dessus sans intention de donner la mort, parce qu'il représentait une menace quelconque à ses yeux, auquel cas elle serait condamnée à dix ans. Enfin, la légitime défense, si on acceptait sa version des faits, impliquant que son père l'avait violée cette nuit-là et qu'il abusait d'elle depuis des années. David avait trouvé les mots justes pour inciter le jury à la clémence. Dans un plaidoyer enflammé, il avait longuement décrit les tortures physiques et morales que des parents dénaturés avaient infligées à « cette innocente jeune fille ». Il avait habilement amené Grace à surmonter ses réticences pour témoigner dans ce sens. C'était maintenant son seul espoir de salut.

La délibération prit fin par un après-midi de septembre. Le premier juré se leva pour énoncer solennellement le verdict. Grace Adams était coupable d'homicide volontaire, dit-il, crime nuancé, cependant, par des circonstances atténuantes. Sans retenir la théorie du viol, les jurés admettaient tout de même que John Adams avait « fait du mal » à sa fille, d'une façon qui restait à déterminer. Deux des femmes du jury s'étaient accordées à reconnaître, en effet, que les hommes les plus irréprochables dissimulent parfois « de sombres secrets ». L'avocat de la défense avait réussi à semer le trouble dans les esprits les plus obtus, de manière à écarter la préméditation. Ils s'étaient rabattus sur la deuxième solution. En se référant aux propositions du juge, ils avaient tiré les conclusions suivantes : Grace avait donné la mort volontairement, parce qu'elle se croyait menacée *à tort*. Là résidait la clé de l'énigme. La réputation sans faille dont jouissait John Adams les avait empêchés de se prononcer plus nettement. Grace s'était peut-être sentie en danger, mais c'était pour de *mauvaises* raisons. A l'annonce du verdict, la jeune prévenue vacilla. La peine qu'elle encourait dépendait, elle le savait, du bon vouloir du juge... Finalement, ce dernier la condamna à deux ans de prison ferme et deux avec sursis, en raison de son jeune âge, précisa-t-il, et parce qu'elle avait cru son acte justifié. Mais, si la sentence sonna presque comme une mélodie aux oreilles de Molly et de David, il n'en fut pas de même pour Grace. D'une certaine manière, elle aurait préféré la mort. Ç'aurait été plus simple. Plus facile. Le juge avait aussi accepté de mettre sous scellés les rapports du procès, afin que Grace puisse mener une existence normale à sa sortie de prison... *La prison* ! Ayant échappé à la peine de mort, Grace regardait avec effroi un avenir incertain. Les cellules de sécurité au poste de police étaient une chose, les pénitenciers en étaient une autre. Ici, les détenues allaient et venaient. Elle ne s'était pas sentie en danger. Personne n'avait essayé de lui voler les tubes de dentifrice ou les magazines que Molly lui apportait. Mais là-bas... la prison d'Etat grouillait de criminelles, de délinquantes endurcies, de vraies meurtrières. Elle leva sur le juge un regard douloureux et absent, avec l'impression que sa vie venait brusquement de s'achever. Elle n'avait jamais eu de chance. Elle n'en aurait jamais. En voyant son expression, Molly lui serra la main. Mais tout était fini pour Grace. Elle quitta la salle d'audience, les menottes aux poignets, sans se retourner.

Molly lui rendit visite le soir même, avant son transfert au centre pénitentiaire de Dwight, prévu pour le lendemain matin. Elle n'avait pas grand-chose à lui dire, à part de garder espoir. Un jour, une nouvelle vie s'ouvrirait à elle. Il fallait tenir bon jusque-là. Elle avait peut-être tout perdu mais avait gagné deux amis fidèles, Molly et David. Ce dernier était venu lui rendre visite un peu plus tôt. Durant le procès, il n'avait pas ménagé ses efforts, ne l'avait pas quittée un seul instant, et s'en voulait terriblement de n'avoir pas obtenu l'acquittement. Il essayait de la persuader d'aller en appel et avait contacté Frank Wills en vue d'un arrangement à l'amiable. Au terme d'une longue discussion, Wills avait accepté de concéder à Grace cinquante mille dollars de la fortune de son père. En échange, elle devait s'engager à renoncer au reste de l'héritage, à ne jamais revenir à Watseka, à ne plus jamais croiser sa route. Il s'apprêtait à emménager dans la propriété des Adams, dont il avait conservé le mobilier. Il avait en revanche jeté toutes les affaires de Grace. Il entendait, avec ces cinquante mille dollars, acheter la tranquillité pour le restant de ses jours. David avait promis que sa cliente respecterait le contrat.

La voyant si abattue, ce soir-là, Molly tenta l'impossible pour lui remonter le moral.

— Grace, ne perdez pas courage. Vous avez échappé au pire. Deux ans, ce n'est pas grand-chose. Vous aurez vingt ans quand vous serez libérée. Vous aurez tout le temps d'oublier le passé, de commencer une nouvelle vie.

David lui avait dit la même chose. Mais cette force obscure qui l'avait aidée à surmonter toutes les épreuves l'avait abandonnée, tout à coup. La mort lui paraissait plus supportable que la prison. Elle regrettait de ne pas avoir tourné l'arme contre elle-même, et elle le confia à Molly.

— Qu'est-ce que ça veut dire ? s'écria celle-ci, outrée, en arpentant d'un pas nerveux la petite pièce éclairée au néon. Allez-vous baisser les bras maintenant ? D'accord, vous en avez pour deux ans, mais ça aurait pu être pire. Deux ans, ce n'est pas l'éternité. Vous savez quand cela s'achèvera, alors que vous l'ignoriez quand vous viviez avec votre père.

— C'est comment la prison ? murmura Grace.

Les larmes coulaient lentement sur ses joues. Molly aurait payé cher pour pouvoir changer le cours des événements. Au fil du temps, tout comme David, elle en était venue à éprouver une profonde affection pour Grace. Ils discutaient de son cas des heures durant, évoquant son enfance douloureuse, ainsi que ses souffrances passées et futures. Elle la tint étroitement enlacée, comme pour lui insuffler la volonté de vivre.

— Vous viendrez me voir, là-bas ?

Molly répondit par un signe affirmatif, trop émue pour prononcer un mot. Ces derniers temps, elle n'avait qu'un sujet de conversation : Grace. Même Richard en avait assez de toute cette histoire. Seul David partageait ses sentiments. Tous deux tremblaient à l'idée qu'après avoir été victime de tant d'injustice, Grace allait connaître l'univers impitoyable des maisons d'arrêt. Ils se sentaient un peu comme les parents aimants qu'elle n'avait jamais eus. En larmes, Molly lui promit d'aller à Dwight le week-end suivant. David avait déjà décidé de faire la même chose. La réputation du centre pénitentiaire laissait à désirer, et il voulait s'assurer qu'aucune nouvelle menace ne planait sur sa cliente. Lui aussi aurait payé cher pour lui épargner cette ultime humiliation. Malgré ses efforts, il n'avait pas réussi à la faire acquitter. Les cartes avaient été faussées dès le départ. Le jeu de Grace manquait singulièrement d'atouts. L'avocat revint au poste de police de Watseka le lendemain matin à sept heures, juste avant le départ de la jeune fille.

— Merci, merci pour tout. Vous avez fait tout ce que vous avez pu, murmura-t-elle en l'embrassant sur la joue.

La gorge nouée, il la serra dans ses bras. Elle surmonterait l'horreur de la prison si elle décidait de se battre, songea-t-il. Une force puissante l'animait, la même qui lui avait permis de survivre pendant toutes ces années de cauchemar.

— J'aurais souhaité un verdict plus clément, répondit-il avec tristesse.

Du moins, elle n'avait pas été condamnée pour meurtre au premier degré. Ce n'était déjà pas si mal... Il s'efforça de sourire sans y parvenir tout à fait. Tandis qu'il la regardait, une étrange émotion le submergea. Si elle n'avait pas été aussi jeune, il serait tombé fou amoureux d'elle. Oui, il aurait pu l'aimer passionnément. Plus que ses attraits physiques, la beauté intérieure qui irradiait de son visage de madone l'attirait irrésistiblement. Au prix d'un effort surhumain, il maîtrisa son émotion. Elle était si vulnérable, si irrémédiablement blessée qu'il était impensable de la chérir autrement que comme une petite sœur.

— Ne vous inquiétez pas pour moi, David. Ça va aller, reprit-elle, soucieuse avant tout de le réconforter.

Une partie d'elle-même était morte depuis longtemps. Et l'autre partie continuerait à survivre, jusqu'à ce qu'une puissance supérieure décide d'y mettre fin. Mourir aurait été plus facile. Plus confortable. Mais elle vivrait, dorénavant, ne serait-ce que pour ne pas décevoir David et Molly. Elle ne les laisserait pas tomber, elle leur devait au moins ça.

Avant de suivre ses gardiens, elle effleura du bout des doigts le bras de David. L'espace d'une fraction de seconde, il eut la sensation d'avoir côtoyé un ange. Une sainte résignée à son destin. Elle semblait étrangement digne, apaisée, et si belle, lorsqu'elle tendit ses mains jointes vers les menottes... Il la regarda s'éloigner à travers le brouillard de ses larmes.

4

Les poignets menottés, Grace prit place dans le fourgon de police à huit heures du matin, sous bonne escorte. Les gardiens fixèrent les menottes à son siège, sans lui adresser la parole. Pour eux, elle n'était plus un être humain mais une détenue, comme tant d'autres. A part David, un peu plus tôt, et Molly, la veille au soir, personne n'était venu lui dire au revoir. Ses geôlières la regardèrent partir sans un mot. A leurs yeux, elle n'était qu'une prisonnière, un visage qu'elles ne tarderaient pas à effacer de leur mémoire, malgré le tapage qu'avait suscité son procès. Après tout, rien ne la distinguait des autres délinquantes. La petite Adams avait tué son père et s'en était tirée à bon compte. Elle aurait pu être condamnée pour meurtre au premier degré, au lieu d'homicide volontaire. Oui, de l'avis général elle avait eu une sacrée chance. Et elle semblait être la seule à ne pas croire à sa bonne étoile.

Une heure et demie de route séparait Watseka de Dwight. La voiture sautait sur les nids-de-poule. C'était un voyage inconfortable vers une destination effrayante. Au bout d'une demi-heure, le fourgon s'arrêta devant une maison d'arrêt. Quatre femmes montèrent, escortées de leurs anges gardiens. L'une d'elles fut enchaînée à

90

côté de Grace. A peine assise, elle la regarda avec un intérêt non dissimulé.

— T'as déjà été à Dwight ? demanda-t-elle, tandis que Grace esquissait de la tête un signe de dénégation, peu désireuse d'engager la conversation. Pourquoi t'as été arrêtée ?

Dès qu'elle avait vu Grace, elle l'avait classée dans la catégorie des novices. Visiblement, cette jolie petite ignorait tout des prisons et ne tarderait pas à apprendre de quoi il s'agissait une fois sur place.

— Quel âge as-tu, poussin ?

— Dix-neuf ans, mentit Grace, se vieillissant délibérément d'un an dans l'espoir de convaincre son envahissante voisine qu'elle était adulte.

— Ah ! ah ! Et tu veux jouer avec les grandes maintenant, hein ? Qu'est-ce que t'as bien pu fabriquer ? Voler des bonbons ?

Grace répondit par un vague haussement d'épaules. Pendant un bon bout de temps, le trajet se poursuivit en silence. Les vitres opaques derrière le grillage masquaient le paysage. A chaque virage, les passagères rebondissaient sur les banquettes inconfortables.

— T'as rien lu sur la grosse prise de drogue à Kankakee ? reprit sa voisine peu après.

Elle toisa Grace du regard comme pour savoir à qui elle avait affaire. Bah, il n'y a pas de mystère, conclut-elle très vite. La petite avait l'air d'une jeune fille de bonne famille. Visiblement, elles n'appartenaient pas au même monde. Ce fut tout ce qu'elle put deviner, car aucune souffrance ne transparaissait sur les traits lisses de Grace... Celle-ci s'était réfugiée dans son cocon. Une partie de son âme était restée là-bas, à Watseka, lorsqu'elle avait dû se séparer de David et de Molly. Elle ne se livrerait plus à personne. Si elle gardait ses distances, elle aurait une chance de passer inaperçue, et les autres détenues la laisseraient peut-être tranquille.

Durant sa détention préventive, elle avait eu l'occasion d'entendre des récits effroyables sur les prisons, où violence et coups de poignard semblaient monnaie courante. Elle se forçait à ne pas y penser. Si elle avait survécu aux quatre années précédentes, elle survivrait aux deux prochaines. Les paroles réconfortantes de David et de Molly avaient ouvert une brèche lumineuse dans les ténèbres. En dépit de tout ce qu'elle avait vécu, elle avait décidé de traverser cette nouvelle épreuve la tête haute, ne serait-ce que pour ses nouveaux amis. Elle n'en avait pas d'autres. Ils étaient ses seuls alliés, les seules personnes au monde qui lui avaient témoigné de l'intérêt. Et de l'affection. Rien que pour cela, elle ne voulait pas les décevoir.

— Non, je ne suis pas au courant, finit-elle par dire tranquillement.

L'autre haussa les épaules, l'air ennuyé. Elle avait une tignasse décolorée, qui n'avait pas vu de peigne depuis des lustres, des yeux durs et froids, un corps musclé.

— Les flics voudraient que je témoigne contre les gros revendeurs, mais je ne suis pas une balance. Je suis honnête, tu sais ! Et je n'ai nulle envie qu'un gars vienne me descendre à Dwight, tu me suis ?

Elle s'exprimait avec un fort accent new-yorkais. C'était exactement l'image que Grace s'était faite de ses futures compagnes. Une dure à cuire. Une rebelle. Et une bavarde impénitente, car pendant le reste du trajet, elle abreuva la jeune fille de mille anecdotes sur sa précédente incarcération. Elle avait dirigé un cours de gymnastique, tout en assurant ses fonctions à la blanchisserie de la prison. Il y avait eu deux évasions, cette fois-là. Malheureusement, ça avait mal tourné, et les fugitives s'étaient retrouvées au cachot, le jour même.

— Ils leur ont collé quelques années de plus. C'est tout ce qu'elles ont gagné. Au fait, pour combien t'en as pris ? Moi, ce coup-ci, ils m'ont mis cinq ans. Une paye... Et toi ?

Cinq ans ! Une vie entière pour Grace.

— Deux, répondit-elle.

Une éternité...

— Bah, c'est de la rigolade. Deux ans, ça passe comme un rien. (Elle sourit, exhibant une mauvaise dentition sur le devant et des gencives nues sur les côtés.) Alors, t'es vierge ! s'esclaffa-t-elle, et comme Grace lui jetait un coup d'œil anxieux : Je veux dire que c'est ta première fois, pas vrai ?

« Une bleue ! » songea-t-elle, amusée. Alors qu'elle, à vingt-trois ans, comptait déjà à son palmarès trois séjours à Dwight.

— Oui, répondit doucement Grace.

— Et pour quoi ? Cambriolage ? Vol de voiture ? Vente de drogue ? Attends ! ça, c'est moi. A neuf ans, je sniffais de la coke. A onze, j'étais dealer à New York... J'ai passé quelque temps dans une maison de correction, là-bas, un endroit infect. J'y suis retournée quatre fois. Après, je suis venue tenter ma chance ici. Dwight n'est pas mal, ajouta-t-elle comme s'il s'agissait d'un hôtel de luxe où elle avait l'habitude de passer ses vacances. Les filles sont plutôt chouettes, si l'on fait abstraction de certains groupes qu'il faut éviter comme la peste. Tiens-toi à l'écart de la « confrérie des Aryennes » et du « gang des Noires », leurs rivales, et tout ira bien.

— Et vous ? demanda Grace précautionneusement. Que ferez-vous, là-bas ?

Elle-même n'avait pas l'intention de rester inactive. Elle avait entendu dire qu'on avait la possibilité de suivre des stages de formation, de soins de beauté ou d'apprentissage manuel, entre autres. Elle espérait pouvoir s'inscrire à un cours par correspondance d'une quelconque université du voisinage.

— Moi ? rien. J'attendrai que ça se passe. J'ai une copine, à Dwight, elle y est depuis juin. Nous étions comme les deux doigts de la main, autrefois.

— Ah... vous... tu as de la chance.

Ça devait être formidable d'avoir une amie sur place.

— Et comment ! pouffa l'autre. (Puis, rompant avec les coutumes du système pénitentiaire, elle se présenta : elle s'appelait Angela Fontino.) Ouais, c'est sûr qu'on ne voit pas le temps passer quand une jolie minette attend tous les soirs votre retour de la blanchisserie, dans votre cellule.

C'était la chose à ne pas dire. Le visage de Grace se ferma. Elle avait entendu parler de ce genre de situation, et elle le redoutait par-dessus tout. Elle esquissa un signe de la tête, signifiant la fin de l'entretien, mais Angela adorait mettre en boîte les petites bleues. Elle avait visité suffisamment d'institutions pénitentiaires pour profiter des divertissements qu'elles offraient. Les amours saphiques lui convenaient aussi bien que les autres, finalement.

— Ça te choque, bébé ? dit-elle dans un sourire qui dévoila toutes ses dents abîmées. On s'habitue à tout, tu sais. Au bout de deux ans, tu préféreras les femmes aux hommes. Qu'est-ce que tu paries ?

Le silence circonspect de Grace déclencha son hilarité. Elle s'esclaffa bruyamment tout en essayant de se frotter les poignets à l'endroit où les menottes s'enfonçaient dans sa chair.

— Dis donc, canard, c'est peut-être vrai que tu es vierge ! T'as jamais eu de fiancé ? Parce que, dans ce cas, c'est sûr que tu mordras à l'hameçon. C'est pas mauvais, tu verras.

Son sourire s'élargit encore, et Grace détourna la tête, écœurée. Ces sous-entendus lui avaient rappelé les terribles après-midi qu'elle avait passés à se demander ce qui l'attendait le soir. Elle aurait tout donné pour ne pas être obligée de rentrer à la maison, mais elle devait s'occuper de sa mère. A chaque fois, elle savait comment cela se terminerait. C'était inévitable. Aussi inéluctable que la balle de revolver qui avait mis fin à son supplice. Son estomac se contracta. La nausée familière lui souleva le cœur. Allait-elle à nouveau être violée ? brutalisée ? Et comment pourrait-elle se défendre contre cinq ou dix, ou même deux de ses codétenues ? Oh, non, elle ne le supporterait pas, et tant pis pour les promesses qu'elle avait faites à Molly et à David. Elle essaierait d'être forte. Elle resterait calme. Mais si jamais l'enfer recommençait... Elle regardait fixement le vide quand le fourgon quitta l'autoroute pour s'engager dans l'allée conduisant aux portes du centre pénitentiaire de Dwight. Ses compagnes de voyage se mirent à pousser des cris en tapant des pieds.

— Ça y est, chérie, on est chez nous, lança Angela d'un air réjoui. Je ne sais pas dans quel bloc tu seras, mais on se reverra. Je te présenterai aux copines, elles vont t'adorer.

Tout en disant cela, elle lui adressa un clin d'œil égrillard. Le fourgon s'arrêta brutalement et elles reçurent l'ordre de descendre. Grace se mit debout péniblement, le dos fourbu, les jambes engourdies. Une bâtisse sinistre, surmontée d'un mirador, entourée d'une clôture de barbelés derrière laquelle on apercevait une masse indistincte de femmes vêtues de pyjamas de coton bleu s'offrit à sa vue. Ça devait être un uniforme, songea-t-elle, mais elle n'eut pas le temps de détailler ses futures compagnes. Les gardiens poussèrent les arrivantes à l'intérieur. Elles étaient toujours menottées et elles durent longer un couloir interminable.

— Bienvenue au paradis, se moqua l'une d'elles, tandis que trois gigantesques surveillantes noires leur donnaient l'ordre d'avancer vers une grille... Enchantée de vous revoir, poursuivit-elle avec un rire communicatif.

— C'est toujours comme ça, chuchota une autre à l'intention de Grace. On vous traite comme des chiens pendant un jour ou deux, histoire de vous montrer qui commande ici, puis on vous fiche la paix.

— Moi, je me défends, dit une énorme Noire derrière elles. Qu'elles osent lever la main sur moi et j'alerte immédiatement la NAACP[1], la garde nationale et le président en personne. Je connais mes droits.

---

1. NAACP : association nationale de protection des gens de couleur. (*N.d.T.*)

Elle devait mesurer un mètre quatre-vingts et peser cent kilos. On imaginait mal quiconque « osant lever la main » sur elle.

— Ne l'écoute pas, lâcha Angela, tandis qu'elles entraient dans une salle sans fenêtre.

Une sourde menace y planait. Les gardiennes étaient armées jusqu'aux dents, des avertissements énumérant les sanctions en cas d'évasion ou de révolte étaient placardés sur les murs gris. Six surveillantes, l'arme au poing, vinrent s'aligner devant les prisonnières.

Le son aigu d'un sifflet déchira l'air.

— Allez, les filles, déshabillez-vous ! Complètement ! aboya la femme au sifflet, une Blanche, qui se présenta comme le sergent Freeman. Allez, tout le monde à poil.

L'une des gardiennes les avait libérées de leurs menottes pour qu'elles puissent obéir. Grace portait un sweater bleu pâle, cadeau de Molly, et un jean propre. Elle ôta lentement ses vêtements en les pliant soigneusement. Ne plus sentir la morsure de l'acier sur ses poignets lui procurait un véritable soulagement. Nouveau coup de sifflet. Le sergent Freeman leur ordonna de se débarrasser de leurs épingles à cheveux. Lorsque Grace retira l'élastique qui maintenait sa queue de cheval, sa longue chevelure auburn ruissela dans son dos.

— Joli ! murmura l'une des femmes.

Elle ne se retourna pas, mal à l'aise. Les habits formaient des piles par terre, surmontées des bijoux, des lunettes, des épingles à cheveux. Les gardiennes procédèrent à une fouille corporelle méticuleuse.

— Jambes écartées, s'il vous plaît, s'époumona le sergent. Et on ouvre la bouche !

L'une des surveillantes passa les doigts dans les cheveux de Grace, l'obligeant à tourner la tête à gauche, puis à droite ; après quoi elle lui fourra un petit bâton dans la bouche, à la recherche de quelque objet dissimulé. Il ne restait plus que la table d'examen, munie d'étriers, où elles durent s'allonger tour à tour. Les surveillantes utilisaient des instruments stérilisés et une lampe torche. L'une des prisonnières, une petite jeune, voulut refuser. Elle fut immédiatement rappelée à l'ordre. Si elle ne coopérait pas, elle serait attachée à la table, puis jetée au cachot pendant un mois, lui précisa le sergent.

— Bienvenue au pays des merveilles, soupira l'une des arrivantes, alors que la file avançait. C'est drôlement bien, ici.

— Arrête de rouspéter, Valentine, l'apostropha une autre, ton tour viendra.

— Ah oui ? En attendant, c'est le tien.

— Avec plaisir. Tu aimerais jeter un coup d'œil, peut-être ?

Le cœur de Grace battait à tout rompre lorsqu'elle s'allongea sur le mince matelas de caoutchouc. Celles qui suivaient la regardaient d'un air narquois.

— Alors, la nouvelle, on joue au docteur ?

Elle fit celle qui n'entendait pas. Après l'examen, elle passa en silence dans la pièce adjacente, en attendant d'autres instructions. Les surveillantes les emmenèrent aux douches. Un jet d'eau brûlant coupa le souffle de Grace. L'air empestait l'eau de Javel et le shampooing sentait le désinfectant. Elle se retrouva ensuite dans une longue pièce carrelée, avec les autres. Ce qui leur appartenait avait été rangé dans des sacs de plastique portant des étiquettes avec leurs noms. Le jean de Grace fut confisqué, mais, à sa grande joie, on l'autorisa à garder son sweater. On lui donna un uniforme de coton bleu et une paire de draps rêches maculés de vieilles taches. Une surveillante distribua les numéros de matricule et de cellule. Demain, on leur attribuerait un travail, souligna le sergent Freeman. Suivant leurs fonctions, elles recevraient entre deux et quatre dollars par mois. Etre absente de son poste pendant deux jours consécutifs entraînait un mois de régime disciplinaire. Celles qui mettaient de la mauvaise volonté écopaient de six mois d'isolement.

— Soyez gentilles, les filles, lança la gardienne chargée d'emmener les prisonnières. Conformez-vous au règlement. C'est la seule façon de survivre à Dwight.

— Ouais, tu parles... siffla quelqu'un à droite de Grace.

Mais celle-ci avait retenu la leçon. Il fallait jouer le jeu, se présenter à l'heure à son travail et aux repas, regagner à l'heure sa cellule. Provoquer une bagarre, rejoindre l'un des gangs, menacer une gardienne entraînaient automatiquement une aggravation de peine. Quant à l'évasion, mieux valait ne pas y songer. Les fuyardes le payaient très cher. C'était net, clair, sans équivoque. Une obéissance absolue était exigée. Grace ne demandait pas mieux. Les détenues l'effrayaient davantage que les surveillantes.

— Et l'école ? s'enquit une jeune fille, provoquant un tollé général.

— Quel âge as-tu, bébé ? railla une de ses compagnes.

— Quinze ans.

C'était une mineure qui, comme Grace, avait été jugée en tant qu'adulte. Elle aussi avait été accusée de meurtre au premier degré. Son avocat avait plaidé l'homicide et l'avait sauvée de la peine de mort. Elle avait tué son frère, qui l'avait violée. Elle rêvait de s'instruire, de sortir du ghetto.

— Contente-toi de la grande école de la vie, la taquina sa voisine.

— Celles qui le veulent pourront demander à s'inscrire après quatre-vingt-dix jours de détention, dit la gardienne.

L'énumération du règlement se poursuivit. Le pire châtiment était réservé à celles qui participaient à une émeute. Les mutineries étaient sévèrement réprimées. La prise d'otages était passible de la réclusion à perpétuité. Lors de la dernière insurrection, quarante-deux détenues avaient trouvé la mort. Le sang de Grace se glaça dans ses veines. L'univers carcéral lui faisait l'effet d'une jungle semée de pièges mortels. On pouvait, sans se mêler à une émeute, être prise en otage. Ou victime d'une balle perdue... La tête lui tournait quand elle se retrouva, derrière ses compagnes, dans le hall aux dimensions de cathédrale abritant les cellules. Elles avançaient en rang, escortées d'une demi-douzaine de gardiennes armées. Du haut des étages leur parvenait un vacarme assourdissant.

— Salut... hé ! les petites nouvelles... bienvenue à bord...

Des rires et des glapissements s'élevaient de toutes parts, et un objet sale heurta la figure de la jeune fille qui précédait Grace. Celle-ci chancela. Elle avait l'impression d'une longue descente aux enfers d'où jamais elle ne pourrait remonter. L'odeur de désinfectant imprégnait ses cheveux. Elle avait de plus en plus de mal à respirer. Arrivée devant la cellule qui lui avait été attribuée, elle sentit les premiers symptômes d'une sévère crise d'asthme.

— Adams, Grace, B-214.

La gardienne déverrouilla la porte, ouvrit le battant, fit signe à Grace d'entrer. La lourde porte claqua dans son dos, une clé tourna dans la serrure. Elle se retrouva au centre d'une étroite cellule, cinq ou six mètres carrés meublés de deux couchettes superposées. Des photos de femmes nues tapissaient les murs. Sa colocataire, absente pour le moment, semblait passionnée de revues érotiques. Des draps et une couverture couvraient la couchette du dessous. Les mains tremblantes, Grace fit le lit du dessus, puis posa la brosse à dents et le gobelet en carton qu'on lui avait donnés en même temps que son uniforme sur une minuscule étagère. La gardienne lui avait dit qu'elle devrait acheter son dentifrice et ses cigarettes. Mais elle ne fumait pas. Elle grimpa sur la couchette et demeura assise là, immobile, les yeux fixés sur la porte. Sa rencontre imminente avec sa compagne de cellule l'effrayait. Les photos sur les murs en disaient long sur ses mœurs, et Grace se prépara au pire. Le cliquetis de la serrure la fit sursauter. La porte grinça, livrant passage à une femme d'une cinquantaine d'années, au visage revêche. Elle fixa Grace un long moment, sans un mot, nullement impressionnée par sa beauté. Au bout d'une éternité, elle lui dit qu'elle s'appelait Sally.

— Pas de salades, d'accord ? ronchonna-t-elle. Pas d'entourloupes, pas de visites de membres des gangs, pas de drogue. Je suis à Dwight depuis sept ans, j'ai une amie ici, je ne me mêle pas de ce qui ne me regarde pas. Si tu te comportes de la même manière, ça ira. Sinon, je t'expédie au bloc D à coups de pied dans le derrière. C'est clair ?

— Oui, articula laborieusement Grace.

La crise qui couvait depuis le matin était en train de se déclarer. Les gardiennes avaient confisqué son aérosol, une vive douleur lui embrasait les bronches, son souffle sortait par saccades avec un sifflement bizarre.

— Si tu as besoin d'aide, appelle la matonne, lui avait-on conseillé un peu plus tôt.

Elle ne l'avait pas fait. Plutôt mourir qu'attirer l'attention. Sally la regarda plus attentivement.

— Allons bon, j'ai hérité d'un bébé. Ecoute, petite, je déteste les gosses. Je n'en ai pas eu, et ce n'est pas à mon âge que je vais commencer à pouponner. Chacun pour soi.

Tout en parlant, Sally changea de tee-shirt. Des tatouages lui recouvraient le dos, le buste et les bras. Grace acquiesça.

— Ça va aller... siffla-t-elle en haletant pour aspirer un peu d'air.

Sally la regarda avec attention. Visiblement, la petite nouvelle n'en menait pas large, songea-t-elle tout en boutonnant la chemise qu'elle avait enfilée par-dessus son tee-shirt propre.

— Mais non, voyons, ça ne va pas. Assieds-toi. Je vais m'occuper de toi. Mais dis-toi bien qu'une fois n'est pas coutume.

100

Un gardien déverrouilla la porte pour le dîner. Sally lui indiqua Grace qui gisait sur sa couchette, blanche comme un linge.

— Ma petite camarade a un problème, déclara-t-elle tranquillement. On dirait une crise d'asthme. Puis-je l'emmener à l'infirmerie ?

L'homme hocha la tête.

— Si vous voulez, Sally. Est-ce qu'elle ne fait pas semblant, au moins ? (Son regard se posa sur Grace dont le visage était livide et les lèvres bleues.) Bon, d'accord... C'est gentil à vous de jouer les bonnes d'enfant, ma chère, plaisanta-t-il.

Sally avait la réputation d'être une dure à cuire. Le double meurtre qu'elle avait commis forçait le respect des détenues. On l'avait surnommée « d'une pierre deux coups », car elle avait tué en même temps son ancienne petite amie et sa rivale.

— Comme ça, on sait à quoi s'en tenir avec moi, disait-elle à qui voulait l'entendre.

Son indéfectible fidélité compensait un tempérament quelque peu impulsif. Depuis trois ans, elle avait la même amante, une détenue du bloc C. Les autres prisonnières, tout comme les gardiens et les surveillantes, en étaient venues à les considérer comme un couple marié.

— Allez, debout, ordonna Sally, agacée. Je t'accompagne à l'infirmerie, mais, à l'avenir, si tu as un problème, tu assumeras. Je n'ai aucune envie de te materner.

— Désolée, murmura Grace, les yeux brillants de larmes.

Ça commençait mal. Cette femme avait hâte d'aller dîner. Grace pensait que ses souffrances ne la touchaient pas. Elle ignorait que Sally avait de la peine pour elle.

Elle respirait très difficilement quand l'infirmière de garde se pencha enfin sur elle. On lui posa un masque à oxygène sur la bouche, et elle sentit la piqûre d'une aiguille sur son bras. Sans soins, elle serait morte de suffocation. C'était une solution plutôt plaisante, au fond. L'infirmière, elle, devait être d'un autre avis, car elle lui rendit son aérosol.

Grace entra dans l'immense salle à manger avec une demi-heure de retard. Elle prit un plateau, y disposa un verre, une assiette et une cuillère. Il ne restait plus grand-chose dans les bassines posées sur les plaques chauffantes, excepté les bas morceaux dont personne n'avait voulu. Mais, de toute façon, elle n'avait pas faim. La crise l'avait étourdie. Du coin de l'œil, elle aperçut Sally en grande conversation avec un groupe de femmes aux tatouages multiples, et n'osa s'approcher pour la remercier.

— Eh bien, ce sera quoi pour la demoiselle ? s'enquit une jeune Noire au visage avenant, de derrière le comptoir. Filet mignon ou canard à l'orange ? (Elle sourit.) Il me reste deux parts de pizza. Vous en voulez ?

Grace réussit à lui rendre son sourire.

— Oui, merci... merci beaucoup.

Peu après, elle se dirigea vers une table à l'écart. Trois autres détenues y étaient assises. Aucune ne dit mot quand Grace y prit place. A travers la pièce bourdonnante de voix, elle pouvait voir Angela, très entourée, qui discutait en gesticulant. Elle baissa les yeux sur sa part de pizza, en grignota un morceau. Elle avait encore du mal à respirer.

— Seigneur, quelle compagnie agréable vous avez à votre table, mesdames ! s'exclama une voix de contralto dans son dos.

Grace but une gorgée de café, se gardant bien de se retourner. Ses compagnes commençaient à donner des signes de nervosité. Aucune ne paraissait pressée de répondre.

— Vous avez avalé votre langue ? Bon sang, quelle bande de cachottières !

— Excusez-moi, marmonna l'une d'elles avant de prendre la fuite.

Grace sentit la chaleur d'une main sur sa nuque. Il n'y avait plus moyen d'éviter l'intruse. Elle se pencha en avant et tourna la tête. Ses yeux se levèrent sur une géante blonde au corps sculptural. Avec sa figure barbouillée de fond de teint et son débardeur moulant, elle ressemblait à une caricature hollywoodienne de braqueuse sexy.

— Quelle ravissante poupée, susurra-t-elle en ponctuant sa phrase d'un léger mouvement du bassin. Pas trop seule, ma mignonne ?

Sa voix n'était plus qu'un ronronnement sensuel, et Grace remarqua soudain que le débardeur était mouillé, de façon à mieux révéler les formes épanouies de ses seins.

— Viens me voir chez moi un de ces quatre. Je m'appelle Brenda et tout le monde sait où j'habite, ajouta-t-elle avec un sourire lent.

— M... merci, bredouilla Grace, le souffle court. Le sourire de la grande blonde s'élargit.

— Quel est ton nom, bébé ? Marilyn Monroe ? s'esclaffa-t-elle en imitant l'essoufflement de Grace.

— Excusez-moi... une crise d'asthme...

— Oooh, mais il faut te soigner, mon cœur. Tu ne prends rien ?

Elle arborait un air consterné, dont Grace ne fut pas dupe. « Surtout ne pas la vexer, surtout ne pas l'encourager », songea-t-elle. La grande blonde, qui devait avoir une trentaine d'années, semblait si sûre de son pouvoir de séduction qu'une réponse maladroite risquait de déclencher sa colère.

— Si. J'ai un aérosol.

Elle sortit de sa poche le petit appareil et le lui montra.

— Prends soin de toi, beauté.

Brenda pinça amicalement la jeune fille, puis alla rejoindre ses amies en riant. Grace s'efforça de réprimer les tremblements de ses mains. Son regard se riva sur sa tasse de café. Une jungle ! Sa première impression avait été la bonne, malheureusement.

— Fais attention, murmura l'une des jeunes femmes assises à sa table. Brenda est une vraie terreur.

Grace regagna sa cellule aussitôt après le dîner. Il y avait un film, ce soir, mais elle voulait rester seule. Allongée sur sa couchette, elle laissa échapper un soupir de soulagement. Elle dut utiliser l'aérosol à deux reprises avant d'en éprouver les effets bénéfiques. Elle était encore éveillée quand Sally revint de la salle de projection.

— Merci de ton aide, lui dit Grace. L'infirmière m'a rendu mon aérosol.

— Ne le montre à personne, répondit Sally avec sagesse. Ne l'utilise pas en public, on ne sait jamais.

Elle éteignit la lumière et s'étendit sur la couchette du dessous.

— Ecoute, fit-elle peu après, dans le noir. J'ai vu Brenda te parler. Ne l'approche pas. Elle est dangereuse. Il faut savoir nager avant de s'aventurer en eau profonde. Protège-toi. La prison n'est pas une cour de récréation.

Cela, Grace ne l'avait que trop bien compris.

— Oui. Merci, Sally.

Elle demeura longtemps les yeux ouverts dans l'obscurité. Des larmes silencieuses glissaient sur ses tempes. La nuit était peuplée de bruits étranges : le martèlement des rondes, le claquement des portes, des cris lointains, de temps à autre une voix étouffée. Grace se concentra sur le ronflement réconfortant de Sally.

5

Au bout de deux semaines, la vie au pénitencier ne fut plus qu'une longue routine. Grace travaillait aux fournitures. Elle avait eu cette place grâce à Sally, bien que celle-ci s'en défendît. Sa compagne de cellule la surveillait, mine de rien. Grace s'acquittait consciencieusement de son travail. Ses fonctions consistaient à pourvoir en draps, peignes et brosses à dents les nouvelles arrivantes.

Molly York lui avait rendu visite, et Grace s'était empressée de la rassurer. Tout se passait pour le mieux, avait-elle affirmé. Et, de fait, elle se sentait plus à l'aise. Certes, on l'appelait toujours « la petite nouvelle », mais les railleries s'arrêtaient là. Brenda ne l'avait plus importunée. Les autres gardaient leurs distances. Elle n'en demandait pas plus. Elle finit même par se dire qu'elle avait de la chance. Et qu'elle était en sécurité. Sous ses dehors bourrus, Sally cachait un cœur d'or. Grace reprenait confiance. Personne ne l'avait incitée à rejoindre les fameux gangs. Aucune menace n'avait été proférée à son encontre. Bref, on lui fichait une paix royale. Si cela continuait, elle passerait ces deux années sans trop de difficultés. Elle avait bon moral quand, à son tour, David Glass se présenta au parloir. A sa vue, il fut rasséréné. Il détestait l'idée qu'elle était emprisonnée mais il fut heureux de la sentir moins tendue, plus optimiste. Ils évoquèrent ensemble l'avenir, sujet que Grace n'aurait même pas voulu envisager quinze jours plus tôt. Après avoir purgé sa peine à Dwight, elle irait à Chicago, dit-elle. Pendant ses deux années de sursis, elle n'aurait pas le droit de quitter l'Etat, et Chicago serait parfait pour elle. David avait placé les cinquante mille dollars versés par Frank Wills sur un livret d'épargne. Ainsi, à sa sortie, elle ne serait pas totalement démunie. Elle lui confia qu'elle chercherait un emploi dès qu'elle serait libre. Pour le moment, elle apprenait à taper à la machine et avait hâte de commencer ses cours par correspondance.

Lorsque David mentionna la cour d'appel, Grace secoua la tête.

— Non. Ce n'est pas la peine. Je suis bien ici, dit-elle gentiment.

Il la suivit d'un regard désolé, tandis qu'elle quittait le parloir. Une fois de plus, il était frappé par l'aura de dignité qui émanait de toute sa personne. Elle marchait la tête haute, plus mince que jamais, et si lumineuse ! Aucune souffrance, aucun chagrin n'assombrissaient son adorable visage. Seuls ses yeux exprimaient une détresse profonde et racontaient sa véritable histoire. Le cœur de l'avocat se serra. Il n'oublierait jamais Grace Adams, il le savait... Il lui adressa un petit signe de la main. Quelques minutes plus tard, elle était debout dans la cour derrière les barbelés, les yeux fixés sur la voiture qui s'éloignait.

— Qui c'est ? ton soupirant ? fit la voix rauque de Brenda.

— Non. Mon avocat.

La géante lui rit au nez.

— Tu perds ton temps, ma belle ! Ce sont tous des escrocs. Ils vous promettent la lune, et ne songent qu'à vous baiser, au sens propre comme au sens figuré. Je n'ai jamais rencontré un avocat qui ne soit pas une crapule. Un homme non plus, d'ailleurs. Et toi ?

Elle portait un de ses débardeurs mouillés, et Grace remarqua sur son bras musclé le dessin d'une rose écarlate surmontée d'un serpent. Deux autres tatouages, au coin de ses yeux, représentaient des larmes argentées.

— Alors, quand est-ce qu'il viendra te voir, ton petit ami ?

C'était une question insidieuse. Soucieuse de ne pas s'engager sur un terrain glissant, Grace opta pour un haussement d'épaules peu compromettant, tout en amorçant une retraite prudente en direction du parloir.

— Tu t'en vas déjà ? demanda Brenda.

— Je... j'ai du courrier en retard.

— Comme c'est mignon ! On se croirait dans une colonie de vacances. On écrit à sa maman et à son papa ? Ou à son petit copain, peut-être ?

— Peut-être.

Elle voulait écrire à Molly pour lui raconter la visite de David.

— Tu n'es pas drôle. Si tu voulais, on pourrait s'amuser un peu. Ça dépend de toi, mon lapin.

— Non, ça va, merci.

Brenda se mit en travers de son chemin.

— Ta compagne de cellule est un vrai cafard. Et sa copine aussi. Tu l'as rencontrée ?

Grace esquissa un signe négatif de la tête. Sally, très discrète sur sa vie privée, ne lui avait fait aucune confidence.

— Non, sans blague ? Une grande bringue noire ! Une garce finie ! Bah, elles vont bien ensemble, toutes les deux. Mais toi, tu n'es pas comme elles. Tu as envie de t'éclater, non ? Ça te dirait un peu de poudre. Ou de la marijuana ?

Les yeux de Brenda s'étaient mis à briller. Grace adopta de son mieux une expression neutre.

— Pas vraiment. J'ai de l'asthme, alors...

Elle se retint pour ne pas ajouter que la drogue ne l'intéressait pas. Brenda était un danger ambulant. Membre du gang des Aryennes, elle faisait du trafic de drogue. Grace n'avait pas envie de s'attirer des ennuis.

— Qu'est-ce que l'asthme a à voir là-dedans ? A Chicago, je partageais la cellule d'une fille qui n'avait qu'un poumon. Ça ne l'empêchait pas de fumer de l'herbe.

— Je ne sais pas. Je n'ai jamais essayé, et puis...

— Et puis quoi ? Je parie qu'il y a un tas de choses que tu n'as jamais essayées, ma jolie.

Brenda éclata d'un rire sonore, et Grace en profita pour se diriger vers le bâtiment, avec un geste amical de la main. Une fois à l'intérieur, elle força l'allure. Elle arriva à sa cellule tout essoufflée. Redoutant une crise d'asthme, elle toucha du bout des doigts l'aérosol qui était au fond de sa poche. Parfois, rien que de le savoir là, à portée de main, l'aidait à mieux respirer.

Le panneau d'affichage annonçait un nouveau film dans la soirée. Sally s'y rendit, comme toujours. Elle ne ratait jamais une séance. En dehors des pin-up, le cinéma était sa seule passion — elle adorait les films de gangsters. Grace, elle, n'y était encore jamais allée. Elle avait pris l'habitude de profiter de ces quelques heures de solitude.

Après dîner, entre six et neuf heures, les gardiennes ne verrouillaient pas les cellules, sauf sur demande. Cela permettait aux détenues de se rendre visite pour jouer aux cartes, aux échecs ou au Scrabble.

Grace était étendue sur sa couchette, en train d'écrire à Molly, quand la porte s'ouvrit. Pensant que c'était Sally, elle ne regarda pas. Le silence se prolongeait, mais elle n'y vit rien d'anormal — Sally était si peu bavarde ! Enfin, sentant une présence à son côté, elle leva les yeux et découvrit Brenda, appuyée nonchalamment au bord de la couchette. Une autre femme se tenait derrière elle.

— Salut, beauté, ça va comme tu veux ? lança négligemment la géante. (L'autre femme était moins grande, remarqua Grace, mais elle paraissait plus dure que Brenda.) Voici Jane. Elle mourait d'envie de te rencontrer.

108

Jane dévisageait Grace en silence. Brenda avança une main vers les seins de la jeune fille, qui tenta de s'esquiver. Brenda lui agrippa le bras. Ce geste lui rappela son père. Sa poitrine se contracta.

— Tu viens ? fit Brenda en resserrant son étreinte.

Ce n'était pas une proposition. C'était un ordre.

— Non, merci... je suis fatiguée.

— *Fatiguée* ? Pauvre bébé. Viens te reposer chez moi. Il reste une heure avant la fermeture des portes.

— Non, merci, murmura Grace, la gorge nouée. Je ne voudrais pas vous déranger... Je crois...

— Quelle exquise politesse, railla Brenda, en pinçant cruellement le sein de Grace. Tu veux que je te dise, chérie ? Je me fiche éperdument de ce que tu crois ou pas. Tu viens avec nous, un point c'est tout.

— Je... non... je vous en prie...

Sa voix, qu'elle s'efforçait de rendre ferme, n'était qu'un pauvre chuchotement angoissé. Il y eut un bruit métallique, puis la lame bleuâtre d'un couteau à cran d'arrêt étincela dans la paume de Jane.

— Génial ! pouffa Brenda. Une invitation gravée en toutes lettres par Jane, tu te rends compte ? Notre amie est drôlement douée pour la gravure.

Les deux femmes éclatèrent de rire. Brenda fit sauter un bouton de la chemise de Grace, et déposa un baiser goulu sur sa peau nue.

— Tu n'aimes pas ça ? Allez, dépêche-toi. Si Jane s'énerve, elle pourrait se mettre à jouer du couteau. Je te conseille de nous suivre sans tarder.

Grace crut que son cœur allait exploser. Ses pires craintes se réalisaient. La peur jaillit, intacte, une peur qu'elle croyait enfouie à jamais. Elle allait être violée avec Dieu seul savait quoi, peut-être allait-on lui taillader le visage. Rien ne l'avait préparée à affronter ce nouvel enfer, pas même les brutalités de son père.

A bout de souffle, elle descendit de sa couchette, le papier et le stylo encore dans la main. D'un geste souple, elle se tourna, comme pour poser la lettre inachevée sur le lit de Sally. Elle avait gribouillé un mot, *Brenda*, sur le feuillet blanc. Sans doute serait-ce vain. Peut-être que Sally ne réagirait pas. Mais c'était sa seule chance. Elle quitta la cellule entre Brenda et Jane.

A sa grande surprise, elles ne prirent pas le chemin de leurs cellules mais dépassèrent la salle de gymnastique, se dirigeant vers l'extérieur. Les gardes les virent traverser la cour d'un pas de promenade, trois femmes, trois amies, prenant le frais avant d'aller se coucher. Brenda lança une plaisanterie à leur intention, et ils répondirent par des rires. Elles poursuivirent leur chemin. La main droite de Jane, celle qui dissimulait le couteau, reposait négligemment sur l'épaule de Grace, tout près de son cou. Personne ne remarqua la terreur de la jeune fille.

Un petit bâtiment de brique sans fenêtres se dressait dans la pénombre, au bout de la cour. Du haut du mirador, les sentinelles ne se donnèrent pas la peine de les observer. Il n'y avait aucun danger d'évasion de ce côté-là. C'était juste un entrepôt, dans lequel on stockait les appareils de maintenance. Brenda ouvrit la porte avec une clé et elles entrèrent. Il y avait quatre femmes, adossées aux machines. Du seuil, Grace aperçut la lueur d'une cigarette, comme un minuscule œil rouge, puis le faisceau lumineux d'une lampe de poche l'aveugla. C'était l'endroit idéal pour enfermer une victime, la torturer, la mettre à mort.

— Bienvenue au club, beauté, lança Brenda avec un ricanement. Elle nous a suivies de son plein gré, les filles. N'est-ce pas, Gracie, mon petit cœur ?

Ses doigts s'étaient de nouveau attaqués à la chemise de Grace, qui essaya de se dérober.

— Allons ! allons ! fit Brenda.

Elle ne voulait pas laisser d'indices tels que des vêtements déchirés, à moins d'y être obligée. Si la petite résistait, elles lui tomberaient toutes dessus, et, si elle était intelligente, elle ne les dénoncerait pas. Grace sentit **la** pointe effilée du couteau de Jane contre sa carotide. Sa chemise était maintenant déboutonnée et Brenda tira sur son soutien-gorge.

— Enfin, un peu de chair fraîche ! s'exclama-t-elle.

Des rires fusèrent, puis l'une des femmes les exhorta à se dépêcher. Elles n'avaient pas toute la nuit devant elles. La fermeture des portes aurait lieu dans moins d'une heure.

— Je déteste qu'on me bouscule quand je mange ! répondit Brenda, au milieu de l'hilarité générale.

Affolée, Grace aperçut alors les cordes. Et le chiffon. Elle se vit ligotée, bâillonnée, à leur merci, et esquissa un mouvement de recul. Trop tard. Huit paires de mains l'immobilisèrent, et la femme la plus âgée du groupe murmura :

— Allons-y. Finissons-en.

Grace fut envoyée par terre. Elle heurta violemment le sol de ciment et resta un instant inerte, annihilée par le choc. Ses tortionnaires l'entouraient comme dans un ballet. Elle sentit les cordes s'enrouler à ses poignets, puis à ses chevilles. Sa chemise, son pantalon, ses sous-vêtements gisaient pêle-mêle à ses côtés. Assise sur sa jambe gauche, Jane pressa la lame du couteau sur son ventre. C'était inutile de se battre, inutile de crier. Une brusque montée d'asthme lui coupa le souffle. En toussant, elle jeta un coup d'œil anxieux vers la poche de sa chemise froissée. C'était là que se trouvait son aérosol. Brenda surprit son regard. Elle prit l'appareil et l'agita d'un air provocant avant de le laisser tomber près de la botte de Jane, qui l'écrasa d'un coup de talon.

— Désolée, bébé, se moqua Brenda en rejetant ses cheveux blonds en arrière, puis en se mettant debout pour retirer son pantalon. Tu connais les règles du jeu ? Non ? D'abord nous te faisons l'amour, puis tu nous rends la pareille. Et ensuite, grogna-t-elle en se penchant pour mordre le sein de sa captive, tu nous appartiendras. Tu seras notre esclave. Tu viendras ici aussi souvent qu'on le voudra, et tu seras à notre entière disposition. Et si tu cries, on te coupe la langue et le bout des seins. Clac ! Compris ?

Grace fixa la géante de ses grands yeux terrifiés.

— Pourquoi ? haleta-t-elle, avec un sifflement asthmatique. Vous n'avez pas besoin de moi... Je vous en prie, laissez-moi...

Ses supplications déclenchèrent une tempête de rires. Dans sa détresse, elle n'était que plus belle. Et si jeune. Si fraîche et naïve. Si elles ne lui mettaient pas le grappin dessus, quelqu'un d'autre le ferait. Et, selon les usages en vigueur dans les prisons, les premières servies gagnaient définitivement la partie. Personne ne viendrait par la suite leur disputer leur magnifique trophée.

— Tu es à nous, mon bel oiseau, roucoula Brenda.

Elle s'était agenouillée, et penchait la tête vers le bas-ventre de Grace, en se passant la langue sur les lèvres. C'était la partie du jeu qu'elle aimait le plus. Ce bref instant d'attente, chargé de délicieuses promesses, qui précédait la possession. Terroriser la victime, briser en elle toute volonté de résistance, avant de la soumettre. Grisée par son pouvoir, Brenda sortit un petit flacon de sa poche, répandit un peu de poudre blanche sur son pouce, puis l'aspira par les narines. Elle laissa la drogue envahir son cerveau avant d'en étaler entre les seins de Grace une seconde ligne, qu'elle effaça d'un vigoureux coup de langue. Puis elle commença à explorer des lèvres et des doigts l'objet de son désir.

Son poing se frayait un passage entre les cuisses de Grace, qui s'arc-bouta, tétanisée par la douleur. Alentour, les autres s'impatientaient. L'une d'elles se mit à maugréer.

— Bon sang, Brenda, fais vite. Ce n'est pas ta nuit de noces.

— Et pourquoi pas ? grogna la géante. Je vais peut-être la garder pour moi toute seule.

Grace se tordait en tirant désespérément sur ses liens. Elle n'osait pas appeler au secours. Elles ne l'avaient pas bâillonnée, comme elle l'avait craint. Elles auraient besoin de sa bouche, plus tard, quand elles auraient fini de la brutaliser. Elle n'était pas au bout de son calvaire, songea-t-elle en fermant les yeux. Ne plus sentir. Ne plus voir. Feindre d'être ailleurs, loin... Il y eut un claquement de porte et la main qui la tourmentait se retira. Brenda déglutit péniblement avant de bondir sur ses jambes. Grace rouvrit les yeux. Une jeune femme à la peau cuivrée, grande et gracieuse comme un félin, se tenait sous le chambranle. Grace ignorait si elle faisait partie de la bande. Probablement pas, à en juger par le silence de plomb qui suivit.

— Détachez-la, tas d'imbéciles ! dit l'arrivante froidement.

L'amazone noire devait être plus grande encore que Brenda. Le blanc de ses yeux miroitait étrangement dans le cercle lumineux de la lampe torche.

— Vous avez cinq secondes pour la laisser partir, continua-t-elle d'une voix glaciale. Si je ne suis pas rentrée dans trois minutes, Sally ira voir le directeur de la prison et vous vous retrouverez au cachot jusqu'à Noël.

— Bon sang, Luana, fous le camp d'ici, gronda Jane, le couteau à la main.

Brenda, elle, était folle de rage.

— Allez donc vous expliquer ailleurs ! cria-t-elle.

La cocaïne qu'elle avait absorbée lui donnait l'impression d'être invincible. Elle ébaucha un mouvement vers Grace.

— Il ne vous reste plus qu'une minute, déclara Luana d'une voix dure comme la pierre. J'ai dit : détachez-la.

Elle paraissait terrifiante, dans la lueur vacillante de la lampe. Elle avait des muscles d'homme, de longues jambes de coureur olympique. A Dwight elle était réputée pour exceller à la boxe et au karaté. Aucune détenue ne s'était jamais risquée à lui déplaire. Jane avait beau jurer que Luana ne lui faisait pas peur et qu'un jour elle lui sculpterait la figure au couteau, tout le monde savait qu'elle se garderait bien de se frotter à elle.

Après un moment d'hésitation, l'une des femmes défit la corde qui enserrait les poignets de Grace. Une autre libéra ses jambes, tandis que Brenda laissait échapper un soupir de frustration.

— Espèce de chienne ! Tu la veux pour toi, hein ?

— J'ai ce qu'il me faut. Vous vous attaquez aux petites filles, maintenant ?

Luana avait noté au premier coup d'œil la beauté saisissante de Grace. Etendue sur le sol froid, offerte, resplendissant de tous les feux de sa jeunesse, elle les avait toutes rendues folles de désir.

— Quelle petite fille ? s'indigna Brenda. Tu joues à Zorro ou quoi ? Va te faire voir.

— Merci.

S'étant relevée en titubant, Grace se rhabillait, les mains tremblantes. Ses doigts gourds s'empêtrèrent dans les boutons de son chemisier.

— La fête est terminée ! annonça Luana avec un sourire plein d'ironie. Si vous essayez encore une fois de la toucher, vous êtes mortes.

— Qu'est-ce que ça veut dire ? hurla Brenda.

— Ça veut dire qu'elle est à moi. Me suis-je bien fait comprendre ?

— A *toi* ? s'étonna la géante blonde, désarçonnée. (Personne ne l'avait prévenue.) Et Sally ? interrogea-t-elle, l'instant d'après, suspicieuse.

— Je n'ai pas de comptes à vous rendre.

Luana entraîna Grace vers la sortie. Les autres avaient reculé. Visiblement, elles n'avaient nulle envie d'entamer une bagarre.

— Ah ! ah ! Vous faites ça à trois maintenant ? railla Brenda.

— Je te dis qu'elle est à moi. Ne l'approchez plus. Sinon vous vous attirerez les pires ennuis. Compris ?

Personne ne se risqua à lui répondre. Luana occupait une place trop élevée dans la hiérarchie de la société carcérale pour qu'on la contredise. Elle n'avait qu'un mot à prononcer pour déclencher une émeute. Deux de ses frères étaient les chefs les plus puissants du mouvement noir musulman de l'Etat de l'Illinois, et les deux autres avaient provoqué les mutineries les plus sanglantes de l'histoire d'Attica et de San Quentin.

Ayant lancé cet avertissement sans appel, elle ouvrit la porte et poussa Grace dehors avec une telle force que la jeune fille trébucha. Oh, elle avait été stupide. Elle s'était crue à l'abri, alors que le danger était toujours là. Elles passèrent devant les gardes, bras dessus, bras dessous, tandis que Luana faisait semblant de converser, l'air de rien. Peu après, elles pénétrèrent dans la salle de gymnastique où Sally attendait, au comble de l'inquiétude. Très pâle, Grace trébucha de nouveau. Elle était sur le point d'étouffer. A sa vue, Sally explosa.

— Que diable fabriquais-tu avec Brenda ? demanda-t-elle à mi-voix.

— Elle est venue dans notre cellule. Au début, j'ai cru que c'était toi. Jane l'accompagnait. Elle avait un couteau et elles m'ont obligée à les suivre.

— Tu as encore un tas de choses à apprendre, dit Sally. (Du moins, la petite nouvelle avait été suffisamment futée pour lui laisser ce bout de papier sur lequel elle avait griffonné le nom de Brenda.) Comment vas-tu ?

— Elle va bien, lança Luana. Elle s'est comportée comme une idiote mais elle n'a rien. Brenda était trop occupée à sniffer de la coke pour causer de vrais dégâts.

Elle pensait que Grace l'avait échappé belle. Combien de filles de son âge avaient été violées à l'aide de battes de base-ball ou de manches à balai dans cette prison ? Des centaines... Le pire, c'était que Sally avait pris cette gamine en affection. Elle avait bien failli voler à son secours. Et si Luana n'avait pas pris la direction des opérations, où en seraient-elles, maintenant, toutes les deux ? Luana tenait énormément à Sally. Depuis qu'elles étaient ensemble, personne ne les avait jamais importunées, à cause des frères de Luana. Les deux aînés vivaient dans l'Illinois, le troisième s'était établi à New York, un quatrième s'était installé en Californie. Tous les quatre étaient en liberté conditionnelle mais ils inspiraient dans les prisons une crainte mêlée de respect. Maintenant que Grace était sous la protection de Luana, Brenda et sa bande ne lui chercheraient plus noise.

— Qu'est-ce que tu leur as dit ? demanda Sally, sur le chemin du retour.

— Qu'elle était à nous maintenant, répliqua Luana, en fusillant Grace du regard.

Sa naïveté avait failli attirer des ennuis à Sally, et elle n'était pas prête à le lui pardonner. Une fois arrivées dans la cellule, Luana ne mâcha pas ses mots. Grace fondit en larmes, sa respiration se fit courte et saccadée. Mais ses pleurs n'émurent nullement l'amazone noire.

— Je me fiche pas mal de ton satané asthme, vociféra-t-elle. Si jamais tu mets de nouveau Sally en danger, je t'étrangle. Alors, plus de messages, plus de pleurnicheries, plus d'histoires. Tu la laisses en dehors de tout ça. S'il t'arrive quelque chose, tu viens me le dire à moi. Je ne sais pas pourquoi on t'a expédiée ici et je ne veux pas le savoir. Mais ici, si tu n'apprends pas à te servir de ta cervelle, tu disparaîtras. C'est aussi simple que ça. Alors, à l'avenir, tu as tout intérêt à te montrer plus intelligente. En attendant, tu obéis à Sally. Si Sally t'ordonne de nettoyer par terre avec ta langue, tu le fais. Et tu ne poses pas de questions. C'est clair ?

— Oui. Merci...

A présent, elle serait en sécurité. Elle le savait. Elle pouvait compter sur Sally. Et sur Luana aussi, même si celle-ci l'effrayait. Ces deux femmes la protégeraient. Sans rien lui demander en échange. Parce qu'elles avaient de la compassion pour elle.

A partir de ce jour, les choses changèrent radicalement pour Grace. Aucune détenue ne se moqua plus d'elle. Aucun sifflement admiratif ne se fit plus entendre sur son passage, on perdit l'habitude de la surnommer « la petite nouvelle ». On aurait dit qu'elle n'existait pas. Qu'un sortilège l'avait rendue invisible, au cœur d'une jungle grouillant de bêtes féroces. Dorénavant, elle avait deux précieuses alliées dans ce milieu hostile. Sally et Luana.

Ses crises d'asthme s'étaient atténuées. Elle suivait des cours par correspondance et, plus tard, elle s'inscrirait aux cours du soir pour parfaire ses connaissances. Elle avait pris un cours supplémentaire de secrétariat, qui lui permettrait de trouver un emploi plus facilement.

Un changement formidable s'était opéré en elle et David ne manqua pas de le remarquer, au fil de ses visites. Une sorte de paix retrouvée, une confiance tranquille. Ils avaient perdu leur procès en appel, mais elle avait accueilli la nouvelle avec philosophie. Un an s'était écoulé depuis son incarcération. Alors que son avocat s'emportait contre les aléas de la justice, Grace, elle, restait sereine. C'est elle qui le consola, elle qui lui répéta encore et encore qu'il avait agi pour le mieux. Il ne lui restait plus qu'une année à passer à Dwight. Elle commençait à apercevoir, dans le lointain, le bout du long tunnel noir dans lequel elle était enfermée. Il l'écouta, à la fois ému et affligé. Involontairement, il espaça ses visites. La voir, lui parler, puis s'en aller, la laissant dans ce lieu sinistre, l'accablaient de tristesse. Son attachement pour Grace n'avait fait que se renforcer. Il se sentait coupable à son égard. Elle, si belle, si jeune, si pure, elle avait commencé sa vie sous de mauvais auspices, et il n'avait pas pu modifier le cours des événements. Il s'en voulait de sa propre impuissance. Mais les choses auraient-elles été différentes s'ils avaient gagné en appel ? Il se le demandait. Aurait-il eu alors le courage de lui déclarer son amour ? Cela, il ne le saurait jamais. Et à force de taire sa passion, il finit par s'éloigner de Grace... Grace qui n'avait rien compris, rien senti.

Molly, qui avait parfaitement deviné les sentiments de l'avocat vis-à-vis de sa jeune et jolie cliente, était restée d'une discrétion absolue à ce sujet. En revanche, la brillante juriste avec laquelle David sortait ne garda pas sa langue dans sa poche. L'engouement de son ami pour la ravissante pensionnaire de Dwight ne lui avait pas échappé. Il parlait d'elle constamment, n'ouvrait la bouche que pour chanter ses louanges.

— C'est malsain, lui rétorquait-elle chaque fois qu'il mentionnait Grace. Tu souffres du complexe du héros, mon pauvre chéri.

David hochait la tête. Héros ou pas, il se reprochait d'avoir trahi Grace. Durant sa deuxième année en prison, il ne fit plus que de brèves apparitions au parloir. Il n'avait plus aucun prétexte pour lui rendre visite. Il n'y aurait pas d'autre procès, aucune remise de peine, et il n'avait rien à lui offrir à part son amitié. Sa petite amie ne cessait de lui répéter qu'il n'avait qu'un seul devoir : vivre sa vie.

Grace ne lui tint pas rigueur de son abandon. Pourtant, leurs rencontres lui manquaient. Mais elle avait perçu la pointe de culpabilité qui perçait dans la voix de son avocat lors de leurs conversations. Elle savait qu'il avait rencontré quelqu'un. Peut-être que sa fiancée était jalouse, conclut-elle.

Molly York passait la voir aussi souvent qu'elle le pouvait. Grace l'accueillait toujours avec joie. Elle avait si peu d'amis ! Molly et David. Luana et Sally. Elle passa avec elles son deuxième Noël à Dwight, à grignoter les cookies que Molly lui avait envoyés.

— Tu es déjà allée en France ? demanda Luana.

Grace sourit. Elles lui posaient souvent de drôles de questions, comme si elle venait d'une autre planète. Et c'était vrai, d'une certaine manière. Luana avait passé toute son enfance dans les ghettos noirs de Detroit. Sally était originaire de l'Arkansas. Elles étaient toutes trois liées par une profonde amitié maintenant et Luana l'avait surnommée « Miss D'accord ».

— Non, je ne suis jamais allée en France.

Elles formaient un trio incongru. Les deux femmes plus âgées la couvaient. Elles la protégeaient, la grondaient à l'occasion, la surveillaient du coin de l'œil. Elles lui avaient enseigné les bases de la survie en prison, ce qui s'était avéré fort utile. Et elles l'avaient félicitée, fières d'elle, quand elle leur avait montré son carnet de notes. Luana s'exclama qu'un jour Grace deviendrait quelqu'un d'important.

— Oh, Lu, je ne crois pas, sourit-elle.

— Que feras-tu quand tu seras dehors ? questionnait inlassablement Luana, et Grace lui faisait toujours la même réponse.

— J'irai à Chicago, et je chercherai du travail.

— Chicago, murmurait Luana, l'air rêveur, Chicago...

A ses oreilles, cela sonnait comme un mot magique. Elle avait été condamnée à la réclusion à perpétuité, et Sally ne sortirait pas avant trois ans.

— Quel genre de travail chercheras-tu ? Oh, je sais ! Présentatrice à la télé ! Animatrice de jeux télévisés !

Grace éclatait de rire. Luana et Sally avaient de drôles d'idées. Mais la célébrité ne la tentait pas. Aux feux des projecteurs, elle préférait l'ombre sécurisante. Elle avait un faible pour la psychologie et souhaitait aider, plus tard, des jeunes filles en détresse, comme elle, ou des femmes battues, comme sa mère. Oui. Plus tard peut-être. Pour le moment, elle n'avait que dix-neuf ans et devait passer encore un an en prison.

David Glass vint la voir le lendemain du Nouvel An, après trois mois de silence complet. Il ne lui avait pas envoyé de cadeau à Noël et commença par s'en excuser. Il semblait mal à l'aise, remarqua-t-elle, et l'espace d'une seconde, la peur que le juge ait repoussé la date de sa remise en liberté lui glaça le sang. Mais, lorsqu'elle posa la question à David, il s'empressa de la rassurer.

— Non, aucun changement de ce côté-là. A moins que vous provoquiez une émeute ou que vous vous en preniez à vos gardiennes, ce qui m'étonnerait. Non, je...

Il s'interrompit. Il avait bien une nouvelle à lui annoncer mais les mots restaient bloqués au fond de sa gorge. Il la regarda, hésitant, et sut que sa fiancée avait raison. Son attachement à Grace frisait le ridicule. Elle n'était qu'une gamine, une simple cliente, une jeune criminelle emprisonnée. Il s'éclaircit la voix.

— Je vais me marier, dit-il d'un ton gêné, comme s'il lui devait des explications, après quoi il se traita mentalement d'imbécile.

Elle parut se réjouir.

— Formidable. Quand ?

— En juin. Euh... (De nouveau il eut du mal à parler, sous le regard attentif de son interlocutrice.) Le père de ma fiancée voudrait m'embaucher dans son cabinet juridique, à Los Angeles. Je pars le mois prochain, Grace. Il y a un tas de formalités à accomplir et nous avons décidé d'acheter une maison avant de nous marier.

— Oh... fit-elle, réalisant soudain qu'elle ne le reverrait plus, du moins pas avant longtemps. C'est beau la Californie.

La Californie... Une région étrangère, lointaine, où elle n'irait sans doute jamais, même après les deux ans de probation pendant lesquels la loi lui interdisait de quitter l'Illinois. Elle baissa les yeux, d'un air triste, et il lui prit la main.

— N'hésitez pas à m'appeler si vous avez besoin de moi. Je vous donnerai mon numéro de téléphone. Je serai toujours là pour vous, Grace.

Elle acquiesça mais ils restèrent un long moment silencieux et songeurs, la main dans la main.

— Vous allez me manquer, dit-elle avec franchise.

120

Le cœur de David cessa de battre. Il aurait voulu lui crier qu'il ne l'oublierait jamais, que son visage de madone aux grands yeux couleur de bleuet et à la peau transparente resterait gravé pour toujours dans sa mémoire. Mais il dit seulement :

— Vous aussi, vous allez me manquer. Je n'arrive pas à m'imaginer en Californie. Tracy pense que je vais adorer cette région.

Il n'avait pas l'air convaincu.

— Elle doit être quelqu'un d'extraordinaire pour vous donner envie d'aller si loin avec elle.

Il eut un rire un peu amer. Quitter l'Illinois ne lui posait aucun problème. Mais ne plus revoir Grace était un déchirement.

— N'hésitez pas à m'appeler, répéta-t-il. Molly continuera à venir vous voir.

Ils s'étaient téléphoné le matin même.

— Je sais. Elle pense se marier, elle aussi.

Il répondit qu'il était au courant, puis demeura un instant figé, les yeux vagues. Ainsi, la vie se charge de vous séparer, songea-t-il, attristé. Molly et lui allaient fonder un foyer. Ils avaient leur carrière, leurs habitudes, leurs conjoints. Seule Grace n'avait rien. Personne. Et il lui fallait attendre huit longs mois avant de pouvoir prendre son destin en main.

Il resta au parloir plus longtemps qu'à l'accoutumée. En prenant congé, il promit de repasser avant son départ. Mais, lorsqu'ils se dirent au revoir, Grace sut brusquement qu'elle ne le reverrait plus.

Et, en effet, il ne revint pas. Il l'appela deux fois, puis il lui envoya une lettre de Los Angeles pour s'excuser. « Le temps passe si vite, je n'ai pas pu vous rendre une dernière visite... » En lisant entre les lignes, Grace comprit la vérité. Il n'avait pas eu le courage de revenir. Les adieux auraient été trop pénibles. Et, surtout, sa fiancée avait dû exiger qu'il cesse toute relation avec son ancienne cliente. Elle plia la lettre très lentement. Son histoire avec David Glass appartenait désormais au passé.

Elle en fut affectée pendant quelque temps. Se séparer d'un ami, quand on en a si peu, relevait de l'injustice. Mais sa vie, depuis le début, n'avait-elle pas été placée sous le signe de l'injustice ?

— Parfois, il faut laisser les gens partir, dit Molly pensivement au cours d'un de leurs entretiens. Il pensait énormément à vous, Grace, il se souciait de vous. Je crois qu'il s'en voulait parce qu'il n'a pas réussi à vous épargner la prison.

— Il a fait du bon travail, répondit Grace loyalement. (Contrairement aux autres détenues, elle ne rendait pas son avocat responsable de sa condamnation.) Mais il me manque... Avez-vous rencontré sa fiancée ?

— Une ou deux fois.

Molly réprima un sourire. Grace continuait d'ignorer les sentiments de David à son égard. Et tout ce qu'elle avait représenté pour lui : un amour inaccessible, un rêve impossible à réaliser. Il avait beau répéter qu'il la considérait comme une petite sœur, sa fiancée n'avait pas été dupe. Et elle avait déployé des trésors d'énergie pour l'attirer en Californie.

— Oui, je l'ai vue. C'est une jeune femme remarquable, poursuivit le Dr York avec diplomatie.

En vérité, elle n'avait que très moyennement apprécié la future Mme Glass. Intelligente, excellente juriste, elle mettait ses indéniables compétences au seul service de ses ambitions.

— Et vous, Molly ? Quand épouserez-vous Richard ? la taquina gentiment Grace.

— Bientôt, ma chère, bientôt...

Il fallut attendre avril pour que la date du mariage soit enfin fixée. Les deux amoureux échangeraient leurs anneaux le 1er juillet, avant de s'envoler vers Hawaï pour leur lune de miel. Et, un mois et demi plus tard, Grace serait libre. Près de deux ans s'étaient écoulés depuis son incarcération.

Molly lui rendit à nouveau visite la veille de son mariage. Elle l'invita à passer chez elle Thanksgiving, puis Noël, et Grace accepta. Le jour du mariage de Molly et de Richard, la jeune fille ne quitta pas sa cellule. Mentalement, elle était auprès de son amie. Molly lui avait fait part de tous les détails de la cérémonie et Grace l'imaginait dans la ravissante robe de mariée dont elle avait déjà admiré la photo. Elle savait tout, jusqu'à l'heure du départ de l'avion. Ils prendraient le vol assurant la liaison entre Chicago et Honolulu et arriveraient là-bas à vingt-deux heures, heure locale. Les jeunes mariés avaient réservé la suite nuptiale du Outrigger Waikiki. Grace pensait à eux avec une telle force qu'elle avait l'impression de se trouver à leurs côtés.

A vingt et une heures, elle s'installa devant la télévision en compagnie d'autres détenues pour regarder le journal. Elle était en train de bavarder avec Luana quand elle fut saisie par une phrase du présentateur. Il était question d'un appareil de la TWA qui avait explosé alors qu'il survolait les Rocheuses. Affolée, elle se tourna vers l'une de ses voisines.

— Quoi ? Un accident ? Où ça ?

— Au-dessus de Denver. Et ce n'est pas un accident. Les enquêteurs penchent pour un attentat terroriste. C'était le vol entre Chicago et Honolulu, via San Francisco.

Un froid mortel glaça Grace jusqu'aux os. Son cœur s'emballa. Sa respiration devint saccadée et sifflante. Non, ce n'était pas possible. Pas eux. Pas le jour de leur mariage... Oh, non, pas Molly, pas sa meilleure amie, chez laquelle elle devait passer Noël, oh, Seigneur, non... La voyant s'emparer de son aérosol, Sally intervint.

— Du calme, petite. Il y a des dizaines de vols par jour à destination d'Honolulu.

Grace avait longuement décrit les amours de Molly et de Richard à sa compagne de cellule. Un sujet passablement ennuyeux pour Sally, qui avait néanmoins gentiment écouté Grace. De nouveau, elle s'efforça de la rassurer. Il était très peu probable que ce soit justement leur avion, répéta-t-elle. Mais Grace ne ferma pas l'œil de la nuit. Après plusieurs nuits blanches, elle écrivit à l'hôpital où Molly exerçait, pour avoir de ses nouvelles. La réponse arriva par retour du courrier. La direction était au regret de l'informer que le Dr York et le Dr Haverson avaient trouvé la mort pendant leur lune de miel, dans l'accident tragique relaté par les médias.

Grace se coucha. Trois jours plus tard, elle ne s'était toujours pas relevée. Sally et Luana l'avaient couverte auprès de la surveillante en chef. Elles avaient prétexté une crise d'asthme plus forte que les précédentes. Et ce, malgré les médicaments et l'aérosol. (Plus personne ne songeait à lui voler l'appareil qu'elle utilisait sans se cacher depuis quelque temps.) Mais une infirmière, envoyée dans la cellule, ne diagnostiqua aucune crise d'asthme. Grace n'ouvrit pas la bouche, refusant de répondre à ses questions. Elle était allongée sur l'étroite couchette, le visage mortellement pâle, les yeux fixés au plafond.

David Glass était loin, Molly était morte, le destin venait de la priver en l'espace de quelques mois de ses deux meilleurs amis. Et ses deux autres amies, Sally et Luana, n'étaient pas près de sortir de prison. Elle était à nouveau seule. Seule au monde.

L'infirmière lui ordonna de retourner à son travail dès le lendemain. S'absenter pendant deux jours consécutifs entraînait automatiquement des sanctions, lui rappela-t-elle. La surveillante s'était montrée indulgente, mais cela ne saurait durer. Elle risquait le cachot si elle continuait à enfreindre le règlement. Le lendemain, pourtant, Grace refusa de se lever, malgré les prières et les remontrances de Sally et de Luana. Elle resta là, prostrée, regrettant de ne pas être morte à la place de Molly.

Deux gardes l'emmenèrent au quartier disciplinaire où ils la laissèrent dans une obscurité totale, nue, sans autre nourriture qu'un bol de soupe le soir. Lorsqu'elle regagna la cellule, blême et amaigrie, presque transparente, Sally comprit à ses yeux, dans lesquels brillait une lueur métallique, qu'elle avait tourné une page de son existence. Et qu'elle avait perdu ses illusions. Comme si elle était passée brutalement de l'adolescence à l'âge adulte.

A partir de ce jour, Grace ne fit plus aucune allusion au passé. Elle ne parla plus jamais de Molly, de David ou de ses parents. Le passé était mort, seul le présent existait. Très rarement elle évoquait encore l'avenir : sa vie future à Chicago.

Lorsque le jour de sa remise en liberté arriva, elle ne se sentait pas prête à affronter le monde extérieur. Elle n'avait pas de rêves, pas de projets, pas de relations, et elle savait que l'argent que David avait réussi à soutirer à Frank Wills ne durerait pas éternellement. Mais elle avait une licence de lettres, obtenue par correspondance, ainsi qu'un diplôme de secrétariat. Et elle emportait dans son maigre bagage l'expérience qu'elle avait acquise dans le milieu carcéral. Et sa beauté. Grace était grande, mince comme une liane. Son opulente chevelure auburn encadrait un merveilleux visage. Elle n'avait jamais été en meilleure forme — Luana lui avait appris à se muscler en soulevant des haltères. On lui remit ses vêtements de ville, le jean serré, un tee-shirt blanc, une paire de tennis, des socquettes blanches. Elle ressemblait à une étudiante dans toute la splendeur de ses vingt ans. Mais, lorsqu'elle souriait, son regard restait triste et sans illusion. Il y avait, dans ses yeux, le désespoir accumulé au fil de toutes ces années difficiles, ces interminables années de solitude. Elle n'oublierait jamais Molly. Ni Luana et Sally.

— Prends soin de toi, petite, murmura cette dernière d'une voix enrouée par l'émotion.

Elles s'étaient enlacées, toutes les trois, les yeux embués, puis Luana l'avait embrassée sur la joue, comme on embrasse une petite fille avant de l'envoyer jouer au parc.

— Fais attention à toi. Garde les yeux ouverts. Ne te fie qu'à ton instinct. Deviens quelqu'un d'important. Tu peux le faire, je le sais.

— Je vous aime, murmura-t-elle. Je vous aime tant, toutes les deux. Je ne sais pas ce que je serais devenue sans vous.

Elle était sincère. Ces deux femmes l'avaient sauvée. Elle déposa un baiser sur la joue de Sally, qui eut un sourire embarrassé. Les démonstrations de tendresse la mettaient mal à l'aise.

— Allez, va. Et ne fais pas de bêtises.

— Je vous écrirai, affirma-t-elle d'une voix fervente.

Mais Sally esquissa un signe de dénégation de la tête. Elle savait trop ce qui se passait. Quand on était dehors, c'était terminé, jusqu'à la prochaine fois.

— Non, pas de lettres, dit Luana sèchement. On ne veut pas avoir de tes nouvelles. Oublie-nous. Et vis ta vie. Ne regarde plus jamais en arrière, Grace. Enterre le passé.

— Mais vous êtes mes amies, insista-t-elle, en larmes.

— On est des fantômes. Bientôt, tu seras contente d'être dehors, et tu ne penseras plus à nous... Et qu'on ne te revoie plus par ici, d'accord ?

Luana brandit un index menaçant à l'intention de Grace, qui rit à travers ses larmes. Comment pourrait-elle les oublier ? Le fallait-il vraiment ? Fallait-il les laisser en arrière pour aller de l'avant ? Si Molly avait été là, elle lui aurait demandé conseil... Mais Molly York avait disparu.

— Allez ! Fous le camp !

Luana la poussa gentiment vers la sortie. Peu après, elle franchit les grilles et s'avança vers la navette qui la conduirait jusqu'à l'arrêt du bus. Elles la regardèrent de derrière la clôture de barbelés, tandis que la voiture démarrait. Le front collé à la vitre, Grace agita la main jusqu'à ce qu'elles soient hors de vue.

6

Le trajet entre Dwight et Chicago dura un peu moins de deux heures. Grace avait en poche cent dollars (la rétribution de son travail aux fournitures de la prison), plus un relevé de son compte courant contenant cinq mille dollars. Le reste était converti en actions. Elle s'était promis de ne pas y toucher.

Elle ne savait pas où aller. Elle devait tenir les autorités judiciaires au courant de ses déplacements. Au fond de son sac, il y avait une carte avec le nom, l'adresse et le numéro de téléphone de l'agent de probation qu'elle devait contacter dans les deux jours : Louis Marquez. Une détenue lui avait indiqué un hôtel bon marché.

Le bus la déposa à un arrêt sur Randolph et Dearborn. L'hôtel en question se trouvait à quelques blocs de là. Il y avait beaucoup de prostituées sur les trottoirs et on pouvait y louer une chambre à l'heure. En appuyant sur le bouton d'appel, Grace vit des cafards sur le comptoir de la réception. Un jeune homme somnolent apparut.

— Un jour, une nuit ou une heure ? demanda-t-il tout en balayant les cafards d'une main indolente.

C'était pire que Dwight, où les cellules et les parties communes étaient impeccablement propres.

— Quels sont vos prix à la semaine ?

— Soixante-dix sacs, rétorqua-t-il sans un battement de cils. Compte tenu de l'état de délabrement des lieux, c'était un prix exorbitant mais, pour l'instant, Grace n'avait pas le choix.

Elle paya sept jours pour une chambre avec douche au quatrième étage, ressortit à la recherche d'un restaurant, et faillit entrer en collision avec deux clochards qui faisaient la manche. Une prostituée la suivit du regard en se demandant ce qu'une jeune fille comme elle pouvait bien faire dans ce quartier minable. Elle était à cent lieues d'imaginer que Grace sortait de prison... Et qu'elle éprouvait, en ce moment même, une sorte d'ivresse merveilleuse. La jeune fille se mit à longer les rues étroites, le cœur gonflé de joie. Elle était dehors. *Dehors* ! Libre de marcher, de flâner, de regarder le ciel. Libre d'acheter un magazine, de prendre un bus, d'entrer dans une boutique. Grisée par cette liberté retrouvée, elle s'offrit une visite guidée de Chicago le soir même, et se paya le luxe de rentrer en taxi. Les prostituées négociaient toujours avec leurs clients à l'entrée de l'hôtel, mais elle n'y prit pas garde. Elle demanda sa clé à la réception et monta. Elle verrouilla la porte avant de se mettre à étudier les offres d'emploi dans les journaux qu'elle avait achetés. Dès le lendemain, elle fit le tour des agences d'intérim les plus proches. Par trois fois, elle buta sur le même obstacle. Elle n'avait jamais travaillé, n'avait aucune référence, et cela semblait poser un problème. A chaque fois, Grace y alla de sa petite histoire. Originaire de Watseka, ayant brillamment terminé ses études et titulaire d'un diplôme de secrétariat, elle était venue tenter sa chance à Chicago. Et à chaque fois ses interlocuteurs répondirent :

— Oui, mais vous comprenez, sans références...

Au mieux, elle trouverait un emploi de caissière de supermarché ou de vendeuse.

— Adressez-vous plutôt à une agence de mannequins, lui suggéra la directrice d'un bureau d'intérim. Il y en a beaucoup à Chicago, et vous correspondez exactement à ce qu'elles recherchent.

Elle lui sourit en promettant de l'appeler à son hôtel si jamais quelque chose se présentait. Mais il y avait peu de chance, à cause de son manque de références, ajouta-t-elle.

En entrant dans le bureau de l'agent de probation, un peu plus tard, Grace se crut de retour à Dwight. Même atmosphère déprimante, même impression de danger imminent, à ceci près que Sally et Luana n'étaient plus là pour la protéger.

Louis Marquez était un petit homme obèse aux yeux en forme de boutons, enfoncés dans la graisse de ses paupières. Une raie parfaitement droite séparait en deux ses cheveux noirs, soigneusement gominés, une moustache en brosse ornait sa lèvre supérieure. Lorsque Grace franchit le seuil de la pièce, il cessa de fouiller dans ses dossiers pour la détailler. S'il s'attendait à ça ! Il retint un sifflement admiratif. Jusqu'alors il avait eu affaire à des paumés : drogués des deux sexes, prostituées, petits dealers. L'arrivante ne ressemblait en rien à ses clients habituels. Dès le premier jour, Grace s'était constitué une garde-robe : quelques chemisiers, des pantalons, une robe bleu marine idéale pour chercher du travail, un tailleur noir aux revers de satin rose. Aujourd'hui, elle portait la sage robe bleue. Elle avait mal aux pieds, à cause de ses escarpins, mais elle resta debout.

— Puis-je vous aider ? demanda-t-il poliment.

Elle avait dû se tromper de bureau, se dit-il, heureux de cette agréable diversion.

— Monsieur Marquez ?

— Oui ?

Il laissa filtrer un regard libidineux à travers les fentes de ses paupières, incapable de croire à sa bonne fortune ; à la vue des formulaires de probation, un éclair de satisfaction passa dans ses yeux sombres. Il se pencha un ins-

130

tant sur les feuillets, les parcourut rapidement, avant de lever ses petits yeux luisants sur Grace.

— Vous étiez à Dwight ? Il s'agit d'un de nos pénitenciers les plus durs, à ce qu'on dit. Comment avez-vous réussi à passer deux ans là-dedans ?

— Très tranquillement.

Elle lui sourit. Elle paraissait drôlement mûre pour une gamine de vingt ans, songea-t-il. D'ailleurs, on lui en aurait facilement donné cinq de plus. De nouveau, il baissa les yeux sur les formulaires. A la lecture du paragraphe relatif au chef d'accusation, il ne put dissimuler sa surprise.

— Homicide volontaire, hein ? Vous vous êtes disputée avec votre fiancé ?

Sa façon insidieuse de poser des questions déplut souverainement à Grace. Elle répondit d'un ton froid :

— Non. Avec mon père.

— Je vois, jubila l'homme. On n'a pas intérêt à vous mettre en colère, pas vrai ?

Cette fois, elle se tut. Sans la quitter des yeux, il se demanda combien de temps il lui faudrait pour la mater.

— Avez-vous de la famille à Chicago ?

— J'ai des amis, répliqua-t-elle.

Elle pensait à Luana et à Sally, ainsi qu'à David Glass parti en Californie. Et à Molly, qui lui manquait cruellement. En fait, elle se sentait terriblement seule mais pour rien au monde elle ne l'aurait avoué à ce détestable individu.

— Où habitez-vous ?

Il avait parfaitement le droit de poser ces questions, elle le savait. Elle lui donna l'adresse de l'hôtel minable où elle avait élu domicile, et il la nota sur le fichier.

— Vous n'avez pas choisi le quartier le mieux fréquenté de la ville, remarqua-t-il. Votre rue est pleine de prostituées, vous avez dû vous en rendre compte. (Puis, avec une lueur de méchanceté dans l'œil :) Gardez-vous de tomber sous le coup de la loi, sinon on vous renvoie pour deux ans à Dwight. L'argent facilement gagné est très tentant pour les jeunes délinquantes dans votre genre.

Grace réprima une furieuse envie de le gifler. Son séjour au centre pénitentiaire lui avait appris la patience. Il poursuivit :

— Vous cherchez du travail ?

— Oui. Je me suis inscrite dans trois agences et je lis les petites annonces. Dès demain, je reprendrai mes recherches.

Elle ne retournerait pas à Dwight. Même pas pour deux minutes.

— Il existe un tas de petits boulots ici même, offrit-il d'une voix un peu trop douce. Si cela vous intéresse...

Ainsi il l'aurait sous la main, ce qui lui permettrait de profiter largement de la situation. S'il réussissait à lui flanquer la frousse, elle ne tarderait pas à tomber dans ses filets. C'était compter sans la perspicacité si chèrement acquise par Grace. Aucun Louis Marquez au monde ne parviendrait plus jamais à l'attirer dans un piège.

— Merci, monsieur Marquez, l'interrompit-elle calmement. Si rien ne marche du côté des agences, je vous ferai signe.

— Si vous restez sans emploi, je vous réexpédie à Dwight aussi sec, grommela-t-il, l'air renfrogné. Je peux suspendre votre sursis quand bon me semblera, ne l'oubliez pas. Et pour un tas de raisons : absence de travail, impossibilité de subvenir à vos besoins, manquement aux conditions de la liberté sur parole. Oui, un tas de raisons, répéta-t-il d'un ton cassant.

Décidément, elle collectionnait les ennuis, se dit-elle en le regardant. Il y avait toujours quelqu'un qui la menaçait dans l'espoir de tirer d'elle un profit quelconque. Ce porc n'hésitait pas à utiliser le chantage, et le sort avait voulu qu'elle soit à sa merci. Il extirpa d'un tiroir un petit récipient en plastique muni d'un couvercle.

132

— J'ai besoin d'un échantillon d'urine, dit-il en le posant devant elle. Les toilettes des dames sont dans le hall.

— Tout de suite ?

— Oui. Pourquoi pas ? Vous êtes camée ?

— Non, répondit-elle, furieuse. Pour quelle raison voulez-vous faire le test ? Je n'ai pas été arrêtée pour usage de drogue.

— Vous avez été arrêtée pour meurtre. Et vous avez fait de la prison. J'ai le droit d'exiger une visite médicale. Pour le moment je me contente d'une analyse d'urine. Alors, c'est oui ou c'est non ? Parce que le refus de vous plier au règlement constitue également une bonne raison pour vous faire reprendre le chemin de Dwight.

— D'accord.

Elle prit le récipient en le traitant mentalement de salaud. Tandis qu'elle se dirigeait vers la sortie, il lança dans son dos :

— Normalement, ma secrétaire devrait vous surveiller, mais elle vient de partir. Vous voyez, pour cette fois je vous fais confiance.

— Merci ! répliqua-t-elle sèchement en se précipitant dans le couloir.

La colère lui embrasait les joues. C'était toujours pareil. Il y avait toujours quelqu'un pour lui mettre le couteau sous la gorge, et cela durait depuis des années. Ses parents, Frank Wills, la police de Watseka, les gardiennes de Dwight, et Brenda et sa bande, jusqu'à ce que Luana et Sally volent à son secours. Ici, personne ne viendrait la soutenir. Elle devrait s'en sortir toute seule avec cette vermine de Marquez.

Elle revint cinq minutes plus tard et posa le récipient plein en équilibre précaire au milieu des paperasses. Elle espérait qu'il se renverserait et répandrait son contenu sur le bureau.

— Revenez dans une semaine, dit négligemment Marquez en la dévisageant d'un air intéressé. Et tenez-moi

133

au courant si vous déménagez ou si vous trouvez un emploi. Ne quittez pas l'Etat. N'allez nulle part sans me prévenir.

— Entendu. Merci.

Elle prit congé. Tandis qu'il s'éloignait, il suivit d'un regard lubrique son léger déhanchement et ses longues jambes. Lorsqu'elle fut hors de vue, il alla vider le récipient dans le lavabo. Il se fichait éperdument de la prétendue analyse d'urine. Il avait simplement cherché à intimider Grace. Histoire d'enfoncer dans sa jolie tête que c'était lui le chef. Et qu'elle devait lui obéir.

En fulminant, Grace remonta la rue inondée de lumière en direction de l'arrêt de bus. Louis Marquez incarnait ce qu'elle abhorrait le plus au monde. Le pouvoir aveugle. Le tortionnaire imbu de sa puissance face à sa victime. Mais elle se battrait. Elle ne lui donnerait pas l'occasion de la renvoyer en prison.

Elle passa la soirée dans sa chambre à feuilleter l'annuaire. Plusieurs agences de mannequins y figuraient. Elle nota les adresses. Elle ne voulait pas devenir modèle. Une place de réceptionniste lui conviendrait tout à fait. Les noms des agences ne lui disaient rien et elle décida de les essayer toutes.

Le lendemain, elle se leva à sept heures et demie. Elle se brossait les dents en chemise de nuit quand quelqu'un tambourina à sa porte. Une prostituée, sans doute, ou un client qui s'était trompé de chambre. Elle jeta une serviette éponge sur ses épaules avant d'ouvrir, sa brosse à dents encore à la main, la masse sombre de ses cheveux tombant en cascade sur son dos. C'était Louis Marquez.

Il lui fallut une fraction de seconde avant de reconnaître la silhouette de l'agent de probation. Elle avait cru revoir son père dans le chambranle, et cette vision fugitive l'avait fait sursauter.

— Je suis venu voir où vous vivez. Cela fait partie de mes attributions.

134

— Vraiment ? Il ne fallait pas vous lever si tôt, ne put-elle s'empêcher de railler.

— Je ne vous dérange pas ? demanda-t-il, l'œil brillant. Je voulais juste m'assurer que vous m'aviez donné la bonne adresse.

— Eh bien, voilà qui est fait, répondit-elle froidement, la main sur la poignée, se retenant pour ne pas lui claquer la porte au nez. Maintenant, pour savoir si vous me dérangez ou pas, tout dépend de ce que vous avez en tête.

— Que voulez-vous dire ?

Elle le fixa droit dans les yeux, sans flancher.

— Vous le savez parfaitement. Qu'êtes-vous venu faire ici ? Voir le lieu dans lequel je vis ? Vous l'avez vu. Et puis quoi ? Je n'ai pas l'intention de vous servir le petit déjeuner.

— N'essayez pas de jouer au plus fin avec moi, ma belle ! Je suis le plus fort. Que cela vous plaise ou non, vous êtes à mon entière disposition. Ne l'oubliez pas.

Le ton de sa voix éveilla un écho déplaisant dans l'esprit de Grace. Elle esquissa un pas en avant, et se planta devant lui, les traits durcis par la colère.

— J'ai tué d'une balle de revolver le dernier homme qui a osé prétendre cela. Ne l'oubliez pas non plus, cher monsieur Marquez.

Elle l'entendit déglutir, comme pour ravaler sa fureur, mais il ne bougea pas. Il avait outrepassé ses droits et il le savait parfaitement. Il était venu dans un but très précis : mesurer la peur qu'il inspirait à Grace. Et profiter si possible de la situation. Mais les leçons de Luana avaient porté leurs fruits. La jeune fille le regardait sans ciller.

— Ne me répondez pas sur ce ton ! lança-t-il d'une voix venimeuse, tout en hésitant sur le seuil de la porte. Je suis fonctionnaire de l'administration et vous n'êtes qu'une petite garce qui a tué son père. Votre parole ne pèse pas lourd contre la mienne. Au moindre faux pas, je vous jure que vous vous retrouverez au trou pendant deux ans.

— Alors, trouvez un bon prétexte avant d'essayer de m'y envoyer. Je connais mes droits.

Elle connaissait aussi la raison qui l'avait poussé à venir. Il avait voulu bluffer mais elle avait percé à jour son stratagème. Il la dévisagea, surpris. Il avait pensé arriver plus vite à ses fins. Mais il n'avait pas décelé en elle le moindre signe de faiblesse. Pire : elle le regardait avec aplomb.

— Qu'attendez-vous ? La maison n'offre pas l'apéritif, dit-elle d'une voix dure, empruntant les expressions de ses anciennes compagnes de cellule.

Elle le fusilla du regard, et il tourna les talons sans un mot de plus. Elle l'entendit dégringoler les marches usées. Ce n'était pas fini, elle le savait. Il continuerait de la persécuter.

Lorsqu'il fut enfin parti, elle décida de s'habiller. Son choix s'arrêta sur le tailleur noir au col de satin rose. Afin de se donner l'allure d'une employée de bureau, elle tira ses cheveux en arrière.

Les deux premières agences de mannequins la renvoyèrent poliment. La troisième était sur Lake Shore Drive. Grace pénétra dans une luxueuse salle d'attente, ornée de photos de superbes top-models. La décoration avait été conçue dans le souci évident d'impressionner les visiteurs. Au bout d'un moment, une secrétaire vint la chercher, et lui expliqua que la directrice allait la recevoir. Morte de trac, Grace la suivit en direction d'une double porte à caissons portant une plaque de bronze gravée au nom de Cheryl Swanson. Celle-ci tenait à rencontrer personnellement ses futures employées, tout comme Bob, son mari. Cela faisait partie de ce qu'ils appelaient « la note personnelle de l'agence ». Leurs mannequins, les meilleurs de la ville, étaient très recherchés. En pénétrant dans le somptueux bureau directorial, vide

136

pour l'instant, Grace se félicita d'avoir mis son petit tailleur inspiré des modèles de Chanel.

Une minute plus tard, une femme entra. Brune, les cheveux relevés en chignon, elle se déplaçait avec une aisance extraordinaire. De grosses lunettes teintées masquaient ses yeux, et elle portait une stricte robe noire. Sans être vraiment belle, elle avait une allure folle. En voyant Grace, elle eut un sourire. « Jeune, timide, mais sûrement intelligente et terriblement agréable à regarder », pensa-t-elle.

— Mademoiselle Adams ? Je suis Cheryl Swanson.

— Enchantée. Je vous remercie de me recevoir.

Grace serra la main de son interlocutrice avant de s'asseoir dans le fauteuil Empire, face au bureau cossu. Redoutant une crise d'asthme, elle porta la main à sa poitrine oppressée. Pourvu qu'elle ne soit pas malade maintenant. Elle avait déambulé des heures durant dans les rues venteuses et froides, et avait poussé des dizaines de portes sans résultat. Si d'ici la semaine prochaine elle ne trouvait pas de travail, son agent de probation lui créerait les pires ennuis, elle le savait.

— Ainsi, vous êtes intéressée par l'emploi de réceptionniste, dit Cheryl après avoir jeté un bref coup d'œil à la note que sa secrétaire avait posée sur sa table de travail. C'est un poste important, vous savez ? Vous serez le premier contact entre le client et Swanson. La première voix qu'il entendra, le premier visage qu'il verra... Est-ce que vous connaissez notre agence ? (Elle avait retiré ses lunettes teintées, afin de mieux observer Grace, notant au passage sa peau sans défaut, ses grands yeux bleus, ses magnifiques cheveux.) Vous n'avez jamais songé à devenir mannequin, mademoiselle Adams ?

Grace secoua vigoureusement la tête. Elle n'avait aucune envie de poser en maillot de bain au milieu de photographes.

— Non, pas du tout. Je voudrais un emploi de bureau.

— Peut-être devriez-vous reconsidérer votre décision... euh... (Cheryl jeta un nouveau coup d'œil sur la fiche de sa secrétaire)... Grace. Vous ne vous sentez pas attirée par le métier de mannequin ? Levez-vous.

Grace s'exécuta à contrecœur. Elle a la taille idéale, pensa Cheryl, satisfaite. Et elle semble sur le point de prendre ses jambes à son cou !

— Je ne veux pas devenir mannequin, madame Swanson. Je veux juste répondre au téléphone, faire vos courses ou taper votre courrier. Cela me convient mieux.

— Pourquoi ? La plupart des jeunes filles de votre âge paieraient cher pour le devenir.

Peut-être, mais pas Grace. Grace ne rêvait pas de gloire. Elle préférait une vie plus modeste, un travail plus sûr, une vraie famille.

— Je... Ce n'est pas ce que je cherche. J'aimerais quelque chose de plus... de plus... (Elle chercha fébrilement le mot adéquat, le trouva enfin :) de plus solide.

— Bien, soupira Cheryl, déçue. Le poste de réceptionniste est vacant. Cependant, permettez-moi de vous dire le fond de ma pensée : c'est un vrai gâchis. Quel âge avez-vous ?

Grace fut tentée de se vieillir d'un an ou deux, puis préféra dire la vérité.

— Vingt ans. J'ai une licence de lettres et un diplôme de secrétariat. Je sais prendre des notes en sténo et taper à la machine, mais pas trop vite. Oh, madame Swanson, je travaillerai dur, je vous le jure, implora-t-elle.

Un sourire amusé étira les lèvres de Cheryl. Grace lui plaisait. C'était une jeune fille hors du commun, qui, Dieu seul savait pourquoi, souhaitait perdre son temps à répondre au téléphone. En même temps, elle était très représentative de l'agence, puisqu'elle ressemblait à ses plus beaux mannequins.

— Quand pouvez-vous commencer ? demanda Cheryl avec un sourire maternel.

— Aujourd'hui. Tout de suite. Quand vous voulez. Je viens d'arriver et...

— D'où ?

Mieux valait passer sous silence Watseka. Dwight, connu pour sa prison, était également exclu.

— De Taylorville, mentit-elle, citant une petite ville située à deux cents kilomètres de Chicago.

— Vos parents sont là-bas ?

— Ils sont morts tous les deux quand j'étais au lycée.

C'était assez proche de la vérité. Et cela ne risquait pas d'éveiller la méfiance de Mme Swanson.

— Vous n'avez aucune autre famille ? interrogea-t-elle d'un air consterné.

— Non. Personne.

— Normalement, je devrais vous demander des références mais, visiblement, vous êtes sans expérience, n'est-ce pas ? Bah, est-ce bien nécessaire après tout ? Je recevrais une gentille lettre de votre prof de gym, ça s'arrêterait là. De toute façon, je vous fais confiance. Bienvenue à l'agence, ma chère.

Sa nouvelle directrice s'était levée pour lui tapoter affectueusement la main.

— J'espère que vous serez heureuse parmi nous aussi longtemps que possible. Du moins jusqu'à ce que vous décidiez de devenir mannequin ! continua Cheryl en riant.

Elle précisa que son salaire s'élèverait à cent dollars par semaine. Grace s'empressa d'accepter. Après quoi elle suivit la directrice à travers un dédale de couloirs où elle lui présenta le personnel. Deux agents, trois secrétaires, deux comptables, deux personnes dont Grace ne saisit pas les fonctions exactes. Enfin, Cheryl poussa la porte d'un bureau aussi luxueux que le sien, décoré dans un camaïeu de gris, pour la présenter à son mari. Ils devaient avoir à peu près quarante-cinq ans, tous les deux. Grace savait déjà par Cheryl qu'ils étaient mariés depuis une vingtaine d'années et qu'ils n'avaient pas d'enfants. Les modèles leur tenaient lieu de famille, avait-elle expliqué.

Assis derrière son bureau d'acajou, Bob Swanson accueillit Grace avec un sourire qui lui réchauffa le cœur. Lorsqu'il se leva pour lui serrer la main, il la domina de toute sa carrure d'athlète. Il mesurait au moins un mètre quatre-vingt-dix. Avec ses cheveux bruns et ses yeux bleus, il faisait penser à une star d'Hollywood. Enfant, il avait été un jeune acteur prodige, avant d'être embauché comme mannequin chez un grand couturier new-yorkais. C'est là qu'il avait fait la connaissance de Cheryl. Ils étaient ensuite venus à Chicago où ils avaient ouvert leur propre agence.

— Tu as bien dit « réceptionniste », chérie ? Pas « top-model » ? fit-il semblant de s'étonner en adressant à Grace un sourire éblouissant.

La jeune fille répondit à ce sourire, avec l'impression d'être revenue à la maison après un long et périlleux voyage.

— C'est exactement ce que j'ai dit, répliqua Cheryl en faisant à son mari un clin d'œil de connivence. Notre jeune amie est têtue comme une mule. Elle semble préférer un travail administratif aux flashes des photographes.

— Elle a de l'avance sur nous, s'esclaffa-t-il. Il nous a fallu des années pour arriver à la même conclusion. En tout cas, ma femme a raison, Grace. Vous feriez un superbe mannequin.

— Je ne crois pas, monsieur Swanson. Je me sens plus à l'aise dans les coulisses que sur scène.

Comme à l'époque où elle s'occupait de la maison à la place de sa mère. A Dwight, ç'avait été pareil. Elle s'était acquittée de ses fonctions aux fournitures avec une régularité exemplaire. Elle était dotée d'un véritable esprit d'organisation, et elle avait hâte d'en faire une nouvelle fois la preuve.

— Eh bien, bienvenue à l'agence, dit Bob. Allez, au travail !

Il se rassit à son bureau, tandis que les deux femmes sortaient. L'une des secrétaires reçut pour mission d'apprendre à la nouvelle recrue à faire fonctionner le standard et l'ordinateur. La réceptionniste avait donné sa démission une semaine plus tôt, et ils avaient eu beaucoup de mal à la remplacer. Vers midi, au soulagement général, Grace était opérationnelle. On aurait dit qu'elle était là depuis toujours. Elle répondait au téléphone comme si elle avait fait cela toute sa vie, prenait des rendez-vous, notait soigneusement l'emploi du temps des mannequins. Ce n'était pas un travail de tout repos, et à la fin de la journée, elle avait brillamment réussi son examen de passage.

Lorsque, à la fin de la semaine, elle fit son rapport hebdomadaire à Louis Marquez, l'agent de probation ne trouva rien à redire. Sa face lunaire s'assombrit. Il avait vu en elle une victime idéale et voilà qu'elle échappait à son emprise. Elle avait déniché un emploi honnête, avec un salaire convenable, et menait une vie décente. Il la regarda partir, frustré.

Tous les jours, Grace épluchait les petites annonces immobilières à la recherche d'un appartement. Les loyers des environs de Lake Shore Drive étaient astronomiques. Elle était en train d'étudier au bureau les offres dans les quartiers limitrophes quand elle entendit quatre mannequins parler d'une visite d'appartement, l'après-midi même.

Grace admirait secrètement les mannequins de l'agence, des créatures de rêve qui semblaient sortir tout droit d'une couverture de *Vogue*. Elles avaient des cheveux magnifiques, des ongles soigneusement manucurés, un maquillage parfait. Quant à leurs vêtements... souvent, Grace leur enviait leurs somptueuses garde-robes. Mais pas leur métier. Il n'aurait tenu qu'à elle de mettre en valeur sa beauté radieuse ou son sex-appeal, mais,

141

compte tenu de son passé, cela lui était impossible. Durant toutes ses années de souffrances, sa survie n'avait tenu qu'à son habileté à passer inaperçue. Il était trop tard pour changer. Rien ne la mettait plus mal à l'aise que d'être le centre de l'attention. Ce jour-là, alors qu'elle examinait les offres de location dans le journal, les mannequins se mirent à discuter d'une villa qu'elles devaient visiter. Elles incluaient toujours Grace dans leurs conversations et elle les écouta avec un sourire ravi. Ce devait être un petit palais, dit-elle, mais hors de prix. Le loyer était de mille dollars par mois, ce qui lui parut exorbitant. Mais il y avait cinq chambres à coucher, et les futures locataires n'étaient que quatre... et ne tarderaient pas à être moins, puisque l'une d'elles allait bientôt se marier.

— On a besoin d'une cinquième personne, soupira Divina, une superbe Brésilienne. Vous ne seriez pas intéressée ? demanda-t-elle à Grace.

Celle-ci secoua doucement la tête. Elle avait du mal à s'imaginer parmi ces jeunes femmes sophistiquées, dans une villa luxueuse.

— Je cherche un logement, c'est vrai, répondit-elle. Mais je n'ai pas les moyens de payer un loyer aussi élevé.

— Mille dollars divisés par cinq égalent deux cents dollars par personne et par mois, intervint Brigitte, un top-model allemand de vingt-deux ans. Est-ce que ça correspondrait mieux à vos prix, *Graze* ?

Grace laissa échapper un rire. Elle adorait l'accent de Brigitte.

— Certainement, si j'arrêtais de manger.

Deux cents dollars représentaient la moitié de son salaire, et elle hésitait à puiser dans ses économies. Mais pourquoi pas ? lui susurra une petite voix intérieure. Vivre dans une belle maison, avec ces jeunes femmes si gentilles, cela méritait peut-être un petit sacrifice.

— Laissez-moi réfléchir à la question, ajouta-t-elle.

Les deux autres mannequins, des Américaines, éclatèrent de rire en regardant leur bracelet-montre.

— D'accord. Vous avez jusqu'à seize heures pour prendre votre décision. Nous avons rendez-vous à seize heures trente. Voulez-vous nous accompagner ?

— Euh... oui. A condition que Cheryl m'autorise à quitter le bureau plus tôt.

La directrice de l'agence se montra compréhensive, et même enthousiaste. L'idée que sa réceptionniste chérie habitait un hôtel miteux dans un quartier minable lui donnait la chair de poule. Elle avait proposé à Grace de l'héberger dans ses quatre cents mètres carrés sur Lake Shore Drive, jusqu'à ce qu'elle trouve un logement plus correct, mais la jeune fille avait refusé.

— Je vous en prie, Grace, allez-y ! s'exclama Cheryl, la poussant pratiquement hors du bureau, avec les autres.

Peut-être qu'au contact de ses colocataires, elle finirait par apprécier le métier, songea la directrice, avec un sourire. Elle rêvait toujours d'ajouter la photo de Grace au press-book de l'agence.

La villa se révéla extraordinaire à tous points de vue. Cinq chambres à coucher spacieuses, trois salles de bains, un vaste séjour en contrebas s'ouvrant sur une vue panoramique du lac. Du haut de la terrasse, Grace contempla les reflets changeants de l'eau. Elle avait la gorge serrée d'émotion. Comme les autres, elle avait eu le coup de foudre pour cette grande maison un peu biscornue, inondée de lumière. Les pièces étaient partiellement meublées. Il y avait une table avec des chaises assorties dans la salle à manger et un immense canapé flanqué de deux fauteuils dans le salon. Les jeunes femmes possédaient suffisamment de meubles pour remplir la maison. Grace n'aurait à acheter qu'un lit et le mobilier de sa propre chambre. Elles signèrent le bail avant même que la visite ne soit terminée. C'est à peine croyable, pensa Grace. Elle avait un emploi, une maison, des amies... Tandis qu'elle regardait le scintillement bleu du lac, des larmes lui piquèrent les yeux, et elle détourna la tête, faisant semblant d'admirer le patio fleuri. Marjorie, une de ses nouvelles colocataires, sortit sur la terrasse. A vingt-deux ans, aînée de sept enfants, elle était considérée comme la mère poule de la bande car elle prodiguait toujours aux autres une foule de conseils qui les faisaient rire aux éclats. Ayant surpris l'expression attristée de Grace, elle lui jeta un coup d'œil inquiet.

— Qu'est-ce qui ne va pas ?

Grace se retourna pour lui sourire à travers ses larmes.

— Je me disais que c'était comme... comme un rêve. Un rêve merveilleux.

Comme Molly serait fière de moi, pensa-t-elle — et de nouvelles larmes l'aveuglèrent. La pauvre enfant maltraitée s'était transformée durant les deux années passées à Dwight. Maintenant la métamorphose était accomplie. Elle vivait une nouvelle vie, dans un nouvel univers. Elle prenait un nouveau départ. David et Molly avaient vu juste. Si on progressait, le présent effaçait peu à peu la laideur du passé.

Quelques jours plus tôt, elle avait envoyé des cartes postales à Luana et à Sally. « Tout va bien, leur disait-elle, Chicago est fantastique. » Elle n'attendait pas de réponse, sachant qu'elles ne se manifesteraient plus. Elle voulait juste leur annoncer qu'elle était arrivée à bon port. Et qu'elle ne les avait pas oubliées.

— Vous avez l'air bouleversée, fit remarquer Marjorie.

Grace lui sourit. Elle ne pleurait plus.

— Non, heureuse, rectifia-t-elle. Emerveillée, comme devant un rêve qui se réalise enfin.

Sa compagne hocha la tête. Elle était loin de se douter du drame qui avait dévasté la vie de Grace.

— C'est pareil pour moi. Mes parents étaient si pauvres que je devais partager mon unique paire de chaussures avec deux de mes sœurs. Comme elles avaient des pieds plus petits que les miens, maman achetait toujours des chaussures à leur taille. Je n'ai jamais vécu dans une maison aussi belle jusqu'à ce jour. Dieu merci, j'ai les moyens maintenant, grâce aux Swanson.

Et grâce à son allure folle, naturellement. A l'expiration de son contrat, la jeune femme projetait d'aller à New York, puis à Paris.

Grace retourna à son hôtel miteux pour boucler ses bagages. Elle était prête à dormir au bureau plutôt que de passer une nuit de plus dans cet endroit lugubre, infesté de cafards, aux cloisons minces comme du papier à cigarette. Le lendemain, à l'heure du déjeuner, elle acheta un lit et quelques meubles chez John M. Smythe, sur Michigan Avenue. Cédant à une brusque envie, elle s'offrit deux petits tableaux. Le tout lui serait livré le samedi suivant, assura le chef de rayon. En attendant, elle coucherait sur le canapé.

De sa vie elle n'avait été aussi heureuse, aussi gaie, aussi optimiste. Pour la première fois, elle avait l'impression que le monde lui appartenait. Mais le vendredi suivant, lorsqu'elle se présenta chez son agent de probation, elle sut que ce passé qu'elle s'acharnait tant à oublier pouvait resurgir à tout moment.

— Vous avez déménagé ! hurla Louis Marquez d'un ton accusateur, le doigt pointé sur l'arrivante, dès qu'elle franchit le seuil de son bureau.

Il l'avait attendue de pied ferme. Il savait qu'elle avait quitté l'hôtel parce qu'il était allé vérifier sur place, le mardi précédent.

— Oui. Et alors ?

— Vous avez omis de le notifier.

— D'après le règlement, je dispose de cinq jours pour vous notifier un changement de domicile. J'ai déménagé il y a trois jours et je viens, justement, pour vous communiquer ma nouvelle adresse. Cela vous convient-il, monsieur Marquez ?

Il mit devant lui le dossier de Grace et prit un stylo.

— L'adresse ! grommela-t-il.

Ils échangèrent un regard. Il y avait une lueur malveillante dans celui de Louis Marquez.

— J'espère que vous ne me rendrez pas visite à l'improviste, murmura-t-elle d'un ton inquiet qui le combla d'aise.

Il adorait la prendre au dépourvu, jouer au chat et à la souris. Elle éveillait en lui de sombres désirs, attisait ses instincts les plus vils.

— Pourquoi ? Vous avez quelque chose à cacher ?

— Oui. Vous !

Elle le dévisagea et il se sentit rougir jusqu'à la racine des cheveux. Agacé, il laissa tomber le stylo sur le bureau métallique.

— Qu'est-ce que ça veut dire ?

— Ça veut dire que mes quatre colocataires n'ont pas besoin de savoir où j'étais pendant les deux dernières années.

Un sourire lent détendit les traits empâtés de Marquez.

— Ah, elles ignorent que vous étiez incarcérée pour meurtre ? exulta-t-il.

Il la tenait enfin à sa merci.

— Oui, exactement.

— Elles seront fascinées par votre histoire tragique, au contraire... Mais d'où sortent-elles donc, vos copines ? D'un réseau de call-girls ?

Elle l'informa, sans dissimuler le dégoût qu'il lui inspirait.

— Elles sont mannequins.

— Qu'elles disent !

— Leurs noms figurent dans le fichier de l'agence où je travaille.

— C'est sûrement une couverture, mais malheureusement, je ne fais pas partie de la Brigade des Mœurs. Quoi qu'il en soit, j'ai besoin de votre nouvelle adresse, faute de quoi je suspendrai votre sursis, acheva-t-il, avec un rictus en guise de sourire.

— Oh... pour l'amour du ciel, soupira Grace.

146

Lorsqu'elle lui donna l'adresse, il haussa les sourcils, suspicieux.

— Lake Shore Drive ? On ne se refuse rien. Comment comptez-vous payer le loyer ?

— Nous sommes cinq à partager les frais. Cela fait deux cents dollars chacune.

— Eh bien, j'irai vérifier par moi-même.

De guerre lasse, elle haussa les épaules.

— Je le savais. Quand passerez-vous ?

Il arbora une expression indécise, se réjouissant par avance de son effet de surprise.

— Un jour... quand j'aurai un moment...

— D'accord. Seulement... (elle posa sur lui un regard acéré)... ne leur dites pas qui vous êtes.

— Non ? Que voulez-vous que je leur dise ?

— Ça m'est complètement égal. Que vous me vendez une voiture. Présentez-vous comme... comme n'importe qui, sauf mon agent de probation.

— Vous avez intérêt à bien vous tenir, Grace, articula-t-il, savourant chaque mot. Sinon, je me verrai dans l'obligation de dévoiler votre passé à vos chères colocataires.

Elle inclina la tête, signe qu'elle avait parfaitement saisi le message. L'espace d'une seconde, la vision de Brenda se superposa à la figure du petit homme obèse. La scène cauchemardesque se répétait. Elle était pieds et poings liés. Sauf que cette fois-ci, aucune amazone noire ne volerait à son secours.

7

La vie se déroulait sans heurts dans la grande maison qui surplombait le lac. Les cinq jeunes filles s'entendaient à merveille. Chacune payait sa part de loyer, elles se faisaient de gentils petits cadeaux et se montraient généreuses lorsqu'elles faisaient les courses. Pour la première fois de sa vie, Grace ressentait un bien-être extraordinaire. Et chaque jour, elle se réveillait taraudée par la peur de découvrir que tout cela n'avait été qu'un songe. Un rêve merveilleux, mais inaccessible.

A plusieurs reprises, ses compagnes avaient essayé de lui présenter certains de leurs amis. Elle n'avait jamais donné suite. Elle opposait un mur d'indifférence à la gent masculine. Dans son esprit, sortir avec un homme était synonyme de complications. A vingt ans, elle préférait passer la soirée avec un bon livre ou devant la télévision. Elle ne voulait rien d'autre. Surtout pas de flirt. Pas de douce romance. Cette seule pensée la terrifiait. Elle n'avait pas envie de s'amuser dans les boîtes de nuit, ni d'être invitée à danser. Et cette disposition d'esprit ne changerait sans doute jamais.

Au début, ses amies l'avaient gentiment taquinée à ce sujet, puis elles conclurent que Grace avait un secret. Deux d'entre elles décrétèrent qu'elle devait entretenir une liaison avec un homme marié, opinion qui parut se confirmer lorsqu'elle commença à sortir régulièrement trois fois par semaine, le lundi et le mercredi soir, et toute la journée du dimanche. La plupart du temps, elle partait directement du bureau pour rentrer très tard dans la nuit.

Grace leur aurait bien avoué la vérité. Mais, à la réflexion, elle trouva que la version de l'amant marié lui convenait mieux. La croyant prise, ses amies cessèrent de lui présenter des fiancés potentiels. Elle ne demandait que cela.

En fait, dès qu'elle avait emménagé dans la villa, elle s'était mise à la recherche d'une activité bénévole. Elle estimait qu'elle avait eu trop de chance pour ne pas en faire profiter d'autres, moins fortunés qu'elle. Elle se l'était promis maintes fois, dans sa cellule de Dwight. Il lui avait fallu près d'un mois avant de trouver dans quelle association s'investir. Elle avait vu une émission sur Sainte-Mary, un foyer de femmes en détresse, puis avait lu quelques articles dans différents journaux sur le sujet. Le foyer était situé dans un vieil immeuble de briques brunes. La première fois qu'elle y pénétra, elle refoula un mouvement de recul. La peinture s'écaillait sur les murs, des ampoules nues brûlaient aux plafonds, de nombreux enfants et des femmes s'entassaient dans les pièces. Beaucoup étaient enceintes. Toutes étaient indigentes. Et désespérées. Elles avaient également un autre point commun : les mauvais traitements. Certaines paraissaient très perturbées, d'autres avaient déjà séjourné dans différentes institutions d'Etat.

Le foyer était dirigé par le Dr Paul Weinberg, un jeune psychiatre qui ressemblait un peu à David Glass. Dès sa première visite, Grace ne put s'empêcher de penser à Molly... Molly, qui l'aurait très certainement encouragée à poursuivre cette expérience passionnante. Le personnel était essentiellement composé de bénévoles, encadrés par une poignée d'employés rémunérés : étudiants ou infirmières. Les pensionnaires du foyer avaient besoin de soins médicaux, d'une aide psychologique, de vêtements, d'un domicile. D'amour, surtout, de tendresse, d'une main secourable qui les tirerait de leur abîme. Aux yeux de Grace, Sainte-Mary représentait une lueur d'espoir dans les ténèbres. Ici, on réparait les âmes, on apportait un peu de réconfort à ceux que le malheur avait frappés.

Aider ces femmes à surmonter leur peine l'apaisait. Cela donnait un sens à sa vie. Les équipes de nuit, dont elle faisait partie, étaient sur place pendant sept heures d'affilée. Mais Grace ne ressentait aucune fatigue. La plupart des femmes dont elle s'occupait avaient subi les mêmes sévices qu'elle, tout comme les enfants d'ailleurs. Des filles de quatorze ans enceintes de leur père, de leur frère ou de leur oncle, des adolescentes de dix-sept ans aux yeux vides... Des femmes battues par des maris violents, qui s'étaient résolues à quitter le domicile conjugal... Et des mères qui, ayant été maltraitées durant leur enfance, maltraitaient à leur tour leurs enfants, incapables de briser ce cycle infernal.

Grace était infatigable. Elle prenait soin des femmes mais adorait les enfants. Elle les rassemblait autour d'elle, les prenait sur ses genoux pour leur raconter des histoires qu'elle inventait au fur et à mesure. La nuit, elle accourait à leur chevet quand ils pleuraient. Elle les consolait, les conduisait chez le médecin de service pour soigner leurs blessures ou pour recevoir un calmant. Oui, cela donnait un sens à sa vie. La misère humaine, hélas trop familière, semblait sans limites.

— Ça vous brise le cœur, n'est-ce pas? commenta l'une des infirmières une semaine avant Noël.

Grace venait de mettre au lit une fillette de deux ans. Son père l'avait « corrigée », comme il avait dit, et elle souffrait d'un traumatisme crânien. L'homme avait été arrêté et envoyé en prison. C'était presque drôle, pour Grace, quand elle pensait que son père à elle était mort en héros.

— Oui, répondit-elle à l'infirmière. Mais les femmes et les enfants qui sont ici ont de la chance. (Elle sourit. Elle connaissait par cœur l'histoire.) Ils ne sont plus en danger. Ils ne risquent plus d'être battus.

150

Du moins pour le moment... Car certaines femmes retournaient finalement auprès de leurs tortionnaires, en emmenant leurs enfants. Et le cauchemar recommençait. Coups, insultes, viols, blessures entraînant parfois la mort. Les survivantes revenaient. Quelques mères de famille s'en sortaient, à la grande joie de l'équipe. Grace passait des heures à expliquer aux femmes leurs droits. Personne ne leur rendrait leur liberté si elles ne se battaient pas pour l'obtenir, disait-elle. Elles étaient terrifiées, traumatisées par la peur et le chagrin, désorientées. Exactement comme elle l'était trois ans plus tôt, quand elle avait rencontré Molly pour la première fois.

— Comment ça va ? lui demanda un soir tard Paul Weinberg, le psychiatre et directeur du foyer.

Elle avait passé des heures, avec d'autres volontaires, à accueillir les nouveaux arrivants. Femmes et enfants apeurés, couverts de bleus, blessés.

— Pas mal, répondit-elle avec un sourire. La nuit a été plutôt mouvementée.

Elle aimait bien le Dr Weinberg. Ce soir-là, il avait accompagné deux femmes aux urgences, alors qu'elle s'occupait de leurs enfants. Chacune en avait quatre et à présent ils étaient tous couchés.

— En période de fêtes, les violences domestiques augmentent, dit-il.

— On dirait qu'ils se sont passé le mot : battez votre femme maintenant, il ne vous reste plus que six jours avant Noël, répondit-elle avec cet humour grinçant qu'il en était venu à apprécier.

— En effet, sourit-il en lui servant une tasse de café. Avez-vous déjà songé à faire partie du personnel rémunéré ? Cela vous intéresserait-il ?

— Je ne sais pas, répliqua-t-elle avec franchise, flattée malgré tout par l'offre du psychiatre. (Il lui rappelait toujours David Glass dont il avait le gentil regard.) Avant, je voulais faire une maîtrise de psychologie. Mais je crains de ne plus avoir le temps d'étudier. Le bénévolat me convient tout à fait, docteur. Je n'ai pas besoin d'être salariée.

— Vous êtes douée, Grace. Vous pourriez obtenir votre maîtrise, si vous vous en donniez la peine.

Il se tut un instant, avala une gorgée de café. Grace avait travaillé dur jusqu'à deux heures du matin. Il y avait une demi-douzaine d'arrivantes et elle avait tenu à rester auprès d'elles jusqu'à ce qu'elles soient toutes installées. Paul Weinberg lui proposa de la raccompagner chez elle en voiture. Elle accepta, reconnaissante. Elle se sentait épuisée.

— Vous avez été formidable, la félicita-t-il, alors que leur véhicule longeait une rue vide pour déboucher dans Lake Shore Drive.

Surpris, Paul fronça les sourcils. Les habitants des beaux quartiers ne faisaient jamais de besognes ingrates. Et surtout pas de bénévolat.

— Qu'est-ce que cela veut dire ? demanda-t-il en se garant devant la maison. C'est un bel endroit. Seriez-vous l'héritière d'une grande famille ?

Il la taquinait mais sous son ton amusé perçait une note de réelle curiosité. Grace rit. Elle l'aurait volontiers invité à boire un verre mais il était plus de deux heures et demie du matin.

— Je partage cette villa avec quatre autres jeunes femmes. Venez prendre l'apéritif quand vous aurez un moment de libre.

Elle se montre amicale, sans plus, pensa-t-il. Elle le traitait comme un frère. Il n'avait jamais décelé dans ses propos, son sourire ou son regard le moindre soupçon de coquetterie. Visiblement, elle n'aimait pas flirter. Or, la nature platonique de leurs relations ne satisfaisait plus le Dr Weinberg.

— Oui, avec plaisir, fit-il dans un sourire. Mais vous, Grace ? Que faites-vous dans la vie quand vous n'aidez pas les femmes et les gosses en détresse ?

— Je travaille dans une agence de mannequins.

— Vous êtes mannequin ?

Cela ne l'étonnait pas. Elle était si élancée, si belle ! Ce qui le surprenait, en revanche, c'était qu'un mannequin, c'est-à-dire quelqu'un de totalement narcissique, puisse donner autant aux autres. Car Grace donnait beaucoup. Il l'avait observée.

— Non, je suis réceptionniste. Mais mes quatre colocataires sont top-models. Je vous les présenterai.

C'était une façon détournée de lui signifier qu'il ne l'intéressait pas. Pas en tant qu'homme, en tout cas. Il se demanda si elle avait un petit ami mais n'osa pas lui poser la question.

— Si je viens, ce sera pour vous voir *vous*, précisa-t-il.

Elle ne parut pas remarquer son allusion. Ils se voyaient trois fois par semaine, au foyer, et Grace s'en contentait.

Elle s'inscrivit dans l'équipe de la veillée de Noël. Un soir fatidique, car un nombre incroyable de femmes battues arrivèrent avec leurs enfants. Grace n'eut pas une minute à elle. Il était quatre heures du matin lorsqu'elle rentra chez elle. Le lendemain, elle réussit pourtant à se lever pour se rendre à la réception annuelle, chez les Swanson. Les patrons de l'agence avaient invité tous leurs photographes et leurs mannequins. L'ambiance, d'une gaieté folle, la changeait agréablement des scènes pathétiques qu'elle avait dû supporter quelques heures plus tôt. A sa grande surprise, Bob Swanson l'invita à danser plusieurs fois de suite. Il la serrait de près. D'un peu trop près, même, à moins que ce ne fût sa manière de tenir ses cavalières. Peu après, pendant le repas, il lui frôla le sein du bout des doigts, alors qu'il tendait la main vers les hors-d'œuvre. Bah, il n'avait pas fait attention, conclut-elle. Mais, plus tard, Marjorie évoqua l'incident. La « mère poule » du groupe avait tout remarqué.

— Notre Grace a tapé dans l'œil de tonton Bobby, annonça-t-elle à la cantonade.

153

— Mais non ! Il a été gentil, sans plus, se défendit Grace. C'est Noël après tout.

— Oh, mon Dieu, quelle innocence, gémit Marjorie. Tu crois vraiment ce que tu dis ?

Depuis leur emménagement, elles se tutoyaient.

— Absolument. Bob ne trompe pas Cheryl. Ils forment un couple très uni.

— Ne te fie pas aux apparences, chérie, intervint Divina. L'année dernière, il m'a pourchassée dans son bureau pendant une heure. J'ai failli me casser le genou sur sa fichue table basse. Ne sois pas si naïve. « Tonton » est un sacré coureur de jupons et il semble que tu sois sa prochaine proie.

— Oh... flûte ! jeta Grace. Et moi qui me disais que j'avais trop d'imagination !

— En ce cas, moi aussi ! pouffa Marjorie. J'ai bien cru qu'il allait t'arracher tes vêtements.

— Est-ce que Cheryl se doute de quelque chose ? demanda Grace, l'air malheureux.

Ses amies n'en savaient rien et de toute façon le problème n'était pas là. Grace aspirait à une vie tranquille. Sans histoire. Et sans homme. Un flirt avec Bob Swanson était hors de question. Elle voulait rester seule pour le moment, peut-être même pour toujours.

Paul Weinberg l'avait appelée plusieurs fois. Elle avait décliné toutes ses invitations à dîner. Le soir du réveillon du Nouvel An, elle était à nouveau de garde à Sainte-Mary. Paul lui tendit d'autorité un sandwich à la dinde, l'obligeant presque à s'asseoir cinq minutes près de lui. Cela faisait des heures qu'elle se dépensait sans compter.

— Pourquoi m'évitez-vous ? demanda-t-il d'une voix chargée de reproches.

Grace avala sa bouchée.

— Je ne vous évite pas.

Elle était sincère. Elle n'avait peut-être pas donné suite à ses coups de fil mais elle était heureuse de déguster un sandwich en sa compagnie.

154

— Mais si ! insista-t-il. Etes-vous amoureuse de quelqu'un ?

— Oui, répondit-elle d'une voix claire, et Paul se décomposa. De mon travail à l'agence et au foyer. Je n'ai même pas le temps de lire le journal. J'ai oublié la dernière fois que je suis allée au cinéma. Je suis heureuse comme ça.

— Vous devriez vous accorder plus de loisirs, dit-il, soulagé qu'elle n'ait pas mentionné de petit ami.

A trente-deux ans, il n'avait jamais rencontré quelqu'un comme Grace. Intelligente, drôle, attentive. Et si timide en même temps. Si distante. Un peu « vieux jeu », songeat-il tout en se disant que cela ne lui déplaisait pas. Il était sorti avec l'une des infirmières du foyer pendant un certain temps. Mais ils avaient rompu. Maintenant, il se sentait un peu seul. Et Grace l'avait attiré dès le premier jour.

— Les loisirs ne me tentent pas, rétorqua-t-elle en finissant son sandwich. Je n'ai pas de temps à perdre.

— Que faites-vous ici un soir de réveillon ? demandat-il.

— Je pourrais vous poser la même question.

— Je travaille ici, jeta-t-il un peu sèchement.

— Moi aussi. Sauf que je ne suis pas payée.

— Je continue à penser que vous feriez une excellente professionnelle, commença-t-il — mais il n'eut pas l'occasion de terminer sa phrase, car ils furent appelés chacun de leur côté.

Ils ne se revirent pas avant le mercredi suivant. Paul lui proposa de nouveau de la raccompagner mais elle préféra prendre un taxi. Elle ne voulait pas encourager ses avances. Il revint à la charge le dimanche, alors qu'elle entrait dans le hall du foyer.

— Acceptez-vous de déjeuner avec moi ?

— Maintenant ? dit-elle, surprise.

Quatre nouvelles familles venaient d'arriver.

— Demain. La semaine prochaine. Quand vous voudrez. S'il vous plaît, Grace, murmura-t-il, rougissant comme un petit garçon.

— Mais pourquoi ? questionna-t-elle étourdiment — et il éclata de rire.

— Vous plaisantez ? Est-ce que vous vous regardez de temps à autre dans un miroir ? En plus, vous êtes intelligente et pleine d'humour. J'aimerais mieux vous connaître.

— Vous seriez déçu. Je suis ennuyeuse.

Il se mit à rire à nouveau.

— Seriez-vous en train de m'éconduire ?

— C'est possible, répondit-elle honnêtement. En fait, je ne sors jamais.

— Vous ne faites que travailler ? (Et comme elle acquiesçait :) Moi aussi, mais il faut bien casser la routine.

— Pourquoi ? Puisqu'elle nous convient.

Elle avait pris un air distant. Ou apeuré, il n'aurait pas su le dire exactement. Pourtant il continua.

— Enfin, Grace, ce n'est pas une excuse ! Un déjeuner avec moi n'a rien de compromettant. Je passerai vous prendre en voiture la semaine prochaine. Quand voulez-vous ?

Elle ne voulait pas, tout le problème était là. Elle avait de l'estime et même de l'affection pour Paul Weinberg, mais elle s'était juré d'éviter de sortir avec un homme, avec n'importe quel homme, et elle ne savait pas comment le lui expliquer. De guerre lasse, elle finit par accepter son invitation pour le samedi suivant. Il faisait un froid polaire. Paul l'emmena à *La Scala*, un restaurant italien réputé pour ses pâtes.

— Maintenant, dites-moi la vérité, Grace. Qu'est-ce qui vous a amenée à Sainte-Mary ?

— Le bus, répondit-elle, très jeune et fraîche.

— Très drôle ! Quel âge avez-vous ?

Vingt-cinq ou vingt-six ans, s'il se fiait à sa maturité intellectuelle.

— J'ai vingt ans, déclara-t-elle avec une fierté qui arracha un gémissement de dépit à son hôte. J'aurai vingt et un ans l'été prochain.

— Génial. Auprès de vous je dois avoir l'air d'un vieux satyre. J'aurai trente-trois ans au mois d'août.

— Vous me rappelez un ami que je connaissais autrefois, un avocat. Il est en Californie maintenant.

— Etiez-vous amoureuse de lui ? voulut savoir Weinberg.

Il y avait une zone d'ombre dans sa vie, il le sentait. Quelque chose — peut-être un chagrin d'amour — l'avait rendue froide, insensible aux hommages masculins. Et si cet avocat l'avait quittée... Il crut tenir une piste, mais elle le détrompa en riant.

— Mais non. Il est marié. Ils attendent un bébé.

— Alors, qui est le veinard ?

— Quel veinard ? s'étonna-t-elle. Il n'y a personne, je vous l'ai déjà dit.

— Vous n'aimez pas les hommes ?

C'était une question trop directe mais il valait mieux savoir.

— Je ne sais pas, dit-elle avec une sincérité désarmante. Je ne suis jamais sortie avec un homme.

Il eut la fugitive impression que son regard se voilait.

— Jamais ? demanda-t-il sans la croire.

— Jamais.

— C'est un record, à vingt ans. (Et un défi, pensa-t-il.) Pourquoi ? Il y a une raison particulière ?

Ils étaient à peu près au milieu du repas. Grace le regarda par-dessus son assiette.

— Il y en a plusieurs, je pense. La plus importante étant simplement que je ne veux pas.

— Oh, Grace, ce n'est pas normal.

— Non ? fit-elle lentement, avec prudence. Et alors ? Si cela me convient ? Qui a le droit de décider de ce qui est normal ou pas, à ma place ?

Leurs regards se croisèrent. Il comprit soudain pourquoi elle avait proposé ses services à Sainte-Mary. Pour aider d'autres femmes comme elle.

— Vous avez eu une mauvaise expérience ? demanda-t-il gentiment.

Elle savait qu'elle pouvait lui faire confiance... jusqu'à un certain point. Elle ne lui confierait pas tous ses secrets.

— Oui. Une expérience affreuse... Pas pire, cependant, que ce qu'on voit tous les jours au foyer. Je suppose qu'on reste marqué à vie.

— Pas forcément. On peut surmonter ce genre de blocage. Avez-vous consulté un spécialiste ?

— Oui, il y a longtemps. Nous étions devenues amies. Elle est morte dans un accident d'avion l'été dernier.

L'espace d'une seconde, il entr'aperçut une partie du problème... une infime partie.

— Et votre famille ? Vos parents ne peuvent pas vous aider ?

Un sourire triste étira les lèvres de Grace. Depuis trois ans, elle avait appris à ne compter que sur elle-même et n'avait pas l'intention de changer.

— Je n'ai pas de famille. Mais ne vous inquiétez pas, je me débrouille. J'ai des amis, un travail passionnant. Et tous mes collègues de Sainte-Mary.

— Si je peux vous aider...

Mais la thérapie à laquelle il pensait effrayait Grace. Elle ne se sentait pas prête à répondre à ses avances. Pas maintenant. Ni plus tard sans doute.

— Merci. Je vous appellerai en cas de besoin.

Elle lui sourit et ils commandèrent du café.

Ils se promenèrent ensuite au bord du lac en parlant de mille choses. Paul se garda bien de lui faire part de ses sentiments. C'était inutile. Peut-être même dangereux pour l'équilibre de Grace. Celle-ci avait repris ses distances.

— Ecoutez, murmura-t-il lorsqu'il la déposa en bas de chez elle. Pour rien au monde je ne voudrais vous offusquer. Ou blesser votre amour-propre. Vous pouvez compter sur mon amitié, ajouta-t-il avec un sourire de petit garçon. Je ne vous ferai pas de mal, n'ayez crainte.

Elle était si jeune. Trop jeune. Trop fragile.

— Je vous remercie. J'ai passé un après-midi délicieux, Paul.

Ils prirent l'habitude de déjeuner ensemble de temps à autre. Au fond, le Dr Weinberg n'avait pas complètement renoncé à conquérir le cœur de Grace. Mais leur amitié n'évolua pas, comme il l'aurait souhaité, vers une plus grande intimité. Sans le savoir, il avait pris, dans la vie de sa jeune protégée, la place de David, et celle, plus précieuse encore, de Molly.

Entre son travail à l'agence, ses colocataires et ses activités bénévoles, Grace ne vit pas le temps passer. L'hiver céda la place au printemps sans qu'elle s'en rende compte. C'est alors que Louis Marquez réapparut, plus menaçant que jamais. Il venait de rompre avec sa maîtresse et cherchait à décharger son agressivité. Il débarqua à la villa du bord du lac, sans prévenir. Grace le fit passer pour un ami de son père. Il ne la démentit pas, mais posa de drôles de questions. Est-ce que les mannequins ne sniffaient pas un peu de coke avant un défilé de mode ? Non ? Aimaient-elles ce métier ? Belles comme elles l'étaient, elles ne devaient plus compter leurs conquêtes. Il alla même jusqu'à proposer un rendez-vous à Brigitte, qui refusa. Lorsque Grace se présenta au poste de police pour son rapport hebdomadaire, elle laissa exploser sa colère.

— Vous n'avez pas le droit de me persécuter. Ni de harceler mes amies.

— J'ai tous les droits. Et je harcèle qui je veux. Votre copine n'a pas arrêté de me faire de l'œil. Ne vous en faites pas pour elle, ma petite. Elle n'est pas tombée de la dernière pluie.

— Elle n'est pas aveugle non plus, riposta-t-elle, furieuse.

— Attention, ma chère, vous devenez insolente, répliqua-t-il, blême de rage. Je suis votre agent de probation, et vos gentilles colocataires l'ignorent encore. Si elles savaient que vous sortez de prison...

— Osez leur dire un mot là-dessus et j'engage des poursuites contre vous, fulmina-t-elle. Je vous accuserai de me causer du tort vis-à-vis de mes amis et de mes collègues de travail.

— Balivernes ! Vous n'êtes pas en position de traîner qui que ce soit en justice. Et surtout pas un fonctionnaire de l'Etat. Ne l'oubliez pas.

Elle ne risquait pas de l'oublier. Mais elle avait appris à se défendre. Les individus de cette espèce étaient des lâches. Et Louis Marquez ne dérogeait pas à la règle. Il cessa de l'importuner et elle continua à lui rendre des comptes une fois par semaine, avec une ponctualité exemplaire... En mai, Brigitte décrocha un contrat de trois mois à Tokyo. Elles lui trouvèrent une remplaçante, une jolie brune de dix-neuf ans, Mireille, qui était originaire du sud de la France. Elle adorait tout ce qui était américain, le pop-corn, les hot-dogs, et surtout les garçons, qui le lui rendaient bien. Elle sortait beaucoup. Divina, Marjorie, Allyson et Grace ne la croisaient guère que dans la journée.

Les Swanson organisèrent une gigantesque gardenparty le 4 juillet, dans leur maison de campagne à Barrington Hills. Grace se fit accompagner par Paul, qui passa une partie de la journée à faire les yeux doux aux mannequins. Ses colocataires le trouvèrent fort sympathique. Lorsqu'elles voulurent savoir s'il était l'homme avec qui elle passait le plus clair de son temps, elle répondit par un mystérieux : « Oui, plus ou moins ! »

Grace célébra son vingt et unième anniversaire entourée de ses amies. Celles-ci avaient invité tout le personnel et les modèles de l'agence. Paul était de la partie, naturellement. La réception se termina en petit comité dans le patio. Des millions d'étoiles parsemaient le firmament et, en les contemplant, Grace sentit sa gorge se serrer. Tout le monde avait été si gentil, si attentionné. Elle avait reçu des tas de cadeaux, tous plus ravissants les uns que les autres. Personne ne se doutait qu'elle avait fêté ses deux précédents anniversaires en prison. Elle laissa aller ses pensées vers Molly et David. Puis vers Luana et Sally. « Oublie-nous, avait dit Luana. On n'est que des fantômes. » Et elle avait raison, s'aperçut-elle, les yeux humides. Peu à peu, le passé s'effaçait. Les dernières nouvelles de David dataient de mars, lorsqu'il lui avait annoncé la naissance de son fils. Molly était morte. Sally et Luana n'avaient jamais répondu à ses lettres, et elle avait cessé de leur écrire.

Une étoile filante dessina dans le ciel une trajectoire étincelante. Grace ferma les yeux. De toutes ses forces, elle fit un vœu : « Mon Dieu, faites que je sois libérée du passé. » Un passé dont Louis Marquez représentait le dernier maillon. Mais elle savait que le jour viendrait où, pour la première fois de sa vie, elle n'aurait plus peur de rien. Ni de personne.

— Vous avez fait un vœu ? demanda Paul en la regardant avec attention. S'il avait formulé un vœu, il aurait demandé qu'elle se mette à l'aimer.

— Je pensais à de vieux amis, répondit-elle avec un petit sourire triste. Et je souhaitais réussir à me débarrasser de mes mauvais souvenirs.

Il sentit son cœur bondir.

— Ils sont toujours là ? demanda-t-il doucement. (Elle ne lui avait jamais fait de confidences et il n'en avait pas sollicité.) Ils ne sont pas encore oubliés ?

— Presque, murmura-t-elle, touchée par l'amitié qu'il lui témoignait. Oui, presque. L'année prochaine, peut-être.

8

Les Swanson essayaient toujours, en vain, de convaincre Grace de devenir mannequin. Elle eut une grosse augmentation et fut promue secrétaire particulière de Cheryl. A les entendre, c'était maintenant Grace qui dirigeait l'agence. Elle savait tout, était au courant de tout, s'occupait de tout. Elle était efficace, compétente, organisée. Naturellement, elle connaissait tous les mannequins, hommes et femmes, qu'elle appelait par leurs prénoms. A la maison, la vie était ponctuée d'un incessant tourbillon d'arrivées et de départs. Brigitte, de retour de Tokyo, où elle avait fait un bref séjour, venait de s'installer avec un photographe. Allyson tournait un film à Los Angeles, Mireille s'apprêtait à partager l'appartement de son dernier petit ami. Deux nouvelles locataires vinrent rapidement les remplacer. Marjorie et Grace n'avaient eu aucune difficulté à les trouver. Les mannequins qui arrivaient à Chicago étaient toujours à la recherche d'un logement. Seules les apparitions régulières de Louis Marquez rappelaient à Grace les ombres du passé. L'agent de probation n'avait cessé de lui créer des ennuis. Il était allé jusqu'à exiger qu'elle se soumette une fois par mois à un test de dépistage de drogue. Evidemment, les résultats avaient à chaque fois été négatifs. A sa grande déception.

162

— Que ce type est vulgaire ! se plaignit Marjorie un jour — c'était juste après Noël. Ton père avait de drôles de fréquentations, tu ne trouves pas ? Pourquoi ne l'envoies-tu pas au diable ?

Comme toujours, Louis Marquez était arrivé à l'improviste. En tendant le bras, sous prétexte de secouer la cendre de sa cigarette au-dessus d'un cendrier, il en avait profité pour frôler les fesses de Marjorie. Ses vêtements bon marché dégageaient des relents de sueur et de tabac. On avait envie de prendre un bain rien qu'après avoir serré sa main moite. Grace garda le silence. Elle aurait adoré le mettre à la porte, mais elle n'avait pas le choix. Il ne lui restait plus que neuf mois de sursis. Ensuite, le cauchemar serait terminé.

En juin, les Swanson lui proposèrent de les accompagner à New York. Bien sûr, son agent de probation sauta sur l'occasion pour lui refuser l'autorisation de quitter l'Etat. Elle dut décliner l'offre en s'inventant mille occupations. Ce n'était pas complètement faux, compte tenu du travail qu'elle effectuait deux soirs par semaine plus le dimanche à Sainte-Mary. Elle croisait souvent Paul Weinberg, qui sortait maintenant avec une infirmière.

De temps à autre, Cheryl Swanson s'inquiétait de la solitude de sa jeune secrétaire. A plusieurs reprises, elle l'avait invitée à des soirées, dans l'espoir de la « caser », comme elle disait en riant. Les soupirants ne manquaient pas, mais ils laissaient tous Grace de marbre. La terreur qui sommeillait en elle ne demandait qu'à se réveiller. Ses blessures anciennes ne s'étaient pas refermées, et elles ne cicatriseraient sans doute jamais. En chaque homme elle voyait une brute semblable à son père.

Jusqu'à cet éclatant matin de juin où Marcus Anders entra d'un pas décidé dans le hall de l'agence. Il avait rendez-vous avec Cheryl, et c'était l'homme le plus séduisant que Grace ait jamais rencontré. On aurait dit un adolescent, avec ses épais cheveux blonds, son visage criblé de taches de rousseur et son sourire éblouissant

tout en fossettes. Au début, elle le prit pour un mannequin. Marcus arrivait directement de Detroit. Il possédait
un curriculum vitae impressionnant : il avait exercé ses
talents de photographe dans les plus grosses agences de
publicité du Michigan. A ses yeux, Chicago était une
étape décisive sur le chemin de la réussite, qui passait
ensuite inévitablement par Los Angeles, puis New York.
En ressortant du bureau de Cheryl, il s'attarda dans celui
de Grace. Intelligent, plein d'assurance et d'humour, il
commença par la faire rire. Puis il lui confia qu'il cherchait un appartement. Elle lui donna les noms des
meilleures agences immobilières de la ville, avant de le
présenter à un groupe de mannequins. Mais aucune de
ces ravissantes sylphides ne parut émouvoir Marcus. Il
avait l'habitude de côtoyer des top-models, et cela se
voyait. En fait, c'était Grace qui, d'emblée, avait attiré
son attention. Avant de prendre congé, il lui demanda
négligemment si elle voulait poser pour lui. « Juste pour
s'amuser », précisa-t-il. Mais elle se contenta de secouer
la tête. Elle avait eu d'autres propositions du même genre
et les avait toutes déclinées.

— Non, merci ! Pas de photos.

— Pourquoi donc ? Seriez-vous recherchée par la
police, par hasard ?

— Exact ! sourit-elle, tout à coup très à l'aise. Le FBI
est à mes trousses.

La plupart des photographes se servaient de leur appareil comme d'un instrument de séduction, elle le savait.

— Petite futée ! s'exclama-t-il en riant, très détendu
dans son fauteuil, en face de Grace. Pourtant, vous devez
être terriblement photogénique, j'en mettrais ma main
au feu. Avec un tel visage, ces pommettes hautes, ces
yeux magnifiques...

Il s'interrompit, frappé soudain par l'expression de son
regard. Il y avait une insondable tristesse au fond de ces
prunelles d'un bleu si limpide, une souffrance absolue,
quelque chose d'obscur que lui seul était capable de per-

cevoir. Comme si elle avait deviné ses pensées, elle détourna la tête avec un rire nerveux. Marcus insista :

— Laissez-moi prendre quelques photos de vous, et toutes ces sirènes n'auront plus qu'à s'inscrire au chômage.

Tel l'artiste qui vient de découvrir le modèle idéal, il avait décidé de persévérer.

— Justement, je ne voudrais pas les priver de travail, plaisanta-t-elle en se tournant de nouveau vers lui.

Elle portait une jupe et un chemisier noirs, qui mettaient en valeur l'exquise carnation de sa peau. Depuis un certain temps, elle avait troqué ses robes décontractées contre des tenues plus sophistiquées.

Marcus décroisa ses longues jambes, puis s'extirpa du fauteuil en cuir anthracite.

— Pensez-y. Je repasserai lundi prochain.

Il l'appela dès le lendemain. Il avait visité une demi-douzaine de studios, tous plus épouvantables les uns que les autres, et se sentait perdu, seul et abandonné, déclara-t-il d'une voix théâtrale qui arracha un rire amusé à la jeune femme. Elle fit semblant de compatir à ses malheurs et il l'invita à dîner. Le rire de Grace s'éteignit.

— Désolée, je ne peux pas, lâcha-t-elle d'un ton cassant. (Elle savait parfaitement éconduire ses admirateurs.) Ce soir, je suis prise.

Elle laissait toujours entendre qu'il y avait quelqu'un dans sa vie.

— Demain, alors ?

— Non. Je dois travailler tard. Nous préparons un film publicitaire avec neuf mannequins, et Cheryl voudrait que j'assiste au tournage.

— Pas de problème. Je serai sur le plateau. Allez... fit-il, suppliant, et Grace fut touchée malgré elle. Ne me laissez pas tout seul dans cette grande ville.

— Voyons, Marcus, cessez de vous comporter comme un enfant gâté.

165

— Mais je le suis ! s'écria-t-il à l'autre bout du fil, avec une fierté comique.

Ils éclatèrent d'un même rire, et Grace finit par céder. Après tout, le voir en public ne l'engageait à rien. Marcus fut ponctuel. Pendant le tournage, il se rendit utile. Les mannequins le trouvèrent sympathique, drôle et intelligent. Il n'avait pas cette arrogance dont faisaient souvent preuve les autres photographes. Il passa ensuite tous les jours à l'agence. Au bout d'une semaine, Grace accepta de dîner avec lui. C'était son premier rendez-vous depuis ceux qu'elle avait accordés à Paul Weinberg.

Marcus avait du mal à croire qu'elle n'avait que vingt et un ans. Ses vêtements élégants, sa coiffure — elle avait troqué sa queue de cheval contre un chignon austère —, son air raisonnable surtout la faisaient paraître plus âgée. Marcus se trompait souvent sur l'âge de ses flirts. C'était courant, dans le milieu qu'il fréquentait. Un jour, il avait commis l'erreur de séduire un mannequin de quinze ans en pensant qu'elle était majeure.

— Que faites-vous quand vous n'êtes pas attelée à vos tâches administratives ? demanda-t-il avec intérêt.

Il venait de louer un splendide loft équipé d'un studio pour ses photos, et se félicitait de sa trouvaille.

— J'ai un tas d'occupations.

Les jours fériés, elle se promenait à bicyclette, et l'une de ses nouvelles colocataires l'avait initiée au tennis. Elle n'avait jamais pratiqué de sport, à part un peu de musculation et de jogging en prison. Mais elle n'allait certainement pas parler de ses deux années à Dwight.

— Avez-vous beaucoup d'amis ? poursuivit-il, intrigué par le mystère dont elle s'entourait.

— Oui... pas mal...

Ce n'était pas vrai, et il le savait. Il avait déjà mené sa petite enquête en interrogeant l'entourage de Grace. Cela n'avait posé aucune difficulté. Les gens ne demandaient qu'à parler. Et il avait réuni des informations très intéressantes. Grace ne sortait jamais avec aucun homme. C'était une forteresse imprenable, un parangon de vertu. Elle avait des activités bénévoles. Il aborda le sujet entre le dessert et le café, et elle consentit à lui parler du foyer Sainte-Mary.

— Pourquoi ? Qu'est-ce qui vous pousse à vous occuper des femmes battues ?

— Elles ont désespérément besoin d'aide, répondit-elle d'une voix sérieuse. Elles sont dans une impasse psychologique d'où elles ne peuvent pas sortir toutes seules. Comme si elles étaient dans un immeuble en feu et qu'elles n'osaient pas sauter vers la liberté.

Elle était bien placée pour le savoir. Elle-même s'était longtemps considérée comme un otage. Et elle avait tué pour survivre...

— Oui, mais quand même, Grace, murmura-t-il, songeur. Il doit y avoir une raison plus profonde qui vous incite à secourir ces gens-là.

Il avait eu largement le temps de l'observer durant la soirée. Elle ne s'était pas départie de son air amical mais ne lui avait fait aucune confidence.

— Pourquoi faut-il toujours chercher des raisons à tout ? J'ai envie d'aider ces femmes, voilà tout. Et les enfants je les adore, ils sont si petits, si fragiles, et déjà tellement blessés par la vie...

Comme elle l'avait été. Tiraillée entre la honte et la terreur. Perpétuellement écrasée par un sentiment de culpabilité. Son regard se fit fuyant, puis se posa à nouveau sur le visage de Marcus.

— J'ai envie de les aider, reprit-elle. Dès que j'aurai un peu plus de temps, j'essaierai de passer une maîtrise de psychologie.

Marcus eut ce sourire plein de séduction qui la faisait fondre et la terrifiait en même temps.

— Vous n'avez pas besoin de diplômes. Vous avez besoin d'un homme.

— Pourquoi dites-vous cela ? demanda-t-elle, souriant elle aussi.

Il est beau comme un dieu, se dit-elle obscurément, tandis qu'il posait sa main sur la sienne.

— Parce que vous êtes terriblement seule, malgré le but que vous vous êtes fixé. Et malgré vos efforts pour vous persuader que vous menez une vie heureuse. (Il la scruta, les yeux mi-clos.) Vous n'avez jamais eu d'amant, n'est-ce pas, Grace ? Ai-je raison ?

Grace retira sa main.

— Les clichés ne correspondent pas toujours à la réalité, Marcus. Certaines personnes sont un peu plus compliquées que vous ne le pensez.

Il hocha la tête, certain d'avoir mis le doigt sur la vérité. Elle avait dû recevoir une éducation très rigide, ce qui expliquait son caractère introverti.

— Parlez-moi de votre famille. Comment sont vos parents ?

— Ils sont morts, répondit-elle froidement. Quand j'étais encore au lycée.

« D'où votre propension à la solitude », songea-t-il, mais il dit :

— Vous n'avez ni frères ni sœurs ?

— Non. Je n'ai plus aucune famille.

Le portrait qu'il imaginait se précisait. Elle avait grandi seule, et cela l'avait mûrie. Elle n'avait rien d'une gamine de vingt ans. C'était une vraie femme, conclut-il, et cette constatation le réjouit.

— Je m'étonne que vous n'ayez pas épousé votre petit ami de l'époque, remarqua-t-il d'un ton plein de respect. C'est ce qui arrive à la plupart des jeunes filles dans ces cas-là.

— Je n'avais pas de petit ami au lycée.

— Non ? Vous viviez chez des amis, alors ?

— Plus ou moins... Oui, on peut dire ça.

En prison... Elle se demanda quelle serait la réaction de ce beau jeune homme gâté par la vie si elle lui annonçait de but en blanc qu'elle avait tué son père. Il serait certainement horrifié. Il se trompait totalement sur son

168

compte. Comme tout le monde. Ceux qui savaient qui elle était avaient depuis longtemps disparu de son existence. Molly, David, Luana et Sally...

— Vous devez vous sentir encore plus seule pendant les fêtes, dit-il avec compassion. A Noël, par exemple.

— Non, plus maintenant. (Plus après les Noëls qu'elle avait passés à Dwight.) Je m'y suis habituée.

— Vous êtes une jeune femme courageuse, Grace.

Beaucoup plus courageuse qu'il le pensait.

Après dîner, il l'emmena prendre un verre dans un bar où un vieux juke-box égrenait des mélodies des années cinquante. Le dimanche suivant, ils firent le tour du lac à bicyclette. C'était un tiède après-midi de juin. Les fleurs embaumaient, la brise ébouriffait les feuilles dont le vert tendre commençait à foncer. Les réticences de Grace fondaient comme neige au soleil. Auprès de Marcus, elle se sentait détendue. Il savait se montrer patient, l'entourait de tendresse. Il ne put s'empêcher de lui voler un baiser — c'était le premier homme qui l'embrassait depuis son père — et, bien que la sombre frayeur eût resurgi, lorsque leurs lèvres se frôlèrent, elle éprouva en même temps un singulier plaisir.

Marjorie était la seule à ne pas apprécier Marcus. Elle le déclara carrément à Grace un samedi après-midi, trois semaines plus tard. Marcus et Grace avaient couru les boutiques spécialisées pour acheter du matériel photo d'occasion. Entre-temps, l'agence avait signé un contrat avec Marcus. Les Swanson ne tarissaient pas d'éloges à son égard. L'intérêt qu'il témoignait à Grace ne leur avait pas échappé.

— Profitez-en, mon petit, avait dit Cheryl avec un sourire complice. Il a trop de talent pour rester à Chicago plus d'un an. Je vous parie que l'année prochaine il sera à New York, peut-être même à Paris. Il le mérite amplement.

Marjorie ne partageait pas l'opinion générale. Une de ses amies de Detroit lui avait dressé un autre tableau du séduisant Marcus Anders.

— Eloise m'a dit qu'il a été accusé de viol, il y a quelques années. Fais attention, Grace.

— Mais non ! Marcus m'en a parlé. La prétendue victime avait seize ans, et l'air d'en avoir vingt-cinq. C'est elle qui s'est jetée sur lui... Elle lui a pratiquement arraché ses vêtements.

Les faits remontaient à quatre ans. A l'époque, il était jeune et naïf, avait-il expliqué, sincèrement embarrassé.

— Il ne s'agit pas de la même affaire. La jeune fille avait treize ans et son père a voulu le traduire en justice, répliqua sèchement Marjorie. Il semble que Marcus s'en soit tiré à bon compte... La nymphomane de « seize ans qui en paraissait vingt-cinq » c'est encore une autre histoire. D'après Eloise, il a même fait des photos pornos. Je n'aime pas ce garçon, Grace.

— Oh, la barbe ! Les gens inventeraient n'importe quoi par jalousie. Ton Eloise était sûrement amoureuse de Marcus. Il a dû la repousser et elle se venge, dit Grace, les joues rouges de colère.

C'était injuste et révoltant. Marcus ne méritait pas ça ! Elle en voulut à Marjorie de prêter une oreille complaisante à ces diffamations. Elle était tellement sévère, parfois !

— Eloise n'est pas comme ça, répliqua Marjorie, prenant la défense de son amie. Méfie-toi de lui, Grace. Et dis-toi que tu as peut-être moins de flair que tu ne le crois. Tu ne connais pas les hommes.

— Je connais celui-là, dit Grace, les yeux brillants. C'est un garçon honnête et correct. Il n'a jamais eu un geste déplacé à mon égard. Il m'a juste embrassée.

— Ma chérie, il a mauvaise réputation. Je voulais juste te mettre en garde. Ne sois pas stupide...

— Merci pour l'avertissement !

Grace courut dans sa chambre et claqua la porte. Pauvre Marcus ! Dans le milieu malsain de la mode et de la publicité, les ragots allaient bon train. Les mannequins sans contrat jetaient le discrédit sur les photographes. Ceux-ci, à leur tour, racontaient que leurs modèles prenaient de la coke ou de l'héroïne. De jeunes débutantes n'hésitaient pas à affirmer, sur le ton de la confidence, que tel ou tel directeur de magazine avait failli les violer dans son bureau. Grace n'accordait aucun crédit à ces commérages, et Marjorie aurait dû en faire autant, au lieu de répéter bêtement les propos de son amie de Detroit. Des photos pornos ! pensa-t-elle avec un regain de colère. Qu'est-ce qu'il ne fallait pas entendre ! Alors que Marcus lui avait dit qu'il avait trouvé un job de garçon de restaurant pour payer la location de son studio. Il n'avait jamais parlé de ce genre de photos, alors qu'il l'aurait fait, si ç'avait été la vérité, Grace en était persuadée. Il était si franc, si ouvert, si sincère. Lors de leurs conversations, il avait avoué à Grace tous ses petits péchés, toutes ses fautes anciennes. Peu de personnes avaient su gagner sa confiance, et Marcus en faisait partie.

Le 4 juillet, ils allèrent ensemble à la réception annuelle des Swanson à Barrington Hills. Cheryl les accueillit avec chaleur. Elle n'avait pas renoncé à faire de Grace un top-model et comptait sur Marcus pour la convaincre, dit-elle. Il répondit qu'il ne demandait pas mieux. Mais, comme à son habitude, Grace refusa... La soirée se déroula dans une ambiance enjouée. Les rires et les conversations allaient bon train, le champagne coulait à flots. Marcus, parfaitement à l'aise, papillonnait entre les invités. Et plus tard, dans la nuit, de retour à la maison, Marjorie dit à Grace que son chevalier servant avait donné rendez-vous à deux mannequins.

— Autant que tu sois au courant.

— Et alors ? On n'est pas mariés.

Ils n'étaient même pas amants. Marcus le lui avait demandé et elle lui avait répondu qu'elle ne se sentait pas prête. Pas encore. Mais cela ne saurait tarder. Il lui inspirait confiance. Et de tendres sentiments. Elle était en train de tomber amoureuse de lui, elle en avait conscience. En voulant la protéger, Marjorie n'avait réussi qu'à exciter sa jalousie. Lorsqu'elle revit Marcus, le lendemain, elle ne posa toutefois aucune question sur ses prétendus rendez-vous. Lui, en revanche, reparla des photos.

— Grace, voyons, qu'est-ce que tu risques ? Ma chérie, accorde-moi cette faveur. Seulement quelques prises de vue, qui ne sortiront pas de mon studio. Tu es si belle, Grace... Cheryl a raison, tu ferais un modèle fabuleux.

— Je ne veux pas, s'entêta-t-elle.

— Pourquoi, grand Dieu ? Tu as toutes les qualités requises pour figurer sur les couvertures des plus grands magazines. La taille, le style, la minceur, la jeunesse... La plupart des filles que je connais se damneraient pour te ressembler. Enfin, Grace, fais-moi plaisir. Un essai ne porte pas à conséquence. Je voudrais tant avoir quelques photos de toi. On se voit depuis un mois maintenant, et tu me manques quand tu n'es pas là.

Il l'embrassa dans le cou, provoquant dans tout son corps un drôle de petit frisson. A son grand étonnement, elle s'entendit donner son accord. A condition qu'il ne montre les photos à personne. Ils fixèrent la séance de pose au samedi suivant.

— Gare à toi si tu me poses un lapin ! l'avertit-il.

Le même soir, ils firent des spaghettis chez Marcus et les dégustèrent en bavardant et en riant, puis il la prit dans ses bras. Ils n'avaient jamais été aussi près de faire l'amour mais, au dernier moment, Grace recula. Ce n'était pas un bon jour pour elle, et elle avait scrupule à commencer une relation sur de mauvaises bases, dit-elle. Prolonger l'attente d'une semaine ne rendrait leur

172

étreinte que plus ardente. Sa décision la surprenait elle-même, mais elle savait maintenant ce qu'elle voulait.

Toute la semaine, elle fut préoccupée par cette séance de photos. Elle détestait être le centre de l'attention, comme elle détestait être identifiée à un objet de désir. S'il ne s'était pas agi de Marcus, elle aurait annulé le rendez-vous... Le samedi suivant, elle arriva pourtant à dix heures du matin, comme convenu. Elle avait travaillé la veille au foyer Sainte-Mary, et ses traits fins accusaient la fatigue d'une nuit sans sommeil.

Marcus lui tendit une tasse de café. Il avait tout préparé. Un fauteuil en cuir couleur ivoire partiellement recouvert d'une fourrure de renard blanc trônait au milieu de l'atelier, dans la lumière dorée des projecteurs. Grace était censée s'étendre sur le fauteuil, en jean et tee-shirt blanc, les cheveux défaits. Elle ôta les épingles de son chignon et la masse luxuriante de sa chevelure se déversa sur ses épaules... Marcus lui demanda de troquer son tee-shirt contre une de ses chemises à lui, dont il fit sauter les premiers boutons. La mise en scène demeurait parfaitement chaste. Armé de son appareil photo, il commença les prises de vue. C'est plutôt amusant, se dit Grace. Marcus avait l'air d'un danseur exécutant autour d'elle les pas d'une chorégraphie insolite.

Sous l'œil noir de l'objectif, elle prit des poses différentes et il était midi quand Marcus lui offrit un verre de vin bien frais en lui promettant un succulent repas quand ils auraient terminé.

— Eh bien, tu sais parler aux femmes, plaisanta-t-elle.

— Je me suis exercé nuit et jour, répondit-il en reprenant son appareil. Un léger incarnat colora ses joues constellées de taches de son... Est-ce que j'ai su te parler, Grace ?

Il fit jaillir un éclair de son flash. Celle-ci, Chèryl allait l'adorer, songea-t-il, puis il fit un gros plan du visage angélique de son modèle.

— Me suis-je suffisamment approché ? De ton cœur, je veux dire ? reprit-il d'une voix sensuelle.

Le vin avait étourdi Grace. Elle n'avait pas pris de petit déjeuner, et elle n'avait pas l'habitude de l'alcool. Marcus avait à nouveau rempli son verre. Elle absorba une gorgée du liquide transparent aux reflets d'ambre, s'étonnant de son bouquet puissant. Ce fut alors qu'il lui demanda gentiment de retirer son jean. La chemise la couvrirait jusqu'à mi-cuisses, précisa-t-il. Il dut lui réaffirmer que personne ne verrait ces photos, pas même Cheryl, pour qu'elle accepte. Ensuite, elle se laissa aller contre la fourrure blanche, la chemise déboutonnée jusqu'à la taille, sans rien révéler de sa nudité, ce qui n'était, de l'avis de Marcus, que plus suggestif. Les paupières de Grace s'alourdirent, elle n'entendit plus qu'un vague murmure.

Elle avait dû s'endormir, car, lorsqu'elle se réveilla, il était en train de l'embrasser. Elle sentait la chaleur de ses lèvres et de ses mains et pourtant, bizarrement, elle entendait toujours le bruit de l'appareil photo et il y avait encore des éclairs de flashes. Le fauteuil semblait tanguer sous elle comme un esquif sur une mer démontée. La nausée l'envahit. Impossible d'ouvrir les yeux, malgré ses efforts, ni d'ébaucher le moindre mouvement. Il la toucha à nouveau et l'onde familière de terreur la transperça. Mais elle avait rêvé, très certainement, car, lorsqu'elle réussit à rouvrir les paupières, il était debout, souriant, l'appareil dans les mains.

— Que... qu'est-ce qui m'arrive ? demanda-t-elle, la bouche sèche.

— Le vin a eu raison de tes forces.

— Oh, je suis désolée, s'excusa-t-elle, mortifiée.

Marcus s'agenouilla près du fauteuil pour l'embrasser. Son baiser se fit insistant et Grace entrouvrit les lèvres, déchirée entre sa peur et son désir.

— Pas moi, murmura-t-il, le visage enfoui entre ses seins. Tu es superbe quand tu as bu.

Elle referma les yeux. La main de Marcus se fit plus sûre, ses caresses plus précises. Sa langue traçait de doux sillons sur la peau de Grace, descendait vers son ventre, mais, lorsqu'il tira sur l'élastique de son sous-vêtement, les paupières de la jeune femme frémirent, ses yeux s'ouvrirent, elle tenta de se lever mais s'accrocha au fauteuil, chancelante.

— Je ne peux pas.

— Ma chérie, je t'en prie. (Combien de temps allait-elle le faire attendre ?) Grace, viens, j'ai besoin de toi.

— Je ne peux pas, répéta-t-elle d'une voix rauque, méconnaissable.

La nuit fatale de la mort de son père lui revint avec force en mémoire. La pièce se mit à tournoyer, une nouvelle vague de nausée lui souleva le cœur. Elle avait envie de vomir mais n'osa le dire à Marcus. Celui-ci l'avait une fois de plus attirée dans ses bras. Sa bouche aspirait le souffle de Grace, ses mains exploraient les parties les plus intimes de son corps frissonnant, là où personne ne l'avait jamais touchée, excepté son père.

— Je ne peux pas, dit-elle de nouveau, sans avoir la force de l'arrêter.

— Mais pourquoi ? Ma chérie, pour l'amour du ciel...

Pour la première fois depuis qu'ils se connaissaient, il avait haussé le ton. Elle n'eut pas le temps de réagir. Une sorte de houle la submergea. Elle eut l'impression d'une chute vertigineuse dans le vide, d'un voile noir sur les yeux.

Elle reprit connaissance bien plus tard. Elle était toujours allongée sur le large fauteuil de cuir, vêtue de la chemise et de son slip de dentelle. Etendu à ses côtés, Marcus était complètement nu. La peur tétanisa Grace. Elle ne se rappelait plus rien, sauf d'avoir perdu connaissance. Depuis combien de temps gisait-elle là, inanimée ? Elle l'ignorait et cela ne faisait qu'accroître son appréhension.

175

— Marcus, que s'est-il passé ? murmura-t-elle apeurée, les doigts crispés aux pans de la chemise.

— Tu tiens à le savoir ? répondit-il avec un rire moqueur. Tu as été grandiose, chérie ! Inoubliable !

Il paraissait furieux, à en juger par le ton glacial de sa voix. Grace fondit en larmes.

— Comment as-tu pu... faire ça alors que j'étais inconsciente ?

Son estomac se souleva. L'asthme rendait sa respiration sifflante mais elle se sentait trop faible pour aller chercher son aérosol. Marcus déplia son corps magnifiquement musclé, puis se mit à arpenter la pièce.

— Qu'est-ce que tu en sais ?

Il lui fit face, et elle détourna le regard, gênée par sa nudité. La situation avait pris une tournure terriblement déplaisante. Le mot viol s'imposa à son esprit. Elle retint un cri de révolte. Il en serait donc toujours ainsi, songea-t-elle amèrement.

— En fait, il ne s'est rien passé, dit-il, en revenant vers elle. Je ne suis pas nécrophile. Je n'ai pas l'habitude de faire l'amour avec des cadavres. Car c'est exactement ce que tu es, ma chère. Un corps sans âme. Tu feins d'être vivante, tu allumes les hommes, et quand ils sont bien excités, tu fais la morte. C'est drôlement pratique de s'évanouir au bon moment. As-tu une bonne excuse au moins ? J'ai hâte de l'entendre.

— Il n'y a pas d'excuse, murmura-t-elle en se redressant.

Son jean était par terre. Elle l'enfila, les mains tremblantes, les jambes flageolantes. Elle se sentait à nouveau au bord de l'évanouissement. En déployant un effort surhumain, elle retira la chemise qu'il lui avait prêtée et remit son tee-shirt sans se soucier de son soutien-gorge qu'elle glissa dans sa poche. Sa tête semblait sur le point d'exploser. Elle porta les doigts à ses tempes douloureuses.

— Je ne peux pas l'expliquer, reprit-elle.

Les accusations de Marcus résonnaient encore à ses oreilles. Seigneur, que s'était-il passé ? Elle s'était enivrée. Elle n'aurait jamais dû avaler ce verre de vin... Elle le revit l'embrassant, la serrant dans ses bras, mais ses souvenirs s'arrêtaient brusquement là. Il n'était pas allé plus loin. Elle s'en serait aperçue. Quoique...

— Même les vierges finissent par se donner à l'homme qu'elles aiment. Mais toi, tu es incapable d'aimer, assena-t-il. Pour qui te prends-tu ?

Il y avait des dizaines de jeunes femmes ravissantes prêtes à tomber dans ses bras, et il avait fallu qu'il jette son dévolu sur Grace Adams, pensa-t-il rageusement.

— J'ai peur... c'est difficile à expliquer...

Pourquoi paraissait-il aussi furieux ? Pourquoi était-il nu ?

— Tu n'as pas peur, répondit-il en reprenant son appareil photo, sans songer à se rhabiller. Tu es folle ! On dirait que tu as envie d'assassiner le malheureux qui ose s'approcher de toi. Tu es lesbienne ou quoi ?

— Non...

Sur ce point il se trompait. Mais n'avait-il pas raison sur le reste ? N'avait-elle pas déjà tué celui qui l'avait violée ? Peut-être ne pourrait-elle jamais avoir de rapports sexuels normaux avec un homme. Peut-être associerait-elle toujours le viol à l'acte amoureux. Un souvenir perça les brumes de son esprit. Elle crut apercevoir le visage de Marcus au-dessus du sien.

— Dis-moi la vérité, supplia-t-elle, en larmes. Qu'est-ce que tu m'as fait pendant que j'étais évanouie ?

— J'ai déjà répondu à cette question. Rien. Oh, et puis qu'est-ce que ça change ? Tu ne me fais pas confiance ?

Ça changeait tout, justement. Grace s'efforça de rassembler ses pensées. Il l'avait amenée à se dévêtir à moitié et lui-même s'était complètement déshabillé. Mais s'il avait profité de son état d'ébriété, elle l'aurait su... Elle aurait éprouvé cette sensation familière de désespoir. Cette pensée la réconforta. Ils avaient échangé des baisers, et elle avait aimé ses caresses. Après quoi, la peur avait repris le dessus. S'ils avaient fait l'amour, Marcus n'arborerait pas cet air frustré.

— Comment puis-je te faire confiance après ce qui s'est passé ? demanda-t-elle doucement en luttant toujours contre la nausée.

— De quoi suis-je coupable ? De t'avoir désirée ? Les gens font l'amour tous les jours, tu sais... Tu as vingt et un ans, non ? Vas-tu me dénoncer à la police sous prétexte que je t'ai embrassée et que j'ai retiré mon pantalon ?

C'était quand même une sorte de viol, pensa-t-elle en regrettant d'avoir posé pour lui. Il l'avait entraînée dans ce studio et avait pris des photos, alors qu'elle était à moitié inconsciente, puis, profitant de son ivresse... Son raisonnement s'interrompit. C'était bizarre qu'elle se soit enivrée avec un seul verre de vin...

— ... par-dessus la tête de tes caprices, Grace, disait-il, excédé. J'y ai pourtant mis pas mal de temps et de patience. Nous aurions dû devenir amants il y a au moins quinze jours. Je n'ai pas quatorze ans. Je suis adulte. Et j'ai un faible pour les femmes normales.

Elle le regarda enfiler son pantalon, écœurée. Elle s'était trompée sur son compte. Sa gentillesse n'était qu'une feinte, un stratagème pour arriver à ses fins.

— Navrée de t'avoir fait perdre ton temps, dit-elle froidement.

— Et moi donc ! J'enverrai les diapositives à l'agence. Tu choisiras celles qui te plaisent.

— Je ne veux pas les voir. Tu peux brûler le film.

— Excellente idée ! s'exclama-t-il d'un ton acerbe. A propos, tu avais raison. Tu es nulle comme modèle.

— Merci, murmura-t-elle misérablement.

En un instant, il était devenu un étranger. Elle ramassa son sac avant de se diriger vers la sortie. Sur le seuil de la pièce, elle jeta un coup d'œil par-dessus son épaule. Il

178

était en train de rembobiner la pellicule. Un nouveau vertige la saisit. Elle s'appuya à l'embrasure de la porte.

— Désolée, Marcus.

Il répondit par un haussement d'épaules indifférent. Grace l'avait amusé pendant un moment. Mais il était grand temps qu'il reprenne sa liberté. Ce n'étaient pas les jolies filles qui manquaient, Dieu merci. Il la laissa partir sans un mot.

Grace dévala l'escalier en trébuchant et en s'accrochant à la rampe. En bas de l'immeuble, elle héla un taxi et donna son adresse au conducteur. Lorsqu'il arriva, il dut la secouer pour la tirer de sa torpeur.

— Oh... pardon, articula-t-elle d'une voix pâteuse.

— Ça ne va pas, mademoiselle ? Vous êtes malade ?

Elle régla la course, lui laissa un bon pourboire, et il la suivit du regard tandis qu'elle se dirigeait vers la maison d'un pas hésitant.

Lorsqu'elle pénétra dans le salon, Marjorie, installée sur le canapé, se mettait du vernis à ongles. La vue de Grace lui arracha un cri de surprise.

— Hé ! Qu'est-ce qui t'arrive ?

Elle se leva juste à temps pour l'accueillir dans ses bras et l'aider à gagner sa chambre à coucher.

— Je ne sais pas... je crois que je couve une grippe, articula laborieusement Grace. Ou alors j'ai mangé quelque chose qui n'est pas passé...

— Je te croyais chez Marcus pour la fameuse séance de photos.

Grace hocha la tête. Elle se sentait flotter, exactement comme tout à l'heure, dans le fauteuil de cuir blanc. Peut-être que quand elle se réveillerait, Marjorie serait nue, elle aussi. Elle étouffa un rire, sous le regard consterné de son amie. Celle-ci disparut pour réapparaître presque aussitôt avec une compresse froide et une lampe de poche. Elle appliqua le linge humide sur le front bouillant de Grace, qui rouvrit les yeux un instant.

— Que s'est-il passé ? demanda fermement Marjorie.

— Je n'en sais rien, répondit Grace, les yeux fermés. (Des larmes jaillirent au coin de ses paupières.) C'était horrible.

— Je m'en doute... Ouvre les yeux.

Mais Grace détourna le visage de la lumière aveuglante de la lampe.

— Je ne peux pas. J'ai mal au cœur. Je crois que je vais mourir.

— Ouvre-les quand même.

— Mais pourquoi ? Je n'ai pas mal aux yeux. C'est mon estomac qui ne va pas.

— Ouvre les yeux, ma chérie. Juste une seconde.

Grace obéit. Le faisceau lumineux lui fit l'effet d'une aiguille s'enfonçant dans sa rétine.

— Où étais-tu aujourd'hui ? Grace, réponds-moi.

— Je te l'ai dit. Avec Marcus...

Elle avait refermé les yeux pour ne plus voir le plafond qui tournoyait.

— As-tu bu ou mangé quelque chose ? Dis-moi la vérité. As-tu pris de la drogue ?

— Bien sûr que non !

Sous le coup de l'indignation elle avait réussi à se hisser sur les coudes et fixait Marjorie d'un air outré.

— Je n'ai jamais rien pris de toute ma vie.

— Eh bien, c'était sans doute vrai jusqu'à aujourd'hui. Si j'en juge par tes pupilles dilatées, tu es complètement droguée.

— Mais à quoi ? s'affola Grace.

— A la cocaïne, au LSD. Va savoir ! Qu'est-ce qu'il t'a donné ?

— Deux verres de vin. Je n'ai pas fini le deuxième.

Sa tête retomba lourdement sur l'oreiller. L'effet de la mystérieuse substance qu'elle avait absorbée à son insu s'était accentué.

— Il a dû mettre quelque chose dans ton verre. T'es-tu sentie mal pendant que tu étais chez lui ?

— Oh oui... gémit-elle. C'était très bizarre. (Elle leva

des yeux chavirés sur son amie et éclata en sanglots.) Je ne savais plus si je rêvais ou si c'était la réalité. Il m'embrassait... Je me suis endormie... Quand je me suis réveillée, il était tout nu. Mais il a affirmé qu'il ne s'était rien passé.

— Cette ordure t'a violée !

Les types comme Marcus Anders donnaient à Marjorie des envies de meurtre. C'était facile de profiter de la candeur de jeunes filles comme Grace.

— Non, je ne crois pas... Je ne m'en souviens pas...

— Alors pourquoi s'est-il déshabillé ? Avez-vous fait l'amour avant que tu ne perdes conscience ?

— Non. On s'est juste embrassés. Je le désirais, bien sûr, puis j'ai eu peur. J'ai voulu l'arrêter. Il était furieux. Il m'a traitée de tous les noms : de folle, d'allumeuse. Il a dit qu'il n'a plus eu envie de moi parce que... parce qu'il avait l'impression d'avoir un cadavre entre les bras.

— Quel goujat ! Est-ce qu'il t'a photographiée nue ?

— J'étais vêtue d'une chemise et de mon slip quand je me suis évanouie. Et lorsque je suis revenue à moi, je portais la même chose.

L'avait-il déshabillée entre-temps ? Elle n'en avait pas le moindre souvenir.

— Essaie de récupérer les négatifs, dit Marjorie. Dis-lui que tu appelleras la police s'il refuse de te les restituer. Si tu veux, je peux le contacter de ta part.

— Non, c'est à moi de l'appeler, répondit Grace, ulcérée.

C'était à elle de régler le problème. Marjorie changea la compresse froide posée sur son front et lui tendit une tasse de thé. Une demi-heure plus tard, Grace se sentait un peu mieux. Assise par terre, près de son lit, son amie la regardait.

— Ça m'est arrivé aussi, à mes débuts. Un type m'avait fait boire un Mickey[1], et ensuite, il a essayé de

_____
1. Terme argotique désignant une boisson droguée.

me persuader de poser nue, avec une autre jeune fille, qui était visiblement dans le même état que moi.

— Et alors ?

— Mon père a porté plainte. Mais nous n'avions pas fait les photos. D'autres acceptent, malheureusement. Elles ont peur que, si elles refusent, on ne leur donne plus jamais de travail.

Un froid intérieur avait envahi Grace. Elle s'était crue amoureuse de Marcus. Et il avait trahi sa confiance...

— Est-ce que tu crois qu'il m'a photographiée dans des postures indécentes ? murmura-t-elle d'une voix effrayée.

Elle se rappela qu'Eloise, l'amie de Marjorie, avait dit que Marcus payait son loyer grâce à des photos pornographiques.

— Y avait-il quelqu'un d'autre dans le studio ?

— Non. Personne. Je ne crois pas avoir perdu connaissance plus de quelques minutes.

— Ça lui a suffi pour enlever son pantalon, en tout cas. En fin de compte, je crois qu'il n'y a pas lieu de s'inquiéter... Même s'il t'a photographiée toute nue, il n'a pas le droit d'utiliser ces documents sans ton autorisation écrite. Certes, il pourrait essayer le chantage, mais combien en tirerait-il ? (Marjorie sourit à son amie.) Deux cents dollars ? Ne t'inquiète pas. Les mises en scène érotiques exigent plusieurs partenaires et une certaine coopération. Droguée ou pas, il faut participer. (Elle se mit à rire et Grace sourit pour la première fois depuis des heures.) Le pauvre homme s'est trompé de potion magique, on dirait. Car, à mon humble avis, tu lui as fait le coup de la Belle au bois dormant.

Les deux femmes éclatèrent de rire.

— Je bois très rarement. Et comme je n'ai jamais pris de drogue, ça m'a rendue affreusement malade.

— Je l'ai remarqué. Tu étais verte, quand tu es revenue. N'oublie pas de réclamer les négatifs. Pour le reste... Veux-tu que je t'accompagne chez ma gynécologue ? Elle est aussi douce que compréhensive. A ta place, je voudrais savoir si ce salaud a abusé de moi, Grace.

— Je m'en serais souvenue... Oh, Marjorie, j'avais si peur.

— Toutes les victimes de viols ont peur, Grace. Rien ne sert de se voiler la face. Il vaut mieux connaître la vérité, si pénible soit-elle. Si jamais il a abusé de toi, tu pourras le traduire en justice.

Un frisson parcourut Grace. Le cauchemar recommençait. Elle crut voir, comme dans un tourbillon, les manchettes des journaux. « Une jeune secrétaire accuse de viol un photographe de mode. Celui-ci contre-attaque : elle était consentante. » Elle n'avait guère besoin de ce genre de publicité. Avec son lourd passé, les journalistes ne se gêneraient pas pour l'accabler. Mais Marjorie avait raison sur un point : il fallait qu'elle sache la vérité. « Pourvu que je ne sois pas enceinte », se dit-elle, et cette seule pensée la glaça. Marjorie passa un coup de fil à sa gynécologue. A cinq heures, elles se rendirent au cabinet médical.

Grace s'allongea sur la table d'examen, tremblant des pieds à la tête. Elle ne pouvait s'empêcher de se remémorer qu'elle avait subi le même genre d'examen à l'hôpital de Watseka, après son arrestation. Et aussi à la prison de Dwight... La gynécologue lui enjoignit gentiment de se rhabiller. Elle avait l'air songeur. Elle n'avait décelé aucune trace de pénétration ni d'éjaculation. En revanche, elle avait remarqué les cicatrices anciennes.

— Cet homme n'a pas abusé de vous, mademoiselle Adams.

Ce fut un soulagement pour Grace. Il ne restait plus que les photos. Au cas où elles seraient compromettantes, il ne pourrait pas les publier sans son autorisation. Et avec un peu de chance, il lui rendrait les négatifs. Comment en étaient-ils arrivés là ? se demanda-t-elle, un goût amer dans la bouche. Comment Marcus, qu'elle avait chéri si tendrement, avait-il pu lui jouer une telle comédie ?

— Avez-vous déjà été violée, mademoiselle Adams ? demanda le médecin d'une voix douce. (Elle connaissait la réponse avant que Grace n'acquiesce de la tête.) Quel âge aviez-vous ?

— Treize... quatorze... quinze... seize... dix-sept ans.

— Vous voulez dire que vous avez été violée cinq fois ? s'étonna la gynécologue, les sourcils froncés.

Elle avait déjà eu connaissance de tels cas, au demeurant assez rares.

— Non, répondit Grace calmement. J'ai été violée régulièrement pendant quatre ans. Par mon père.

Un silence pesant suivit.

— Je suis désolée, murmura le médecin. Comment vous en êtes-vous sortie ? Quelqu'un est intervenu ?

« Oui, moi ! » songea Grace. Mais elle dit :

— Il est mort. Alors, ça s'est arrêté.

— Avez-vous eu, depuis, des rapports sexuels normaux avec un homme ?

— Non, jamais. J'avais très envie de Marcus, mais à chaque fois qu'il me prenait dans ses bras la peur rejaillissait. On se voyait depuis un mois, on s'embrassait, mais il ne se passait rien de plus. Cela explique peut-être son comportement. Il a dû recourir à la drogue pour m'aider à aller jusqu'au bout. Mais j'ai été plus terrifiée que jamais...

— Et cela se comprend ! La drogue n'est pas une solution. Vous avez plutôt besoin d'un soutien psychologique, ainsi que d'un homme qui vous aimera vraiment.

— Oui, peut-être.

Au moins, il n'avait pas abusé d'elle. Grace ne l'aurait pas supporté. Elle prit la carte d'un psychothérapeute que la gynécologue lui tendait et la glissa dans son sac, sachant qu'elle ne l'appellerait pas. Ressasser le passé, les années de torture auprès de son père, l'homicide, les deux ans de prison ne ferait qu'accroître son désarroi.

Elle avait essayé de parler de tout cela à Molly York. Mais Molly reposait quelque part dans un cimetière. Aujourd'hui, Grace avait tout ce qu'il lui fallait. Un emploi, des amis, les enfants du foyer Sainte-Mary. Elle n'en demandait pas plus.

Marjorie et elle regagnèrent la maison au bord du lac et elle alla se coucher. Le sommeil la surprit d'un seul coup à huit heures du soir. Elle dormit profondément jusqu'à deux heures de l'après-midi le lendemain.

— Mais qu'est-ce qu'il a bien pu mettre dans ton verre ? gémit Marjorie. Un tranquillisant pour éléphants ?

— Sûrement, sourit Grace.

Sa léthargie s'était dissipée. Elle se sentait infiniment mieux. Comme tous les dimanches après-midi, elle se rendit à Sainte-Mary. Le soir, elle téléphona à Marcus. Elle s'attendait à tomber sur le répondeur automatique, mais il décrocha.

— Alors ? Tu vas mieux ? s'enquit-il d'un ton sarcastique.

— Tu as très mal agi, répliqua-t-elle simplement. J'ai été affreusement malade après avoir avalé ta mixture.

— Navré ! Il s'agissait d'un ou deux comprimés de Valium et d'une pincée de dope. J'ai cru que ça t'aiderait à te décontracter.

Elle faillit lui demander de plus amples précisions, mais elle murmura :

— Tu n'avais pas besoin de ça.

— Je m'en suis aperçu. Je me suis donné beaucoup de mal pour rien. Merci de m'avoir mené en bateau pendant les cinq dernières semaines.

— Je ne t'ai pas mené en bateau, s'offusqua-t-elle. Ecoute, c'est difficile à expliquer, mais...

— Ne te justifie pas, va ! J'ai compris. J'ignore quelle est ton histoire, mais, visiblement, il n'y a aucune place pour les hommes dans ta vie. En tout cas pas pour un homme comme moi. Ne t'en fais pas, j'ai reçu le message cinq sur cinq.

— Non, tu n'as rien compris, s'emporta-t-elle.

Comment aurait-il pu comprendre ?

— Peut-être, mais je ne veux pas le savoir. Tu n'es pas normale. J'ai cru que tu allais m'arracher les yeux quand j'ai osé te toucher. (Elle ne s'en souvenait pas mais c'était bien possible. Elle avait dû paniquer.) Tu as besoin d'un psychiatre, ma belle, pas d'un amant.

— Merci du conseil. J'ai besoin aussi des négatifs des photos. Je te prie de me les apporter dès demain.

— Qui t'a dit que j'ai pris des photos ?

— Ne joue pas l'innocent. Tu m'as photographiée pendant que j'étais encore éveillée et j'ai entendu ton appareil alors que j'étais à moitié inconsciente. Je veux les négatifs, Marcus.

— Si je les trouve, répondit-il froidement. Il y a des kilomètres de pellicule ici.

— Si je n'ai pas récupéré les films lundi, j'appellerai la police. Et je t'accuserai de viol.

— Tu parles ! Comme si on pouvait violer un bout de bois. Oh et puis zut ! appelle qui tu veux si tu tiens à te rendre ridicule. On n'a jamais jeté quelqu'un en prison pour s'être déshabillé chez lui. Je n'ai rien fait de plus que t'embrasser. Je ne t'ai même pas déshabillée.

Elle le crut, sans trop savoir pourquoi.

— Et les photos ?

— Quoi, les photos ? Il s'agit de quelques instantanés où on te voit en chemise d'homme, les yeux fermés. La belle affaire ! La chemise n'est même pas ouverte. Et, la plupart du temps, tu ronflais.

— J'ai de l'asthme, expliqua-t-elle d'une voix plate. Et je me fiche éperdument que les poses soient pudiques ou pas. Je veux les récupérer. De toute façon, elles ne te sont d'aucune utilité. Tu n'as pas le droit de les montrer sans mon autorisation écrite, acheva-t-elle, reprenant à son compte les arguments de Marjorie.

186

— Es-tu sûre que tu n'as rien signé ? ricana-t-il. Le cœur de Grace s'arrêta. De toute façon, j'ai parfaitement le droit de les mettre dans mon press-book.

— Ce n'est pas vrai... Es-tu en train d'insinuer que j'ai signé quelque chose pendant que j'étais sous l'emprise de la drogue ?

La panique la gagnait.

— Je n'insinue rien. Après tous les ennuis que tu m'as causés, tu n'as eu que ce que tu méritais. Tu n'es qu'une allumeuse ! Alors, va te faire voir ailleurs, compris ? Je ne te dois rien.

Il lui raccrocha au nez. Il avait rendez-vous avec l'un des plus jolis mannequins de l'agence. Grace le sut dès le lendemain matin. Cheryl lui demanda comment s'était passée la séance de photos avec Marcus.

— J'avais un rhume, mentit-elle. J'ai dû annuler.

Pour son vingt-deuxième anniversaire, quelques semaines plus tard, Bob Swanson l'invita au *Nick's Fishmarket*. Cheryl avait dû partir à New York, sinon elle aurait été ravie d'être avec eux, déclara-t-il. Il lui tendit une coupe de Dom Pérignon.

— A propos, j'ai vu Marcus Anders l'autre jour, dit Bob.

Grace but une petite gorgée du précieux champagne sans un mot. C'était le premier verre qu'elle s'accordait depuis sa mésaventure avec le photographe. La main de son hôte se posa sur la sienne. Il baissa la voix.

— Il m'a montré vos photos. Elles sont sensationnelles. J'ai rarement vu des poses aussi sensuelles. Vous avez de l'avenir, mon petit. Vous aurez tous les hommes de la terre à vos pieds.

Grace posa sa coupe sur la nappe damassée, en luttant contre une brusque nausée. Marcus ne lui avait jamais envoyé les fameuses photos, pas plus que les négatifs. Il ne répondait plus à ses appels.

— Je ne sais pas de quoi vous parlez, Bob, dit-elle froidement. Oui, il a pris quelques photos. J'avais un rhume et nous avons été obligés d'en rester là.

— Eh bien, si vous êtes aussi belle quand vous avez un rhume, vous devriez tomber malade plus souvent.

Grace regarda son patron droit dans les yeux. Il lui fit l'effet d'un fauve affamé. C'était une sorte d'Hercule, doté d'un solide appétit sexuel — elle le savait par les modèles de l'agence.

— Quelles photos vous a-t-il montrées exactement ?

— Celles où on vous voit allongée, vêtue d'une chemise d'homme entrouverte, la tête rejetée en arrière. Vous avez une expression passionnée, comme si vous veniez de faire l'amour.

— J'étais donc habillée.

— Beaucoup trop à mon goût. Quoique, comme je vous l'ai déjà dit, votre visage racontait une histoire toute différente, autrement plus érotique que tout ce que j'ai jamais vu !

Ainsi Marcus lui avait-il accordé l'infime faveur de lui laisser sa chemise, songea-t-elle, soulagée malgré tout.

— J'étais probablement endormie. Il m'a droguée.

— Vous n'aviez pas l'air droguée, pourtant. Vous devriez faire du cinéma, Grace. Vous avez un tempérament volcanique.

— Du cinéma porno, peut-être ? jeta-t-elle, furieuse.

— Bien sûr, répondit-il, sans même s'apercevoir de sa colère. Vous aimez les films pornos ? Gracie, ma chérie, j'ai une idée...

L'idée, il l'avait eue avant le déjeuner. Il avait réservé une suite dans les étages, où une autre bouteille de Dom Pérignon refroidissait dans un seau à champagne. Marcus lui avait laissé entendre que, sous ses airs de sainte-nitouche, Grace était une fille facile. Bob lui pressa la main.

— Il y a une chambre qui nous attend là-haut, fit-il à mi-voix. Un vrai nid d'amour. Avec des draps de satin

188

et des vidéos pornos à vous faire perdre la tête. Vous devriez en voir quelques-unes avant d'interpréter votre premier rôle.

Grace déglutit péniblement. Des larmes lui piquaient les yeux. Elle se retint pour ne pas le gifler.

— Je ne monterai dans aucun « nid d'amour » avec vous, Bob, déclara-t-elle d'une voix glaciale. Ni aujourd'hui ni jamais. Et si vous voulez me licencier, qu'à cela ne tienne. Je vous donnerai ma démission dès demain. Je ne suis ni une prostituée ni une star du cinéma porno, et je ne fais pas partie du menu.

— Qu'est-ce que ça veut dire ? grommela-t-il, agacé. D'après Marcus, vous êtes le meilleur coup de la ville. Inutile de jouer les biches effarouchées avec moi. Vous avez peur de ma femme ? Elle n'en saura jamais rien. Elle ne s'est jamais rendu compte de rien, cette pauvre Cheryl !

Mais tout le monde est au courant de vos frasques, se dit Grace, en réprimant un cri de dégoût.

— Ecoutez, Bob, reprit-elle aussi calmement qu'elle le put. J'aime bien Cheryl. Vous aussi, d'ailleurs. Mais je ne coucherai pas avec vous. Et je n'ai jamais couché avec Marcus. Il vous a menti. Il m'a droguée, comme je vous l'ai déjà expliqué. J'étais endormie quand il a pris ces photos.

— Dans son lit, apparemment, assena Bob, en proie à une rage froide.

Il avait cessé de la poursuivre de ses assiduités parce qu'il l'avait crue honnête. Mais Marcus l'avait détrompé.

— J'étais dans un fauteuil, dans son studio.

— Les jambes écartées, murmura-t-il d'un ton égrillard, sentant l'excitation l'envahir.

— Comment ? Nue ?

Son air horrifié arracha un rire amusé à son interlocuteur. Elle le faisait marcher, sans aucun doute.

— Non, malheureusement. Les pans de la chemise dissimulaient la partie la plus intéressante de votre anatomie et vous n'en étiez que plus désirable. Alors, que diriez-vous d'un petit tour, là-haut, en compagnie de tonton Bob ? Ce sera notre doux secret, à tous les deux, d'accord ?

— Désolée, Bob.

Les larmes trop longtemps contenues roulèrent sur ses joues blêmes. Pourquoi, au nom du ciel, ne la laissait-on pas en paix ? Qu'avait-elle fait pour attirer la convoitise des hommes ? La détestaient-ils au point de vouloir la détruire ?

— Je ne peux pas.

Elle se mit à pleurer ouvertement, ce qui acheva d'exaspérer son hôte, d'autant que les convives des tables voisines se retournaient pour voir ce qui se passait.

— Arrêtez ça tout de suite ! ordonna-t-il brutalement. Et maintenant, trêve de plaisanterie. De deux choses l'une : ou nous célébrons votre anniversaire dans la suite que j'ai réservée, ou vous êtes renvoyée. A vous de choisir.

Elle le regarda, partagée entre les larmes et un fou rire inextinguible qu'elle refoula à grand-peine.

— Je viendrai chercher mon chèque à l'agence demain matin.

Sur ces mots, elle quitta le restaurant.

Le lendemain, elle pénétra dans les locaux de l'agence, pâle et défaite. De retour de son voyage, Cheryl l'accueillit d'un large sourire. A l'évidence, son mari n'avait pas jugé utile de la mettre au courant. Ça n'avait pas grande importance aux yeux de Grace. Sa décision était prise. Ses indemnités lui permettraient de subvenir à ses besoins jusqu'à la fin de son sursis — il expirait dans deux mois. Après, elle serait libre, enfin.

— Vous vous sentez mieux ? lui demanda affectueusement Cheryl.

Comme toujours, elle s'était bien amusée à New York, une ville dont elle regrettait souvent la vie trépidante.

— Oui, beaucoup mieux, répondit Grace.

Après plus d'un an et demi de bons et loyaux services, elle allait devoir la quitter, mais Bob ne lui avait pas laissé le choix.

— Il paraît que vous avez été malade hier, au déjeuner, pauvre bébé, et que vous avez dû rentrer précipitamment chez vous, m'a dit Bob.

Cheryl lui tapota gentiment la main, avant de disparaître dans son bureau, tandis que Bob apparaissait dans le hall.

— Comment allez-vous, Grace ? demanda-t-il poliment, comme si rien ne s'était passé.

— Très bien, je vous remercie. Je suis venue chercher mon chèque et ranger mon bureau.

— Laissez donc cela, mon petit, fit-il à voix basse. Essayons d'oublier ce... ce fâcheux incident.

Il la scruta d'un regard implorant, et elle finit par incliner la tête. Il n'y avait aucune raison de faire un scandale, elle en avait conscience. Elle attendit six semaines. Le jour du Labor Day, elle donna son préavis. Cheryl en eut le cœur brisé, Marjorie fondit en larmes, et Bob feignit une affliction qu'il n'éprouvait pas. Il lui restait trois semaines avant de terminer ses deux années de sursis, et elle avait décidé de quitter alors Chicago. Les photos de Marcus n'avaient rien d'obscène, elle en avait à présent la certitude. D'après ce que lui avait dit Bob Swanson, il s'agissait de prises de vues banales. Pourtant, quelque chose, une obscure impulsion, la poussait à partir. Une immense lassitude l'accablait. Elle n'était pas faite pour évoluer dans cet univers artificiel, peuplé de photographes qui se prenaient pour des génies, et de modèles trop prompts à se laisser exploiter. Seules ses activités à Sainte-Mary lui manqueraient, mais il était grand temps de partir, elle le savait.

Pour son départ, Cheryl organisa un pot d'adieu à l'agence. Marcus eut le bon goût de ne pas venir. L'un des mannequins avait déjà accepté de prendre sa chambre dans la vaste maison de Lake Shore Drive. Il ne lui restait plus qu'à boucler ses bagages et à prendre congé de son agent de probation.

Elle alla le voir avec deux jours de retard. Légalement, elle n'était plus sous sa surveillance lorsqu'elle entra pour la dernière fois dans son bureau. Louis Marquez lui réserva un accueil mitigé.

— Eh bien, où comptez-vous aller maintenant ? demanda-t-il sur le ton de la conversation.

Ses incursions impromptues chez elle allaient lui manquer.

— A New York.

Il haussa un sourcil, étonné.

— Vraiment ? Vous avez déjà un emploi, là-bas ?

Grace se contenta de rire. Elle ne lui devait plus aucune explication. Elle était libre. Elle avait rempli ses obligations, et Cheryl l'avait dotée de références élogieuses que Bob avait cosignées.

— Pas encore, monsieur Marquez. Mais j'en trouverai un.

— Bah, vous auriez dû rester et devenir mannequin. Vous n'avez rien à envier à toutes ces filles, et en plus vous êtes plus intelligente qu'elles, dit-il presque gentiment.

— Merci, jeta-t-elle d'un ton sec.

Elle aurait voulu se montrer polie, mais c'était au-dessus de ses forces. Cet homme lui avait rendu la vie impossible pendant deux ans. Elle souhaitait ne plus jamais le revoir. Elle apposa sa signature au bas des formulaires qu'il fit glisser sur son bureau. Lorsqu'elle lui rendit son stylo, il lui agrippa le poignet. Surprise, elle le fusilla d'un regard noir, avant de dégager brutalement sa main de l'étreinte de ses doigts boudinés.

— Donnez-moi un baiser, ma petite Grace, quémanda-t-il, haletant, sa grosse figure luisante de sueur. En souvenir du bon vieux temps... allez...

— Non. Jamais.

Ce petit bonhomme obèse ne lui inspirait plus aucune crainte. Il n'avait plus aucun pouvoir sur elle. Elle venait de signer les papiers qu'elle tenait bien serrés dans sa main. Elle était une femme libre maintenant. Une citoyenne ordinaire. Le passé ne la tourmenterait plus. Et ce n'était pas ce crétin qui allait ressusciter les fantômes.

— Voyons, Grace, soyez gentille.

Il contourna son bureau, l'entoura de ses bras, les lèvres avidement tendues vers sa bouche. Elle le repoussa avec une telle force qu'il se cogna la hanche sur le coin de la table.

— Les hommes vous font toujours aussi peur, hein, Grace ? cria-t-il. Qu'est-ce que vous allez faire ? Tuer le prochain qui essaiera de vous attirer dans son lit ? Les tuer tous ?

Dans le silence qui suivit, ils se toisèrent du regard, mais au lieu de prendre la fuite, Grace le saisit au collet.

— Ecoutez-moi bien, espèce d'ordure ! hurla-t-elle. Si vous osez me toucher, je vous dénonce à vos supérieurs. Le harcèlement sexuel est un délit dans ce pays, et sachez que je ne reculerai pas... Alors, ne m'approchez plus. Plus jamais.

Elle le relâcha, et il la regarda, muet de stupeur, alors qu'elle prenait son sac et s'éloignait d'une démarche altière. La porte claqua derrière elle. Dans la rue, Grace aspira une large bouffée d'air. C'était fini. Le jour béni que Molly lui avait promis était enfin arrivé. A présent, son destin lui appartenait.

9

Quitter Marjorie fut difficile. C'était la seule vraie amie de Grace. Ensuite, la jeune femme prit congé de ses collègues de Sainte-Mary avec tristesse. Paul Weinberg, en lui souhaitant bonne chance, ajouta qu'il allait se marier après Noël, et Grace le félicita. Quitter l'Illinois, couper définitivement les ponts avec tous ses mauvais souvenirs était grisant. La peur de tomber sur quelqu'un de Watseka l'avait hantée durant toute la durée de son séjour à Chicago... A New York, une telle rencontre relevait de l'impossible.

Elle prit le vol à destination de l'aéroport Kennedy dans d'heureuses dispositions d'esprit. Elégante, sûre d'elle, elle avait peu de choses en commun avec la misérable créature qui, à peine deux ans plus tôt, était descendue du bus venant de Dwight. Aujourd'hui, Grace envisageait l'avenir avec optimisme. Elle n'avait pas touché à son livret d'épargne. N'étant pas dépensière, elle avait même mis de côté une partie de son salaire. La somme dont elle disposait dépassait les cinquante mille dollars, et avait été virée par ses soins sur un compte à son nom, dans une banque new-yorkaise. Elle savait très précisément où elle allait. Un mannequin avait un jour évoqué devant elle un établissement « triste à mourir » parce que la direction interdisait les visites masculines.

194

C'était exactement ce que Grace recherchait. Elle y avait réservé une chambre.

Le Barbizon était un hôtel pour femmes seules, situé sur la 63e Rue et Lexington, et c'est là que le taxi la déposa. D'emblée, ce quartier résidentiel tout en façades cossues et boutiques de luxe l'enchanta. L'hôtel se trouvait à deux pas de Bloomingdale's et à quelques pâtés de maisons de Park Avenue et de Central Park.

Elle passa son dimanche à admirer les somptueuses vitrines de Madison Avenue. Un peu plus tard, elle visita le zoo, où elle s'offrit un ballon. Par cette magnifique journée d'octobre, l'air était d'une incroyable légèreté. C'est l'air de la liberté, se dit-elle, et un soupir heureux gonfla sa poitrine. Le lundi, elle se rendit dans trois bureaux de placement et, dès le lendemain, elle reçut par téléphone une bonne demi-douzaine de réponses. Elle tria les propositions, déclinant celles de deux agences de mannequins, attirées par ses références et son expérience chez les Swanson. Elle refusa également un entretien avec le directeur d'une société de produits en matière plastique — elle n'y connaissait rien. La dernière offre provenait de Mackenzie, Broad et Steinway, un cabinet juridique important très apprécié dans les milieux d'affaires new-yorkais.

Elle se rendit à l'entretien d'embauche vêtue d'une robe noire qu'elle avait achetée à Chicago un an plus tôt. Pour parachever l'ensemble, elle avait mis un manteau rouge vif. Elle fit bonne impression au chef du personnel. Il lui demanda de remplir le questionnaire d'usage, puis l'envoya chez le directeur commercial. Sa sténo fut jugée satisfaisante. Elle tapait vite à la machine. Le directeur commercial consulta sa secrétaire particulière : une fois habituée au jargon juridique, Grace devrait parfaitement convenir, conclurent-ils. Ensuite, tout alla très vite. Elle rencontra les deux associés du cabinet pour lesquels elle devrait travailler, Tom Short et Bill Martin. Le premier avait eu son diplôme à Princeton, le second sortait de

Harvard. Leur air sérieux plut tout de suite à Grace. Elle poussa un petit soupir ravi quand elle sut qu'elle était embauchée.

Le cabinet Mackenzie, Broad et Steinway occupait à lui seul dix étages d'un immeuble et employait plus de six cents avocats. Situé à huit blocs de l'hôtel où Grace avait sa chambre, il incarnait à ses yeux l'endroit idéal pour passer inaperçue. Un lieu impersonnel qui seyait parfaitement à son aspiration la plus ardente : ne plus être qu'un visage anonyme dans une foule. Dans ce but, elle avait adopté un style aussi neutre que possible : cheveux tirés en arrière, peu de maquillage. Ses tenues, déjà portées chez les Swanson, étaient un rien tape-à-l'œil dans cet univers aseptisé, mais personne ne parut s'en rendre compte.

Elle avait été engagée comme assistante adjointe de Tom Short et Bill Martin, les deux « juniors » du cabinet. Sa collègue, une femme beaucoup plus âgée qu'elle, qui devait peser une bonne centaine de kilos, l'accueillit gentiment et se lança aussitôt dans un bavardage sans fin. Tom et Bill étaient deux garçons charmants, affirma-t-elle. Ils avaient épousé deux blondes. Tom habitait à Stamford, Bill à Darien, et chaque couple avait trois enfants. On aurait dit des jumeaux, songea Grace. D'ailleurs, tous les hommes du cabinet avaient un air de famille, dans leurs costumes sombres, leurs chemises blanches et leurs cravates Hermès — sans compter l'indispensable Burberrys les jours de pluie. Leurs conversations tournaient invariablement autour des affaires en cours. Tous possédaient une résidence secondaire dans le Connecticut ou à Long Island. Ils jouaient au squash et au golf, fréquentaient les mêmes clubs, déjeunaient dans les mêmes restaurants. Même leurs secrétaires se ressemblaient. Grace n'eut aucun mal à se fondre dans la foule des jeunes cadres dynamiques qui, tous les matins, prenait d'assaut les ascenseurs. Personne n'avait remarqué sa présence, et elle eut l'impression reposante de faire partie des meubles. Dès le deuxième jour, elle s'était habituée à son nouvel environnement. On se contentait de la saluer. On ne lui posa aucune de ces questions embarrassantes du genre « d'où venez-vous ? que faisiez-vous avant ? », si courantes dans le Midwest. Ici, on ne s'intéressait pas aux autres, et cette indifférence, que certains déploraient, était pour Grace un vrai réconfort.

Le week-end suivant, elle trouva un appartement à l'angle de la 84ᵉ Rue et de la Première Avenue. Le loyer lui convenait, et elle signa le bail dès qu'elle l'eut visité. Elle partit alors acheter des meubles chez Macy's — elle avait revendu les siens à sa remplaçante, à Chicago. Elle n'acheta que quelques objets, mais fut affolée par les prix exorbitants. Durant la semaine, elle se rendit en métro à Brooklyn dans un magasin de meubles d'occasion dont l'une des secrétaires lui avait donné l'adresse. En déambulant seule dans les rues, elle réprima un sourire de satisfaction. De sa vie elle ne s'était sentie aussi équilibrée, aussi adulte, aussi maîtresse de son destin. Elle ne dépendait de personne. Rien ne la menaçait. Elle n'avait plus rien à craindre.

Dès les premières semaines, Grace s'organisa une vie bien réglée. Le travail absorbait le plus clair de son temps, mais elle profitait du samedi et du dimanche pour faire ses courses et explorer Manhattan : les galeries d'art de Madison, Broadway, le West Side et même SoHo. Peu à peu, le champ de ses investigations s'élargit : elle passa en revue les bistrots de Mott Street, découvrit le quartier italien, assista à deux ventes aux enchères. Un mois s'était à peine écoulé depuis son arrivée et elle avait tout ce dont elle avait rêvé : un emploi, une existence tranquille, un logement. A force de hanter les salles des ventes et les marchés aux puces, elle avait fini par rassembler un mobilier disparate mais confortable, qui s'harmonisait parfaitement avec les teintes beige clair des murs et des rideaux. L'appartement se composait d'un séjour lumineux, d'une petite cuisine avec un coin repas, d'une chambre à coucher et d'une salle de bains minuscule. Elle n'en demandait pas plus.

— Eh bien, comment trouvez-vous New York ? lui demanda le chef du personnel, un midi à la cantine.

— Formidable !

Elle lui sourit. C'était un petit homme chauve, père de cinq enfants.

— Alors, tant mieux, sourit-il à son tour. Je n'entends que de bons échos vous concernant, Grace.

— Je vous remercie.

Le fait qu'il soit toujours amoureux de sa femme ainsi que le manque d'intérêt qu'il manifestait à son égard le rendaient éminemment sympathique aux yeux de Grace. Tous les hommes, du reste, se comportaient de cette manière. Seuls les procès dont ils s'occupaient semblaient les passionner. De sa vie, elle ne s'était sentie aussi à l'aise. Tom et Bill, ses patrons, se contentaient de lui donner des instructions. Ils lui faisaient compliment de son travail, jamais de son physique. Ils restaient au cabinet jusqu'à neuf heures du soir. Parfois, ils passaient le week-end à travailler. Grace se demandait s'ils avaient le temps de voir leurs enfants.

— Avez-vous des projets pour Thanksgiving ? demanda vers la mi-novembre la secrétaire qui partageait son bureau.

C'était une femme d'âge moyen, très corpulente, avec une taille épaisse et des jambes lourdes, que compensait un visage fin, plein de gentillesse, encadré de cheveux gris. Elle n'avait jamais été mariée. Son nom était Winifred Apgard, mais tout le monde l'appelait Winnie.

— Non, aucun, répondit Grace négligemment.

De toute façon, elle n'aimait pas les fêtes.

— Vraiment ? Vous n'allez nulle part ?

La jeune femme fit un signe négatif de la tête, omettant d'ajouter qu'elle ne savait pas où aller.

— Je vais voir ma mère à Philadelphie, sinon je vous aurais invitée, s'excusa Winnie.

Elle était le type même de la vieille tante. Volubile et enjouée, elle taquinait sans cesse ses jeunes patrons. « Mettez donc vos galoches », lançait-elle quand il neigeait. Et, s'ils rentraient trop tard à la maison, elle leur prédisait une dispute orageuse.

Tom et Bill acceptaient ses plaisanteries de bon cœur. Ils entretenaient des rapports complètement différents avec Grace. Alors qu'ils racontaient volontiers une bonne blague à Winnie, ils affichaient vis-à-vis de la jeune femme une indifférence polie. Ils la regardaient comme si elle était transparente, ne lui posaient jamais de questions d'ordre personnel. On eût dit qu'ils s'évertuaient à garder leurs distances. Cela la changeait agréablement de Bob Swanson. Et de tous les coureurs de jupons invétérés qu'elle avait connus à Chicago.

La semaine qui précéda Thanksgiving, elle s'autorisa à passer quelques coups de fil personnels du bureau. Jusqu'alors, ses nouvelles fonctions et son déménagement l'avaient accaparée. Maintenant, elle avait envie de recommencer à aider les autres. Elle considérait cela comme un devoir absolu, comme une dette envers la société dont il fallait coûte que coûte s'acquitter.

Et elle finit par trouver ce qu'elle cherchait.

Le refuge Saint-Andrew était situé à Delancey, dans le Lower East Side. Un jeune prêtre en assurait la direction. Grace lui avait parlé au téléphone et il l'avait invitée à venir lui rendre visite le dimanche matin suivant. Elle s'engouffra dans le métro à la station de Lexington. Après plusieurs changements, elle arriva à Delancey. Elle parcourut le reste du chemin à pied, croisant clochards, sans-abri et ivrognes qui ronflaient à l'ombre des portes cochères, quand ils ne cuvaient pas leur vin à même le trottoir. Des entrepôts lugubres et des échoppes décaties munies de lourds rideaux de fer bordaient la chaussée. Des carcasses de voitures abandonnées stationnaient devant les façades vétustes. Quelques jeunes voyous suivirent Grace du regard, alors qu'elle remontait la rue, mais aucun ne l'importuna. Enfin, un immeuble de briques brunes, aussi délabré que les autres, s'offrit à sa vue. La peinture s'écaillait sur la double porte qui surplombait une volée de marches, et une enseigne suspendue à une potence rouillée indiquait en lettres aux couleurs fanées : « Refuge Saint-Andrew ». Une foule bigarrée entrait et sortait du bâtiment : des femmes, des enfants, quelques jeunes filles. L'une d'elles, qui ne devait pas avoir plus de quatorze ans, affichait une grossesse avancée.

Un vacarme assourdissant régnait à l'intérieur. Aux cris stridents des mères répondaient des pleurs d'enfants. Une dispute avait éclaté quelque part. Des femmes blanches, noires, chinoises et portoricaines s'entassaient sur des lits de fortune.

Grace demanda le père Finnegan. Celui-ci n'arriva que longtemps après. Il portait un vieux sweater blanc et un jean délavé.

— Père Finnegan ?

Il ressemblait à tout sauf à un prêtre, avec le halo poil de carotte de ses cheveux auréolant un visage juvénile constellé de taches de rousseur. N'étaient les pattes-d'oie au coin de ses yeux, on aurait pu le prendre pour un adolescent.

— Père Tim, rectifia-t-il en souriant. Mademoiselle Adams ?

— Grace.

Il respirait la joie de vivre, et elle ne put s'empêcher de lui sourire, elle aussi.

— Venez, allons discuter dans un endroit plus tranquille, dit-il en zigzaguant parmi les enfants qui se poursuivaient à travers le couloir.

Le bâtiment, un ancien hôtel divisé en appartements, avait été transformé en foyer d'accueil cinq ans plus tôt. Il le lui avait déjà dit au téléphone, et il avait ajouté qu'ils avaient un besoin urgent de bénévoles.

Il conduisit Grace dans une cuisine où trois lave-vaisselle antiques flanquaient un évier d'un autre âge. Des posters étaient placardés sur les murs, une grosse table ronde entourée de chaises trônait au milieu de la pièce. Le père Finnegan prit un pot de café et remplit deux tasses, avant de se diriger vers une petite pièce adjacente meublée d'un bureau et de trois chaises. Ils restèrent assis quelques minutes sans rien dire, savourant leur café comme deux vieux amis, puis le prêtre demanda :

— Eh bien, Grace, qu'est-ce qui vous amène ici, à part votre bon cœur ?

Une lueur vive et joyeuse dansait au fond de ses yeux.

— J'ai déjà été bénévole à Chicago. Au foyer Sainte-Mary.

Elle cita le nom du Dr Paul Weinberg comme référence.

— Je suis originaire de Chicago. Voilà vingt ans que j'ai jeté l'ancre à New York... Je connais bien Sainte-Mary. Ils font du bon travail.

Elle acquiesça. Chaque année, plus d'un millier de personnes passaient par le foyer, sans parler des familles qui y restaient en attendant de se voir attribuer un logement par les services sociaux.

— Nous essayons de faire la même chose ici, poursuivit le père Finnegan. (Depuis qu'il avait vu Grace, il se demandait ce qui pouvait bien pousser une jeune femme comme elle à secourir les déshérités. Mais il avait appris à ne jamais questionner les anges de miséricorde que le bon Dieu lui envoyait.) Mais, chez nous, le passage est beaucoup plus important. Il nous arrive de recevoir jusqu'à huit cents personnes par jour. Actuellement, nous hébergeons une centaine de mères et deux fois plus d'enfants. Il n'y a qu'une seule règle à Saint-Andrew : ne jamais refuser asile à personne. Tous ceux et celles qui viennent peuvent entrer. Et rester aussi longtemps qu'il le faut. Généralement leur séjour varie entre une semaine et deux mois. Certaines de nos pensionnaires repartent à zéro. D'autres reviennent.

C'était pareil à Sainte-Mary.

— Comment arrivez-vous à loger autant de personnes ?

— Cet immeuble comptait vingt appartements autrefois. Mieux vaut être un peu à l'étroit qu'à la rue, n'est-ce pas ? La maison est ouverte à tous, pas seulement aux catholiques, cela va de soi. Nous ne leur posons même pas la question.

C'est un saint, au vrai sens du terme, se dit-elle, émue. Un homme de Dieu plein de bonté. Quelque chose en lui la touchait jusqu'au tréfonds de son âme. Son calme, peut-être. Sa sérénité.

— En fait, le directeur de Sainte-Mary était juif, dit-elle, et sa remarque arracha un sourire lumineux à son interlocuteur.

— Tout le monde est le bienvenu dans la maison du Seigneur, approuva-t-il.

— Y a-t-il un psychologue, ici ?

— Moi-même. Je suis jésuite et j'ai un doctorat de psychologie. Mais Dr Tim sonne un peu bizarrement, vous ne trouvez pas ? Père Tim me convient mieux.

Ils éclatèrent d'un même rire, puis il retourna chercher le pot de café dans la cuisine.

— Nous comptons six religieuses en civil dans nos effectifs, reprit-il lorsqu'il revint. Plus une quarantaine de bénévoles : des infirmières psychiatriques, quelques étudiants en psychologie, presque tous venus de Columbia. Ils forment une excellente équipe et ils se démènent comme de beaux diables... oh pardon, comme des anges ! Mais vous, Grace ? Quel bon vent vous amène ici ?

— J'aime ce travail. Il a une énorme importance pour moi.

— Je suppose qu'après deux ans à Sainte-Mary, vous devez savoir à quoi cela vous engage.

— Oui, absolument. Je voudrais me rendre utile.

A présent, elle avait hâte de s'intégrer à l'équipe du père Finnegan.

— Combien de fois par mois alliez-vous à Sainte-Mary ?

— Deux fois par semaine, la nuit, plus le dimanche et les jours fériés.

— Vraiment ? dit-il, impressionné.

Elle était trop jeune et trop belle pour consacrer presque tout son temps libre à une œuvre de charité, songea-t-il en la regardant attentivement.

— Je vois. C'est une sorte de mission que vous vous êtes donnée, dit-il d'une voix douce, comme s'il avait tout compris.

— Oui. Une mission que j'essaie de mener à bien. Je...

Elle s'interrompit, ne sachant quoi ajouter, et il lui toucha gentiment la main.

— Vous avez raison. Plusieurs chemins mènent à la guérison. Aider les autres en est un, peut-être le meilleur.

Elle ne put qu'acquiescer, les yeux embués de larmes. Il savait. Il avait deviné. Elle eut l'impression insolite d'être rentrée à la maison après un long voyage.

— Nous avons besoin de vous, Grace. Et de votre capacité à apaiser la douleur. Celle de votre prochain, comme la vôtre.

— Merci, mon père, murmura-t-elle en s'essuyant les yeux.

Il sourit à Grace et ne posa plus aucune question. Il avait saisi l'essentiel. Personne ne connaissait mieux que lui le calvaire de toutes ces femmes, battues, maltraitées, brutalisées depuis leur plus tendre enfance. Un nuage assombrit un instant son regard, puis ses yeux se remirent à sourire.

— Mais revenons à nos moutons. Quand pouvez-vous commencer ? On ne va pas vous laisser partir comme ça, vous savez ! Vous pourriez recouvrer la raison...

— Oh... tout de suite, si vous voulez.

— Marché conclu, lança-t-il, après quoi ils allèrent rincer leurs tasses dans l'évier avant de retourner dans le hall où le vacarme était encore plus intense.

Le père Finnegan entreprit de présenter Grace à ses collaborateurs : le jeune étudiant en médecine à l'université de Columbia, les deux jeunes bénévoles, puis sœur Thérésa et sœur Eugénie. Il était impossible de deviner qu'elles étaient religieuses. Agées d'une trentaine d'années, elles étaient vêtues de jeans et de sweaters. Sœur Eugénie se proposa de servir de guide à Grace. Les étages abritaient les chambres, une nursery où l'on gardait les bébés quand leur mère était trop mal en point pour s'en occuper, et une infirmerie équipée de lits d'hôpital. Sœur Eugénie salua l'infirmière de garde, une religieuse elle aussi, qui portait une blouse immaculée sur ses vêtements de ville. En suivant son guide dans la salle à l'éclairage diffus, Grace sentit son cœur se serrer. De toutes parts éclataient les signes de la souffrance qu'elle connaissait si bien. Lèvres enflées, yeux au beurre noir, hématomes, traces de coups. Deux des femmes alitées avaient un bras dans le plâtre, des brûlures de cigarette criblaient les joues d'une troisième, une autre se tordait sur sa couche en gémissant, tandis que l'infirmière bandait ses côtes cassées. Son mari était en prison à présent.

— Nous envoyons les cas les plus graves aux urgences, expliqua calmement sœur Eugénie en quittant la pièce.

Durant la visite, Grace s'était arrêtée près d'un lit pour toucher la main d'une patiente, et celle-ci avait levé sur elle des yeux emplis de suspicion. Encore un symptôme familier. Les mauvais traitements agissaient sur les victimes qui finissaient par voir en chaque personne qu'elles rencontraient un tortionnaire potentiel.

— Nous nous efforçons de les soigner ici autant que cela se peut, bien sûr, mais parfois leurs blessures nécessitent une intervention chirurgicale.

Ainsi cette femme au visage brûlé au troisième degré par un fer à repasser et à la tête à moitié défoncée avait-elle dû être opérée. Son mari avait failli la tuer, mais elle était si terrifiée qu'elle avait refusé de porter plainte. Les autorités avaient placé leurs enfants dans des familles d'accueil. Remise sur pied, la femme avait réintégré le domicile conjugal. Il fallait beaucoup de courage pour s'en sortir, qualité qui malheureusement manquait souvent aux pensionnaires de Saint-Andrew. A force de recevoir des coups, on finit par vivre dans l'isolement, remarqua sœur Eugénie. On se méfie de tous. Même de ceux qui pourraient vous aider.

La nursery offrait un spectacle encore plus triste. Grace se pencha vers les enfants en bas âge, petits garçons et petites filles aux yeux apeurés. Elle ajusta des nœuds de rubans, remonta des socquettes, resserra des lacets, distribua des sourires et des baisers. Au bout d'un moment, lovés dans ses bras, certains lui racontèrent leur triste histoire. Un petit frère ou une petite sœur tués par leurs parents dans le pire des cas. Une mère sauvagement battue, gisant sur un lit de l'infirmerie, à l'étage du dessus, dans le meilleur... Et partout les mêmes sévices, le même cauchemar, la même douleur.

Il était vingt heures passées quand Grace souhaita une bonne nuit à ses petits protégés. Dans le hall, le père Tim était en grande conversation avec un policier en uniforme, qui venait de lui confier une fillette de deux ans violée par son père. Grace serra les dents. Deux ans ! Elle, au moins, en avait treize quand ça s'était produit pour la première fois. Il y avait eu des cas analogues à Sainte-Mary. Et pires encore. Des nouveau-nés violentés par leur père.

— Dure journée ? s'enquit le père Tim avec sympathie.

— Dure mais fructueuse, répondit-elle, souriante.

Elle avait consacré plusieurs heures aux enfants, puis avait discuté avec quelques femmes. Elle s'était efforcée de leur insuffler la force de se défendre. Personne ne se battrait à leur place. La police ne les aiderait pas davantage. Elle avait souvent tenu les mêmes propos à Sainte-Mary, dans l'espoir d'éviter aux autres ce qu'elle avait enduré : le meurtre, puis la prison. C'était sa façon d'expier son propre crime.

— Vous avez mis en place un système d'accueil extraordinaire, dit-elle au père Tim.

— Aussi extraordinaire que les gens qui y participent. Puis-je vous demander quand nous aurons le plaisir de vous revoir ? D'après sœur Eugénie, vous êtes formidable.

— Elle aussi. (La jeune religieuse paraissait infatigable, comme tous les membres de son équipe.) Vous aurez du mal à vous débarrasser de moi.

Elle s'était inscrite pour deux soirs de la semaine et pour le dimanche suivant.

— Je peux venir à Thanksgiving aussi.

— Vous ne rentrez pas chez vous ? s'étonna-t-il.

— Je n'ai nulle part où aller. Ce n'est pas grave. J'ai l'habitude.

Il vit de la tristesse dans ses yeux.

— Nous serons ravis de vous avoir parmi nous, Grace.

Les fêtes étaient toujours une période fatidique dans les foyers à problèmes. Il y avait une recrudescence de la violence et le nombre des femmes en détresse augmentait singulièrement.

— Je vous préviens, ce sera un véritable cirque, ici.

— Cela me convient parfaitement. A la semaine prochaine, mon père, dit-elle en signant le registre.

— Que Dieu vous bénisse, Grace, murmura le père Tim au moment où elle s'apprêtait à s'en aller.

— Vous aussi, mon père.

Elle referma la porte, descendit la volée de marches. L'air froid l'enveloppa tandis qu'elle prenait le chemin du retour en direction de la station de métro la plus proche. De nouveau, elle dut marcher parmi les épaves humaines qui cherchaient sous les porches un gîte précaire pour la nuit. Elle repassa devant la bande de voyous et les carcasses des voitures. Personne ne lui adressa la parole, et une demi-heure plus tard, elle longeait la Première Avenue, vers son appartement. En même temps qu'une fatigue écrasante, elle éprouvait une sensation de légèreté. Ainsi les horreurs du passé n'auront pas été inutiles, pensa-t-elle avec l'impression de renaître à la vie.

10

Thanksgiving vint et passa. Fidèle à sa promesse, Grace se rendit au refuge Saint-Andrew. Elle fit rôtir la dinde traditionnelle. Après, la routine s'installa : elle y allait le mardi et le vendredi soir, ainsi que le dimanche toute la journée. Le vendredi, les bénévoles travaillaient d'arrache-pied. A la veille du week-end, les incidents se multipliaient. Les maris violents, qui avaient touché leur paie, faisaient le tour des bistrots avec leurs copains. Ils rentraient ivres morts à la maison et battaient leurs femmes et leurs enfants, qui débarquaient au refuge pour le week-end. Le mardi, en revanche, offrait quelques instants de répit. Grace et sœur Eugénie en profitaient pour bavarder tout en dégustant une tasse de café. Les deux femmes s'étaient liées d'amitié et, un soir, sœur Eugénie demanda à Grace si elle ne se sentait pas une vocation de religieuse.

— Oh non, ma sœur. Cette idée ne m'a même pas effleurée.

— Pourquoi ? Ce n'est pas très différent de vos activités actuelles, vous savez. Vous donnez énormément de votre personne aux autres... et à Dieu, que vous le vouliez ou non.

Cette fervente déclaration fit naître un sourire sur les lèvres de Grace.

— Nous n'avons pas la même notion de la vocation, je le crains, répondit-elle, quelque peu embarrassée. Je veux simplement payer une vieille dette vis-à-vis de gens qui m'ont tendu la main quand j'en avais besoin. Disons que j'ai pris leur relais.

Elle n'avait nulle envie de vouer sa vie à Dieu. Elle voulait juste alléger les souffrances des malheureux. Défendre les droits des femmes et des enfants maltraités.

— Avez-vous un fiancé ? lui avait un jour demandé sœur Eugénie avec un petit gloussement de collégienne.

Comme à l'accoutumée, Grace s'était contentée d'une réponse évasive.

— Je n'ai pas eu beaucoup de chance avec les hommes. A vrai dire, je ne les apprécie guère. Je préfère me rendre utile.

Et elle le prouvait. Elle passa avec eux Noël, puis le réveillon du Nouvel An. Une paix merveilleuse l'emplissait, et Winnie, sa collègue de bureau, n'avait pas manqué de le remarquer. Si on en jugeait par le bonheur qui émanait d'elle, Grace vivait sans doute un grand amour. C'était la vérité. Ou presque. Car tout l'amour dont son cœur débordait allait vers ces enfants effrayés, qu'elle berçait la nuit lorsqu'ils se réveillaient en pleurant. Ces petits êtres perdus qu'elle s'efforçait de consoler en souvenir de sa propre enfance misérable et solitaire. La peur l'avait souvent réveillée, elle aussi. Mais il n'y avait personne pour l'apaiser par une parole ou une caresse réconfortantes.

Au bout de cinq mois de travail en commun, Winnie l'invita à déjeuner, un dimanche. Grace en fut extrêmement touchée mais déclina l'offre. Pour rien au monde elle n'aurait failli à ses devoirs. Le dimanche, elle avait des obligations impossibles à annuler, expliqua-t-elle à sa collègue. Elles se donnèrent donc rendez-vous un samedi chez Schrafft's, un restaurant de Madison Avenue. Après le repas, elles allèrent jusqu'au Rockefeller Center pour admirer les patineurs.

— Eh bien, quelles sont donc ces obligations dominicales ? questionna Winnie, dévorée de curiosité.

Un petit ami, très certainement. Grace incarnait la jeunesse et la beauté. Il y avait sûrement quelqu'un dans sa vie.

— Je suis bénévole dans un foyer de femmes et d'enfants battus, à Delancey Street.

Elles étaient en train de regarder de jeunes mères de famille en jupettes à volants, qui virevoltaient sur la patinoire en compagnie de leurs enfants... Des enfants heureux, qui poussaient des cris de joie quand l'un de leurs parents faisait mine de les pourchasser.

— Ah bon ? fit Winnie sans dissimuler sa surprise. Pourquoi ?

Elle avait peine à imaginer une belle fille comme Grace s'adonnant à une activité aussi ingrate.

— Parce que c'est important à mes yeux. J'y vais trois fois par semaine. C'est un endroit extraordinaire que j'adore, acheva-t-elle avec un sourire radieux.

— Mais... depuis quand ?

— Depuis pas mal de temps... Quand j'étais à Chicago, je travaillais au foyer Sainte-Mary. En venant ici, j'ai cherché quelque chose d'analogue.

Elle laissa échapper un rire, puis raconta que, selon sœur Eugénie, elle avait tout pour entrer dans les ordres.

— Oh, mon Dieu ! s'écria Winnie, horrifiée. Allez-vous devenir nonne ?

— Non, rassurez-vous. Je ne m'en sens pas la vocation.

— Enfin, Grace, trois fois par semaine, c'est énorme ! Quelle perte de temps !

— Cela dépend de ce que l'on cherche dans la vie. J'ai mon travail au bureau, et j'ai Saint-Andrew. Je dispose de mon samedi, de deux soirées par semaine. Je ne demande rien de plus.

— Ce n'est pas sain. Une fille de votre âge devrait sortir, s'amuser. Connaître des gens... Trouver un mari.

Elle avait pris un air maternel qui arracha un nouveau rire à Grace. Winnie se mêlait de tout, mais cela ne la rendait que plus attachante.

— Je suis très heureuse comme ça. Je trouverai un mari quand... quand je serai grande, la taquina Grace.

Winnie agita un index dubitatif.

— Méfiez-vous. Les années filent à une allure incroyable. On ne les voit pas passer. Toute ma vie, je me suis occupée de mes parents. Après la mort de papa, maman a décidé de partir dans une maison de retraite à Philadelphie, où se trouvait déjà ma tante Tina. Et moi, je me suis retrouvée toute seule. Une vieille fille... ajouta-t-elle d'une voix si triste que Grace sentit sa gorge se nouer. Ne suivez pas mon exemple. Si vous ne fondez pas une famille pendant qu'il est encore temps, vous le regretterez amèrement.

— Oui, bien sûr...

Elle n'en pensait pas un mot, naturellement. L'idée même du mariage lui répugnait. Elle avait suffisamment souffert au sein de sa propre famille. Et elle avait tiré la leçon qui s'imposait de ses rencontres avec des individus comme Bob Swanson ou Marcus Anders. Sans parler de son agent de probation. Certes, il existait des hommes gentils, généreux comme David Glass ou Paul Weinberg, mais la solitude lui convenait parfaitement. Elle ne faisait aucun effort pour rencontrer des hommes ni pour changer de manière de vivre.

Aussi, quand l'un des avocats du cabinet, un spécialiste des lois fiscales, l'invita à dîner, Grace ne put réprimer un mouvement de surprise. Hallam Ball, grand ami de Tom et de Bill, se remettait péniblement de son récent divorce. N'importe quelle femme aurait été sensible à son charme, sauf Grace. Il était entré dans son bureau pour lui demander sans préambule si elle était libre le vendredi soir suivant. Elle déclina l'offre d'un ton sec. Non, elle était toujours prise, le vendredi, par son bénévolat à Saint-Andrew. Quelque peu refroidi, le séduisant

Hallam battit en retraite. Grace crut le chapitre clos mais, dès le lendemain, l'un de ses patrons vint lui demander des comptes.

— Il paraît que vous avez refusé de dîner avec Hallam Ball ? Pourquoi ? C'est un garçon correct, et je crois que vous lui plaisez bien.

— Oh, je suis sûre qu'il est correct. J'ai même énormément apprécié son invitation mais... mais... bredouilla-t-elle, cherchant frénétiquement ses mots... je ne sors jamais avec des collègues de travail.

— Je m'en doutais. Et je le lui ai dit. Ces scrupules vous honorent. Mais il y a toujours une exception à la règle, n'est-ce pas ? (Puis, voyant l'expression distante de sa jeune secrétaire) : Dommage. Je m'étais dit que vous vous entendriez bien. Il est très déprimé depuis l'été dernier, à cause de son divorce.

— Désolée. J'espère qu'il s'en remettra.

— Vous n'êtes pas raisonnable ! s'écria Winnie, outrée, dès qu'elles furent de nouveau seules.

Hallam Ball passait pour l'un des meilleurs partis de l'entreprise. Si Grace continuait ainsi, elle resterait vieille fille, et ce serait tout ce qu'elle aurait gagné.

— Tant mieux ! J'ai hâte de vieillir. Plus personne ne m'invitera et je n'aurai pas à me chercher des excuses.

— Vous êtes folle ! s'indigna Winnie. Complètement folle !

A ses remontrances toutes maternelles, Grace répondit par un haussement d'épaules. La scène se reproduisit un mois plus tard. Cette fois-ci, ce fut un assistant qui se vit éconduire sans ménagement. Et pour les mêmes raisons. Winnie fulminait.

— Là, franchement, vous êtes idiote ! Qu'est-ce qui n'allait pas avec celui-là ? Un si beau garçon, plein d'avenir, et aussi grand que vous, de surcroît.

Mais ses remarques ne servirent qu'à déclencher l'hilarité de sa jeune collègue. La nouvelle fit bientôt le tour de la société. Il était inutile d'essayer d'obtenir un rendez-vous de Grace Adams. La plupart de ses soupirants potentiels abandonnèrent la partie. Selon eux, elle devait être fiancée. Ou, du moins, impliquée dans une relation amoureuse. Ceux qui voulurent tenter leur chance essuyèrent le même refus catégorique. Grace semblait totalement insensible au charme masculin.

— Comment comptez-vous vous y prendre pour vous marier ? s'emporta Winnie un jour, alors qu'elles s'apprêtaient à quitter leur bureau.

— Je ne me marierai pas, Win. C'est aussi simple que ça.

— Alors, vous devriez vraiment devenir bonne sœur. De fait, vous en êtes pratiquement une.

— Oui, chef ! se moqua Grace sans se troubler.

Bill Martin, leur deuxième patron, qui passait à ce moment-là dans le couloir, haussa un sourcil approbateur. Il était d'accord avec Winnie. Grace possédait l'art et la manière de manquer les opportunités. Un jour, elle le regretterait. La beauté et la jeunesse ne durent pas éternellement.

— Allons, mesdames, que se passe-t-il ? demanda-t-il en entrant dans le bureau pour récupérer son imperméable et son parapluie.

Il n'avait pas cessé de pleuvoir de tout le mois de mars. Et il faisait un tel froid qu'on pouvait s'estimer heureux qu'il ne neige pas !

— Il se passe que Grace est une petite idiote ! maugréa la plus âgée des deux secrétaires, en s'empêtrant dans les manches du manteau qu'elle enfilait.

— Grand Dieu, Grace, qu'avez-vous fait à notre Winnie ?

— A moi, rien. Elle s'ingénie à détruire sa vie. Elle refuse toutes les invitations. Elle...

A bout de souffle, Winnie arracha son manteau à Grace, qui essayait de l'aider. Elle réussit à le passer mais le boutonna de travers tandis que les deux autres s'efforçaient de garder leur sérieux.

— Elle restera vieille fille comme moi ! C'est trop injuste.

Son visage s'était empourpré, des larmes brillaient dans ses yeux. Touchée par sa peine, Grace lui effleura la joue d'un baiser. Mais ce geste spontané ne parut pas consoler la vieille secrétaire.

— Calmez-vous, Winnie, dit Bill d'un ton conciliant. Grace a peut-être quelqu'un dans sa vie. (Il le pensait vraiment. Il se demandait même s'il ne s'agissait pas d'un homme marié.) Et qui sait ? Elle a peut-être un secret.

Ses associés partageaient son opinion. Une jeune femme aussi attirante que Grace Adams ne pouvait vivre dans la solitude uniquement par vertu.

Winnie leva sur sa collègue un regard humide et interrogateur. Elle reçut un sourire, qui la persuada aussitôt que leur patron détenait la clé du mystère. Mais oui, seule une liaison avec un homme marié pouvait expliquer cette farouche volonté de solitude... Les deux femmes se séparèrent dans le hall du cabinet. Winnie rentra chez elle, tandis que Grace prenait la direction de Delancey Street. Le lendemain, elle avait l'air fatigué. En l'épiant derrière ses dossiers, Winnie aperçut des cernes sous ses yeux. La preuve irréfutable qu'elle avait passé la nuit avec un homme. Grace, elle, craignait d'avoir attrapé un rhume. Elle avait traversé Delancey Street au pas de course, sous une pluie battante, et était arrivée à Saint-Andrew frissonnante et trempée jusqu'aux os. Son humeur s'assombrit davantage lorsque, vers onze heures, le chef du personnel la fit convoquer par sa secrétaire. Il l'attendait dans son bureau à l'heure du déjeuner. Aussitôt, Winnie chercha à deviner les raisons de cet entretien impromptu. En tant qu'employée, Grace n'avait rien à se reprocher. Son travail, son esprit d'organisation, sa ponctualité donnaient toute satisfaction. Alors quoi ? Un licenciement économique ? C'était peu probable compte tenu de la prospérité de la société. L'un de ses soupirants éconduits avait peut-être cherché à lui créer des ennuis.

— Dites-en le moins possible, conseilla-t-elle, tandis que Grace s'apprêtait à monter à l'étage supérieur.

Le chef du personnel l'accueillit avec un large sourire. A la place du rappel à l'ordre qu'elle redoutait, il la félicita. Elle s'acquittait merveilleusement de ses fonctions, ses patrons ne tarissaient pas d'éloges à son égard.

— En fait, je voudrais vous demander un service. Mlle Waterman a eu un accident hier soir dans le métro. Elle a glissé sur les marches de l'escalier mécanique et souffre d'une fracture de la hanche. Elle a été hospitalisée à Lenox Hill, et sa sœur, qui est à son chevet, nous a prévenus aujourd'hui... Elle en a pour deux ou trois mois de rééducation, peut-être davantage. Vous connaissez Mlle Waterman, n'est-ce pas ?

Grace fouillait dans sa mémoire sans réussir à mettre un visage sur ce nom. Une des secrétaires, probablement. Mais dans quel département, elle n'aurait pas su le dire.

— Je ne crois pas.

— C'est l'assistante de M. Mackenzie, déclara-t-il d'une voix solennelle, comme si ce nom voulait tout dire.

— Quel M. Mackenzie ?

— Charles Mackenzie, articula-t-il lentement, comme s'il s'adressait à une attardée mentale.

Dans le jargon du métier, Charles Mackenzie était un « senior ». C'était l'un des trois associés principaux qui avaient donné leur nom au cabinet.

— Vous voudriez que je remplace Mlle Waterman ? s'affola Grace. Pourquoi *moi* ? Je serais incapable d'écrire correctement une lettre sous la dictée de M. Mackenzie.

Elle posa ses mains à plat sur ses genoux pour maîtriser leurs tremblements. Elle n'avait aucune envie d'abandonner le cocon qu'elle partageait avec sa chère Winnie. Ni de subir la pression constante réservée aux assistantes des grands patrons.

— Vous vous sous-estimez. Vous êtes rapide, efficace, bref, excellente, pour reprendre les termes mêmes de vos supérieurs. M. Mackenzie a une idée très précise des qualités que doit posséder sa secrétaire et vous correspondez tout à fait à ce profil.

La vérité était que Charles Mackenzie abhorrait les vieilles harpies grincheuses qui n'arrêtaient pas de se plaindre des heures supplémentaires. Il voulait une personne jeune... et plaisante, avait-il souligné. Il aimait s'entourer d'employées de moins de trente ans, tout le monde le savait. Même Grace. (Tom et Bill avaient plaisanté deux ou trois fois sur ce sujet.)

— ... quelqu'un de compétent, pendant le congé maladie de Mlle Waterman, disait son vis-à-vis. C'est-à-dire pendant deux mois.

Deux mois de stress, songea-t-elle. Mais pourquoi était-on venu la chercher ? Elle se sentait à l'abri avec Winnie et ses deux chers patrons, qui la remarquaient à peine. Ses yeux couleur de bleuet se fixèrent sur le chef du personnel.

— Je suppose que je n'ai pas le choix, dit-elle pitoyablement.

— Pas vraiment. Nous lui avons présenté trois curriculum vitae et il a choisi le vôtre. Il serait difficile de lui annoncer maintenant que vous refusez de travailler avec lui.

Il la regarda d'un air songeur. Au lieu de se réjouir de cette promotion, Grace semblait consternée. « Pourvu qu'elle accepte ! » se dit-il. Charles Mackenzie serait furieux si elle se dérobait.

— Très bien, murmura-t-elle finalement.

— Vous aurez le salaire correspondant à vos nouvelles fonctions, s'empressa-t-il d'annoncer, mais cette bonne nouvelle la laissa de glace.

« Ce bon vieux Mackenzie aime les fruits verts ! » avait dit Tom à Bill, à moins que ce ne fût le contraire. Puis les deux hommes s'étaient esclaffés. Rien d'étonnant s'il avait choisi une remplaçante âgée de vingt-deux ans, pensa amèrement Grace. Si au bout de quelques jours

216

ses soupçons se concrétisaient, elle chercherait un autre emploi, décida-t-elle en silence.

— Très bien, répéta-t-elle froidement. Quand dois-je commencer ?

— Tout de suite. M. Mackenzie a eu une journée difficile sans son assistante.

— Au fait, quel âge a Mlle Waterman ?

— Voyons... vingt-cinq, vingt-six ans. Pourquoi ? C'est une jeune femme dynamique, très compétente également. Ils travaillent ensemble depuis trois ans et...

Grace n'entendit pas la suite. Ils devaient avoir une liaison et ils se sont disputés, conclut-elle, de plus en plus tendue. Après quoi, Mlle Waterman a inventé une fracture de la hanche. Oui. C'était parfaitement possible. Et dans moins d'une heure, elle serait fixée. Elle retourna dans son bureau où elle se mit à rassembler ses affaires.

— Oh, félicitations ! s'exclama Winnie, avec sa spontanéité habituelle. Vous allez me manquer mais je suis contente que vous ayez obtenu cet avancement.

Grace ne partageait pas l'enthousiasme de sa collègue. Elle faillit fondre en larmes quand une jeune dactylo vint s'installer à sa place. La mort dans l'âme, Grace alla dire au revoir à Bill et à Tom, après quoi elle embrassa Winnie.

— Espérons que je vais m'entendre avec lui, souffla-t-elle.

— Mais bien entendu ! Mackenzie est adoré par tous ses collaborateurs.

Et par ses collaboratrices aussi, peut-être ? Grace prit l'ascenseur qui la déposa au vingt-neuvième étage, avec l'impression de partir pour un long voyage dont elle ignorait la destination finale. Elle n'avait pas eu le temps de déjeuner, et une migraine tenace lui vrillait les tempes. Elle couvait sûrement un rhume, après sa longue marche sous la pluie torrentielle, la veille au soir. Elle était d'une humeur massacrante lorsqu'elle sortit de la cabine. Une réceptionniste l'accueillit avec obséquiosité, puis la conduisit à ce qui serait désormais son bureau : une pièce somptueusement décorée donnant sur Park Avenue. Mais rien ne pouvait lui remonter le moral. Ni la vue panoramique ni l'accueil du personnel. On la traitait comme une altesse, ce qui acheva de l'exaspérer, et trois secrétaires — toutes jeunes et jolies — vinrent lui souhaiter la bienvenue.

Pour le moment, son nouveau patron demeurait invisible. Il avait laissé une liste d'instructions à son intention : des coups de fil d'ordre professionnel, quelques-uns d'ordre privé, un rendez-vous à prendre chez son tailleur, un autre chez son coiffeur, la réservation d'une table de deux couverts au « 21 » pour le lendemain soir. « Charmant ! » railla-t-elle intérieurement en s'emparant du combiné.

Lorsqu'il revint de déjeuner à quinze heures, elle avait passé tous les coups de fil, pris des notes concernant des dossiers en cours, ainsi que de nombreux messages. Plusieurs personnes avaient appelé — en fait le téléphone n'avait pas arrêté de sonner — et, à chaque fois, Grace s'était débrouillée pour donner le renseignement que son correspondant réclamait, évitant ainsi à son employeur de devoir rappeler. Il parut agréablement surpris par son efficacité. Pas autant qu'elle, toutefois. Le vieux bonhomme lubrique auquel elle s'attendait avait quarante-deux ans, une taille d'athlète, de larges épaules, les yeux les plus verts qu'elle eût jamais vus, des cheveux de jais aux tempes grisonnantes. Sa mâchoire carrée le faisait ressembler à une vedette de cinéma, la prétention en moins. Charles Mackenzie ne semblait pas conscient de sa séduction. Une force tranquille émanait de toute sa personne. Il aborda sa nouvelle assistante avec simplicité.

— Merci, Grace. Je constate que vous êtes réellement la perle rare dont on m'a parlé.

Il lui adressa un sourire chaleureux qui la mit instantanément sur ses gardes. Si Mlle Waterman avait succombé à son charme, c'était son affaire. Grace voulait bien la remplacer, mais uniquement dans le domaine professionnel. Ses services s'arrêteraient là. Elle allait se retrancher derrière une politesse formelle. D'habitude, cela suffisait pour décourager les esprits les plus mal tournés.

Pendant les deux semaines qui suivirent, elle se montra parfaite, attentive, organisée, et glaciale.

— Elle est formidable, n'est-ce pas ? demanda un jour Tom Short à Mackenzie, devant la salle des réunions.

— Oui, répondit Charles, d'un ton dans lequel Tom ne décela aucun enthousiasme.

— Elle ne vous plaît pas, on dirait.

— Franchement, non ! C'est une employée modèle, mais quel caractère de chien ! Elle a avalé un parapluie, ma parole ! Je n'ai jamais rencontré quelqu'un d'aussi crispé. Parfois, j'ai envie de lui jeter un seau d'eau à la figure.

— Grace ? Pas possible ! Elle est adorable.

— Pas avec moi. Peut-être que je lui déplais, allez savoir. J'ai hâte de retrouver Waterman.

Son vœu ne fut pas exaucé. Elisabeth Waterman se manifesta un mois plus tard. Physiquement, elle allait mieux. Moralement, elle n'avait pas surmonté le choc. Les gens l'avaient laissée par terre, dans le métro, la hanche brisée, en train de hurler. Insensibles à sa douleur. Après mûre réflexion, elle avait pris la décision de retourner dans sa Floride natale.

— J'ai de mauvaises nouvelles à vous annoncer, déclara Charles à Grace avec franchise.

Depuis six semaines, elle n'avait pas commis la moindre faute dans son travail. Mais elle lui avait à peine adressé un mot amical. Il avait en vain essayé de briser la glace. Chaque fois qu'elle l'apercevait, elle se fermait comme une huître. Et, plus il se montrait aimable, plus elle le fuyait. Elle était convaincue qu'il guettait l'occasion de la séduire, et l'avait d'emblée classé dans la catégorie des chasseurs, comme Bob Swanson et Marcus

Anders. Mais cette fois-ci, elle ne tomberait pas dans le piège. Les femmes battues qui, semaine après semaine, arrivaient au refuge Saint-Andrew lui rappelaient constamment la brutalité dont les hommes sont capables dès qu'ils ont gagné votre confiance.

— Vous n'êtes pas heureuse ici, n'est-ce pas, Grace ? demanda-t-il gentiment.

De nouveau, elle remarqua le vert lumineux de ses yeux, et s'en voulut instantanément. Combien de femmes, y compris l'infortunée Mlle Waterman, s'étaient-elles laissé prendre au piège de ce regard ?

— Je ne suis pas l'assistante qu'il vous faut, répondit-elle tranquillement. Je n'ai pas l'expérience nécessaire. Je n'ai jamais travaillé dans un cabinet juridique, encore moins pour un grand juriste comme vous.

— Que faisiez-vous avant ?

Il l'avait lu dans son curriculum vitae mais l'avait oublié.

— J'ai travaillé pendant deux ans dans une agence de mannequins.

Cette réponse allait sûrement l'impressionner. Ils réagissaient tous de la même manière.

— Comme modèle ? s'enquit-il, sans étonnement.

— Non, comme secrétaire.

— Evidemment, l'emploi que je vous propose doit vous paraître beaucoup moins passionnant.

Il eut ce sourire qui le rajeunissait tant, et Grace détourna le regard. Elle savait qu'il avait été marié avec une actrice célèbre et qu'ils n'avaient pas eu d'enfants. Il était divorcé depuis deux ans. D'après la rumeur, on ne comptait plus ses conquêtes féminines, mais elle était bien placée pour savoir que, lorsqu'il sortait, le soir, c'était le plus souvent avec des associés ou des clients.

— Chaque emploi a ses bons et ses mauvais côtés. Celui de l'agence de mannequins n'offrait aucun intérêt particulier. En fait, je suis plus à l'aise ici. Les gens sont plus compréhensifs.

— Ah… alors, c'est moi, dit-il avec tristesse, comme si elle l'avait blessé.

— Que voulez-vous dire ?

— Vous dites que vous vous sentez plus à l'aise ici, mais pas avec moi, visiblement. J'en conclus que je suis la cause de votre mauvaise humeur. J'ai même le sentiment que vous me détestez. Il suffit que j'apparaisse dans votre bureau pour que vous preniez l'air le plus malheureux du monde.

— Non… je… oh, je suis navrée, s'écria-t-elle, rouge comme une pivoine. Je n'ai pas voulu vous donner cette impression.

— Alors que se passe-t-il ? (Il fallait clarifier la situation, s'il voulait la garder. Elle était la meilleure assistante qu'il ait jamais eue.) Comment puis-je arranger les choses ? Elisabeth nous quitte définitivement. Ou nous essayons de nous entendre ou nous nous séparons, n'est-ce pas ?

Embarrassée, Grace inclina la tête. Son comportement avait frisé l'impolitesse. Elle ne l'avait pas fait exprès, bien sûr, elle ne s'était même pas aperçue qu'elle avait montré aussi ouvertement son antipathie. Au fond, elle n'avait cherché qu'à se protéger. Les ragots de couloir faisaient de Charles Mackenzie un redoutable coureur de jupons. Mais c'était peut-être son mariage à une célébrité du grand écran qui lui avait valu cette fâcheuse réputation.

— Je suis vraiment désolée, monsieur Mackenzie. Je ferai un effort, je vous le promets.

— Moi aussi, répondit-il gentiment.

Elle se sentait coupable. Et ce fut pire quand Elisabeth Waterman, marchant avec des béquilles, leur rendit visite. Elle avait le cœur brisé de quitter son cher patron, l'homme le plus gentil de la terre, déclara-t-elle, en larmes. Elle embrassa les autres employées, puis Charles lui tapota amicalement la main. La scène ne ressemblait guère à la fin d'une idylle, et Grace eut honte d'elle-même.

— Ça va, là-haut ? demanda Winnie un après-midi.

— Oui, très bien.

Elle ne s'était fait aucune amie au vingt-neuvième étage. Pire encore, le personnel l'évitait. Le bouche à oreille la décrivait comme une pimbêche.

Après sa discussion avec Charles Mackenzie, elle s'était pourtant radoucie. Elle avait réussi à se détendre et commençait à aimer son nouveau travail. Elle avait également renoncé à l'idée de retourner travailler avec Winnie et ses deux anciens patrons. Mais cet apaisant sentiment de sécurité fut de courte durée. En mai, on lui annonça qu'elle devait accompagner Charles Mackenzie à Los Angeles, où il devait faire un voyage d'affaires. Ce projet la mit au bord de l'apoplexie. Tremblante, elle alla annoncer la nouvelle à Winnie.

— Je n'irai pas !

— Mais pourquoi, pour l'amour du ciel ? Quelle chance vous avez, Grace !

Oui. Une chance d'assouvir les fantasmes sexuels du grand homme ! se dit-elle, furieuse. Le piège se refermait une nouvelle fois sur elle. Le lendemain, elle pénétra dans le bureau directorial avec la ferme intention de signifier à Charles son refus. Mais il parla le premier et lui déclara qu'il comptait absolument sur sa présence. Il était si chaleureux qu'elle n'eut pas le cœur de le décevoir. Le soir, elle était de garde à Saint-Andrew et elle se confia au père Tim. Il l'écouta attentivement.

— Que craignez-vous exactement ? demanda-t-il, avec sa douceur habituelle.

La terreur se lisait sur le visage de Grace.

— J'ai peur... je ne sais pas... (Elle s'interrompit, embarrassée, sachant pourtant que les mots avaient parfois un pouvoir libérateur.) J'ai peur qu'il profite de la situation, comme tous les autres. J'ai cru m'en sortir en venant à New York et voilà que tout recommence à cause de ce voyage idiot en Californie.

— Etes-vous certaine que vos soupçons sont fondés ? A-t-il déjà eu à votre égard un geste déplacé ?

— Non. Pas du tout, admit-elle, encore effrayée.

— Un mot ambigu, une allusion quelconque ?

— Non... rien.

— Qu'est-ce qui vous fait penser qu'il pourrait changer d'attitude ?

— Les patrons n'emmènent pas leur secrétaire en voyage, sauf pour... vous savez bien.

Un sourire éclaira les traits du prêtre. Rien ne pouvait le choquer.

— Mais si, certains patrons emmènent leur secrétaire en voyage sans arrière-pensée. Peut-être a-t-il réellement besoin de vous. Et, s'il se comporte mal, vous êtes une grande fille, Grace. Vous reprenez l'avion et vous rentrez.

— C'est vrai, oui, murmura-t-elle, songeuse.

— Vous avez votre libre arbitre. C'est ce que nous apprenons à nos pensionnaires. Vous le savez mieux que personne. Vous êtes libre de vos actes.

— Oui. Je vais peut-être l'accompagner, alors.

Elle soupira.

— Ne laissez pas l'appréhension dicter vos décisions, dit-il avec sagesse. Réfléchissez calmement. Après quoi, vous y verrez plus clair, j'en suis sûr.

— Merci, mon père.

Le lendemain, elle déclara à Charles qu'elle se tenait à sa disposition. Ses inquiétudes ne s'étaient pas apaisées mais, quand l'angoisse la submergeait, elle se répétait les paroles réconfortantes du père Tim : « S'il se comporte mal, je reprends l'avion et je rentre. » Le jour du départ, il passa la prendre en limousine. Elle l'attendait en bas de son immeuble, un sac de voyage à la main, dévorée par l'anxiété. Le chauffeur ouvrit la portière et elle s'installa à côté de son patron. Celui-ci était en train de téléphoner et lui tendit quelques feuillets. Grace se plongea dans l'étude des notes qu'il avait prises à son intention. Il l'avait accueillie comme toujours, gentiment, sans plus. Pour le moment, alors que la longue limousine filait vers l'aéroport, ses appels téléphoniques l'accaparaient entièrement. Son dernier coup de fil s'adressait à une femme, Grace l'aurait juré rien qu'au ton de sa voix. Elle savait de qui il s'agissait. Depuis quelque temps, une dame de la haute société new-yorkaise l'appelait au bureau. Tout en bavardant, Charles se mit à rire... ce genre de rire qui trahit un certain engouement, ou un désir impérieux. Mais pas d'amour, pensa obscurément Grace. Non, pas d'amour.

Ils s'envolèrent à destination de Los Angeles en première classe, atterrirent à midi heure locale et se rendirent directement chez les clients de Mackenzie. Ceux-ci avaient sollicité un avis juridique à propos de la production d'un film. La réunion se termina à dix-huit heures — vingt et une heures pour Charles et Grace, à cause du décalage horaire entre New York et la côte Ouest.

Charles devait assister à un dîner d'affaires. Il déposa Grace au Beverly Hills Hotel et lui souhaita une bonne nuit.

— Appelez la réception et faites-vous monter tout ce que vous voulez.

Alors qu'elle attendait devant les ascenseurs, elle aperçut, fascinée, quatre vedettes de cinéma qui traversaient le hall. Une fois dans sa chambre, elle chercha dans l'annuaire le numéro de téléphone de David Glass. Son nom ne figurait pas parmi les abonnés de Beverly Hills, ni parmi ceux de Los Angeles. Il y avait très longtemps qu'elle n'avait pas eu de ses nouvelles, très exactement depuis la naissance de son premier bébé. Sa femme avait souhaité qu'il coupe les ponts avec son ancienne cliente. Il ne l'avait pas exprimé clairement, mais Grace l'avait deviné, en lisant entre les lignes de ses cartes postales de plus en plus rares. Elle abandonna ses recherches, referma l'annuaire, et se laissa tomber sur le lit, avec l'impression que le dernier maillon de la chaîne la reliant au passé venait de se briser.

Elle commanda un plateau, ainsi que la vidéocassette d'une comédie qu'elle avait envie de voir depuis longtemps. Elle dîna devant le poste de télévision, en riant toute seule aux gags et aux répliques pleines de drôlerie du film. Ensuite, elle alla fermer sa porte à clé et mit la chaîne de sécurité. Après un moment de détente, sa peur avait repris le dessus. Elle s'attendait à ce qu'il vienne tambouriner à la porte en pleine nuit, mais rien ne se produisit, et il était sept heures du matin lorsqu'elle se réveilla. Son patron l'appela, lui demandant de le rejoindre dans la salle à manger, et durant le petit déjeuner il la mit au courant de leur emploi du temps de la journée.

— Vous m'avez été d'une aide précieuse hier, la félicita-t-il en se référant aux notes pertinentes prises par Grace pendant la réunion.

Il avait une allure folle dans son costume anthracite et sa chemise blanche. Au milieu des tenues décontractées des autres clients de l'hôtel, il incarnait l'image de l'homme d'affaires new-yorkais. Grace avait troqué ses tailleurs foncés contre une robe de soie pêche et un cardigan assorti.

— Vous êtes très en beauté aujourd'hui, dit-il négligemment sans remarquer qu'elle s'était raidie, avant d'enchaîner sur un sujet tout aussi anodin : On dit que notre hôtel est le lieu de rendez-vous des stars d'Hollywood. Avez-vous eu la chance d'en croiser quelques-unes, hier soir ?

— Quatre ! exulta-t-elle, oubliant instantanément le compliment qui l'avait mise mal à l'aise.

Mue par un enthousiasme juvénile, elle lui décrivit la scène avec moult détails, allant même jusqu'à lui raconter le film qu'elle avait regardé et qui l'avait tant fait rire. L'espace d'un instant, ils furent comme de vieux amis, et, la sentant détendue, Charles sourit. « Pourvu que ça dure ! » pria-t-il en regardant sa jeune compagne dont le délicieux visage s'était animé. C'était la première fois, depuis qu'il la connaissait, qu'il la voyait rire. Il s'était souvent demandé pourquoi elle était tellement crispée en sa présence mais n'avait jamais osé lui poser la question.

— J'adore ce film ! s'exclama-t-il en riant à nouveau au souvenir d'un des gags, particulièrement réussi. Je l'ai vu trois fois. Je déteste les scénarios déprimants.

— Moi aussi.

Ils se turent, attendant que leur petit déjeuner arrive. Il avait commandé des œufs brouillés au bacon, et elle avait opté pour un bol de céréales.

— Vous ne mangez pas assez, remarqua-t-il d'un air paternel.

— Et vous, vous devriez surveiller votre cholestérol, le taquina-t-elle, l'index pointé sur les œufs au bacon.

— Oh, mon Dieu, par pitié ! Mon ex-femme était végétarienne et bouddhiste, comme tout le monde dans le milieu du cinéma. Ça valait la peine de divorcer, rien que pour pouvoir déguster un cheeseburger en paix.

— Combien de temps avez-vous été marié ?

— Suffisamment longtemps pour perdre mes illusions. (Il sourit.) Sept ans.

Son divorce, prononcé deux ans plus tôt, lui avait coûté plus d'un million de dollars — une sérieuse ponction dans son compte en banque. Depuis, aucune femme n'avait réussi à conquérir son cœur. Il ne regrettait rien, hormis le fait de n'avoir pas eu d'enfants.

— J'avais trente-trois ans quand je l'ai épousée, reprit-il. A l'époque, devenir le mari de Michelle Andrews comblait mes vœux les plus ardents. J'ai vite déchanté. On ne se frotte pas impunément à la star la plus sexy d'Amérique. Le tribut que ces gens-là paient à la gloire est plus lourd qu'on ne l'imagine. Ils sont sans cesse en train de courir après la célébrité. Entre les journalistes qui les suivent à la trace et la curiosité malsaine du public, il leur reste très peu de temps pour leur vie privée. A force d'être toujours en représentation, Michelle a fini par ne plus savoir qui elle était vraiment. Elle s'est tournée vers le bouddhisme comme d'autres vers la drogue. Ça n'a pas marché. Nos faits et gestes étaient tous relatés dans les journaux. La moindre de nos disputes prenait des allures de scandale. Je ne supportais plus de me sentir épié par les photographes jusque dans ma chambre à coucher. Nos rapports n'ont cessé de se dégrader... Aujourd'hui, nous sommes bons amis, ce qui n'était pas le cas il y a trois ans.

— Je vois, dit Grace.

Elle avait lu dans *People* que Michelle Andrews s'était remariée deux fois depuis, d'abord avec un jeune chanteur de rock, puis avec son imprésario.

— Bah, que voulez-vous, j'étais trop carré pour elle. Trop rigide peut-être. En un mot, assommant. Mais vous, Grace ? Etes-vous mariée ? fiancée ? divorcée sept fois ? Au fait, quel âge avez-vous, déjà ? vingt-trois ans ?

— Presque... je les aurai en juillet. Et... non, je ne suis ni mariée ni fiancée. Je suis trop futée pour accepter de plier l'échine sous le joug conjugal.

— Ah oui ? dit-il avec un rire amusé, et elle dut déployer un effort surhumain pour se soustraire à son charme. A votre âge ? Vous êtes encore trop jeune pour sortir avec des garçons. J'espère que vous rentrez tous les soirs sagement à la maison.

Il plaisantait. Mais pas elle.

— Je ne sors jamais avec personne.

— Vous parlez sérieusement ?

— Oui.

— Et quels sont vos projets d'avenir ? Entrer dans les ordres, quand vous aurez pris votre retraite ?

Elle est ravissante, se dit-il brusquement. Et spirituelle, quand elle s'en donne la peine.

— En effet, une de mes amies essaie de m'attirer dans la maison du Seigneur.

— Qui est-ce ? Je lui dirai deux mots à l'occasion. Les nonnes sont complètement passées de mode, vous savez.

Grace éclata de rire.

— Ce n'est pas l'avis de sœur Eugénie. C'est une femme exceptionnelle.

— Bon sang, ne me dites pas que vous êtes intégriste ! Je le savais. Je suis entouré de fanatiques ! Mon ex-femme voulait inviter le dalaï-lama à la maison... vous êtes toutes folles à lier !

Il ébaucha un geste théâtral, tandis qu'un serveur remplissait leurs tasses de café.

— Je ne suis pas une bigote, je vous le jure. Mais parfois, j'envie les religieuses. Leur vie est si simple.

— Et si irréelle. On peut aider son prochain sans renoncer au monde... Mais comment se fait-il que vous soyez amie avec cette sœur ?

— Nous travaillons ensemble comme bénévoles.

— Où ça ?

— Au refuge Saint-Andrew, dans le Lower East Side. C'est un foyer d'accueil pour femmes et enfants battus.

— Vraiment ? demanda-t-il, intrigué.

Elle commençait à l'intéresser. Ses airs délibérément distants lui servaient de bouclier. Mais contre qui ? contre quoi ? Et pour quelle raison ?

— Vous travaillez dans un tel endroit ?

— Trois fois par semaine. Nous recevons des centaines de personnes en détresse.

— Je ne l'aurais jamais deviné.

— Pourquoi ?

— Parce que cela suppose un engagement très important. La plupart des jeunes femmes de votre âge préfèrent passer leurs nuits dans les discothèques.

— Je n'y suis jamais allée.

— Je vous aurais bien servi de guide mais votre maman vous interdirait sûrement de sortir avec un vieux barbon comme moi.

Aucun sous-entendu ne perçait sous cette remarque désinvolte et, pour une fois, Grace ne réagit pas. Mais elle se garda bien de lui dire qu'elle n'avait pas de mère.

Une limousine vint les chercher à dix heures pour les conduire à la réunion. Charles, assisté de Grace et de l'avocat de ses clients, commença l'élaboration des contrats. Il combinait la prudence à la précision. Ils ne virent pas le temps passer. Le lendemain, le marché fut conclu, et ils sautèrent dans le vol pour New York à 21 heures. L'avion atterrit à l'aéroport Kennedy le lendemain matin à six heures. Tandis que l'appareil roulait sur la piste dans les brumes matinales, Charles proposa à Grace de ne pas venir travailler. Elle devait être épuisée, après deux jours de dur labeur et une nuit sans sommeil, lui dit-il.

— Et vous ? demanda-t-elle. Allez-vous vous reposer ?

— Je ne peux pas. J'ai une réunion à dix heures, suivie d'un déjeuner d'affaires avec mes associés. De plus, je voudrais jeter un coup d'œil à un dossier en instance.

— En ce cas, j'irai au bureau, moi aussi.

— Ne soyez pas stupide. Je demanderai à Mme Macpherson ou à une autre des secrétaires de vous remplacer.

— Si vous allez travailler, il n'y a pas de raison que je n'en fasse pas autant, dit-elle fermement. Je dormirai ce soir.

— Les privilèges de la jeunesse ! soupira-t-il. En êtes-vous sûre ?

Elle affirma que oui, et il la regarda pensivement. La secrétaire glaciale et hostile s'était transformée en une jeune femme chaleureuse, semblable à celle que Tom et Bill lui avaient décrite. Loyale, dévouée, agréable. Enfin ! songea-t-il, soulagé.

Il la laissa devant son immeuble en lui recommandant de prendre son temps. Il ajouta que si elle changeait d'avis, il ne lui en voudrait pas. Elle était là lorsqu'il arriva. Elle avait déjà tapé toutes les notes qu'il avait prises dans l'avion, le mémoire dont il avait besoin pour la réunion, et avait posé sur son bureau les dossiers des litiges en cours... sans oublier le café qu'elle avait préparé, corsé à souhait, comme il l'aimait.

— Oh là là ! sourit-il. Qu'ai-je fait pour mériter toutes ces attentions ?

— Vous m'avez supportée pendant les trois derniers mois. J'ai été franchement odieuse, et je m'en excuse.

Pendant leur voyage en Californie, il s'était comporté en parfait gentleman. Il n'en fallait pas plus pour gagner l'estime de Grace.

— Vous n'étiez pas odieuse. Je suppose que vous aviez besoin de savoir à qui vous aviez affaire... Moi aussi, d'ailleurs.

Ils échangèrent un sourire. Puis Charles regarda sa jeune assistante avec reconnaissance. Son aide, sa présence, son attention durant l'élaboration des contrats entre la maison de production et les acteurs à Los Angeles s'étaient avérées précieuses.

Vers trois heures de l'après-midi, il la renvoya chez elle. Sous peine d'être renvoyée si elle n'obéissait pas immédiatement, avait-il fait semblant de menacer. Il la regarda partir. Quelque chose avait changé entre eux et tous deux s'en étaient aperçus. La période des hostilités était terminée. Ils étaient alliés, maintenant, et elle était là pour l'aider.

11

Cette année-là, le mois de juin fut d'une douceur exceptionnelle. Aux journées chaudes et venteuses succédaient des nuits étoilées, si tièdes que les New-Yorkais passaient les soirées sur leur terrasse, leur perron ou à leurs fenêtres. Et ce temps merveilleux, si propice à l'amour, incitait à rêver, à chercher l'âme sœur...

Au début de l'été, deux nouvelles femmes entrèrent dans la vie de Charles Mackenzie. Grace fut la première à être au courant, bien sûr, à cause de leurs incessants coups de fil au bureau. Elle n'éprouvait aucune sympathie particulière pour l'une ou pour l'autre. Aucune animosité non plus. Charles lui avait présenté la première comme une amie d'enfance, divorcée, avec deux enfants qui avaient commencé leurs études universitaires. La seconde était la productrice d'une célèbre comédie musicale de Broadway. Décidément, son patron avait un faible pour le théâtre et le cinéma, se disait Grace avec un demi-sourire. Il lui avait donné deux places et elle y était allée avec Winnie.

— Comment est-il ? demanda celle-ci après le spectacle, alors qu'elles étaient installées chez Sardi, devant deux énormes parts de cheesecake.

— Gentil. Généreux. Il m'a fallu pas mal de temps pour m'en rendre compte. Au début, comme j'étais persuadée qu'il allait me sauter dessus, je l'ai haï.

— Et alors, il a essayé ? s'enquit Winnie, intéressée.

Elle désespérait de voir Grace amoureuse.

— Bien sûr que non. M. Mackenzie est un parfait gentleman.

Elle lui raconta leur voyage en Californie.

— Dommage, marmonna Winnie, déçue.

Grace était son seul contact avec la jeunesse, sa seule véritable amie, la fille qu'elle n'avait jamais eue. Et, comme toute mère, elle souhaitait que sa chère petite soit heureuse, auprès d'un bon mari.

— Il y a un tas de femmes du monde qui lui tournent autour, dit Grace en avalant une bouchée de gâteau crémeux, mais il n'a l'air attaché à aucune d'elles. Je crois que son ex-femme l'a brisé. Oh, il n'en parle pratiquement jamais, il est très discret, mais j'ai l'impression qu'elle a ruiné sa vie.

Et pas seulement financièrement. La ravissante Michelle Andrews avait emporté une partie de son cœur. Et, pour lui, rien n'avait plus jamais été comme avant.

— C'est vrai, murmura Winnie. Une dactylo du quatorzième étage m'a dit que son divorce lui avait coûté au bas mot un million de dollars.

— Je voulais dire qu'elle l'avait ruiné affectivement, répondit Grace. En tout cas, c'est un homme correct, sympathique. Un bourreau de travail, mais plein d'égards vis-à-vis de ses employés...

Il lui offrait le taxi quand ils travaillaient tard, et il ne la retenait jamais au-delà de dix-huit heures les soirs où elle devait se rendre à Saint-Andrew. Mais l'idée de la savoir dans ce quartier sinistre du fin fond de Lower East Side lui déplaisait souverainement.

— Rentrez en taxi, au moins... grommelait-il.

Ce à quoi Grace répondait invariablement que les taxis coûtaient une fortune et qu'elle n'avait jamais eu de problème.

Winnie se mit à lui raconter les derniers potins. L'épouse de Tom attendait un quatrième enfant. Les deux amies se demandèrent quand celle de Bill mettrait à son tour en route son quatrième bébé, ce qui les fit éclater de rire... On aurait dit que l'existence de l'un était calquée sur celle de l'autre. Elles quittèrent le restaurant en riant, et Grace déposa Winnie en taxi avant de regagner son domicile. Elle avait eu raison de venir à New York, songeait-elle. Elle se sentait parfaitement intégrée à présent et adorait son travail.

Charles repartit pour la Californie, seul cette fois. Il revint le lendemain. Le samedi, Grace et son patron éplucherent le dossier d'une nouvelle affaire dont il s'occupait. Vers dix-huit heures, il s'excusa de ne pas l'emmener dîner. Il avait un rendez-vous, expliqua-t-il d'un air coupable.

— Allez donc dîner au « 21 » avec un ami, je paierai la note, suggéra-t-il, ravi de son idée. Ce soir ou la semaine prochaine, quand vous voulez.

Winnie serait enchantée, pensa Grace, mais elle répondit :

— Ne vous croyez pas obligé de régler mes notes de restaurant.

— Pourquoi pas ? J'ai abusé de votre temps, vous méritez une prime. Réservez donc une table et passez une excellente soirée.

Il n'avait jamais essayé de la courtiser, et elle lui en savait gré. En sa présence, elle était maintenant parfaitement à l'aise. Elle le remercia avant de partir. Dans l'ascenseur elle se demanda avec qui il avait rendez-vous ce soir. Elle écarta l'amie d'enfance et la productrice de Broadway. Une troisième conquête était entrée en scène. A en juger par la masse de messages qu'il avait reçus du cabinet Spielberg et Stein, elle était avocate chez des concurrents.

Grace se prépara un plateau-télé, puis appela Winnie afin de l'inviter au « 21 ». Elles se mirent d'accord sur la date, et Winnie déclara qu'elle était « trop excitée pour dormir ». Le lendemain, Grace se rendit au refuge Saint-Andrew, comme d'habitude. La chaleur avait attiré dehors une faune extravagante, en quête d'un peu de fraîcheur. Le quartier grouillait de monde en ce dimanche de la mi-juin, et en s'engouffrant dans le dédale des ruelles, Grace se sentit plus en sécurité qu'à l'accoutumée.

La journée s'écoula en consultations. Ils avaient accueilli beaucoup de femmes et d'enfants en détresse. La température élevée semblait enfiévrer les maris et les pères violents, qui cherchaient toujours un prétexte pour exercer le droit du plus fort.

Grace prit son repas du soir dans la cuisine du foyer, en compagnie du père Tim et de sœur Eugénie, et elle leur raconta qu'elle avait croisé quatre célébrités du cinéma dans le hall de son hôtel en Californie.

— Tout s'est bien passé ? demanda le prêtre.

Ils n'avaient pas eu une minute à eux pour en parler.

— Merveilleusement, répondit-elle avec un sourire radieux.

Il était vingt-trois heures lorsqu'elle quitta le refuge. Elle avait songé à appeler un taxi, puis s'était ravisée. Il faisait si beau, et il y avait tellement de passants dans les rues ! Elle n'avait qu'un quart d'heure de marche pour atteindre la station de métro. Elle venait de dépasser le premier pâté de maisons quand elle se sentit violemment tirée en arrière. Quelqu'un l'avait agrippée par le bras et la poussait sous une porte cochère. C'était un Noir, grand et maigre. Sans doute un drogué ou un pickpocket. Quelque chose se noua dans sa poitrine quand il l'attrapa par les épaules et se mit à la secouer jusqu'à ce que sa tête heurte le mur de brique.

— Espèce de salope, tu te crois futée, hein ? Tu penses que tu sais tout, hein ?

Il la serrait à la gorge, maintenant, son regard fou planté dans le sien. Il n'en voulait pas à son argent, réalisa-t-elle brusquement. Mais alors... que cherchait-il ? A la brutaliser ? à la violer ? Elle déglutit péniblement.

— Je ne sais rien du tout, dit-elle aussi calmement qu'elle le put. Laissez-moi. Je sais que vous ne voulez pas me faire de mal.

— Je vais me gêner !

Les doigts qui s'enfonçaient dans la chair de son cou s'écartèrent un instant, puis il tira un couteau de sa poche. La lame effilée s'appuya sous la mâchoire de Grace. Celle-ci se figea. Cela lui était déjà arrivé, quand elle était en prison. Mais aujourd'hui il n'y avait personne pour voler à son secours. Ni Luana, ni Sally.

— Il y a cinquante dollars dans mon sac. Prenez-les. C'est tout ce que j'ai... avec ma montre.

Elle tendit la main, afin qu'il puisse apprécier le bracelet-montre qui brillait à son poignet, un cadeau que Cheryl lui avait offert avant qu'elle ne quitte Chicago.

— Je ne veux pas de ta montre, petite traînée, hurla-t-il. Je veux Isella.

— Isella ?

Elle le regarda sans comprendre, écœurée par l'odeur âcre de transpiration et de savon bon marché qui se dégageait de lui. Il la ceintura d'un bras tout en accentuant la pression du couteau sur sa gorge.

— Ma femme... Vous m'avez pris ma femme... Elle a dit qu'elle ne reviendrait plus à la maison. Qu'elle allait retourner à Cleveland.

Elle comprit soudain qu'il parlait de l'une des nombreuses pensionnaires de Saint-Andrew.

— Personne n'a pris votre femme. Pas moi en tout cas ! Vous pouvez lui rendre visite. Peut-être acceptera-t-elle de revenir...

— Mes enfants aussi... Vous m'avez pris mes gosses !

Des sanglots le secouèrent, tandis que Grace fouillait en vain sa mémoire. Qui était Isella ? Les femmes en détresse se ressemblent toutes.

— Mais non, répéta-t-elle. Personne ne vous a pris vos enfants. Vous allez bientôt les récupérer. Vous avez juste besoin d'aide, monsieur...

Peut-être que si elle parvenait à dialoguer avec lui, il ne la tuerait pas.

— Sam. Ça t'intéresse ?

— Oui, bien sûr... (Puis, sous l'impulsion d'une inspiration soudaine :) Je suis religieuse. J'ai consacré ma vie à Dieu et à de pauvres gens comme vous, Sam. J'ai été dans les prisons. Partout où l'on peut soulager les souffrances humaines... Ça ne vous portera pas chance si vous me blessez.

— Une bonne sœur ? cria-t-il. Oh, merde ! On ne me l'a pas dit. (Il décocha un coup de pied rageur contre le bois délabré de la porte cochère, mais, malgré le bruit, personne ne vint. Personne ne se manifesta.) Pourquoi te mêles-tu de mes affaires ? Pourquoi as-tu dit à Isella de rentrer dans son bled ?

— Pour la protéger. Mais peut-être que vous n'avez plus l'intention de lui taper dessus, Sam ? Vous n'êtes sans doute pas un homme violent, au fond...

— Saloperie de nonne ! hurla-t-il. On sépare un père de ses enfants au nom de la religion. Ah, il a bon dos, le bon Dieu. Allez donc tous vous faire foutre !

Il la lança contre le double battant, sur lequel l'arrière de sa tête cogna avec un bruit bizarre. Un voile gris tomba sur ses yeux. Elle s'effondra, mais il la remit debout de la main gauche, avant de lui écraser son poing droit dans l'estomac. Cassée en deux, Grace s'affala par terre. Elle essaya de ramper, mais rien ne semblait pouvoir arrêter l'avalanche de coups de pied qui déferlait sur son corps brisé. Elle tenta de protéger son visage de ses bras, et se roula en boule, incapable de crier pour appeler au secours. Soudain, il cessa de la frapper. Elle entendit ses pas résonner et décroître dans la rue. Elle resta là, dans le caniveau, un goût de sang dans la bouche.

Une patrouille de police la découvrit au cours d'une ronde tardive. Les deux policiers commencèrent par la pousser de leurs matraques, comme ils le faisaient avec les ivrognes et les drogués. Puis l'un d'eux se rendit compte qu'elle était couverte de sang.

— Vite, une ambulance ! cria-t-il à son compagnon, qui partit en courant vers la voiture pie qu'ils avaient garée en bordure du trottoir.

Le premier officier de police s'agenouilla près de la jeune femme. Ses doigts tâtèrent son cou. Le pouls battait faiblement, presque imperceptiblement, mais il battait encore. Il la retourna sur le dos pour découvrir un visage violacé, couvert de sang. Elle devait souffrir de fractures multiples, peut-être d'une hémorragie interne, se dit-il. Elle était inconsciente mais, du fond de son coma, elle luttait pour respirer.

— Comment va-t-elle ? demanda son coéquipier, qui était revenu vers eux.

— Mal. Elle est bien amochée... Ses vêtements sont élégants. Elle n'est sans doute pas du quartier. (Il ouvrit le sac de Grace, qui gisait à côté d'elle, et en sortit une carte d'identité qu'il examina à la lumière de sa lampe-torche.) Elle habite la 84ᵉ Rue. Ce n'est pas la porte à côté... Qu'est-ce qu'elle pouvait bien fabriquer si loin de chez elle ?

— Il y a un foyer d'accueil à proximité. Elle fait probablement partie de l'équipe des bénévoles. Je vérifierai, répondit le policier qui avait appelé l'ambulance.

Celle-ci arriva dans les cinq minutes, sirène hurlante. Les infirmiers s'activèrent autour de la blessée. On la transporta sur une civière à l'intérieur du véhicule, après lui avoir appliqué sur le nez un masque à oxygène. Le premier policier s'installa à son chevet.

— Est-ce qu'elle va s'en sortir ? demanda-t-il à l'infirmier-chef.

— Je n'en sais rien. Je crois qu'elle a une fracture du crâne. Sans parler du reste. La blessure à la tête est la plus préoccupante.

Il ne se risqua à aucun autre commentaire. L'ambulance démarra sur les chapeaux de roue, sirène et gyrophare en marche. Une course inexorable contre la montre s'était engagée, les sauveteurs le savaient. Il fallait la maintenir en vie coûte que coûte jusqu'à la salle de réanimation de l'hôpital Bellevue. Son visage était méconnaissable, une longue éraflure lui balafrait le cou. Lorsqu'ils déboutonnèrent son chemisier et tirèrent sur la fermeture Eclair de son jean, ils furent encore plus atterrés.

— Elle est vraiment mal en point, confia l'infirmier-chef au policier dans un murmure. Je me demande si son agresseur la connaissait. Comment s'appelle-t-elle ?

Le policier relut le nom figurant sur la carte d'identité.

— Allez, Grace... ouvrez les yeux... tout ira bien... Nous allons vous transporter à l'hôpital... Tenez le coup, mon petit... Grace... Grace ! bon sang ! (Entre-temps ils lui avaient fait une intraveineuse. L'infirmier passa le brassard d'un tensiomètre sur le bras libre de la jeune femme.) Nous sommes en train de la perdre. Sa tension n'arrête pas de baisser. Le cœur va s'arrêter.

Le second infirmier sortit le défibrillateur d'une mallette, tandis que son collègue dénudait le torse de Grace.

— Tenez-la par-derrière, ordonna-t-il au policier.

Il fallait rétablir immédiatement le rythme cardiaque s'ils ne voulaient pas arriver à Bellevue avec un cadavre. Ils posèrent l'appareil sur la poitrine couverte d'hématomes. Le choc électrique fit sursauter Grace comme un pantin désarticulé. L'onde puissante la transperça une seconde fois. Son cœur se remit à battre, alors que la voiture freinait dans un crissement de pneus. Ils étaient arrivés. Le conducteur de l'ambulance ouvrit les portières arrière et un tandem d'aides-soignants portant le badge des soins intensifs fit irruption dans la voiture.

— Elle était en arrêt cardiaque il y a encore une seconde, leur dit l'infirmier qui avait pratiqué la défibrillation. Nous pensons qu'elle a une hémorragie interne et une fracture du crâne...

Ils la recouvrirent d'un drap et la mirent sur un chariot. Puis ils longèrent le couloir de l'hôpital au pas de course. La tension artérielle plongea à nouveau, mais cette fois-ci le cœur tint bon. Un médecin entouré de trois infirmières vint les rejoindre. Il ajouta un cardiotonique dans le goutte-à-goutte, puis le chariot disparut dans la salle de réanimation. Le policier et les deux ambulanciers repartirent vers le bureau des admissions où ils remplirent les formulaires administratifs.

— Quel massacre ! s'exclama l'un des ambulanciers. Qu'est-ce qui lui est arrivé ?

— Ce n'est qu'une victime de plus de la violence qui règne dans les quartiers chauds de New York.

D'après sa carte d'identité et son permis de conduire, elle avait vingt-deux ans. Un âge trop tendre pour mourir, dit le policier avec un soupir. Elle devait être jolie, si on en jugeait par les photos figurant sur ses papiers. Mais, si elle survivait, ce qui n'était pas certain, elle resterait probablement défigurée.

— Il ne s'agit pas d'une agression ordinaire, observa l'autre infirmier. On dirait qu'il s'est acharné sur elle dans le seul but de la démolir. C'était peut-être son petit ami ?

— Sous un porche de Delancey Street ? J'en doute. Elle porte des vêtements de marque et habite dans l'Upper East Side. Enfin, on verra...

La police se rendit au refuge Saint-Andrew. Lorsqu'il apprit que Grace avait été agressée, le père Tim devint livide. Puis, d'une voix presque inaudible, il confia aux enquêteurs qu'il croyait savoir qui avait fait cela. La veille, il avait reçu la visite de policiers qui lui avaient appris que l'une de ses pensionnaires, Isella Jones, avait été sauvagement assassinée par son mari. Celui-ci avait également tué leurs enfants avant de prendre la fuite. Les officiers de police avaient demandé au prêtre d'avertir ses bénévoles et ses assistantes sociales. L'assassin en cavale était dangereux. Il était possible qu'il cherche à se venger du père Tim et de son équipe, qui avait conseillé à son épouse de retourner à Cleveland. Au moment où Isella était arrivée au foyer, Grace se trouvait en Californie. A son retour, ils avaient eu tellement à faire que personne n'avait songé à la prévenir qu'un assassin rôdait autour du foyer.

Le père Tim était persuadé que l'agresseur de Grace était le mari de la malheureuse Isella. Un avis de recherche fut lancé contre celui-ci. Il avait déjà été impliqué dans des bagarres sanglantes et avait un casier judiciaire chargé. Le meurtre de sa femme et de ses enfants suffirait à l'envoyer en prison à vie — sans parler de l'agression qu'il avait perpétrée contre Grace.

— Comment va-t-elle ? demanda le père Tim.

— Elle avait l'air mal en point quand l'ambulance est partie. Je suis désolé, répondit le policier.

— Moi aussi... dit le prêtre en enfilant une chemise noire ornée du col blanc de l'église catholique romaine. Pouvez-vous me conduire à l'hôpital ? demanda-t-il, les yeux brillants de larmes.

— Oui, mon père, bien sûr.

Il alla prévenir sœur Eugénie, puis suivit le policier. Un quart d'heure plus tard, ils étaient à Bellevue. Grace était encore aux urgences. Un groupe de médecins et d'infirmières s'efforçait de la maintenir en vie. En pure perte, pensaient la plupart, car elle respirait à peine.

— Je suis un ami de Mlle Adams, dit le père Tim à l'infirmière de garde. Comment va-t-elle ?

— Elle est dans un état critique. Nous n'en savons pas plus. Euh... (Elle le regarda, s'aperçut qu'il était prêtre.) La petite blessée de Delancey Street risquait de rendre le dernier soupir avant l'aube. C'était du moins ce qu'un interne lui avait dit.) Vous voulez la voir, mon père ?

Il hocha la tête. Il se sentait responsable de ce qui était arrivé à Grace. Il ne l'avait pas avertie. Et Sam Jones l'avait suivie... Sans un mot, il emboîta le pas à l'infirmière. Au seuil de l'unité de soins intensifs, il eut un mouvement de recul. Le médecin-chef, deux internes et trois infirmières s'activaient autour d'une forme inerte. Le père Tim s'approcha. A travers le voile de ses larmes, la forme floue se précisa. On aurait dit une momie reliée par des fils à toutes sortes de machines, moniteurs et écrans traversés de lignes hachurées. Il vit au milieu des linges tachés de sang un visage si tuméfié qu'il ne le reconnut pas. De toute sa vie il n'avait vu un tel spectacle. Le médecin lui fit un signe de tête, et il se pencha pour donner l'extrême-onction à la jeune femme. Il ignorait quelle était sa religion, mais cela n'avait guère d'importance. C'était une enfant de Dieu. Le père Tim recula en pleurant. Une fervente prière monta à ses lèvres. Il ne cessa de prier jusqu'à ce que, une heure plus tard, médecins et infirmières aient fini de soigner les blessures de Grace. Ils avaient posé des points de suture sur sa joue, son arcade sourcilière et son cou, là où la lame acérée du couteau avait laissé son empreinte. Il s'était acharné sur son visage à coups de poings. Elle avait un bras cassé, cinq côtes brisées. Ils l'emmèneraient au bloc opératoire dès que son état serait stabilisé. Le scanner avait révélé des blessures internes : rate éclatée, reins endommagés. Sans compter une fracture du bassin.

— Y a-t-il une partie de son corps qui soit intacte ? demanda le père Tim quand le médecin eut terminé le bilan des dégâts.

— Non, pas grand-chose. Si. Les pieds.

Le médecin sourit à sa plaisanterie, et le prêtre s'efforça de l'imiter sans y parvenir.

Grace fut transportée en chirurgie à six heures du matin, et le père Tim s'installa dans une salle d'attente.

Six heures plus tard, il était toujours sans nouvelles. Entre-temps, sœur Eugénie l'avait rejoint. Ils priaient en silence, assis côte à côte, quand le médecin réapparut.

— Vous êtes de sa famille ? demanda-t-il. (Il l'avait d'abord pris pour l'aumônier de l'hôpital, puis s'était rendu compte qu'il devait être un proche.)

— Oui, répondit le père Tim sans l'ombre d'une hésitation. Comment va-t-elle, docteur ?

— Elle a survécu à l'opération. Nous n'en espérions pas tant ! Nous avons dû lui ôter la rate. Le chirurgien plastique qui s'est occupé de son visage affirme qu'elle ne gardera pas de cicatrices... Dans son malheur elle a eu de la chance. Si les secours étaient arrivés une minute plus tard, elle ne serait plus parmi nous. La blessure à la tête nous inquiète toujours, je ne vous le cache pas. D'après les résultats de l'électro-encéphalogramme, tout est normal, mais on ignore encore si elle va reprendre conscience ou rester dans le coma. Il est trop tôt pour se prononcer. Nous en saurons plus dans quelques jours. Je suis désolé, mon père.

Il toucha la main du prêtre, salua d'un signe de tête la religieuse assise à son côté, puis partit. Il avait mené un rude combat contre la mort, mais l'issue n'en demeurait pas moins incertaine. L'homme en blanc entra dans l'ascenseur l'air songeur. Le père Tim et sœur Eugénie restèrent assis dans la petite pièce. Ils ne pourraient voir Grace avant qu'elle soit sortie de la salle de réveil. Sœur Eugénie exhorta le père Tim à prendre un peu de repos. Il refusa. Ensemble, ils se dirigèrent vers la cafétéria.

— Il faudrait peut-être prévenir ses employeurs, dit-il en grignotant un beignet huileux. Ils doivent se demander où elle est passée.

Et c'était bien le cas. Charles Mackenzie s'inquiétait. Il avait fait téléphoner chez Grace une bonne douzaine de fois sans jamais obtenir de réponse. Qu'avait-il pu se passer ? D'autres employées s'absentaient parfois sans prévenir mais non, pas elle, pas Grace. Elle était trop honnête pour prendre une journée sans le signaler. Winnie ne l'avait pas vue, et il ne savait pas vers qui se tourner. De sombres visions le hantaient. Et si elle s'était cogné la tête en glissant dans sa baignoire ? Si elle ne s'était pas manifestée d'ici l'heure du déjeuner, il essaierait de joindre son propriétaire. Il revint du restaurant d'humeur morose. Toujours pas de nouvelles. Le téléphone se mit à sonner, et une de ses secrétaires lui annonça que le père Timothy Finnegan était en ligne. C'est à propos de Mlle Adams, précisa-t-elle.

— Je prends, dit-il en appuyant sur le bouton qui clignotait, envahi par un affreux pressentiment. Allô ? allô ?

— Monsieur Mackenzie ?

— Oui, mon père, que puis-je pour vous ?

— Pour moi, rien monsieur. C'est Grace...

Le sang de Charles se glaça dans ses veines. Sans en entendre davantage, il sut que quelque chose d'horrible était arrivé à son assistante.

— Est-ce qu'elle va bien ?

Quelques interminables secondes s'écoulèrent.

— Non, monsieur, j'en ai peur. Elle a eu un accident hier soir. En fait, elle a été agressée après avoir quitté le refuge Saint-Andrew... De graves présomptions pèsent sur le mari d'une de nos pensionnaires. Il a poignardé sa femme et ses enfants samedi dernier. Et hier, il s'en est pris à Grace. Et il a failli la tuer !

— Où est-elle ?

— A Bellevue. Elle vient juste de sortir du bloc opératoire.

— Est-ce très grave ?

Il s'aperçut que ses mains tremblaient. Seigneur, c'était tellement injuste ! Elle était si jeune, si vivante, d'une beauté si lumineuse...

— Oui, malheureusement. Ils lui ont ôté la rate, mais, d'après le chirurgien, on peut vivre sans. Ses reins ont été touchés, elle a un bras cassé ainsi que plusieurs côtes, et le bassin fracturé. Son visage est très abîmé. Il lui a tailladé le cou, mais superficiellement. C'est sa blessure à la tête qui inspire le plus d'inquiétude aux médecins. Ils ne savent pas encore si elle survivra. Il faut attendre. Je suis navré de vous annoncer ces mauvaises nouvelles mais il fallait bien vous prévenir. (Puis, après une légère hésitation :) J'ai cru comprendre qu'elle a pour vous une profonde estime, monsieur Mackenzie.

— C'est réciproque. Y a-t-il quelque chose que je puisse faire pour elle ?

— Prier.

— Oui, mon père, entendu. Je vous remercie. Tenez-moi au courant, s'il vous plaît.

— Bien sûr.

A peine avait-il raccroché que Charles composait le numéro de l'hôpital Bellevue et demandait à parler au directeur. Il téléphona ensuite à l'un de ses amis, un neurochirurgien de renom, et le pria de se rendre au chevet de la blessée. Le directeur de l'hôpital lui avait promis de transférer Grace dans une chambre privée lorsqu'elle quitterait la salle de réanimation où une équipe d'infirmières spécialisées veillait constamment sur elle.

Charles s'adossa à son fauteuil, consterné. Il avait répété mille fois à Grace que ce quartier était dangereux et qu'elle devait toujours rentrer chez elle en taxi. Elle ne l'avait pas écouté... Vers cinq heures de l'après-midi, il rappela l'hôpital. L'état de Mlle Adams était stationnaire, lui dit une voix anonyme. Mais elle figurait toujours sur la liste des cas critiques. Il raccrocha de nouveau, accablé. Et, vers six heures, son ami neurochirurgien l'appela sur sa ligne directe.

— Je l'ai vue, Charles. C'est incroyable ce que ce type lui a fait. C'est inhumain.

— Va-t-elle s'en sortir ?

Il détestait les agressions contre des innocents. Encore plus contre ses proches. Surpris, il découvrit qu'il portait une profonde affection à Grace. Oui, il l'aimait tendrement, comme on chérit sa propre enfant.

— Tout dépendra si elle sort du coma dans les prochains jours. Elle n'aura pas besoin de chirurgie du cerveau, ce qui est déjà un bon point. Mais on craint la formation d'un œdème cérébral. Il faut beaucoup de patience, mon vieux. C'est une de vos amies ?

— Ma secrétaire particulière.

— Ah... pauvre petite. Elle est très jeune, n'est-ce pas ? Et elle n'a pas de famille.

— Je n'en sais rien. Elle n'en parle jamais.

D'ailleurs, que savait-il d'elle ? Rien. Rien du tout.

— J'ai parlé avec une religieuse qui se trouvait auprès d'elle. Elle n'a aucun parent. Mon Dieu, si jeune et seule au monde...

Charles reposa lentement le récepteur. Si jeune et seule au monde, avait dit son ami. Il pensait la même chose. Se pouvait-il qu'elle n'ait personne, à part cette religieuse, et ce prêtre qui l'avait appelé quelques heures plus tôt ? Il se pencha sur ses dossiers mais les lettres dansaient devant ses yeux. Les paragraphes se succédaient, aussi incompréhensibles que des hiéroglyphes. A dix-neuf heures, n'y tenant plus, il sauta dans un taxi et donna au chauffeur l'adresse de Bellevue. Il traversa vivement le hall bondé des urgences. L'ascenseur le déposa à l'étage des soins intensifs. Personne alentour. Sœur Eugénie était partie et le père Tim n'était pas encore arrivé. Il avait dit à l'infirmière de garde qu'il repasserait plus tard dans la nuit.

La salle de réanimation baignait dans une lumière diffuse. Seul le bip-bip rythmé du moniteur cardiaque brisait le silence. Une aide-soignante se leva pour laisser sa place au visiteur. Il s'assit près du lit blanc et prit délicatement la petite main aux longs doigts fins, la seule partie du corps de Grace restée intacte. Le reste n'était que pansements.

— Hé, Grace, je suis venu vous voir, murmura-t-il en lui caressant la main. (Peut-être que, du fond de son coma, elle reconnaîtrait sa voix.) Tout va s'arranger, vous verrez. Et n'oubliez pas le dîner au « 21 ». Je vous y emmènerai moi-même si vous vous dépêchez de guérir. Ce serait gentil si vous ouvriez les yeux quand on vous parle... Regardez-moi, Grace, je vous en prie, ouvrez les yeux.

Il continua à chuchoter d'une voix douce pendant un long moment, et il s'apprêtait à partir quand il vit ses cils bouger... Oh, un tout petit frémissement, presque rien. Il se précipita pour prévenir l'infirmière de garde, le cœur battant à tout rompre. La survie de Grace était devenue pour lui la chose la plus importante au monde. Il la connaissait à peine, mais il ne voulait pas la perdre.

— Elle a bougé les paupières, expliqua-t-il.

— C'est probablement un simple réflexe, dit la femme en blouse blanche avec sympathie.

Mais, lorsqu'ils furent à nouveau près du lit, le même petit mouvement des cils se produisit.

— M'entendez-vous, Grace ? Si oui, bougez les yeux. Ouvrez-les. Vous pouvez le faire. Je le sais. Oui, vous le pouvez. Allez, un peu de courage. Ouvrez les yeux, Grace.

Les paupières closes frémirent. Elle ouvrit les yeux une seconde, les referma presque aussitôt avec un gémissement.

— Qu'est-ce que ça veut dire ?

— Qu'elle revient à elle, expliqua l'infirmière en lui souriant. Je vais appeler le docteur.

Charles se pencha à nouveau sur la silhouette immobile sous le drap blanc.

— C'était formidable, mon petit ! la félicita-t-il en lui reprenant la main. Mais vous n'allez pas rester là à dormir alors que nous sommes submergés de travail... Et cette lettre que vous étiez censée taper, l'avez-vous oubliée ? ajouta-t-il, obéissant à une soudaine inspiration. Il faillit fondre en larmes lorsqu'il vit les sourcils de Grace se froncer.

Elle rouvrit les yeux et posa sur Charles un regard brumeux.

— Quelle... lettre ? parvinrent à articuler ses lèvres enflées. Puis elle sombra à nouveau. Ce fut alors qu'il s'aperçut qu'il pleurait. Les larmes roulaient silencieusement sur ses joues, alors qu'il la regardait. Elle l'avait entendu. Et elle l'avait reconnu. L'infirmière revint, suivie du médecin. Il pratiqua un nouvel électro-encéphalogramme. Les ondes du cerveau étaient normales. Elle revenait à elle, lentement mais sûrement. Le médecin souleva une de ses paupières pour braquer un mince faisceau lumineux dans sa pupille. Elle poussa un gémissement, puis un cri lorsqu'il la toucha. Elle avait mal, ce qui était un signe encourageant, déclara le praticien.

A minuit, Charles n'avait toujours pas bougé. Il n'arrivait pas à partir. A la laisser. Au moins son cerveau était intact... Bientôt, il fut rejoint par le père Tim. Une infirmière fit à Grace une piqûre contre la douleur, tandis que les deux hommes sortaient dans le couloir.

— Oh, Seigneur, merci ! exulta le prêtre, le visage illuminé d'un sourire, quand il apprit la bonne nouvelle.

Les religieuses et lui-même n'avaient pas cessé de prier pour le rétablissement de Grace. Sam Jones, arrêté un peu plus tôt dans la nuit, avait avoué le meurtre de sa famille et la tentative d'homicide contre Grace. Il ne connaissait pas la jeune fille, mais elle était la première qu'il avait vue sortir du refuge Saint-Andrew. Le temple de son malheur, comme il l'avait surnommé.

— Nous aimons beaucoup Grace, dit le père Tim une fois son récit terminé. Elle est notre meilleure bénévole. Une vraie sainte.

— Pourquoi vient-elle chez vous ?

Le père Tim glissa quelques pièces dans une machine à café, recueillit un peu de jus brunâtre dans deux gobelets en plastique, et en tendit un à Charles. Leur affection à l'égard de Grace et l'espoir partagé qu'elle guérirait avaient rapproché l'élégant homme d'affaires et le tranquille homme de Dieu.

— Nul ne le sait, répondit le prêtre pensivement. A mon avis, le calvaire des femmes et des enfants battus ne lui est pas inconnu. Je pense qu'elle a souffert dans son enfance et que, ayant survécu aux mauvais traitements, elle veut aider les autres à surmonter leur détresse. Elle aurait fait une religieuse extraordinaire.

Il sourit à Charles, qui leva un index faussement menaçant.

— Jamais de la vie. Grace est faite pour se marier et avoir des enfants.

— Cela m'étonnerait beaucoup qu'elle se marie. Les enfants maltraités ont beaucoup de mal à faire confiance aux autres lorsqu'ils deviennent adultes. C'est déjà un miracle que Grace soit aussi équilibrée.

— Si elle peut se consacrer à ces malheureux, pourquoi pas à un époux ?

— C'est beaucoup plus difficile que cela, murmura le père Tim, et il décida de mettre Charles Mackenzie sur la voie, en lui donnant ne serait-ce qu'un indice. Elle était terrifiée quand il a fallu qu'elle vous accompagne en Californie. Et pleine de gratitude que vous n'ayez pas profité d'elle.

— Profité d'elle ? Qu'entendez-vous par là ?

— Monsieur Mackenzie, elle a dû souffrir énormément. Beaucoup d'hommes se comportent souvent comme des brutes. Nous le constatons chaque jour. Je crois qu'elle s'attendait à ce que vous soyez comme les autres.

Charles le regarda, embarrassé. L'idée qu'elle ait pu penser ça de lui et le répéter à une tierce personne le gênait.

— Je comprends mieux à présent pourquoi elle était si crispée quand elle s'est présentée pour la première fois à mon bureau. Elle ne me faisait pas confiance.

— Elle a perdu sa confiance dans les autres depuis longtemps. L'agression d'hier n'arrangera pas les choses. Mais rassurez-vous, cela n'a rien à voir avec vous. C'est différent. Beaucoup plus profond. Il est des trahisons dont on ne se remet pas. Des blessures morales dont on ne guérit jamais, celles qu'une mère inflige à son enfant, par exemple, ou un homme à sa femme.

Charles l'écoutait attentivement en se demandant dans quelle mesure tout cela s'appliquait vraiment à Grace. Ce prêtre semblait bien la connaître. Il se pouvait que ses suppositions soient justes. Mais que lui était-il arrivé ? Qui lui avait inculqué cette peur permanente des hommes ? Que cachait-elle derrière ses airs indifférents et ses gentilles manières ?

— Savez-vous quelque chose au sujet de ses parents ?

— Elle n'en parle jamais. Je sais seulement qu'ils sont morts. Et qu'elle n'a plus de famille. Elle vient de Chicago. Elle est très seule, mais elle a accepté sa solitude. En fait, elle la recherche. Sa vie se déroule entre votre bureau et Saint-Andrew. Elle y travaille une trentaine d'heures par semaine.

— Elle ne doit pas avoir une minute à elle : elle travaille cinquante heures pour moi.

— Elle ne fait rien d'autre, monsieur Mackenzie.

Un soupir échappa à Charles. Il mourait d'envie d'aller secouer Grace pour lui poser mille questions. Soudain, elle n'était plus simplement sa secrétaire, mais un être cher, quelqu'un qu'il voulait mieux connaître.

L'infirmière les raccompagna jusqu'à la salle de réanimation. Le père Tim se tint à l'écart, pendant que Charles débitait à mi-voix quelques banalités. Cet homme portait à Grace des sentiments dont il n'était pas encore conscient, pensa le prêtre avec un sourire. Elle rouvrit des yeux ensommeillés. Tout en supprimant la douleur, la piqûre l'avait assommée.

— Merci... d'être venu...

Elle essaya de sourire sans succès, à cause de ses lèvres tuméfiées.

— Je suis désolé pour vous, Grace. (Il aurait une bonne discussion avec elle à propos de Saint-Andrew quand elle serait en état de l'écouter.) Ils ont arrêté votre agresseur.

— Il était furieux... à cause de sa femme. Isella.

De sa vie elle n'oublierait ce prénom.

— J'espère qu'il sera condamné à mort, dit-il dans un chuchotement furieux, et elle réussit à sourire avant de refermer les yeux, épuisée. Essayez de vous reposer. Je reviendrai demain.

Elle acquiesça d'un battement de paupières. Le père Tim resta à son tour quelques minutes à son chevet, puis les deux hommes partirent. Charles déposa son compagnon en taxi avant de rentrer chez lui. Ils s'étaient promis de rester en contact. Ce jeune prêtre plaisait à Charles. Il était animé d'une flamme, d'un enthousiasme, d'une ferveur étonnants. Et d'une grande sagesse. Il irait visiter son fameux centre d'accueil. C'était le seul moyen d'en savoir plus sur Grace.

Il retourna à l'hôpital pendant trois jours consécutifs. Une fois, il emmena son amie productrice, qui resta discrètement dans une salle d'attente pendant qu'il entrait dans l'unité de soins intensifs. Il lui était impossible de passer une journée sans voir Grace. Lorsqu'elle fut transférée dans une chambre privée, il vint avec Winnie. Celle-ci fondit en larmes dès qu'elle aperçut son amie. Elle lui saisit les mains et déposa un léger baiser sur son front, le seul endroit où il n'y avait pas de pansements. Elle semblait aller mieux. Son visage commençait à dégonfler mais elle avait mal partout. Sa blessure à la tête, son bras plâtré et son bassin fracturé lui interdisaient le moindre mouvement. Mais ses reins s'étaient remis à fonctionner normalement et son médecin se félicitait de ses progrès.

Le samedi, exactement huit jours après le drame, elle se leva pour la première fois. Solidement maintenue par deux infirmières, elle esquissa quelques pas. Une atroce douleur la transperça et elle faillit s'évanouir, mais, de retour au lit, elle célébra cette victoire en buvant un jus de fruit. Elle était blanche comme un linge mais souriante quand Charles arriva, les bras chargés d'une énorme gerbe de roses de jardin. Il lui apportait constamment des fleurs, des chocolats, des magazines et des livres.

— Que faites-vous là ? le gronda-t-elle doucement. Un samedi ! Ne me dites pas que vous n'aviez aucun projet plus intéressant pour le week-end.

Sa voix était redevenue normale. Elle se rétablissait. Son visage passait par toutes les couleurs de l'arc-en-ciel mais l'œdème avait diminué, et les points de suture cicatrisaient parfaitement. Chaque fois qu'il la voyait, Charles se remémorait les paroles du père Tim. Il aurait tant voulu savoir ! Mais il était encore trop tôt pour poser des questions.

— D'ailleurs vous en aviez bien un ! s'exclama Grace, qui suivait son idée. Vous deviez assister aux régates de Long Island.

Elle s'était occupée de la location d'une villa à Quogue.

— J'ai annulé, répondit-il négligemment, en la regardant avec une attention soutenue. Vous allez mieux, on dirait.

Avec un sourire, il lui tendit une pile de magazines. Il n'avait pas cessé de lui apporter des présents. Il lui avait envoyé une liseuse, une paire de chaussons, un oreiller pour sa nuque, de l'eau de Cologne. Grace en avait été embarrassée. Naturellement, cette sotte de Winnie y avait vu les prémices d'une idylle. Grace s'était empressée de la détromper.

— Oui, je suis en meilleure forme, admit-elle, en rendant à Charles son sourire. Je voudrais rentrer chez moi.

251

— Je crains que cela ne soit pas possible pour le moment.

Elle en avait encore au moins pour trois semaines, ce qui voulait dire qu'elle célébrerait son anniversaire à l'hôpital.

— Mais j'ai envie de me remettre au travail.

Elle était prête à se rendre au bureau sur des béquilles, et elle avait hâte de retourner à Saint-Andrew.

— Ne vous précipitez pas, Grace. A votre place, j'irais plutôt me reposer quelque part, après l'hôpital.

Elle éclata d'un rire frais.

— Où ça ? Sur la Riviera, peut-être ?

Elle n'avait jamais pris de vraies vacances, et de toute façon elle ne le souhaitait pas. D'ailleurs, elle n'y avait pas encore droit, fit-elle remarquer. Au bout d'un an, elle pourrait demander deux semaines de congé, mais pas avant. Son assurance maladie ne rembourserait pas la totalité des frais qui s'élèveraient à environ cinquante mille dollars à la fin de la troisième semaine, mais Charles s'arrangerait pour que la compagnie couvre le reste de la somme.

— Oui, pourquoi pas la Riviera ? la taquina-t-il. Louez-vous un yacht et tâchez donc de vous amuser, pour une fois.

Quand ils eurent fini de rire, ils se mirent à bavarder. Grace s'étonnait de se sentir aussi à l'aise en compagnie de son patron. Elle avait eu largement le temps d'apprécier sa gentillesse. Et son amitié. A midi, il était encore là. L'infirmière de garde partit déjeuner, et tout naturellement il la remplaça. Il aida Grace à se traîner jusqu'au fauteuil où elle prit place, victorieuse mais éreintée.

— Comment se fait-il que vous n'ayez pas eu d'enfants ? demanda-t-elle soudain, alors qu'il lui servait un verre de soda.

Il aurait fait un père formidable.

— Ma chère et tendre moitié détestait les enfants. Forcément, elle se prenait elle-même pour un bébé. Il était
hors de question qu'on lui prenne cette place.

— Vous le regrettez ?

Elle devait penser qu'il était trop vieux pour fonder
une famille, se dit-il en réprimant un sourire attendri.

— Oui, parfois, répondit-il avec franchise. Quand
Michelle m'a quitté, j'ai caressé l'idée d'un second
mariage, car en fait j'adore les gosses. Mais finalement
je me suis habitué à ma vie de célibataire. J'avoue que
j'ai de moins en moins envie de changer de statut.

Il s'était attaché à sa liberté. Ces dernières années, il
avait soigneusement évité toute relation qui risquait
d'aboutir à un engagement sérieux. Il se contentait
d'aventures sans lendemain, d'amourettes éphémères
dans lesquelles il ne s'impliquait pas. Mais, grâce à sa
question, Grace lui avait tendu une perche qu'il
s'empressa de saisir.

— Et vous ? Pourquoi ne voulez-vous pas vous marier
et avoir des enfants ?

Il la vit se troubler.

— Qu'est-ce qui vous fait dire cela ? demanda-t-elle en
détournant les yeux puis en fixant de nouveau son interlocuteur. Comment pouvez-vous savoir ce que je veux
ou pas ?

— Une jeune femme de votre âge ne partage pas son
temps entre le bénévolat, le bureau et des vieilles dames
de soixante ans comme Winnie. Vous ne donnez pas
l'impression de chercher un mari. Est-ce que je me
trompe ?

Il l'enveloppait d'un regard bienveillant.

— Non, vous ne vous trompez pas.

— Pourquoi, Grace ?

Un long moment s'écoula. Elle était plongée dans une
profonde réflexion. Elle ne voulait pas mentir mais n'était
pas prête à dire toute la vérité.

— Oh... c'est une longue histoire, finit-elle par répliquer.

— Une histoire en rapport avec vos parents ?

Ses yeux l'interrogeaient, pleins de douceur.

— Oui.

— Etait-ce si dur que cela ? (Elle acquiesça, et il fut envahi par une vague de compassion. L'idée que quelqu'un l'avait blessée le mettait au supplice.) Et personne ne vous est venu en aide ?

— Non... pas pendant longtemps. Après, c'était trop tard... c'était fini.

— Ce n'est jamais fini et ce n'est jamais trop tard. Rien ne vous oblige à vivre avec ce chagrin toute votre vie. Vous avez le droit de vous en libérer, de vivre avec un homme honnête.

— Le présent me suffit. Je n'attends rien de l'avenir, dit-elle tranquillement, d'un air mélancolique.

— Vous êtes si jeune ! Vous avez seulement la moitié de mon âge. Vous avez toute la vie devant vous.

Mais elle secoua la tête, avec un sourire à la fois triste et sage.

— Non, Charles. (Il avait insisté pour qu'elle l'appelle par son prénom et elle avait fini par accepter.) Croyez-moi, je sais de quoi je parle. Ma vie est à moitié terminée.

— Mais non, elle ne fait que commencer, au contraire. Vous avez besoin d'autre chose que cette routine terne que vous vous êtes imposée.

— Vous n'allez pas vous mettre à me présenter des fiancés potentiels, vous aussi ! s'écria-t-elle en riant.

Il était bien gentil, ses observations partaient d'un bon sentiment, mais il n'avait rien compris. Comment aurait-il pu comprendre, d'ailleurs ? Elle n'avait rien de commun avec toutes ces jeunes filles de vingt-deux ans qui voient la vie en rose. Elle se comparait aux survivants des camps de la mort, et d'une certaine manière elle n'avait pas tort.

— Je vous en présenterais bien, si je savais qui, sourit-il.

Les hommes qu'il connaissait étaient trop vieux. Ou trop stupides. Ils ne la méritaient pas.

Ils changèrent alors de sujet de conversation, parlèrent de tout et de rien. De bateau à voile, le sport préféré de Charles, des étés qu'il avait passés, enfant, à Martha's Vineyard dans la maison de campagne familiale. Ils ne soulevèrent plus aucune question pénible. Il prit congé en fin d'après-midi. Le lendemain, il devait se rendre chez des amis dans le Connecticut, dit-il. Elle le remercia de sa visite.

Winnie vint la voir le dimanche après-midi, puis ce fut le tour du père Tim. Grace venait d'allumer le poste de télévision en face de son lit quand, dans la soirée, Charles entra dans la pièce, en pantalon kaki et chemise bleu canard. Il avait le visage rosi par le grand air.

— J'ai voulu m'assurer que vous alliez bien, dit-il, heureux de la revoir. Je rentre de la campagne.

Malgré elle, elle eut un sourire rayonnant. Charles lui avait cruellement manqué cet après-midi, et cela l'avait inquiétée. Il n'était que son patron, après tout. Et pourtant, elle se surprenait à aimer sa compagnie plus que de raison.

— Vous vous êtes bien amusé chez vos amis ?

— Non. J'ai pensé à vous tout l'après-midi. Vous êtes infiniment plus drôle qu'eux.

— Ça y est, maintenant je sais que vous êtes fou !

Il s'assit au bord du lit, la régala de mille anecdotes sur sa journée à la campagne. Il était vingt-deux heures lorsqu'il repartit. Elle le regarda s'éloigner, désemparée. Et plus tard, alors que le sommeil la fuyait, elle repensa à lui. Elle sentit la panique l'envahir. Que gagnerait-elle à s'approcher de cet homme ? Elle risquait de se brûler les ailes une fois de plus. Elle se souvint de Marcus Anders, se remémora la peine et l'humiliation qu'elle avait ressenties à la fin de leur brève liaison. Lui aussi s'était montré patient, au début, pour mieux la trahir ensuite. Qu'était-elle pour Charles Mackenzie ? Une simple conquête potentielle, sans aucun doute. Une boule se forma au fond de sa poitrine. La sonnerie du téléphone la fit sursauter. Elle décrocha, et la voix de Charles résonna dans l'écouteur. Il paraissait inquiet.

— Grace, il faut que je vous parle. Vous allez sûrement me prendre pour un cinglé, mais tant pis. Je veux que nous soyons amis. Je ne vous ferai aucun mal, sachez-le. J'ai eu peur que vous imaginiez Dieu sait quoi. Je ne sais pas ce qui se passe. Je pense à vous tout le temps, et je ne cesse de me demander ce qui a pu vous arriver dans le passé, sans trouver de réponse. Mais je ne veux pas vous perdre. Je ne veux pas non plus vous effrayer, ni vous créer des soucis à propos de votre travail. Pour le moment, restons-en là. Nous avons plus que de l'amitié l'un pour l'autre. Voyons ensemble où cela peut nous mener, sans rien précipiter.

— Mais comment, Charles ? demanda-t-elle nerveusement. Et au bureau ? Comment cela se passera-t-il quand je reviendrai ?

— Vous ne reviendrez pas de sitôt. Et cela nous laisse le temps de voir plus clair en nous-mêmes. Nous aurons mieux compris nos sentiments. Peut-être serons-nous simplement amis. Peut-être n'y aura-t-il rien d'autre. Mais on ne le saura jamais si on n'essaie pas. Vous avez besoin de mieux me connaître. Moi aussi. Je veux tout savoir de vous. Ce qui vous fait de la peine. Et ce qui vous fait rire. Je veux être à vos côtés. Vous aider...

— Et après ? Vous me laisserez tomber, si ça ne marche pas ? Vous sortirez avec une autre secrétaire qui vous amusera pendant un certain temps et vous confiera tous ses secrets ?

La sentant anxieuse, il chercha des mots apaisants. Les paroles du père Tim jaillirent dans sa mémoire. « Ils ont beaucoup de mal à faire confiance aux autres, même quand ils deviennent adultes. » Eh bien, Grace y arrivera, décida-t-il.

— Vous n'êtes pas juste ! la gronda-t-il, faussement indigné. D'abord je ne sors jamais avec mes employées ni mes collègues de travail. Ensuite, il est abusif d'utiliser ce terme en ce qui vous concerne. Pour le moment vous êtes incapable de « sortir ». Vous ne pouvez aller nulle part sauf de votre lit à votre fauteuil, et il serait de très mauvais goût d'essayer de vous séduire pendant ce bref parcours.

Elle éclata de rire, et se laissa aller contre les oreillers, plus détendue. Dommage qu'elle ne puisse pas lui faire confiance... A moins que...

— Je ne sais pas, murmura-t-elle.

— Dites-moi simplement si mes visites vous dérangent ou pas. C'est tout ce que je vous demande. J'avais peur qu'une fois seule vous vous mettiez à paniquer.

— Justement, je ne savais plus quoi penser, répondit-elle honnêtement, avec un sourire de gamine prise en faute. Oui, vous avez raison, je commençais à paniquer, à me demander jusqu'où iraient... nos relations.

— On verra. Ne vous inquiétez pas. Pour le moment, ce qui importe, c'est que vous guérissiez. Un de ces jours... (sa voix était comme une caresse), quand vous aurez repris des forces, vous me raconterez votre vie, ce qui vous est arrivé. Sinon, comment voulez-vous que je vous comprenne ? Vous êtes-vous déjà confiée à quelqu'un ?

Comment pouvait-elle vivre avec un secret aussi lourd à porter ?

— Oui. A deux personnes. A une psychiatre, quelqu'un de vraiment merveilleux... Elle est morte dans un accident d'avion pendant son voyage de noces, il y a presque trois ans maintenant. Et à un homme, qui était mon avocat, et que j'ai perdu de vue.

— Vous n'avez pas eu beaucoup de chance, ma petite Grace.

Il entendit un soupir triste au bout de la ligne, et crut la voir hausser les épaules.

— Non, pas beaucoup. Jusqu'à ce que... (Elle hésita, puis comme si elle se décidait soudain :) J'ai eu de la chance quand je vous ai rencontré.

Ces mots lui écorchaient la bouche, Charles le savait.

— Pas autant que moi. Dormez bien, ma petite, ajouta-t-il d'une voix douce. Je passerai demain à l'heure du déjeuner. Et à l'heure du dîner, sans doute. Et si je vous apportais un plat du « 21 » ?

— Oh, je devais y aller avec Winnie la semaine prochaine, dit-elle d'un ton coupable.

— Vous aurez tout le temps de l'inviter où vous voudrez quand vous serez rétablie. Maintenant, faites de beaux rêves...

Il n'avait jamais éprouvé une telle tendresse pour une femme. Il n'avait qu'une envie : la protéger. Il rêvait de la prendre dans ses bras, comme une petite fille égarée, et de la défendre contre tous les dangers, réels ou imaginaires... Ils se souhaitèrent bonne nuit. Après avoir raccroché, Grace resta longtemps étendue dans le noir sans dormir. Des images, des bribes de phrases, des expressions de Charles emplissaient son esprit. Il l'effrayait, bien sûr, malgré ses efforts pour la rassurer. Pourtant elle recherchait sa compagnie. Oui, elle aimait les attentions dont il l'entourait. Un curieux petit frisson parcourut son corps. Une sensation agréable, inconnue jusqu'alors.

12

Charles vint la voir deux fois par jour pendant les trois semaines qui suivirent. Elle se déplaçait plus facilement maintenant, à l'aide de béquilles, mais manquait encore de forces. Le médecin lui recommanda d'attendre deux semaines avant de reprendre son travail.

Charles l'incitait aussi à se reposer. Il prétendait qu'il se débrouillait parfaitement sans elle au bureau, alors qu'il jonglait comme un fou avec un emploi du temps trop chargé. Il avait pratiquement annulé toutes ses sorties, tous ses déjeuners et dîners d'affaires, dans le seul but d'être près de Grace. Ils discutaient des heures durant, jouaient aux cartes, riaient aux éclats. Il la soutenait lorsqu'elle voulait se promener un peu. Il lui avait juré qu'elle ne garderait pas la moindre cicatrice sur son visage, et c'était vrai. Et un jour qu'elle se plaignait en plaisantant de l'inélégance des chemises de nuit d'hôpital, il lui fit livrer une exquise robe de chambre de chez Pratesi. Grace oscillait entre la terreur et un bonheur extravagant. Cette merveilleuse amitié ne pouvait se développer sans que de subtils changements se produisent, des changements inévitables qui la terrifiaient. Elle passait le plus clair de son temps à attendre l'arrivée de Charles. S'il ne venait pas à midi, elle ne mangeait pas, si le devoir l'appelait ailleurs le soir, elle se sentait seule à mourir. Et chaque fois qu'il franchissait le seuil de sa chambre, son petit visage s'illuminait, comme celui d'un enfant qui vient de retrouver son seul ami. Il prenait soin d'elle, et elle se laissait faire. C'était Charles qui parlait avec les médecins, Charles qui demandait pour elle une faveur aux aides-soignants, Charles encore qui remplissait ses formulaires d'assurance maladie. Au bureau, personne ne s'était aperçu à quel point il s'était impliqué dans cette relation, pas même Winnie. Grace répondait évasivement aux questions de son amie. Elle avait passé la moitié de sa vie à dissimuler des secrets, et était encore dans l'incapacité de parler, de se livrer.

Lorsqu'elle retourna chez elle, ses angoisses rejaillirent. Maintenant, tout allait à nouveau basculer. Cette crainte, devenue constante, frisait l'obsession, et son agitation ne cessa de monter jusqu'à ce qu'il apparaisse, les bras chargés de victuailles : champagne, salades, foie gras. Deux heures plus tôt, il l'avait ramenée de l'hôpital dans une limousine de location, et ne l'avait laissée seule que le temps d'effectuer quelques achats.

— Que vont penser les gens ? avait-elle demandé dans la voiture, alors qu'ils roulaient en direction de la 84e Rue.

Elle s'imaginait que tout le monde était au courant au bureau, et qu'à tous les étages on savait que le grand patron consacrait tout son temps libre à une secrétaire.

— A vrai dire, ils s'en fichent. Ils sont trop accaparés par leurs propres problèmes... Et puis chacun est libre de ses choix, non ? Oh, Grace, vous êtes ce qui m'est arrivé de mieux dans ma vie.

A peine était-il revenu qu'il le lui répéta. Il déposa les sacs de papier brun sur la table de la cuisine avant de tendre à Grace un petit écrin turquoise de chez Tiffany. Elle souleva le couvercle, et découvrit un bracelet en or.

— Pourquoi ? murmura-t-elle, abasourdie.

Le bijou seyait à merveille à son poignet menu, mais elle n'était pas certaine de pouvoir accepter un cadeau de cette valeur. Charles éclata de rire.

— Savez-vous quel jour nous sommes aujourd'hui ?

Elle le regarda sans comprendre. A l'hôpital, elle avait perdu la notion du temps.

— C'est votre anniversaire, petite étourdie ! Voilà pourquoi j'ai tant insisté pour qu'ils vous laissent sortir aujourd'hui au lieu de lundi. Ç'aurait été triste de passer un jour pareil à l'hôpital.

Des larmes montèrent aux yeux de Grace. Il avait même apporté un gâteau de chez Greenberg, un véritable délice de chocolat onctueux aux noisettes.

— Comment pouvez-vous me gâter ainsi ?

Personne, jamais, ne lui avait témoigné autant de gentillesse.

— Le plus facilement du monde... Je n'ai pas d'enfants, alors... Peut-être devrais-je vous adopter. Ce serait une bonne idée, qui vous simplifierait singulièrement la vie, n'est-ce pas ?

Sa proposition arracha un rire à Grace. Il semblait si bien la comprendre. Comme il semblait avoir saisi le fond du problème : la crainte que lui inspiraient ses propres sentiments. Et la peur d'un engagement plus important.

En effet, ici, chez elle, rien n'était plus pareil et elle se sentait mal à l'aise. Feindre l'amitié s'avérait difficile, sans les infirmières, aides-soignants et autres chaperons qui, à tout instant, faisaient irruption dans sa chambre à l'hôpital. La timidité paralysait Grace mais il feignit de ne pas le remarquer. Il avait rapporté une drôle de coiffe d'infirmière et l'avait mise sur sa tête, alors qu'il découpait le gâteau d'anniversaire. Elle voulut l'aider mais il la força à rester assise pendant qu'il s'activait dans la toute petite cuisine.

— Je ne suis pas complètement invalide ! protesta-t-elle.

— Dites donc, qui est le patron, ici ? gronda-t-il, et elle laissa échapper un rire amusé.

Après le dîner, elle alla s'allonger sur le lit et il s'étendit à côté d'elle. Il lui prit la main, et ils se mirent à bavarder. Il n'osait s'approcher davantage, de peur de l'effaroucher. Pourtant, au bout d'un long moment, il posa la question qui lui brûlait les lèvres.

— Avez-vous peur de moi, Grace ? Physiquement, je veux dire... Je ne veux pas vous effrayer, vous savez.

Elle le considéra, touchée par sa sollicitude. Voilà plus de deux heures qu'ils étaient sur le lit côte à côte, main dans la main, comme de vieux amis... Malgré le courant impalpable qui les électrisait. Mais maintenant, c'était Charles qui avait peur. Un geste de trop, et il risquait de perdre à jamais celle à qui il tenait le plus au monde.

— Parfois, j'ai peur des hommes, admit-elle.

— Quelqu'un vous a fait du mal, n'est-ce pas ? (Elle acquiesça de la tête.) Un ami de la famille ? Un inconnu ?

— Mon père. (Un jour, peut-être, elle lui avouerait son terrible secret. Elle lui devait une explication, elle le savait. Avec un soupir, elle porta la main de Charles à sa bouche pour l'embrasser.) Toute ma vie, les hommes ont essayé de profiter de moi. De m'utiliser. Après... après la mort de mon père, mon premier patron a tenté de me séduire. Il était marié, ce qui ne l'empêchait pas d'exercer son droit de cuissage. Je l'ai repoussé. Et il y a eu un autre homme avec qui j'ai eu des démêlés du même genre. (Elle faisait référence à Louis Marquez mais se garda de mentionner qu'il s'agissait de son agent de probation.) Nous étions en... en affaires, et il m'a menacée à plusieurs reprises de me faire perdre mon emploi si je n'acceptais pas de coucher avec lui. Il n'arrêtait pas de passer chez moi... C'était écœurant... Puis j'ai connu quelqu'un d'autre. Nous sommes sortis ensemble. Il a été pire que les autres. Il n'avait que faire de moi, en fait. Il a mis quelque chose dans mon verre, et cela m'a rendue affreusement malade. Du moins, il ne m'a pas violée. Il m'a juste ridiculisée. A mes propres yeux, en tout cas.

Charles la regarda.

— Comment savez-vous qu'il ne vous a pas violée ? articula-t-il d'une voix presque inaudible, horrifié par tout ce qu'elle avait enduré.

— Ma colocataire m'a accompagnée chez son médecin. Il ne s'était rien passé. Mais lui a fait croire à tout le monde que j'étais sa maîtresse. Il l'a dit à mon patron, qui s'est empressé de me harceler à son tour. J'ai démissionné et j'ai quitté Chicago.

— Pour mon bonheur, sourit-il en l'enlaçant et en l'amenant plus près de lui.

— Voilà à quel genre d'individus j'ai eu affaire. Je n'ai eu qu'un vague flirt avec cet homme, à Chicago, mais cela s'est si mal terminé... Et au lycée, je n'avais pas de petit ami. A cause de mon père.

— Dans quelle université êtes-vous allée ?

— A Dwight, dans l'Illinois, répondit-elle en réprimant un sourire.

— Et alors ? Avec qui êtes-vous sortie là-bas ?

— Avec personne. C'était une école de filles, si l'on peut dire.

Elle lui raconterait une autre fois. Pas ce soir, pas le soir de son anniversaire, le plus beau de sa vie, malgré les béquilles, les fractures et les points de suture. Elle ne s'était jamais sentie aussi heureuse, aussi comblée, aussi proche de quelqu'un. Ils s'étaient tus, goûtant la magie du moment. Charles savait qu'il n'apprendrait rien de plus. C'était déjà énorme qu'elle en ait dit autant.

— Ai-je raison de supposer que vous n'êtes pas vierge ? murmura-t-il avec prudence.

— Oui, dit-elle en le regardant. Dans le peignoir de satin bleu pâle qu'il lui avait offert à l'hôpital, elle était d'une incroyable beauté.

— Je me disais aussi... Mais, si j'ai bien compris, il n'y a jamais eu de relation vraiment stable dans votre vie...

— Charles, je vous expliquerai un jour. Je vous le promets. Mais pas ce soir...

Il n'avait pas l'intention de la bousculer, alors qu'ils venaient de fêter ses vingt-trois ans en amoureux. Il ne voulait pas la pousser aux confidences — des confidences qu'il devinait beaucoup trop pénibles pour elle.

— Quand vous voudrez, ma douce. Quand vous serez prête. N'ayez pas peur. Je ne ferai jamais rien qui pourrait vous effrayer.

Il contempla le petit visage radieux qui se levait vers lui. Les immenses yeux attentifs, la bouche si attirante. N'y tenant plus, il prit ses joues dans ses paumes, et l'embrassa très doucement. Elle se raidit légèrement, puis répondit à son baiser. Il la serra plus fort dans ses bras, et l'embrassa une nouvelle fois sans jamais laisser ses mains s'aventurer plus bas, sur ce corps juvénile qui l'attirait comme un aimant.

— Merci, murmura-t-elle, entre deux baisers. Merci d'être si généreux. Et si patient.

— Ne m'en demandez pas trop, gémit-il en s'arrachant à contrecœur à leur étreinte.

Ça n'allait pas être facile, mais il tiendrait bon. Il la ramènerait parmi les vivants. Il la sauverait, coûte que coûte.

Il quitta le petit appartement de la 84ᵉ Rue, après l'avoir bordée, heureuse et somnolente. Un dernier baiser, un seul, avant de se glisser hors de la chambre. Elle lui avait confié une clé pour qu'il puisse fermer la porte d'entrée en partant. Et, le lendemain, elle l'entendit ouvrir alors qu'elle se brossait les cheveux dans la salle de bains. Il apportait du jus d'orange, des beignets à la crème, et le *New York Times* qu'il posa sur la table de cuisine. Quand elle apparut, il était en train de préparer des œufs brouillés au bacon.

— Je fais tout mon possible pour augmenter votre taux de cholestérol, dit-il en riant, et elle l'imita.

Après le petit déjeuner, elle alla s'habiller. Ils firent une brève promenade le long de la Première Avenue. Dès les premiers signes de fatigue, il la raccompagna. L'après-midi, il regarda un match de base-ball alors qu'elle dormait dans ses bras. Sa beauté rayonnait, elle semblait si paisible... En rouvrant les yeux, elle le regarda d'un air surpris, comme si elle s'étonnait de sa présence.

— Que faites-vous là ? le taquina-t-elle avec un sourire ensommeillé.

Il se pencha pour l'embrasser.

— Je suis venu vous aider à améliorer votre orthographe.

A la tombée de la nuit, ils se firent livrer une pizza. Après dîner, il parcourut différents dossiers qu'il avait apportés. Il refusa catégoriquement de laisser Grace l'aider, et elle se contenta de le regarder travailler, se sentant de plus en plus coupable. L'heure fatidique a sonné, décida-t-elle en le voyant refermer le dernier dossier et en s'étirant. Il fallait qu'il sache. Maintenant. Avant qu'ils n'aillent plus avant. Peu d'hommes voudraient d'une meurtrière. Aucun, en fait. Peut-être même pas Charles.

— Je dois vous parler, dit-elle. Vous devez savoir.

Au ton aigu de sa voix, il sentit son angoisse. Il lui saisit les mains et la regarda droit dans les yeux.

— Quoi que ce soit, quoi qu'on vous ait fait ou que vous ayez fait, je vous aime et vous aimerai toujours, Grace.

C'était la première fois qu'il lui déclarait son amour. La première fois que quelqu'un lui disait ces mots. Des larmes piquèrent les yeux de Grace. Elle se mit à pleurer avant même de commencer son récit. Elle avait hâte d'en finir, afin de connaître la réaction de Charles. Tout allait peut-être changer.

— Moi aussi je vous aime, souffla-t-elle, lovée dans ses bras, les yeux clos, les joues mouillées de larmes. C'est pourquoi je souhaite que vous connaissiez tout de mon passé. (Elle prit une large inspiration, vérifia la présence rassurante de son aérosol au fond de sa poche, puis se lança, comme on se jette à l'eau.) Quand j'étais petite, mon père battait ma mère. Souvent. Tout le temps. J'entendais tout à travers la cloison, ses hurlements de souffrance et de terreur, le bruit des coups... Les cris étaient suivis de longs silences sinistres et le lendemain, maman trouvait toujours une bonne excuse pour expliquer les bleus dont elle était couverte. La nuit suivante, ça recommençait. Il l'injuriait, elle pleurait, il la frappait. C'était affreux. J'avais honte. A la maternelle, je restais à l'écart des autres enfants. Quand on vit de telles choses, on n'ose pas avoir d'amis, de peur qu'ils découvrent la vérité. On ne dit rien à personne, de crainte qu'on juge mal votre père. Maman me suppliait de garder le silence, et je me suis mise à faire croire moi aussi que tout allait bien, que je n'avais rien remarqué, rien entendu. C'est ainsi que commence le cycle infernal. On devient comme un zombie. C'est tout ce que je conserve de ma petite enfance... Puis...

Sa phrase se fondit dans un soupir. C'était dur de plonger dans le passé, de revivre ces années qu'elle s'était efforcée d'oublier. La main de Charles pressa la sienne, dans un geste encourageant.

— Ma mère a eu un cancer, l'année de mes treize ans. Elle a subi une hystérectomie, une chimiothérapie, des rayons. Elle n'était plus qu'une ombre. Et... (Nouvelle interruption, nouveau soupir. Grace cherchait les mots justes.)... et c'est alors que le cauchemar a vraiment commencé. (Un brusque flot de larmes raviva l'éclat de ses yeux, et elle sentit l'asthme contracter sa poitrine. Mais elle savait qu'il fallait poursuivre. Son avenir en dépendait.) C'est à cette époque que maman s'est mise à me répéter que je devais « prendre soin » de mon père, « être gentille avec lui », devenir « sa petite fille adorée ». Au début, je n'ai pas compris. Je n'ai pas voulu comprendre, plutôt. Jusqu'au jour où mes parents sont venus dans ma chambre et que maman m'a maintenue sur le lit pour faciliter la tâche à mon père.

— Oh, mon Dieu, murmura Charles, livide, les yeux embués de larmes.

— Elle l'a aidé chaque nuit, jusqu'à ce que je comprenne que je n'avais pas le choix. Que je devais obéir. Sinon, il se vengeait sur elle, sans aucun égard pour son état de santé. Je n'avais aucun ami, personne vers qui me tourner. J'ai dressé autour de moi un mur de silence. Je me détestais, je détestais mon corps. Je me cachais sous des vêtements informes pour ne pas attirer l'attention. Je me sentais sale, j'avais honte, mais en même temps je ne pouvais me dérober. Si je résistais, cela retombait sur maman. Parfois, mon père me frappait, avant de me violer. Il était violent et cruel. Il adorait nous faire mal, à moi et à ma mère. Une fois où je m'étais refusée à lui, parce que... parce que j'étais indisposée, il l'a battue si violemment qu'elle a pleuré pendant toute la semaine. Elle avait déjà des métastases aux os et elle a failli mourir de douleur. Après ça, je n'ai plus jamais dit non.

Elle prit une profonde inspiration. C'était presque terminé. Charles pleurait ouvertement à présent. Tendrement, Grace essuya ses larmes.

— Oh, Grace, je suis désolé... Oh, mon amour...

Comment parviendrait-il à effacer tant de peine ?

— Maman est morte après quatre ans de souffrances, reprit Grace. Toute la ville a assisté aux obsèques. Mon père était avocat et tout le monde l'appréciait. Il jouait au golf avec les notables, assistait aux dîners du Rotary Club. Il passait pour quelqu'un de bien aux yeux de tous, pour un homme irréprochable. Ils ignoraient quel monstre il était en réalité... Le jour de l'enterrement, plus de cent personnes sont venues à la maison. Chacun s'efforçait de consoler le veuf éploré qui se moquait bien des condoléances. Il n'avait aucun souci à se faire. Je lui appartenais. Mais j'ignorais encore le fond de sa pensée. Dans mon esprit, mes souffrances étaient intimement liées à celles de ma mère. Je m'étais soumise pour lui épargner les mauvais traitements. Et maintenant qu'elle était morte, je croyais naïvement que mon calvaire s'arrêterait là. Qu'il trouverait une autre femme.

« Quand les invités sont partis, j'ai rangé la maison, avant d'aller m'enfermer dans ma chambre. Il s'est manifesté peu après. J'ai refusé d'ouvrir la porte, et il a forcé la serrure. Il m'a traînée dans sa chambre... la chambre de maman... Il n'aurait pas osé le faire de son vivant. Il venait toujours me surprendre chez moi. Faire ça sur leur lit, sur son lit à elle, a provoqué un déclic dans ma tête, et j'ai compris soudain que mon supplice ne s'arrêterait jamais et durerait jusqu'à ma mort... ou sa mort à lui.

Elle se tut un instant, suffoquée par une crise d'asthme. Charles ne pleurait plus et la regardait, stupéfait.

— Cette nuit-là, il s'est montré plus violent qu'à l'accoutumée. Il s'est acharné sur moi, et il m'a fait vraiment mal, comme pour me signifier qu'il avait sur moi un droit de vie et de mort. C'est alors que j'ai pensé au revolver que maman gardait toujours dans sa table de nuit. Je n'avais pas l'intention de tirer, du moins pas consciemment. Je voulais juste l'arrêter, lui faire peur. Quand il a vu l'arme, il a tenté de me l'arracher. Le coup est parti. Il s'est affalé sur moi, dans une mare de sang. La balle lui avait traversé la gorge et brisé les cervicales. J'ai dû appeler la police, du moins je le suppose. Tout ce dont je me souviens, c'est que j'ai répondu à leurs questions, enveloppée dans une couverture.

— Et tu leur as dit ce qu'il t'a fait subir ? demanda Charles, au comble de l'angoisse, la tutoyant pour la première fois.

— Bien sûr que non. Par égard pour ma mère. Et pour lui. J'étais convaincue que je lui devais le silence. J'ai appris par la suite que cela arrive fréquemment, en fait presque toujours. Les enfants maltraités, comme les femmes battues, se taisent. Plutôt mourir que trahir son bourreau. Ils m'ont arrêtée, et pendant que j'étais en détention préventive, une femme psychiatre est venue me voir. Elle m'a envoyée à l'hôpital, où les médecins ont découvert que j'avais été violée. Ou plutôt « que j'avais eu des rapports sexuels avec quelqu'un », comme l'a dit plus tard le procureur.

— Mais n'as-tu pas rétabli la vérité ?

— Pas tout de suite. Dieu sait si Molly, la psychiatre, m'y poussait. Elle avait compris. Mais j'ai continué à mentir. C'était mon père, malgré tout. Finalement, c'est mon avocat qui a réussi à me faire parler.

— Et après ? Ils t'ont libérée ?

— Non. La thèse de l'accusation était que j'avais assassiné mon père de sang-froid, pour hériter de la maison — qui était hypothéquée — et de ses parts dans son cabinet juridique — qui était beaucoup plus modeste que le vôtre... Il y a eu beaucoup de témoins à charge pour corroborer cette version. Ceux de la défense étaient beaucoup moins nombreux. Je ne m'étais jamais confiée à personne. Mes professeurs m'ont décrite comme quelqu'un de « renfermé » et de « sauvage ». De là à penser que j'étais une vraie meurtrière, il n'y avait qu'un pas. Le témoignage de l'associé de mon père a été le plus accablant. Il a prétendu que le jour des funérailles de maman, je lui avais demandé à combien s'élevait exactement la fortune de mon père. C'était faux, bien sûr. Il a dit aussi qu'il avait avancé des fonds importants à papa. A la fin, il a tout raflé, sauf cinquante mille dollars qu'il a dû me verser, et que j'ai conservés.

« Dans son réquisitoire, le procureur m'a dépeinte comme un être diabolique. Entre les mains de l'accusation, tous les indices se sont retournés contre moi. Le viol est devenu "une relation sexuelle avec un amant", la chemise de nuit déchirée que les policiers avaient trouvée par terre, "la preuve que j'avais essayé de séduire mon père en me déshabillant". Comme il m'avait repoussée, je l'avais tué. Pour son argent. J'encourais la peine de mort. Je n'avais que dix-sept ans, mais j'ai été traduite en justice comme une adulte. En dehors de Molly et de David, mon avocat, personne n'a accordé le moindre crédit à ma version des faits. Aux yeux de tous, mon père incarnait l'homme au-dessus de tout soupçon. En le tuant, je me suis attiré la haine générale. Même la vérité, car j'ai fini par l'avouer, ne m'a pas sauvée. C'était trop tard.

« Les jurés m'ont déclarée coupable d'homicide volontaire. J'ai été condamnée à quatre ans de prison, deux ferme, deux avec sursis. Je me suis retrouvée au centre pénitentiaire de Dwight. C'est là que j'ai passé une licence de lettres, en suivant des cours par correspondance. Voilà où j'ai fait mes études. La prison est une rude école. Et si deux femmes, Luana et Sally, ne m'avaient pas protégée, je serais morte aujourd'hui. Une bande de prisonnières m'avait séquestrée pour me réduire en esclavage, selon leurs propres termes, c'est-à-dire pour m'utiliser comme objet de plaisir. Sally, ma compagne de cellule, et Luana, son amie, m'ont sauvée. Elles m'ont prise sous leur protection et à partir de ce moment-là plus personne ne m'a jamais importunée. J'ignore ce qu'elles sont devenues. Luana était condamnée à perpétuité et Sally devrait avoir purgé sa peine, à moins qu'elle n'ait commis volontairement une faute pour rester avec son amie. Quand je suis partie, elles m'ont conseillé de les oublier, d'enterrer le passé.

« Je ne suis jamais retournée dans ma ville natale. Je suis partie à Chicago, où mon agent de probation m'a créé les pires ennuis. Il m'a menacée de me renvoyer en prison si je ne couchais pas avec lui. J'ai tout de même réussi à le tenir à distance... Vous connaissez la suite. J'ai travaillé pendant mes deux années de sursis à Chicago. Personne n'a jamais su d'où je venais, ni que j'avais fait de la prison pour avoir tué mon père. Vous êtes le premier à connaître la vérité, Charles, à part Molly et David...

Le silence tomba comme une chape de plomb. Grace s'appuya au dossier capitonné du canapé, totalement épuisée et néanmoins habitée par la sensation d'une singulière légèreté.

— Et le père Tim ? Est-il au courant ?

— Je crois qu'il a deviné pas mal de choses. Mais je ne lui ai jamais rien révélé. A Chicago, j'étais bénévole à Sainte-Mary. Ici, je travaille à Saint-Andrew. C'est ma façon de payer ma dette à la société. En contribuant à alléger les souffrances d'autres malheureux.

— Oh, mon Dieu, Grace, comment as-tu pu survivre à une enfance aussi douloureuse... et au reste...

Il l'avait enlacée et elle avait posé sa tête sur sa poitrine. En la berçant tout doucement, il s'efforçait d'imaginer les épreuves qu'elle avait traversées.

— J'ai survécu, dit-elle simplement. Mais je crois qu'une partie de moi est morte. Je n'ai jamais eu de relations sexuelles normales. Je n'arrive pas à surmonter ma peur. Le garçon de Chicago m'a dit que j'avais failli le tuer quand il avait voulu me toucher, alors que j'étais droguée, et je veux bien le croire. On n'échappe pas si facilement à la terreur.

Mais les baisers de Charles ne l'effrayaient pas. Au contraire, elle aimait le contact de ses lèvres sur les siennes. Elle le sonda du regard, à la recherche d'un blâme, et ne découvrit dans ses yeux verts que du chagrin. De la compassion. Et de la colère.

— J'aurais volontiers étranglé ton père de mes propres mains ! Comment ont-ils osé t'envoyer en prison ? Etaient-ils aveugles à ce point ?

— Cela arrive parfois, dit-elle d'une voix calme, sans la moindre trace d'animosité ou de rancune.

Elle réalisa soudain qu'elle venait de mettre sa vie entre les mains de Charles. S'il répétait ses propos, elle n'aurait plus qu'à fuir. Mais, cette fois, elle était prête à prendre le risque.

— Qu'est-ce qui te fait penser que tu n'auras jamais de rapports normaux avec un homme ? Puisque tu n'as jamais essayé...

— Je ne peux pas. C'est au-dessus de mes forces. Je n'arrive pas à m'imaginer dans les bras de quelqu'un.

— Tu as surmonté pas mal de choses, ma chérie. Tu réussiras à dépasser ta peur, avec de la patience. Il le faut, pour toi comme pour ceux qui t'aiment. En l'occurrence, moi. (Il esquissa un sourire, qui disparut aussitôt.) Pourquoi n'irais-tu pas voir un psychothérapeute ? suggéra-t-il gentiment.

S'ouvrir à un autre psychiatre que Molly York équivalait à une trahison. Grace secoua la tête.

— Peut-être. Je ne sais pas.

— Je crois que tu es plus forte que tu ne le penses. Sinon tu ne serais plus là. Tu as peur et cela se comprend. Mais cette peur, tu vas la vaincre un jour... Tu n'as pas cent ans, tu sais.

— J'en ai vingt-trois, répliqua-t-elle, comme si c'était un âge canonique, et cela déclencha l'hilarité de Charles.

— Tu ne m'impressionnes pas ! J'en ai presque vingt de plus.

En automne, il aurait quarante-trois ans.

Cependant, Grace le dévisageait d'un air grave.

— Maintenant que vous savez tout, continuerez-vous à vous intéresser à une criminelle ?

— Plus que jamais. D'ailleurs, tu n'es pas une criminelle. Tu as été la victime de tes parents. Un couple de névrosés qui t'a utilisée dans tous les sens du terme. Tu n'as commis aucune faute, mon amour. Et même quand tu te prêtais aux jeux sadiques de ton père, tu n'avais pas le choix. N'importe qui en aurait fait autant. N'importe quel gosse aurait été terrorisé. Tu as voulu aider ta mère mourante. Mais à quel prix... Ma chérie, il est grand temps que tu sois heureuse. Donne-toi enfin les moyens d'atteindre le bonheur.

Il l'embrassa longuement, avec toute la tendresse et la passion qu'il éprouvait pour elle. Il acceptait son passé, en échange de son avenir.

— Je suis éperdument amoureux de toi, Grace. Et je t'aime comme tu es. Mon seul regret est de ne pouvoir effacer tout le mal qu'on t'a fait. Ma douce, nous pouvons nous apporter énormément l'un à l'autre. Il ne se passe pas un jour sans que je remercie la bonne étoile qui t'a mise sur mon chemin.

— Oh... Charles, murmura-t-elle, émue aux larmes. Pourquoi êtes-vous si bon ?

— Parce que j'en ai envie. Cesse de toujours être inquiète. Détends-toi. Dorénavant, je m'inquiéterai pour deux, d'accord ?

— D'accord. Je vous aime, Charles.

— Pas autant que moi, dit-il en la serrant contre lui, puis il se mit à rire doucement.

— Qu'est-ce qui est si drôle ? murmura-t-elle en lui effleurant les lèvres du bout des doigts, ce qui ne fit qu'exacerber son désir. Pourquoi riez-vous ?

Il se serait damné pour l'avoir toute à lui. Mais il savait qu'il devait se montrer prudent.

— Je me disais que malgré toutes les précautions que je veux prendre avec toi, seule la fracture du bassin te sauve de mes avances ! répondit-il avec un large sourire.

— Vous n'avez pas honte !

Ils éclatèrent d'un rire complice, après quoi elle se demanda si elle voulait vraiment échapper aux avances de Charles... La question méritait réflexion...

Il continua à s'occuper d'elle pendant les deux semaines suivantes. Il venait à l'appartement dès qu'il le pouvait. Il y passait ses week-ends. Ils partageaient le même lit. Sans plus. Chaque jour, Grace bénissait le ciel de lui avoir envoyé Charles. Et chaque jour tissait d'invisibles liens entre eux. Il lui raconta son enfance. Il était fils unique et ses parents, tous deux décédés, l'avaient adoré. Il reconnaissait qu'il était né sous une bonne étoile. A son tour, Grace lui parla de sa vie avec Sally et Luana. Puis il évoqua son mariage et son divorce. Ils n'eurent plus de secrets l'un pour l'autre. A la fin de la première semaine, ils partirent en week-end dans le Connecticut. Sur le chemin du retour, ils firent un excellent repas au Cobbs Mill Inn, à Weston, et regagnèrent New York, épuisés mais ravis.

Après l'avoir examinée, les médecins déclarèrent à Grace qu'elle pouvait reprendre son travail, mais Charles la persuada de prolonger son congé d'au moins une semaine. Elle en profita pour aller rendre visite à ses amis de Saint-Andrew en taxi. Ils furent tous ravis de la voir en si bonne forme. Elle reprendrait son bénévolat en septembre, promit-elle, quand elle n'aurait plus ses béquilles.

Les jours s'écoulaient comme dans un rêve. Le week-end suivant, Charles l'emmena au bord de l'océan. Il avait réservé une chambre dans une ravissante petite auberge. L'air iodé de la mer fit à Grace l'effet d'une cure de santé. Ils arrivèrent le vendredi, en début de soirée, et allèrent aussitôt se promener sur la plage de sable blanc. Elle posa ses béquilles pour s'asseoir à l'ombre des dunes, tandis que Charles s'installait à son côté. Ensemble, ils écoutèrent le chant apaisant de l'océan.

— Comme c'est beau, soupira Grace. Je n'avais jamais vu la mer, avant de venir à New York.

— Alors, tu adoreras Martha's Vineyard. Le paysage est absolument enchanteur.

Il avait l'intention de lui montrer sa maison de campagne pendant le week-end du Labor Day. Ensuite, Grace retournerait au bureau. Parfois, cette idée l'effrayait un peu. Ils allaient devoir garder leur amour secret.

— A quoi penses-tu ? demanda-t-il avec douceur, tandis que la nuit jetait ses voiles mauves sur le sable clair.

— A vous, répondit-elle d'un ton léger.

— Mais encore ?

— Je me demandais quand nous dormirions ensemble, dit-elle, rougissante sous son regard étonné.

— Qu'est-ce que ça veut dire ? (Il sourit.) Je croyais que c'était déjà fait. Tu ronfles parfois, le sais-tu ?

— Vous savez bien ce que je veux dire.

Elle le poussa doucement du coude, et il se mit à rire. Elle était si pure, si adorable. Il la regarda en levant les sourcils, feignant la surprise.

— Ai-je bien saisi ce que tu veux dire ?

— Je l'espère, murmura-t-elle, rouge comme une pivoine. Le chirurgien m'a dit que mon bassin était parfaitement ressoudé... Il ignorait que cela signifiait que je risque maintenant de perdre la tête.

Elle eut un rire cristallin, et Charles retint un cri de victoire. Sa patience avait triomphé de tous les obstacles. Ils avaient pris le temps de se connaître, de s'apprécier. Voilà un mois qu'ils se fréquentaient assidûment, et ils avaient l'impression d'être ensemble depuis toujours.

— Est-ce une invitation ? dit-il avec un sourire à faire fondre un iceberg. Ou es-tu en train de jouer avec mes sentiments ?

— Peut-être les deux, sourit-elle en retour.

Elle y pensait depuis quelque temps. Des jours durant, elle avait pesé le pour et le contre. Elle était arrivée à la conclusion qu'elle devait essayer de surmonter sa terreur ou renoncer à jamais au bonheur, à l'espoir de devenir une femme à part entière.

— Suis-je censé te traîner par les cheveux dans ma caverne ? la taquina Charles.

— Exactement.

Il la regarda. Le malheur ne l'avait pas abîmée. Les sévices n'avaient pas entamé sa gentillesse. Ni sa douceur. Ni même son humour. Sa présence suffisait à le plonger dans un merveilleux bien-être. De sa vie, il n'avait connu quelqu'un comme elle. Elle était si tendre, si attentive et disponible, et si drôle en même temps.

— Viens, dit-il doucement. Rentrons.

Il l'aida à se hisser sur ses béquilles. Ensemble, ils s'engagèrent sur le sentier menant à l'hôtel et s'arrêtèrent en route chez un marchand de glaces.

— Vous aimez les banana split ? demanda-t-elle en savourant son cornet au praliné, avec un entrain qui arracha un sourire amusé à son compagnon.

Elle avait un côté enfantin, tout en étant très féminine. Une combinaison explosive, dont elle ne semblait pas consciente. Mais l'inconscience n'est-elle pas l'apanage de la jeunesse ? Il la contempla, dans la clarté féerique du clair de lune, ébloui par son innocence et sa beauté. Il fit un effort surhumain pour maîtriser son désir. Il mourait d'envie de la prendre dans ses bras, de lui faire l'amour... mais auparavant, il devait attendre qu'elle ait terminé sa glace.

— Oui, j'aime bien les banana split, pourquoi ?

— Moi aussi. Nous pourrions en commander deux, demain au dessert.

— Entendu. On rentre, maintenant ?

— Oui, dit-elle avec un sourire charmeur.

Elle alliait la candeur à la sensualité, réalisa-t-il, fasciné par cette nouvelle facette de sa personnalité. Il eut l'impression d'avoir sous les yeux plusieurs nymphes ravissantes émergeant tour à tour des brumes de la nuit. Et comme à travers un voile qui se déchire, il crut entrevoir la vraie Grace, celle qui bientôt renaîtrait entre ses bras.

Les murs de leur chambre à l'auberge étaient tendus de chintz rose qui mettait en valeur les jolis meubles victoriens. Un lavabo de marbre rose pâle se dressait à côté du grand lit à baldaquin. Une bouteille de champagne, que Charles avait fait monter, refroidissait dans un seau d'argent ciselé, près d'une énorme gerbe de roses et de lilas, les fleurs favorites de Grace.

— Oh, Charles ! vous avez pensé à tout.

— Oui, répondit-il avec fierté. Et sans passer par ma secrétaire.

— Je l'avais remarqué, constata-t-elle en riant, tandis qu'il remplissait deux coupes de champagne.

Elle ne but qu'une gorgée. Elle se sentait tendue, nerveuse. C'est comme une nuit de noces, se dit-elle, terrifiée — à ceci près que les fantômes du passé allaient venir la hanter, elle en était certaine.

— N'aie pas peur, mon amour, chuchota-t-il. (Ils s'étaient glissés entre les draps, lui en caleçon, elle en chemise de nuit.) J'ai peur, moi aussi, avoua-t-il, tandis qu'elle enfouissait son visage au creux de son épaule.

Il avait éteint la lampe. Seule une veilleuse brûlait à l'autre bout de la pièce, diffusant une lumière douce.

— Qu'allons-nous faire maintenant ? demanda-t-elle une minute plus tard.

— Dormir, je suppose.

— Vraiment ? s'étonna-t-elle, et il se mit à rire en l'enlaçant.

— Non, sûrement pas, souffla-t-il.

Il l'embrassa, alors, contenant son désir à grand-peine. Au début, il n'osa la serrer trop fort. Il craignait de la briser comme une poupée trop fragile. Mais, à mesure qu'ils s'embrassaient, elle se fit plus ardente. Les ombres du passé s'éloignaient inéluctablement, aussi inéluctablement que Charles l'attirait contre son cœur. Ils perdirent la notion du temps, et les affreux souvenirs brûlèrent dans les flammes de leur passion. Bientôt ils furent seuls au monde. Il n'y eut plus que Grace et Charles, Charles et son infinie douceur, sa tendresse, son immense amour. Ils se rapprochaient l'un de l'autre inexorablement et enfin, ils ne firent plus qu'un. Elle eut l'impression qu'elle se liquéfiait, alors qu'ils vibraient à l'unisson, puis soudain l'extase les surprit en même temps, et dans un éblouissement, Grace se sentit quitter la terre. Il n'existait aucune comparaison possible entre la bestialité de son père et l'étreinte merveilleuse qu'elle venait de connaître. Peu après, elle quémanda de nouvelles caresses, l'entraînant à nouveau vers l'univers enchanteur qu'il venait de lui faire découvrir.

— Oh, Seigneur, soupira-t-il, plus tard. Tu es trop jeune pour moi. Tu finiras par me tuer, mais quelle mort délicieuse !

Il s'interrompit, affreusement embarrassé à l'idée d'avoir commis un impair, regrettant cette métaphore maladroite. Le rire de Grace le rassura. La petite fille apeurée avait cédé la place à une jeune femme épanouie.

Le week-end se passa en étreintes et promenades sur la plage, sous un soleil éclatant. Ils goûtèrent aux fameux banana split, bien sûr, et lorsqu'ils regagnèrent New York le dimanche soir, ils s'aimèrent une fois de plus sur le lit de Grace. Juste pour vérifier que c'était toujours aussi bon, avait dit Charles en riant. Il en conclut que ce n'en était que meilleur.

— A propos, fit-il plus tard, en étouffant un bâillement. Tu es licenciée, ma chérie.

Elle se mit sur son séant, affolée.

— Quoi ? (Elle avait presque hurlé, et il la regarda d'un air surpris.) Qu'est-ce que tu as dit ?

— Tu as bien compris, répondit-il avec un sourire béat. Tu es renvoyée.

— Mais pourquoi ? demanda-t-elle, au bord des larmes.

Elle devait recommencer à travailler dans une semaine. Ce n'était pas juste. Qu'est-ce qui lui prenait ?

— Je ne couche pas avec mes secrétaires, expliqua-t-il, et son sourire s'épanouit. Mais ne t'inquiète pas, mon amour. J'ai un nouvel emploi en tête pour toi. Un peu plus fatigant, sans doute. Ce sera à toi de juger. Voudrais-tu devenir ma femme ?

Elle le considéra, bouche bée.

— Tu es sérieux ?

Sa voix tremblait.

— Ai-je l'air de plaisanter ? Je suis on ne peut plus sérieux.

278

— Vraiment ? murmura-t-elle, incrédule.

— *Vraiment* !

— Oh, là là !

— Eh bien ?

— Oui, je suis très intéressée par ce nouveau job.

Elle se pencha au-dessus de lui pour l'embrasser, et il la serra dans ses bras avec passion.

13

Elle ne retourna jamais au bureau. Six semaines plus tard, en septembre, ils se marièrent civilement. Le couple passa sa lune de miel à Saint Bart, puis Grace emménagea chez son mari, dans un élégant petit hôtel particulier de la 69ᵉ Rue Est. Leur première dispute éclata huit jours après, à propos de Saint-Andrew. Grace avait fait part à Charles de sa volonté de recommencer le bénévolat et celui-ci lui avait mis un veto catégorique.

— Es-tu devenue folle ? As-tu oublié ce qui t'est arrivé la dernière fois que tu y es allée ? Non, c'est hors de question !

Face à ses arguments, il demeura inflexible. Elle pouvait s'occuper comme bon lui semblait, sauf en mettant sa vie en danger, déclara-t-il. Elle insista.

— C'était un malheureux hasard. Je t'en prie, Charles.

— Quel hasard ? Toutes les pensionnaires du refuge sont des femmes battues, non ? Ce qui signifie qu'elles ont des maris violents, des brutes qui n'apprécient pas forcément les conseils que tu donnes à leurs épouses. Tous sont des Sam Jones en puissance.

L'agresseur de Grace avait tenté d'obtenir une mise en liberté sur parole, qui lui avait été refusée. Il était maintenant derrière les barreaux de Sing Sing, mais ce n'était pas suffisant pour rassurer Charles.

— Je refuse de te savoir dans ce quartier qui compte le pourcentage le plus élevé de meurtres par habitant. Je parlerai au père Tim s'il le faut. Grace, tu n'iras pas. Je te l'interdis.

— Alors, que vais-je faire de mes journées ? se récria-t-elle.

Elle avait vingt-trois ans et rien de spécial à faire, hormis attendre le retour de son mari, chaque soir. L'oisiveté lui pesait. Elle se sentait seule. Charles rentrait déjeuner chaque fois qu'il le pouvait, et Grace avait revu Winnie une fois ou deux, pendant la pause de midi, mais ce n'était pas suffisant. D'ailleurs, son ancienne collègue allait bientôt prendre sa retraite et comptait s'établir à Philadelphie pour se rapprocher de sa mère.

— Fais du shopping, inscris-toi à un cours, trouve-toi une œuvre de charité, deviens membre d'un comité... Va au cinéma... offre-toi des banana split !

Devant tant de possibilités, Grace garda le silence. Elle n'en pensait pas moins ! Mais, à sa grande surprise, lorsqu'elle chercha un soutien auprès du père Tim, celui-ci se rangea du côté de Charles. Elle avait trop payé de sa personne, expliqua-t-il. Elle avait trop donné et avait suffisamment expié pour les péchés des autres. A présent, elle devait vivre sa vie.

— Pensez plutôt à votre mari, ma chère enfant. Vous avez été bonne avec tous les déshérités, soyez-le avec vous-même à présent. Chaque chose en son temps.

La jeune femme rentra chez elle très en colère. Eh bien, puisque personne ne semblait la comprendre, elle mettrait au point un projet et trouverait le moyen de continuer à aider les familles en détresse. Mais, en novembre, exactement six semaines après leur mariage, un événement supplanta son inébranlable résolution.

— Ma chérie, que se passe-t-il ? Tu ressembles au chat qui vient d'avaler un canari, remarqua Charles.

Il venait d'arriver en trombe. Il avait pris l'habitude de rentrer déjeuner à la maison. Les « longs repas » du

patron étaient devenus un sujet de plaisanterie au cabinet. Ses associés le taquinaient parfois, en prétendant
qu'une jeune et jolie femme à la maison équivalait à un
emploi à plein temps. Charles répondait à leurs railleries
par des sourires non moins ironiques, l'air de dire que
c'était la jalousie qui dictait leurs propos. Ses deux vieux
partenaires auraient payé cher pour être à sa place. Il examina plus attentivement le ravissant petit minois de sa
chère et tendre épouse.

— Toi, ma chérie, tu me caches quelque chose, sourit-
il, en se demandant si elle n'avait pas enfin trouvé ce
qu'elle cherchait au sein d'une quelconque association
caritative. Qu'as-tu fait ce matin ?

— Je suis allée chez le médecin, répondit-elle.

— Comment va ton bassin ?

— Très bien. Il est entièrement ressoudé... Mais il y a
quelque chose d'autre.

Charles se décomposa.

— Quoi ? Un problème ?

— Mais non, mon chéri ! (Elle l'embrassa alors qu'il
dégrafait son pantalon. Compte tenu de leurs débuts difficiles, les deux époux ne rataient pas une occasion de
rattraper le temps perdu !) Nous attendons un bébé,
murmura-t-elle, alors qu'il s'apprêtait à la faire basculer
sur le lit.

Charles suspendit son geste et la regarda d'un air
hébété.

— Un bébé ?

— Il naîtra en juin. Je suis tombée enceinte à Saint
Bart.

— C'est vrai ?

Etre père à quarante-trois ans comblait toutes ses espé-
rances. Son rêve le plus cher se réalisait, et il se sentit
transporté par un incommensurable bonheur. Il avait
hâte d'annoncer la bonne nouvelle.

— Mais, est-ce qu'on peut faire l'amour ?

— Naturellement. Jusqu'en juin.

— Tu en es sûre ?

— Certaine.

Ils se laissèrent tomber sur le lit enlacés et, comme d'habitude, leurs ébats amoureux prirent tout le temps du déjeuner. Charles repartit en courant, s'acheta un hot-dog en route et arriva à son bureau tout essoufflé, et fou de joie. Il vivait la période la plus heureuse de sa vie. Chaque jour il bénissait le ciel de lui avoir envoyé Grace. La nouvelle Mme Mackenzie ne ressemblait en rien à la star capricieuse qu'il avait épousée en premières noces. Et maintenant, un enfant, un petit être qu'ils adoreraient, allait venir cimenter leur union.

Ils passèrent Noël à Saint-Moritz. A Pâques, il renonça à un voyage à Hawaï et préféra emmener Grace, qui était enceinte de sept mois, à Palm Beach, parce que c'était plus près. Sa grossesse se déroulait normalement. L'ancienne fracture du bassin ne préoccupait que très moyennement l'obstétricien. S'il y avait la moindre difficulté, il pratiquerait une césarienne. En attendant, Charles accompagnait Grace au cours Lamaze, à Lenox Hill. Elle avait, entre-temps, décoré la chambre du bébé et, quand ils n'admiraient pas le berceau garni de dentelle et les tentures murales bleu ciel, les deux époux faisaient de longues promenades, le soir, sur Madison ou Park Avenue. Tout en marchant, ils parlaient de leur avenir, de la chance qu'ils avaient eue de se rencontrer, de leur bébé. Ils s'aimaient souvent, avec une passion sans cesse renouvelée et, bizarrement, jamais les fantômes sinistres du passé ne revinrent hanter Grace. Cette fois-ci, la page était tournée. Elle était une autre personne menant une autre vie, une jeune femme pleinement heureuse, une future maman au cœur débordant de tendresse pour son enfant. Avec Charles, ils formaient un couple parfait. Ils s'entendaient aussi bien sur le plan physique que sur le plan intellectuel. Et ils avaient toujours mille choses à se dire. Une fois, alors qu'ils discutaient de la toute-puissance des médias, il lui demanda comment elle réagirait si elle voyait son histoire publiée dans les journaux. Elle répondit qu'elle ne le supporterait pas.

— Pourquoi me poses-tu cette question ?

— Parce qu'on n'est jamais à l'abri d'une indiscrétion, dit-il avec philosophie.

Il était bien placé pour le savoir. Son divorce avec Michelle avait été une aubaine pour les journaux à sensation et autres feuilles de chou. Les journalistes ne reculaient devant rien pour augmenter les tirages. Les rumeurs de toutes sortes, lancées par les journaux, avaient achevé de démolir son union qui battait déjà de l'aile. Certains articles avaient insinué que Michelle se droguait, d'autres que Charles était homosexuel. Finalement, les paparazzi qui faisaient le guet devant leur immeuble s'étaient tournés vers d'autres sujets. Certes, si Grace avait été aussi célèbre que l'ex-Mme Mackenzie, les chasseurs de scandales auraient vu dans son histoire un sujet en or. Heureusement, ce n'était pas le cas. Grace appliquait à la lettre le vieil adage « pour vivre heureux vivons cachés », et ne risquait pas d'attirer l'attention des journalistes.

Le travail commença une nuit, lors de leur promenade du soir. Ils étaient en train d'admirer une vitrine de Madison Avenue quand elle sentit les premières contractions. De retour à la maison, Charles téléphona à l'obstétricien, qui leur conseilla « de prendre leur temps ». Les premiers bébés n'étaient pas pressés de naître, ajouta-t-il paisiblement.

— Tu vas bien ? demanda Charles pour la énième fois.

Elle était étendue sur le lit, et regardait tranquillement la télévision.

— Es-tu sûre que tout se passe comme prévu ?

La nervosité le gagnait. Il avait l'impression d'être sur des charbons ardents, alors qu'elle ne montrait aucun signe d'angoisse. Sans se laisser influencer par l'affolement de son mari, elle suivit son émission favorite, en se délectant de crème glacée. Elle avait pris du poids et son ventre paraissait énorme. Ce n'est que vers minuit que les contractions devinrent très douloureuses et extrêmement rapprochées. Charles bondit sur le téléphone. Cette fois-ci, le médecin lui dit d'emmener sa femme à l'hôpital. Il l'aida à descendre les marches. A chaque pas, Grace s'agrippait à son bras, le souffle court. Mais les deux futurs parents se souriaient. Leur bébé serait bientôt dans leurs bras. C'était la chose la plus merveilleuse qui leur arrivait. A l'hôpital, Grace fut installée dans une chambre privée. A deux heures du matin, elle se tordait de douleur.

Charles essaya frénétiquement de lui rappeler ses exercices de respiration, sans succès. Lorsqu'elle se mit à hurler, suppliant les infirmières de la soulager et de lui administrer des calmants, il se dit qu'elle n'échapperait pas à la césarienne.

— Tout va bien, monsieur Mackenzie. Votre femme se porte très bien.

Il faillit les insulter. Grace semblait sur le point de rendre l'âme. Enfin, une équipe d'aides-soignants la transporta en salle de travail. Charles lui tenait les épaules, avec un sentiment d'impuissance. La voir souffrir,le mettait au supplice. L'obstétricien avait refusé de lui donner des analgésiques, comme il semblait avoir abandonné l'idée de la césarienne. Charles se retenait de l'étrangler.

Une heure plus tard, elle poussait encore. Il était cinq heures du matin et elle ne semblait pas au bout de ses peines. Charles l'exhortait à respirer lentement, comme elle avait appris à le faire au cours Lamaze. Mais, submergée par la souffrance, Grace était incapable de suivre ses conseils. Il se sentit coupable. C'était sa faute si elle endurait cette torture. Il était sur le point de se jurer de ne plus jamais la toucher quand elle poussa un cri déchirant auquel répondit un faible vagissement. Charles découvrit alors le visage minuscule de son fils, qu'ils avaient décidé d'appeler Andrew Charles. Il avait les grands yeux bleus de Grace, ses cheveux auburn. Pour le reste, c'était le portrait de son père. L'obstétricien mit le bébé dans les bras de Charles, qui se mit à rire et à pleurer en même temps.

— Oh, mon Dieu, comme il est beau ! s'exclama-t-il, avant de se pencher pour embrasser sa femme.

Elle était allongée sur la table d'accouchement, pâle et épuisée, mais un sourire extasié illuminait ses traits.

— Est-ce qu'il va bien ? ne se lassait-elle pas de demander.

Peu après, baigné et langé, le petit Andrew fut présenté à sa mère. Elle le prit contre son sein, avec une infinie tendresse, et il commença à téter, sous le regard ému de Charles.

— Grace, mon amour, je ne te remercierai jamais assez.

En même temps, il se demanda comment il avait pu vivre aussi longtemps sans ce bébé. Et il fut submergé d'un flot d'amour sans mélange pour Grace, qui avait exaucé son vœu le plus cher.

La mère et l'enfant ne restèrent pas plus d'une journée à l'hôpital. A la grande surprise de Charles, tout le monde se retrouva à la maison dès le lendemain. Grace était jeune, en pleine santé, l'accouchement s'était déroulé sans problèmes, le bébé pesait trois kilos et demi, il n'y avait pas lieu de s'inquiéter, avait décrété le praticien. Un monde nouveau s'ouvrait devant les yeux émerveillés de Charles. Au début, l'idée qu'il pourrait arriver quelque chose au bébé le terrifiait. Il était si petit, si vulnérable. Grace, elle, se comportait avec un naturel déconcertant. D'instinct, elle avait su trouver les gestes adéquats. Une semaine plus tard, Charles s'était lui aussi parfaitement adapté à la situation. Et au bureau, il ne cessait de parler de son fils. C'était un homme comblé et cela se voyait. La seule chose que ses amis ne lui enviaient pas, c'était ses nuits sans sommeil. Toutes les deux ou trois heures, le bébé réclamait bruyamment le sein maternel. Charles partait à son travail fourbu mais souriant. Il était fou de sa femme et de son petit garçon.

En juillet, ils louèrent une villa à East Hampton, où ils célébrèrent l'anniversaire de Grace. Charles venait le week-end, et de temps à autre Grace allait le rejoindre à New York, avec le bébé. En août, il prit deux semaines de vacances pour emmener sa petite famille à Martha's Vineyard, dans sa maison de campagne. L'été s'acheva dans une félicité sans nuages, et en octobre Grace se découvrit de nouveau enceinte.

— Pourvu que ce soient des jumeaux, comme ça on n'en parlera plus, jubila Charles.

Mais ce fut une fille. Le second accouchement fut encore plus pénible et une fois de plus, Charles se jura de ne plus jamais recommencer. Le médecin avait consenti à administrer un puissant analgésique à Grace. Dix-neuf heures après le début du travail, Abigail découvrit le monde, et fixa son père d'un air étonné. C'était une version miniature de sa mère, mis à part ses cheveux, brun foncé comme ceux de Charles. A près de quarante-cinq ans, lorsqu'il regardait ses deux enfants, Charles débordait de gratitude. Il avait conscience de vivre les années les plus heureuses de toute son existence, des moments d'une rare intensité, qu'on ne connaît qu'une fois au cours d'une vie.

Grace s'était vouée corps et âme à ses enfants. Parfois, elle craignait d'ennuyer Charles, mais il s'empressait de la détromper. Il avait tout ce qu'un homme pouvait souhaiter, affirmait-il. Une femme jeune et jolie, une merveilleuse petite famille.

Elle n'avait pas repris le bénévolat. Elle avait nommé son premier-né Andrew en souvenir de Saint-Andrew et, à sa naissance, elle avait fait don des cinquante mille dollars de Frank Wills au refuge. Ainsi, l'argent du malheur servirait à soulager la misère humaine. Le père Tim saurait l'employer à bon escient. Les Mackenzie firent un deuxième don, moins important, à la naissance d'Abigail.

Trois ans plus tard, Grace n'était toujours pas retournée à Delancey Street. Ses enfants et Charles accaparaient tout son temps. Elle passait la journée avec son fils et sa fille. Le soir, elle accompagnait son mari à des réceptions ou à des dîners mondains, après avoir confié la garde des enfants à une baby-sitter. Ils allaient souvent au théâtre et il lui fit découvrir l'opéra, qu'elle adora. Mais, parfois, un sentiment de culpabilité l'écrasait. Elle menait grand train, alors qu'ailleurs des gens souffraient sans espoir de trouver le bonheur.

De temps à autre, des images du passé resurgissaient. Qu'étaient devenues Luana et Sally ? Et les femmes en détresse qu'elle avait secourues ? Et David ? Etait-il toujours en Californie ?

Lorsque Abigail entra à la maternelle, elle souhaita un troisième enfant. Elle avait vingt-huit ans et, malgré leurs efforts, elle ne tomba pas enceinte. La procréation comportait ses mystères, décréta son médecin. En attendant, ses deux petits anges lui suffisaient amplement. Leurs babils joyeux emplissaient la maison. En les regardant, Grace ne pouvait s'empêcher de sourire. Elle ne s'ennuyait jamais en leur compagnie. Et elle inventait mille occupations pour les distraire. Elle préparait des gâteaux avec Andrew, aidait Abigail à colorier des albums ou à fabriquer des colliers en enfilant des perles de verre. Ils découpaient des poupées de papier et s'amusaient des heures durant à confectionner des dessins avec des spaghettis.

Un matin, après les avoir accompagnés à la maternelle, elle s'assit dans sa cuisine, devant une tasse de café, parcourant les journaux qu'elle avait achetés sur le chemin du retour. Un gros titre du *New York Times* attira son attention. Un psychiatre new-yorkais avait battu à mort son enfant adoptif, une petite fille de six ans. Son épouse, une grande bourgeoise terrorisée et hystérique, regardait la scène sans oser intervenir. Une nausée souleva l'estomac de Grace, des larmes lui piquèrent les yeux. De tels drames pouvaient sembler inconcevables, mais pas pour elle. Le criminel appartenait à la haute société, passait pour un scientifique de renom et était titulaire d'une chaire à la faculté de médecine. Cela ne l'avait pas empêché de tuer sa fille. Ils l'avaient adoptée à sa naissance, poursuivait l'article, après le décès accidentel de leur enfant naturel, une mort qui, à la lumière des événements présents, apparaissait suspecte aux yeux des enquêteurs. Grace éclata en sanglots. La vision de la petite fille inconnue, martyrisée par son père, la poursuivit toute la matinée. Elle pleurait encore lorsqu'elle partit chercher les enfants à l'école. En rentrant, elle prépara le déjeuner en silence.

— Qu'est-ce que tu as, maman ? lui demanda Andrew.

— Rien... commença-t-elle, puis, après réflexion : je suis triste, mon chéri.

— Pourquoi, maman ?

Il avait quatre ans et était adorable. A part ses cheveux auburn et ses yeux bleus, il avait hérité des traits de Charles, dont il imitait volontiers les poses et les expressions. D'habitude, ses mimiques faisaient éclore un sourire attendri sur les lèvres de sa mère mais, aujourd'hui, la présence de ses enfants n'atténuait pas le chagrin qu'elle éprouvait.

— Pourquoi es-tu triste, maman ? répéta Andrew avec insistance, et de nouvelles larmes mouillèrent les yeux de Grace.

— Quelqu'un a fait du mal à une petite fille. Cela m'a fait de la peine, mon chéri.

— Elle est à l'hôpital ? interrogea-t-il solennellement.

Il adorait les ambulances, les voitures de police et les sirènes, malgré la frayeur qu'elles lui inspiraient, au fond.

Grace hésita. Evoquer la mort brutale de la petite risquait de bouleverser inutilement son fils. Il n'avait que quatre ans, après tout. Elle opta pour une réponse moins traumatisante.

— Je crois que oui, Andrew. Elle est... très malade.

— Alors, faisons un dessin pour elle, d'accord, maman ?

Elle acquiesça, en détournant la tête pour dissimuler ses larmes. Il n'y aurait plus de dessins pour la petite martyre. Plus de jouets. Personne pour la sauver.

Les jours suivants, toute la ville fut en émoi. L'affaire avait soulevé l'indignation générale. Les gens questionnés au hasard par les journalistes se déclaraient bouleversés. Interrogés par la police, les instituteurs de l'enfant cherchèrent à se disculper. Ils n'avaient rien vu, rien soupçonné. C'était une petite fille fragile, qui se faisait des bleus en tombant, mais comme elle n'avait jamais soufflé mot de ce qui se passait à la maison, on ne s'était aperçu de rien. D'ailleurs, comment aurait-on pu suspecter un citoyen aussi respecté, aussi estimé dans le milieu médical ? Tout cela ne faisait qu'aviver la colère de Grace. Les enfants ne trahissent jamais leurs tortionnaires. Les instituteurs devraient le savoir. Mais c'est tellement plus facile de fermer les yeux.

Des jours durant, des anonymes déposèrent des bouquets de fleurs en bas de l'immeuble de Park Avenue où le drame avait eu lieu. En passant en taxi pour se rendre à un dîner avec Charles, Grace aperçut sur le trottoir une couronne en forme de cœur faite de boutons de roses. Le nom de la petite victime était écrit sur un ruban rose. Elle enfouit son visage dans le mouchoir immaculé que son mari lui tendit.

— C'est insupportable ! explosa-t-elle. Intolérable ! Je sais ce qu'elle a enduré. Pourquoi les gens ne veulent-ils rien comprendre ? rien voir ? Pourquoi ne font-ils rien pour arrêter le calvaire de ces enfants ? Les voisins de palier doivent pourtant bien entendre les cris qu'ils poussent, derrière les portes !

Parfois, certaines personnes concevaient des soupçons mais préféraient garder le silence. On se tait devant une tragédie qui ne vous concerne pas. On reste indifférent. Et cette indifférence, elle voulait la briser.

Charles l'avait entourée d'un bras protecteur. Il comprenait sa colère. Et il ne demandait pas mieux que de la consoler.

— Je vais recommencer à travailler, dit-elle un peu plus tard, alors que la voiture longeait l'avenue.

— Dans un bureau ? s'étonna-t-il.

Elle semblait si heureuse à la maison, avec les enfants. Grace secoua la tête, en se mouchant.

— Mais non. A moins que tu aies besoin d'une secrétaire.

Il sourit.

— Pas que je sache. Ma chérie, qu'as-tu en tête ?

— Le bénévolat. J'ai envie de venir en aide aux femmes et aux enfants qui souffrent, Charles.

La mort de la petite fille lui avait rappelé le devoir qu'elle s'était promis d'accomplir. Elle en ressentait le besoin impérieux.

— Pas à Saint-Andrew, répondit-il fermement.

Le père Tim était parti à Boston pour créer un autre foyer d'accueil. Il leur avait envoyé une carte, à Noël.

— Ce n'est pas à Saint-Andrew que je songeais. Je voudrais fonder une association de défense des droits de l'enfant... Ce genre d'abus ne survient pas seulement dans les ghettos. Il concerne toutes les couches de la société. Alors, il faut informer la population. Eveiller les consciences. Alerter l'opinion publique. Contacter des éducateurs, des instituteurs, toutes les personnes qui ont affaire aux enfants, pour leur apprendre à reconnaître les signes des mauvais traitements.

— C'est une idée très intéressante, dit Charles gentiment. Mais plutôt difficile à réaliser. Existe-t-il une association qui pourrait t'aider à la mettre en œuvre ?

— Peut-être.

Cinq ans plus tôt, il n'y avait que des foyers d'accueil comme Saint-Andrew. Les différents comités censés soutenir les victimes de parents violents étaient totalement inefficaces.

— Je ne sais par où commencer, avoua Grace. Peut-être faudra-t-il que je fasse quelques recherches.

— Peut-être faudrait-il que tu arrêtes de te tracasser, ma chérie, répondit-il en se penchant pour l'embrasser. Il est peut-être temps que tu laisses à d'autres le soin de sauver les âmes en perdition. Je ne veux pas que tu te retrouves à l'hôpital.

— Si je n'avais pas été agressée, tu ne m'aurais pas épousée, rétorqua-t-elle avec un entêtement qui le fit rire.

— N'en sois pas si sûre. Tu m'avais tapé dans l'œil, comme on dit, dès le début. Seulement je ne comprenais pas pourquoi tu me détestais.

— Je ne te détestais pas. J'avais peur. C'est autre chose.

Ils échangèrent un sourire en souvenir des débuts difficiles de leur idylle. Ils étaient toujours éperdument épris l'un de l'autre.

Lorsqu'ils rentrèrent de leur soirée, Grace ressassait toujours son idée. Elle en parla pendant des semaines, jusqu'à ce que Charles, à bout d'arguments, finisse par capituler.

— D'accord. Je comprends. Tu veux aider les enfants malheureux. Voyons comment, à présent.

Il en toucha deux mots à des relations, à ses associés. Quelques-unes de leurs épouses s'intéressèrent au projet. D'autres firent des suggestions. Tous ensemble, ils apportèrent de l'eau au moulin de Grace. En deux mois, elle avait réuni suffisamment de matériel pour se lancer dans l'aventure. Elle savait maintenant très précisément comment faire. Elle avait repris contact avec sœur Eugénie, qui lui avait adressé une liste de bénévoles. Grace avait besoin de psychiatres, d'éducateurs, d'hommes d'affaires, d'étudiants. Peu à peu, les équipes se formèrent, animées d'un même enthousiasme. L'association fut baptisée SOS ENFANTS, un nom facile à retenir. Six mois plus tard, Grace loua un bureau sur Lexington, à deux blocs de son domicile. Ses troupes comptaient vingt et un soldats, prêts à livrer bataille. Ils se rendirent dans les écoles, auprès des associations de parents d'élèves, des instituteurs. Ils contactèrent ensuite les professions parascolaires — professeurs de danse, entraîneurs de base-ball. Grace fit sa première conférence. Malgré le trac qui la paralysait, elle narra d'une voix émouvante les mauvais traitements qu'elle avait subis durant son enfance et son adolescence. Elle raconta comment elle s'était heurtée à l'indifférence générale. Personne n'avait voulu regarder la réalité en face, continua-t-elle courageusement, parce que chacun considérait que son père était le meilleur homme de la ville.

— Peut-être l'était-il, acheva-t-elle, avec des larmes dans la voix. Mais pas pour moi. Ni pour ma mère.

Elle avait délibérément omis de parler du meurtre et de la prison. Son discours n'en bouleversa pas moins son auditoire. Ceux qui prirent la parole, ensuite, relatèrent des cas analogues. Les témoignages affluaient. Leur message avait le mérite de la clarté : il fallait aider les enfants en détresse.

Grace avait mis à la disposition du public un numéro vert où on pouvait appeler à toute heure du jour et de la nuit, soit pour signaler des abus parmi ses proches ou ses voisins, soit pour demander conseil. Encouragée par le nombre des appels, Grace réussit à réunir les fonds nécessaires à la publication des annonces dans les journaux. Elle fit également imprimer des affiches portant le numéro vert. Elle travaillait d'arrache-pied tous les matins, réservant les après-midi à Andrew et Abigail. Cinq autres associations à but non lucratif s'étaient jointes à SOS ENFANTS. L'argent était un souci constant, malgré les dons de particuliers désireux de les soutenir. Depuis quelque temps, Grace caressait le projet d'une campagne télévisée, dans le but d'alerter plus largement l'opinion publique. Il était inutile de s'adresser directement à ceux que les psychiatres appelaient les « parents maltraitants ». Ils étaient trop névrosés pour se sentir concernés. Mieux valait cibler leur entourage, décidèrent les membres de l'association.

Il était encore trop tôt pour évaluer les résultats, mais le standard croulait sous les appels. Les correspondants, voisins, professeurs, témoins désemparés de situations dramatiques, hésitaient à dénoncer les parents abusifs. Certains craignaient des représailles. Puis il y eut de plus en plus d'appels d'enfants en plein désarroi, battus et torturés, de petits suppliciés qui racontaient leur calvaire quotidien, protégés par l'anonymat du téléphone. Bientôt, les matinées de Grace ne suffirent plus. Elle et Charles intégrèrent, deux fois par semaine, l'équipe de nuit. La chaîne de solidarité s'étendait chaque jour davantage. Ils ne voyaient plus le temps passer. A sa surprise, Grace reçut une lettre de la Maison-Blanche. Elle était signée par la femme du président. La première dame des Etats-Unis la félicitait. Des gens comme Mme Mackenzie vous réconciliaient avec l'humanité, écrivait-elle.

— Je n'y crois pas ! Elle plaisante ! dit-elle en montrant la lettre à Charles lorsqu'il rentra le soir à la maison.

— Bravo ! répondit-il aussitôt.

Il se sentait fier d'elle, ajouta-t-il en l'attirant dans ses bras. Il était heureux que tout le travail bénévole qu'elle avait accompli soit enfin reconnu. Quelques jours plus tard, ils reçurent une invitation émanant de la présidence. Ils étaient conviés à un dîner à la Maison-Blanche. C'était l'année de l'Enfance, et Grace avait été choisie pour recevoir une récompense.

— Je ne peux pas accepter, furent ses premiers mots. J'aurais été incapable d'agir si je n'avais pas été si entourée. Songe à tous ces gens qui travaillent avec nous. Ils sont bénévoles, eux aussi, et certains paient même de leur poche. Pourquoi récolterais-je tous les lauriers ?

L'injustice l'avait toujours révoltée. La récompense aurait dû être décernée à SOS ENFANTS en tant qu'association, pas à elle personnellement. Elle allait décliner l'invitation. Charles, avec sa douceur coutumière, lui demanda de reconsidérer sa décision.

— Ma chérie, réfléchis. Qui a créé cette association ? Toi !

Sa modestie le touchait profondément. Elle avait sauvé des vies humaines, avait contribué à placer des enfants maltraités dans des familles d'accueil, s'était battue comme une lionne, mais ne semblait en tirer aucune fierté. Il ne l'en aimait que plus et lui vouait un profond respect. Et il s'efforçait par tous les moyens de la rendre heureuse. C'était une femme exceptionnelle, une excellente mère, une épouse loyale et dévouée. Et une compagne délicieuse.

— Tu sais quoi ? On va à Washington, je dis au président que c'est moi qui ai eu l'idée de SOS ENFANTS, et j'emporte le prix, d'accord ?

Elle rit, mais ne changea pas d'avis. Ils en discutèrent pendant deux semaines. Il la prit de court en acceptant l'invitation de sa part, et elle finit par obtempérer en maugréant. Ils embauchèrent une baby-sitter, embrassèrent leurs enfants, et sautèrent dans l'avion à destination de Washington par un après-midi neigeux de décembre. Le ciel était d'un blanc brillant, comme l'intérieur d'une coquille d'œuf. Il neigeait sur Washington. Grace y vit un mauvais présage, mais lorsque leur taxi s'engagea dans Pennsylvania Avenue, elle se traita d'idiote. Le gigantesque sapin de Noël scintillait de mille feux devant la Maison-Blanche.

A l'intérieur, ils furent pris en charge par des Marines. Les genoux de Grace tremblaient légèrement quand elle serra la main du président, puis celle de la première dame des Etats-Unis. La réception battait son plein et Charles retrouva quelques vieilles connaissances. Il n'avait pas lâché le bras de sa femme, la présentant à tout le monde, des avocats, un procureur, quelques parlementaires.

— Eh bien, mon cher Mackenzie, quand vous déciderez-vous à vous lancer dans la politique ? demanda l'un d'eux.

— Jamais, j'en ai peur. Je suis trop occupé à jouer les conducteurs de ramassage scolaire et à répondre aux coups de fil pour Grace, répondit Charles, tout sourire. Puis il échangea quelques mots avec le président.

Le chef de l'Etat en profita pour le complimenter sur une affaire dont il s'était occupé un an plus tôt, et où il avait représenté les intérêts du gouvernement américain.

Ils dansèrent après le dîner, puis une chorale d'enfants interpréta des chants de Noël. Grace les trouva adorables, presque aussi mignons qu'Andrew et Abigail, confia-t-elle à son mari, qui étouffa un rire. Juste avant qu'ils partent, le parlementaire prit Charles à part.

— Nous avons besoin d'hommes comme vous dans l'arène politique. Je serais ravi d'en parler avec vous plus longuement. Pensez-y, mon vieux. (Et comme Charles secouait la tête en affirmant qu'il était parfaitement heureux là où il était :) Le monde est grand, mon cher, beaucoup plus vaste que Park Avenue et Wall Street. Sortez de votre tour d'ivoire, Charles. Vous apporteriez un peu de sang neuf au Congrès. Je vous appellerai bientôt.

A minuit, les Mackenzie regagnèrent le Willard, où ils avaient réservé une suite. La soirée avait été merveilleuse, convint Grace en contemplant la magnifique plaque en or que la première dame des Etats-Unis lui avait remise en guise de récompense.

— Les enfants seront sûrement impressionnés, dit-elle en posant son prix sur la table de nuit.

Elle était contente d'être venue, finalement. Et plus tard, alors qu'ils évoquaient la soirée, dans leur grand lit, elle demanda à Charles quelques précisions sur son ami parlementaire.

— Ah, Roger ? Il a été associé au cabinet à une époque. C'est un homme intègre, que j'apprécie beaucoup.

— Qu'est-ce qu'il t'a dit ?

296

— Il essaie de me persuader de faire de la politique. Mais je ne veux pas.

— Pourquoi ? Tu serais formidable.

— D'accord, un jour je soumettrai ma candidature à la présidence. Tu ferais une ravissante première dame.

Il se tourna vers elle pour l'embrasser avidement, l'esprit plein d'amour et le corps enflammé, et comme toujours, elle répondit à sa passion avec une ardeur égale à la sienne.

Ils regagnèrent New York le lendemain, à quatorze heures. D'humeur joyeuse, Charles décida de s'accorder son après-midi. Au lieu d'aller au bureau, il rentra avec Grace à la maison. Les enfants poussèrent des cris de joie dès qu'ils les aperçurent.

— Papa, maman, qu'est-ce que vous nous avez rapporté ?

— Rien. Rien du tout, mentit Charles avec aplomb, tandis qu'Andrew et Abigail laissaient échapper des cris incrédules.

Evidemment, ils leur avaient acheté plusieurs cadeaux à l'aéroport. Les rares fois où Charles était parti en voyage d'affaires, il était toujours revenu les bras chargés de paquets. Grace leur fit un résumé de leur soirée à la Maison-Blanche, sans oublier de mentionner la chorale, et l'immense sapin tout illuminé.

— Qu'est-ce qu'ils ont chanté, les enfants, maman ? demanda Andrew.

— Comment étaient-ils habillés ? voulut savoir la petite Abby, déjà intéressée par la mode.

L'aîné avait six ans à présent, et sa cadette cinq.

Dans une semaine, ils fêteraient Noël. Pendant le week-end, ils décorèrent le sapin. Les enfants accrochèrent des guirlandes aux branches les plus basses, et Charles fixa l'étoile étincelante au sommet. Le lundi, Grace les emmena à la patinoire de Rockefeller Center, puis ils allèrent voir le père Noël chez Saks, ainsi que les vitrines brillamment éclairées de la Cinquième Avenue. A midi, ils passèrent chercher papa à son bureau. Tous les quatre allèrent ensuite déjeuner au Serendipity, sur la 6ᵉ Rue, entre la Seconde et la Troisième Avenue. Ils dégustèrent de succulents hot dogs, et d'énormes glaces. Grace commanda un banana split, naturellement, ce qui fit rire Charles aux éclats. Il connaissait « son péché mignon » depuis leur premier week-end en amoureux. Lorsqu'elle eut fini, il applaudit des deux mains.

— Bienvenue au club des assiettes propres !

— Tu te paies ma tête ? s'enquit-elle, souriante, le bout du nez luisant de crème Chantilly, tandis qu'Abigail et Andrew s'esclaffaient à leur tour.

— Absolument pas, répliqua Charles, pince-sans-rire. Je trouve au contraire merveilleux de ne pas gaspiller une miette.

— Sois gentil, sinon j'en commande un deuxième.

Elle était mince comme un fil.

Après le Nouvel An, elle constata qu'elle avait pris deux kilos.

— Je ne rentre plus dans mes vêtements !

Elle avait passé plusieurs soirées au standard téléphonique, car en période de fêtes le nombre d'appels augmentait, et, dans la mesure du possible, elle tenait à répondre personnellement à ses interlocuteurs en détresse. Et ce faisant, elle n'avait pas cessé de grignoter des cookies et du pop-corn.

— Oh, mon Dieu, je suis *énorme* ! gémit-elle en tirant sur la fermeture Eclair de son jean, qui résistait.

— Beaucoup de femmes rêveraient d'être aussi énormes que toi, la taquina son mari.

Malgré ses deux grossesses, elle avait conservé une taille de mannequin. Quant à Charles, il avait franchi depuis peu le cap de la cinquantaine et paraissait plus séduisant que jamais... Ils formaient un couple éblouissant. Et beaucoup de gens le remarquèrent, comme ils se promenaient dans Central Park, un peu plus tard. Elle portait la toque et l'ample veste de renard blanc qu'il lui avait offertes pour Noël. Leur souffle dessinait de petits nuages duveteux dans l'air glacial, la neige irisée crissait sous leurs pas. Ils avaient laissé les enfants à la maison, avec la baby-sitter. Le dimanche, ils aimaient se promener, ou prendre un taxi jusqu'à SoHo pour aller dans des galeries d'art moderne. Mais aujourd'hui, l'envie de flâner l'avait emporté. Arrivés à hauteur du Plaza, ils furent tentés par l'excellent chocolat chaud que l'on servait à Palm Court. Ils pénétrèrent dans l'élégant hall du vieil hôtel, en se tenant par la main.

— Les enfants ne nous le pardonneront jamais, murmura-t-elle d'un air coupable.

Ils adoraient Palm Court.

Ils s'installèrent dans un box, comme un couple d'amoureux, riant et bavardant. Grace envisageait d'étendre SOS ENFANTS. Et tout en exposant son nouveau projet, elle dévora une assiette entière de cookies, qu'elle fit passer avec deux tasses de chocolat chaud à la crème fouettée. Lorsqu'elle eut terminé, elle se sentit vaguement écœurée.

— Tu es aussi gourmande qu'Andrew, pouffa Charles.

En sortant du Plaza, il héla l'un des fiacres qui stationnaient en bas de la Cinquième Avenue. Ils se pelotonnèrent sous des couvertures dans la voiture décapotée, riant et s'embrassant comme de jeunes mariés. Arrivés à destination, Charles se rua à l'intérieur de la maison. Il en ressortit presque aussitôt avec les enfants, les laissa caresser le cheval, et finalement le conducteur fit faire le tour du pâté de maisons à toute la famille, moyennant un pourboire substantiel. Lorsqu'ils rentrèrent, la baby-sitter s'en alla, et Grace prépara des pâtes à la sauce tomate.

Les semaines suivantes, elle n'eut plus une minute à elle. Entre l'association, ses nouveaux projets et ses enfants, elle ne vit pas le temps passer. Elle finit par se sentir épuisée. Sa fatigue ne fit que s'accentuer, à tel point qu'elle manqua à deux reprises son tour de garde au numéro vert, ce qui n'était guère dans ses habitudes. Charles s'en inquiéta.

— Tu vas bien ?

Il avait toujours peur pour elle, pour sa santé, comme si les mauvais traitements d'autrefois et l'agression plus récente pouvaient l'avoir fragilisée.

— Oui, très bien.

Il n'en crut pas un mot. Les cernes violets sous ses yeux et sa pâleur démentaient sa belle assurance. Elle ne souffrait plus d'asthme, mais elle s'était mise à ressembler à la jeune femme qu'elle était à l'époque de leur rencontre. Un peu absente, un peu distraite, pas tout à fait en forme.

— Je voudrais que tu ailles voir un médecin, Grace.

— Mais je vais bien.

— Je suis sérieux, insista-t-il.

— Bon, d'accord.

Elle n'en fit rien. Un mois s'était écoulé depuis Noël. C'est Charles qui lui prit rendez-vous. Son initiative déplut à Grace. Cela tombait vraiment mal. Elle s'efforçait de réunir des fonds pour l'association et avait des milliers de coups de fil à passer, sans oublier de nombreux rendez-vous importants.

— Pour l'amour du ciel ! explosa-t-elle d'un ton irrité. Je suis un peu fatiguée, et alors ? La belle affaire !

Il la prit par les épaules, l'obligeant à lui faire face.

— Tu ne t'en rends peut-être pas compte, mais je tiens à toi plus qu'à tout au monde. Je t'aime, Grace. Ne joue pas avec ta santé. J'ai besoin de toi, ma chérie.

— Très bien, répondit-elle d'une voix radoucie. J'irai.

Elle détestait aller chez le médecin. Cela lui rappelait trop le passé. Les viols répétés. Sa mère mourante. La nuit où elle avait tué son père. L'hôpital Bellevue, après l'agression. A ses yeux, à l'exception de ses deux accouchements, les blouses blanches étaient associées à des catastrophes.

— Avez-vous une idée de ce qui ne va pas ? Comment vous sentez-vous ? s'enquit leur médecin de famille.

C'était un homme d'âge moyen au visage intelligent. Il ignorait tout du passé de Grace et de son antipathie envers le corps médical.

— Je suis... un peu fatiguée. Charles se fait du souci. Elle sourit.

— On s'inquiète toujours pour ceux qu'on aime. Et en dehors de la fatigue ? Pas d'autres symptômes ?

Elle haussa les épaules.

— Non, pas grand-chose. Quelques migraines, peut-être. Parfois des étourdissements.

En fait, elle souffrait de vertiges et de nausées qu'elle mettait sur le compte de la tension nerveuse.

— Je suis stressée, je crois. Je travaille trop.

— Essayez de vous ménager des plages de repos.

Il lui prescrivit des vitamines, et vérifia sa tension. Rien d'alarmant. Visiblement, elle n'avait aucun problème de santé sérieux. Sa tension était assez basse, ce qui expliquait les migraines et les étourdissements.

— Mangez de la viande rouge. Avec des épinards, suggéra-t-il. Saluez votre mari de ma part.

Dehors, elle appela Charles d'une cabine, afin de le rassurer. Tout allait bien, déclara-t-elle. En effet, elle se sentait plus alerte, alors qu'elle marchait dans l'air froid de janvier. Elle reprit le chemin du retour à pied. En repensant à Charles, elle eut un sourire attendri. Une fois de plus, elle se dit qu'elle avait de la chance. Elle était une femme comblée, avec un mari merveilleux et deux enfants adorables. Elle tourna au coin de la rue, puis se dirigea vers leur hôtel particulier. La tête lui tourna un peu, alors qu'elle avançait vers le perron. Un vertige la saisit. Elle crut perdre l'équilibre. En essayant de rester debout, elle se retrouva accrochée au bras d'un passant, un vieux monsieur qui la regarda bizarrement. Elle murmura une phrase inintelligible, avant de s'affaler, inconsciente, sur le trottoir.

14

Lorsque Grace reprit connaissance, un petit groupe de passants et deux policiers étaient penchés au-dessus d'elle. Le vieux monsieur auquel elle s'était accrochée avant de s'effondrer avait appelé la police d'une cabine publique. Grace se redressa puis s'assit par terre, encore trop étourdie pour se lever.

— Qu'est-ce qui ne va pas, ma p'tite dame ? demanda le premier policier.

Grand, enveloppé, l'air franc, il avait déjà évalué la situation. La jeune femme avait eu un malaise d'origine inconnue, car elle ne semblait ni droguée ni en état d'ébriété. Elle était jolie comme un cœur et vêtue avec élégance.

— Voulez-vous que nous appelions une ambulance, ou votre médecin ?

— Non, non, ça ira, répondit-elle en se redressant péniblement. Je ne sais pas ce qui m'est arrivé. J'ai eu un vertige.

Elle s'était passée de petit déjeuner, ce jour-là, ce qui devait expliquer son évanouissement.

— Vous feriez mieux d'aller voir un médecin, madame. Nous pouvons vous conduire à l'hôpital qui se trouve au bout de la rue, dit obligeamment le policier.

— Non, merci. Je vais bien. J'habite ici.

Elle indiqua l'hôtel particulier, remercia le vieux monsieur et s'excusa de l'avoir bousculé. Il lui tapota amicalement la main.

— Ce n'est rien. Un bon repas et une petite sieste vous remettront d'aplomb.

Les policiers l'accompagnèrent à l'intérieur de la maison, admirablement décorée.

— Vraiment, vous ne voulez pas que nous appelions quelqu'un ? Votre mari ? un ami ? une voisine, peut-être ?

— Mais non, je...

La sonnerie du téléphone l'interrompit. Elle décrocha le poste placé dans l'entrée. C'était Charles.

— Grace ? C'est moi. J'avais du monde dans mon bureau, au moment où tu m'as appelé. Qu'a dit le médecin exactement ?

— Je vais bien, dit-elle d'une voix un peu rauque.

Sauf qu'elle s'était évanouie dans la rue.

— Désirez-vous que nous restions quelques minutes ? demanda l'officier de police. Elle secoua la tête.

— Qu'y a-t-il ? Qui est là ? dit Charles à l'autre bout de la ligne.

— Je t'expliquerai... euh... Le docteur m'a trouvée en parfaite forme. Et...

— Mais qui est là ? Qui t'a parlé ?

Son sixième sens l'avait averti que quelque chose ne tournait pas rond.

— Un policier, soupira-t-elle, se sentant ridicule. Ecoute, chéri...

Elle fut prise d'une violente nausée. La pièce se mit à tourner. Livide, elle essaya de prendre appui sur la cloison, qui semblait onduler. Elle serait tombée à nouveau si l'un des policiers ne l'avait pas soutenue. Comme entraînée par son propre poids, elle s'assit pesamment sur le parquet, le front baigné de sueur. Le second policier se précipita vers la cuisine à la recherche d'un verre d'eau, tandis que le premier saisissait le combiné, qui se balançait entre les pieds de la table d'angle.

— Allô ? allô ? Que se passe-t-il ? s'époumonait Charles, fou d'inquiétude.

— Ici l'officier Mason, monsieur. Qui êtes-vous ?

— Charles Mackenzie. Ma femme est avec vous. Que s'est-il passé ?

— Elle va bien, monsieur. Elle a eu un petit problème... Elle s'est évanouie juste devant chez vous. Nous l'avons accompagnée à l'intérieur et là, elle a eu un nouveau malaise. Une grippe intestinale, probablement, il paraît qu'il y en a beaucoup, en ce moment.

— Où est-elle ?

Affolé, Charles avait bondi en coinçant l'appareil entre son épaule et son oreille, et enfilait à la hâte son pardessus.

— Elle est assise par terre. Nous lui avons proposé de l'emmener à l'hôpital mais elle a refusé.

— Pouvez-vous la conduire à l'hôpital Lenox ?

— Avec plaisir, monsieur.

— Je vous y rejoins dans dix minutes.

L'officier Mason raccrocha, avec la satisfaction du devoir accompli.

— Votre mari m'a prié de vous déposer à l'hôpital Lenox, madame Mackenzie.

— Je ne veux pas y aller.

Son air d'enfant boudeur arracha un sourire au policier.

— Vous le lui direz de vive voix. Il s'y rend de son côté.

— Je me sens mieux... Très bien, même.

— Je n'en doute pas. Mais un petit check-up ne vous fera pas de mal. Il y a un tas de vilains virus qui se baladent un peu partout actuellement. Hier, une cliente de Bloomingdale's s'est évanouie, à cause de cette fichue grippe de Hong Kong. Ça fait longtemps que vous vous sentez malade ?

304

Il l'avait aidée à se remettre debout et l'emmenait doucement vers la sortie, talonné par son adjoint.

— Je vais bien, répéta-t-elle.

L'officier ferma la porte d'entrée, puis fit asseoir Grace à l'arrière de la voiture de police. Son adjoint s'était mis au volant. La portière claqua. Il monta à l'avant, côté passager. Nouveau claquement de portière. Gyrophare allumé, la voiture démarra en trombe. Ayant l'impression de revivre le passé, Grace crispa nerveusement les mains sur ses genoux. Cette scène, elle l'avait déjà vécue. La nuit fatale où elle avait tué son père... Une brusque montée d'asthme la terrassa. Elle suffoquait lorsqu'ils arrivèrent. Ils durent quasiment la porter jusqu'au bureau de l'infirmière de garde, qui partit en courant chercher un aérosol. Quand Charles arriva peu après, elle était blanche comme la craie, haletante, les mains tremblantes.

— Ma chérie, que s'est-il passé ?

— Excuse-moi, mais j'ai des problèmes avec les voitures de police.

— Est-ce la raison pour laquelle tu t'es évanouie ?

— Non, mais c'est ce qui a provoqué ma crise d'asthme.

— Mais pourquoi t'es-tu évanouie ?

— Je n'en sais rien.

Les policiers étaient repartis. Une heure s'écoula avant qu'ils soient reçus par un médecin des urgences. Grace allait déjà mieux. Elle respirait presque normalement, sa pâleur s'était atténuée, elle ne se sentait plus nauséeuse, les vertiges avaient disparu. Charles était allé lui chercher un bol de soupe au poulet, à une machine, puis elle avait englouti un énorme sandwich au pâté et un paquet de bonbons. Elle avait bon appétit, déclara-t-elle au docteur qui les accueillit.

— Excellent, confirma Charles.

L'homme en blanc procéda aux examens d'usage. Oui, bien sûr, ce léger malaise faisait penser aux premiers symptômes de la grippe... Comme aux premiers symptômes... il regarda sa patiente attentivement.

— Pourriez-vous être enceinte ?

— Je ne crois pas.

Elle n'utilisait aucun moyen de contraception depuis la naissance d'Abby, qui aurait six ans en juillet.

— Est-ce que vous prenez la pilule ?

— Non, mais...

— Pourquoi pas, alors ? Y a-t-il une raison particulière ?

Le regard du praticien se porta sur Charles.

— Je ne suis pas enceinte, c'est tout, dit Grace fermement.

Voilà six ans qu'ils ne prenaient aucune précaution, et elle n'avait pas conçu de bébé. Oh, elle adorerait avoir un troisième enfant, naturellement, mais... son regard croisa celui de Charles. Il lui sourit.

— Ma chérie, je ne partage pas ton opinion. Pouvez-vous vérifier, docteur ?

— Procurez-vous un test de grossesse à la pharmacie. (Il sourit à Grace.) Beaucoup de femmes se cantonnent dans le refus, parce qu'elles n'y croient plus. Mais vous avez tous les symptômes d'un début de grossesse : nausées, somnolence, boulimie, fatigue, étourdissements. De plus, vous avez pris un peu de poids et vous avez un retard d'un mois dans votre cycle menstruel. Vous mettez cela sur le compte de la tension nerveuse. Je ne suis pas de cet avis. Si vous y tenez, je peux appeler le gynécologue de service, mais il serait plus simple d'acheter un test de grossesse et de contacter votre médecin personnel.

— Merci, murmura-t-elle, abasourdie.

L'idée d'une nouvelle grossesse ne lui était pas venue à l'esprit. Elle avait renoncé à l'espoir de donner la vie.

Ils foncèrent à la pharmacie. Munis du test, ils sautèrent dans un taxi. Charles entourait Grace de ses bras, enfin tranquillisé. Quand il avait entendu la voix du policier dans l'écouteur, il avait craint le pire.

Une fois à la maison, Grace s'enferma dans la salle de bains. Elle suivit à la lettre le mode d'emploi. Ils attendirent ensemble cinq minutes. Lorsqu'ils se penchèrent de nouveau sur l'éprouvette, le liquide était d'un bleu soutenu. Plus aucun doute n'était permis.

— Oh, mon Dieu, fit-elle, avec un sourire extasié. Quand est-ce qu'on l'a fabriqué, ce petit ?

— Après le dîner à la Maison-Blanche, j'en suis sûr, exulta Charles.

Leurs lèvres s'unirent tendrement. Le lendemain, elle se rendit chez son obstétricien. La naissance était prévue fin septembre. Charles fit semblant de maugréer.

— Cet infortuné bébé aura un vieillard pour père.

Il aurait cinquante et un ans à l'automne.

— Un vieillard aux allures de jeune premier, remarqua Grace.

Elle mit au monde un magnifique petit garçon, qu'ils surnommèrent aussitôt « Viking », à cause de ses cheveux couleur des blés. Ils l'appelèrent Matthew, et ses deux aînés en tombèrent instantanément fous amoureux. Andrew le cajolait. Quant à Abby, elle le portait partout dans ses bras, comme un baigneur.

La famille s'était agrandie. Avec trois enfants, l'hôtel particulier de la 69ᵉ Rue n'était plus assez spacieux. Ils le mirent en vente. L'hiver suivant, un jeune couple en fit l'acquisition. Les Mackenzie achetèrent une nouvelle maison située à Greenwich. Une superbe demeure blanche aux volets lavande, entourée d'un immense jardin clôturé d'une haie d'aubépines. Un gros labrador chocolat — cadeau de Charles — apparut un beau jour dans l'arrière-cour, à la grande joie des enfants.

SOS ENFANTS n'avait cessé de se développer. Grace se rendait en ville deux fois par semaine afin de s'assurer de la bonne marche de l'association. Elle avait embauché une secrétaire à plein temps et avait ouvert une petite annexe près de chez elle. Elle s'y rendait tous les matins, emmenant le bébé dans sa poussette.

Ils menaient une existence confortable. Andrew avait entamé sa deuxième année à l'école élémentaire de Greenwich, et Abigail la première. L'été suivant, Roger Marshall, l'ex-associé de Charles, aujourd'hui membre du Parlement, réapparut. Un membre du Congrès s'apprêtait à prendre sa retraite, annonça-t-il. Il allait y avoir un siège vacant à pourvoir dans le Connecticut, justement. Charles se montra peu intéressé. Le cabinet juridique occupait presque tout son temps. Proposer sa candidature au Congrès entraînerait une campagne aussi harassante qu'onéreuse, et il n'était pas sûr de gagner les élections. Il refusa. La même année, lorsqu'un député du district mourut des suites d'un infarctus, Roger revint à la charge. Au grand étonnement de Charles, Grace le pressa d'accepter.

— Es-tu sérieuse ? As-tu vraiment envie de ce genre de vie ?

Il s'était déjà trouvé dans l'œil du cyclone lors de son premier mariage, et en avait terriblement souffert. Pourtant, la politique le fascinait, il devait bien l'admettre.

— Je vous promets d'y réfléchir, dit-il à Roger.

Ce qu'il fit. Au terme de longues tergiversations, il refusa. De nouveau, Grace se fit l'avocat du diable. Charles aimait relever des défis, et ses occupations actuelles n'en présentaient plus aucun. Il en convint, songeur. Oui, peut-être que la politique lui apporterait un renouveau. A l'approche de son cinquante-troisième anniversaire, il commençait à se sentir un peu las. Vieillissant, selon ses propres termes.

— Charles, tu as besoin de quelque chose de nouveau, déclara-t-elle calmement. De quelque chose d'excitant.

— Je t'ai, toi, sourit-il. C'est suffisamment excitant pour n'importe quel homme. J'ai tout ce qu'il me faut pour être heureux : une femme jeune et superbe, trois enfants formidables. La vie politique comporte des contraintes trop lourdes. Tu risques d'en souffrir, ainsi que les enfants.

— On se débrouillera. Washington n'est pas au bout du monde. Nous garderons un pied-à-terre ici, et nous chercherons un logement là-bas.

Elle tirait des plans sur la comète. Charles l'enveloppa d'un regard plein de tendresse.

— Tu sais, il n'y a pas de souci à se faire. Je n'ai aucune chance d'être élu. Je suis un mauvais cheval : personne ne me connaît.

— Tu es quelqu'un de respecté, réputé pour son intégrité. Et tu portes un réel intérêt à ton pays.

— Aurai-je ton vote ? demanda-t-il en l'embrassant.

— Toujours.

Il répondit à Roger qu'il serait candidat, puis se mit à la recherche de ses futurs collaborateurs. La campagne commença officiellement en juin, et Grace se jeta à corps perdu dans la bataille électorale. Elle colla des milliers de timbres sur des enveloppes, donna des centaines de poignées de main, distribua des tracts. Les discours de Charles Mackenzie touchèrent une vaste partie de la population. Il avait ciblé toute sa campagne sur l'Américain moyen, sans toutefois cacher son appartenance à la classe supérieure, ni sa fortune considérable. Néanmoins, le ton juste de ses propos, son charisme personnel, ses idées, son honnêteté évidente lui attirèrent la sympathie du public, mais aussi celle des médias. Les journalistes de la presse écrite et des grandes chaînes nationales le suivaient à la trace et rapportaient fidèlement ses faits et gestes.

— Quoi de plus normal ? disait Grace, quand il s'étonnait de sa popularité.

— Ils n'ont pas toujours été aussi charmants à mon égard. Ils m'attendent sûrement au tournant.

— Ne sois pas si pessimiste.

Elle se tint à son côté, chaque fois qu'il le lui demanda, à la fois présente et effacée. D'office, elle s'était réservé les tâches subalternes, sans le moindre désir de se mettre en avant, sans la moindre prétention. C'était Charles le candidat, pas elle. Elle ne perdait jamais cela de vue. Et, d'ailleurs, elle préférait rester dans l'ombre.

Ses propres occupations se ressentaient de la candidature de Charles. SOS ENFANTS dut se passer de ses services tout au long de la campagne. Elle continuait à répondre au numéro vert, quand elle était disponible, mais la plupart du temps elle soutenait Charles. Celui-ci s'était piqué au jeu. Peu à peu, l'envie de gagner et le fait de sentir le triomphe à portée de la main le stimulèrent. Il entraîna Grace à des pique-niques, des foires, des barbecues. Il prit la parole devant des fermiers, des associations politiques, des hommes d'affaires. Chaque jour, les rangs de ses partisans grossissaient. Il savait les convaincre et il était sincère. Les gens l'adoraient... tout comme ils adoraient Grace. Son dévouement à soulager la misère avec SOS ENFANTS avait conquis le cœur de tous. Belle, paisible, dépourvue d'ambition, elle incarnait l'épouse parfaite et la mère idéale.

En novembre, Charles remporta une victoire écrasante. Il plaça ses parts du cabinet dans un fidéicommis, et, avant son départ, ses associés organisèrent en son honneur une réception grandiose au Pierre. Il ne restait plus qu'à trouver un logement à Washington. Ils y emménageraient après Noël. Ils trouvèrent une maison de rêve à Georgetown, sur R Street. En janvier, Abigail et Andrew entamèrent respectivement leurs troisième et quatrième années de classe élémentaire, et Grace trouva une garderie pour Matthew, qui n'avait que deux ans.

Ils retournaient dans le Connecticut pendant les vacances scolaires, et quand le Congrès ne siégeait pas. Ses nouvelles fonctions passionnaient Charles. Esprit libéral, il vota en faveur des lois sociales défendant les plus démunis, assista aux interminables délibérations des différents comités dont il faisait partie. Il semblait avoir retrouvé tout son allant. Au cours de leur deuxième année à Washington, Grace ouvrit un bureau de SOS ENFANTS. Elle dirigeait plusieurs équipes à présent, et participa à trois ou quatre émissions télévisées pour plaider la cause des enfants en détresse. En tant qu'épouse de député, elle avait acquis plus d'influence, plus de notoriété.

Leur existence se déroulait dans un tourbillon d'activités et de sorties. Spectacles, réceptions, réunions politiques. Ils étaient fréquemment invités à la Maison-Blanche. Les années tranquilles semblaient révolues, mais ils retournaient avec délices dans la paisible et verdoyante nature du Connecticut, où ils puisaient des forces nouvelles. Malgré leurs apparitions publiques, leur vie privée demeurait d'une discrétion absolue. Une famille unie, heureuse, sans histoires, à l'abri du tumulte de la renommée et des mondanités. On considérait Charles Mackenzie comme l'un des membres les plus actifs du Congrès. Et, dans son domaine, Grace passait pour une battante, doublée d'une mère exemplaire.

Ils étaient à Washington depuis cinq ans lorsque Charles reçut d'autres propositions. Sa brillante carrière au Congrès lui ouvrait les portes du Sénat. Il comptait beaucoup de sénateurs parmi ses relations, et les sources proches de la Maison-Blanche l'assuraient du soutien du président.

Il mit aussitôt Grace au courant. Elle était à la fois sa conseillère et sa confidente. Les deux époux s'engagèrent dans d'interminables discussions. Elle était favorable à ce nouveau défi. Il lui fit part de ses scrupules. Un siège de sénateur l'exposerait à plus de responsabilités, plus de pressions. Parlementaire, il s'était attiré des sympathies. Sénateur, il risquait de susciter des jalousies féroces. Tous ceux qui briguaient la présidence ne manqueraient pas de voir en lui un ennemi, un obstacle à leurs ambitions démesurées, un rival potentiel dont il faudrait couper l'herbe sous le pied.

— Ce n'est pas sans danger, tu sais, dit-il pensivement.

Au fond, c'était pour elle qu'il s'inquiétait. Jusqu'alors, les redoutables paparazzi n'avaient pas cherché à l'égratigner. Elle était connue et appréciée pour sa beauté rayonnante, sa générosité, la solidité de son mariage, son sens des valeurs et de la famille et avait échappé aux feux brûlants de l'actualité. En devenant épouse de sénateur, elle serait propulsée sur la scène politique. Et Dieu seul savait ce que cette promotion sociale pouvait entraîner.

— Je ne veux rien faire qui puisse te nuire, ajouta-t-il.

Sa femme et ses enfants constituaient son principal souci.

— Ne sois pas ridicule, chéri, je n'ai rien à cacher, répondit-elle sans réfléchir. Puis, voyant son sourire penaud : Oui, d'accord ! Mais personne n'a eu l'idée de fouiller mon passé. Après tout, j'ai payé ma dette à la société... Oh, et puis que veux-tu qu'ils disent maintenant ?

Elle avait trente-huit ans. Les ombres du passé s'étaient dissipées depuis si longtemps. Vingt et une années s'étaient écoulées... une vie entière, vécue par quelqu'un d'autre. Ce n'était plus qu'un mauvais rêve oublié.

— Les gens ignorent qui tu es, ma chérie. Tu as changé de nom, les années ont passé. Mais en tant que femme de sénateur, tu éveilleras des curiosités malsaines. Ils mettront le nez dans ton passé, Grace. C'est ça que tu veux ?

— Non, mais je ne veux pas non plus briser ta carrière. Vas-tu refuser le Sénat à cause de quelque chose qui ne se produira peut-être pas ?

Elle vit l'hésitation dans ses yeux.

— Ne laisse rien t'arrêter, mon amour. Ne permets pas à la peur de te dicter ton attitude. Nous n'avons rien à craindre.

Elle l'avait convaincu. Quinze jours plus tard, il annonça sa candidature. Il savait que le chemin à parcourir serait semé d'embûches, qu'il aurait à combattre un implacable concurrent. Mais ce dernier était en poste depuis trop longtemps, le besoin de changement se faisait sentir. Dans les milieux politiques, on pensait qu'il était grand temps de se débarrasser des vieux dinosaures des partis. Et Charles Mackenzie incarnait parfaitement le renouveau. Il s'était distingué au Congrès par ses interventions pertinentes, avait une réputation sans tache, et beaucoup d'amis puissants. Il était séduisant, chef d'une famille idéale, et marié à une femme ravissante, ce qui ne gâtait rien.

La campagne commença en novembre par une conférence de presse. Dès la première minute, Charles sentit que l'atmosphère avait changé. Les journalistes le bombardèrent de questions de tous ordres : sa vie, son cabinet juridique, sa fortune personnelle, ses revenus, le montant de ses impôts, ses employés, ses enfants. Et Grace, bien sûr. Le journaliste d'une chaîne de télévision demanda des précisions sur SOS ENFANTS et sur le travail bénévole de Mme Mackenzie à Saint-Andrew, avant son mariage. Bizarrement, il avait eu vent des donations que Grace avait envoyées au refuge... Charles répondit posément. Pour l'instant, la presse semblait bien disposée envers Grace. Dès le lendemain, journaux et magazines la poursuivirent. Au début, elle refusa photos et interviews, s'efforçant de rester en retrait de la campagne électorale. Elle était prête à travailler dur pour son mari, à condition de rester dans son ombre. Mais les journalistes ne l'entendaient pas de cette oreille. Ils avaient un candidat au Sénat de cinquante-huit ans, aux allures de vedette de cinéma, qui avait épousé une femme de vingt ans sa cadette, d'une beauté époustouflante. Voilà qui constituait pour eux un sujet en or, qu'ils avaient l'intention d'exploiter à fond.

— Je déteste les interviews, se plaignit Grace un matin, au petit déjeuner. C'est toi le candidat, non ?

Elle lui servit une deuxième tasse de café. La femme de ménage ne tarderait pas à arriver. Ils auraient pu embaucher une gouvernante, mais Grace tenait trop à l'intimité de sa famille et prenait un réel plaisir à préparer le petit déjeuner de Charles et des enfants.

— Je t'avais prévenue, répondit-il tranquillement.

Plus rien, ni critiques ni remarques déplaisantes, ne semblait le contrarier. C'était la règle du jeu. La vraie nature du combat politique. Une fois sur le ring, les candidats s'exposaient à tous les coups. En tant que député, il n'avait eu affaire qu'à la presse locale. A présent, la presse nationale avait pris le relais, à l'affût de scoops et de révélations.

— Si tu étais laide, tu ne les intéresserais pas, dit-il, en se penchant pour déposer un baiser sur ses lèvres.

Il alla conduire les enfants à l'école. Matthew, le benjamin, était entré à l'école élémentaire, tandis que Andrew avait commencé le lycée. Les garçons, comme leur sœur, comptaient autant de petits copains à Washington que dans le Connecticut.

La campagne se poursuivit sans heurts, jusqu'en juin. Charles avait toutes les chances d'évincer son rival. Ils s'apprêtaient à aller passer les vacances d'été à Greenwich quand l'incident se produisit. Charles rentra à la maison en plein après-midi, à une heure inhabituelle, le visage blême. L'espace d'une seconde, Grace crut qu'il était arrivé malheur à l'un des enfants. Elle dégringola les marches, folle d'angoisse, tandis qu'il posait sa mallette.

— Charles ? Qu'y a-t-il ?

Peut-être l'avait-on averti en premier. Mais de quoi ? Un accident ? Lequel des trois ? Andrew, Abby, ou Matt ?

— J'ai de mauvaises nouvelles.

Elle s'était élancée vers lui et s'était agrippée à sa main, si fort que ses doigts laissèrent des marques rouges sur sa peau.

— Oh, mon Dieu, que s'est-il passé ?

— J'ai eu un coup de fil de l'Associated Press. (Bon, ce n'étaient pas les enfants. Elle respira.) Grace, ils savent tout, au sujet de ton père et de ton séjour à Dwight.

Il passa la main sur son visage, comme pour effacer son expression ravagée. Dès qu'il l'avait appris, il n'avait pensé qu'à elle. Et il avait voulu l'avertir, la préparer avant qu'ils ne sonnent l'hallali. Il regrettait amèrement de l'avoir mise dans cette position par son inconséquence, par ambition, par égoïsme, et par naïveté. Comment avait-il pu croire qu'ils traverseraient impunément la campagne électorale ? Maintenant elle allait être jetée en pâture à la presse.

— Oh... murmura-t-elle. Je suppose que cela va te porter préjudice.

— La question n'est pas là. Je m'en veux de t'avoir entraînée dans ce piège. (Il l'enlaça et la conduisit doucement vers la salle de séjour.) Ils annonceront la nouvelle au journal de dix-huit heures, et ils voudraient que tu donnes une conférence de presse avant.

— Je dois accepter ? demanda-t-elle, plus pâle qu'une morte.

— Non. Attendons de voir jusqu'où ils sont allés, avant de réagir.

— Et les enfants ?

Les mains de Grace s'étaient mises à trembler.

— Nous les mettrons au courant nous-mêmes.

Ils allèrent les chercher à l'école et leur demandèrent de s'asseoir à la table de la salle à manger.

— Maman a quelque chose à vous dire, déclara calmement Charles.

— Vous allez divorcer ? s'écria Matt, affolé.

C'était le cas des parents de tous ses copains.

— Non, bien sûr que non, lui sourit son père. Il s'agit d'autre chose... Qui n'en est pas moins grave. Ce sera très dur pour maman. Nous avons pensé que vous deviez savoir, vous aussi.

— Tu es malade, maman ? demanda nerveusement Andrew.

Un cancer foudroyant avait emporté la mère de son meilleur ami.

— Non, Andy, je vais bien, dit Grace. (Elle avait du mal à respirer, et porta la main à sa poitrine oppressée. Elle n'avait pas utilisé son aérosol depuis des années.) Il s'agit de quelque chose qui est arrivé il y a longtemps. C'est aussi dur à expliquer qu'à comprendre.

Elle s'interrompit, au bord des larmes. Sa main tremblait dans celle de Charles, qui la tint fermement.

— Quand j'étais petite — j'avais l'âge de Matt —, mon père maltraitait ma mère, commença-t-elle, d'une voix triste.

— Tu veux dire qu'il lui tapait dessus ? demanda Matthew, les yeux agrandis de stupeur.

— Oui. Il la frappait. Il lui faisait mal. Et puis, elle est tombée très malade.

— A cause des coups ? interrogea de nouveau Matthew.

— Non, mon trésor. Elle a eu un cancer, comme la maman de Zack, le copain d'Andy. Elle a été malade pendant quatre ans. Et pendant ce temps-là, mon père me frappait, moi aussi... Il était méchant et cruel... Parfois, il s'en prenait à maman, malgré sa maladie. Et je me suis dit que si je le laissais me faire du mal... (Des larmes étincelèrent dans ses yeux, et Charles lui étreignit la main pour lui donner du courage)... il l'épargnerait, elle. Alors, je me suis prêtée à son jeu... c'était atroce... puis maman est morte... J'avais dix-sept ans, et le jour de ses obsèques... (Elle ferma les paupières, puis les rouvrit, déterminée à aller jusqu'au bout de ce récit affreux qu'elle aurait tant voulu ne jamais faire à ses enfants.) Le soir, après les obsèques, il m'a battue plus fort que d'habitude. J'avais très mal, très peur. Je me suis rappelé alors que maman gardait un revolver dans sa table de nuit. Je l'ai pris. Je voulais juste lui faire peur. (Elle éclata en sanglots, sous le regard médusé de ses enfants.) J'étais terrifiée... Il a essayé de m'arracher l'arme, et il y a eu un coup de feu... Soudain je me suis rendu compte que j'avais tiré... accidentellement... Il est mort dans la nuit.

Elle aspira laborieusement une large goulée d'air. Andrew fixa sur elle un regard consterné.

— Tu as tiré sur ton père ? Et tu l'as *tué* ?

Elle acquiesça. Elle ne leur parlerait pas des abus sexuels et des sévices, à moins d'y être obligée.

— Et tu es allée en prison, maman ? questionna le petit Matthew, l'œil brillant.

L'histoire l'avait fasciné. On aurait dit une de ces séries télévisées où les policiers traquent impitoyablement les truands. Et où les bons triomphent des méchants. Seule l'idée que maman avait reçu des coups le chagrinait.

— Oui, répondit Grace, les yeux rivés sur sa fille, qui n'avait pas dit un mot. Je suis allée en prison pendant deux ans. Après, je suis venue à New York. J'ai rencontré papa, nous nous sommes mariés, vous êtes nés, et nous sommes très heureux depuis lors.

Quinze ans de bonheur. Quinze ans de répit. Ils avaient pris le risque de s'exposer à l'insatiable curiosité des journalistes, et maintenant ils allaient en payer le prix.

— Non, mais je rêve ! s'exclama Abigail, en fusillant sa mère du regard. Tu as été en prison ? En *prison*, et tu ne nous as jamais rien dit ?

— Je ne croyais pas y être tenue, Abby. C'est une histoire tellement pénible pour moi, et dont je ne suis pas fière.

— Tu nous as raconté que tes parents étaient morts, tu ne nous as pas dit que tu les avais tués ! lui reprocha Abigail.

— Je ne les ai pas tués tous les deux. Je l'ai tué, lui.

— Parce que, selon toi, tu te défendais.

— Exactement.

— Puisque c'était de la légitime défense, pourquoi ils t'ont envoyée en prison, alors ?

— Parce qu'ils ne m'ont pas crue, murmura Grace misérablement.

— Je n'arrive pas à le croire ! gémit Abigail. Je n'arrive pas à croire que tu as fait de la prison.

Elle pensait à ses amis. S'ils avaient vent de l'histoire, elle n'oserait plus les revoir.

— Et les parents de papa ? Tu les as tués aussi, maman ? demanda Matt, intrigué.

Grace esquissa un sourire involontaire.

— Mais non, mon chéri, bien sûr que non.

Il était trop jeune pour comprendre.

— Bon, soupira Andrew d'un air malheureux. Pourquoi nous annonces-tu ça maintenant ?

— Parce que la presse a tout découvert.

C'est Charles qui répondit. Jusqu'alors, il n'était pas intervenu, laissant Grace leur expliquer les choses à sa manière. Il regarda tour à tour ses enfants, qui s'efforçaient visiblement d'encaisser le choc.

— Ce sera aux informations de dix-huit heures. Nous voulions vous prévenir.

— Dix minutes avant que le monde entier soit au courant, merci ! explosa Abigail. Inutile de m'emmener à l'école demain, je n'irai pas.

— Moi non plus ! lança Matt, imitant sa grande sœur. (Puis, se tournant vers Grace :) Est-ce qu'il a perdu beaucoup de sang, ton père, maman ?

Malgré elle, Grace laissa échapper un rire, et Charles l'imita. Leur petit garçon n'arrivait pas à distinguer la réalité de la fiction.

— Ça suffit maintenant, Matt, le gronda son père, qui avait repris son sérieux.

— Est-ce qu'il a poussé des cris ?

— Matthew !

Abigail fondit soudain en larmes.

— Je n'y crois pas ! Je refuse de croire que tu es une meurtrière, une ancienne détenue... et qu'ils vont le dire ce soir à la télévision.

— Abigail, rétorqua Charles, ta mère a beaucoup souffert. A ton avis, pourquoi s'occupe-t-elle aussi activement d'enfants maltraités ?

— Pour se mettre en avant ! hurla Abby, furieuse. D'ailleurs, qu'est-ce que tu en sais ? Tu n'étais pas là, que je sache. Et tout ça à cause de toi, et de ta stupide campagne électorale. Si nous n'étions pas venus à Washington, rien ne serait arrivé.

Il y avait du vrai dans ces reproches amers, et Charles se sentit ployer sous le poids de la culpabilité. Sa fille sortit de la pièce en courant, le dispensant de répondre. Ils entendirent ses pas dans l'escalier, puis un vigoureux claquement de porte à l'étage. Grace bondit, mais Charles la força à se rasseoir.

— Laisse-la se calmer, suggéra-t-il avec sagesse.

Andrew regarda ses parents.

— Pourquoi vous mettez-vous dans tous vos états à cause de cette petite chipie ?

— Parce que nous l'aimons, comme nous vous aimons tous, dit Charles. Ça va être infernal pour tout le monde. Il va falloir se serrer les coudes, les enfants. Surtout quand les paparazzi harcèleront maman.

— Nous serons là, maman, murmura Andrew, les yeux embués, en passant ses bras autour du cou de Grace.

Mais la petite frimousse de Matthew exprimait des préoccupations d'un ordre différent.

— Tu crois qu'Abby va te tirer dessus, papa ? demanda-t-il, plein d'espoir. Une fois de plus, Charles eut du mal à contenir son hilarité.

— J'espère que non, Matt. Personne ne tirera sur personne.

— Si, maman, peut-être.

Grace adressa un sourire malicieux à son petit dernier.

— Penses-y, la prochaine fois que je te dirai de ranger ta chambre ou de finir ton assiette.

— Ouais, s'enthousiasma le petit garçon, avec un large sourire qui dévoila deux dents manquantes sur le devant.

Contrairement à ses aînés, il n'avait pas saisi les conséquences de l'ouragan qui allait bientôt se déchaîner, dévastant tout sur son passage.

Peu après, Grace essaya de raisonner Abby à travers la porte close de sa chambre. Mais l'adolescente se cantonna dans un mutisme obstiné. Lorsque, à dix-huit heures, toute la famille se réunit au salon devant le poste de télévision, Abby vint les rejoindre, et s'assit au fond de la pièce, sans adresser la parole à ses parents.

Le téléphone n'avait pas arrêté de sonner. Grace avait branché le répondeur. Ils n'avaient pas envie de parler à qui que ce soit. La ligne personnelle de Charles était sur liste rouge. Quelques-uns de ses collaborateurs l'avaient appelé au cours de l'après-midi pour lui communiquer les renseignements qu'ils avaient pu glaner à droite et à gauche.

— Sale affaire, Charles, lui avaient-ils dit.

Le présentateur annonça un bulletin spécial, puis un cliché flou envahit le petit écran. Grace, en tee-shirt blanc et blue-jean, derrière des barreaux. Si fragile, presque une enfant. Sur la photo, elle paraissait plus jeune qu'Abigail.

— Maman, c'est toi ?

— Chut, Matthew ! firent-ils tous en même temps.

Sale affaire, en effet. C'était pire que tout ce qu'ils avaient imaginé. La voix du présentateur emplit la pièce. Grace Mackenzie, l'épouse de Charles Mackenzie, membre du Congrès et candidat aux prochaines élections au Sénat, avait tué son père d'un coup de revolver, lors d'un scandale retentissant qui, dans les années soixante-dix, avait défrayé la chronique. D'autres photos illustraient le commentaire : Grace, les menottes aux poignets ; son père, très séduisant dans son costume trois pièces. M. Adams était un citoyen estimé, poursuivit le commentateur, un notable de la petite ville de Watseka. Sa fille, qui l'avait accusé de viol, avait plaidé la légitime défense, mais n'avait pas convaincu les jurés. Une condamnation à quatre ans de prison, dont deux avec sursis, pour homicide volontaire, avait été prononcée à son encontre.

D'autres instantanés encore, parus dans la presse au moment du procès. Grace sortant du tribunal, toujours menottée. Grace avant son départ pour le pénitencier. Grace à son arrivée au centre pénitentiaire de Dwight.

— ... où elle a purgé sa peine pendant deux ans. Mme Grace Mackenzie-Adams a été libérée en 1973, et a passé ses deux années de probation à Chicago. A notre connaissance, elle n'a pas eu d'autres démêlés avec la justice, bien qu'une enquête ait été ouverte pour le déterminer.

— Quelle enquête ? Qu'est-ce que ça veut dire ? demanda Grace, tandis que Charles ébauchait un geste apaisant.

Ce n'était pas fini. La caméra se fixa sur un visage qu'elle crut reconnaître. Il s'agissait du chef de la police de Watseka. Vingt et un ans plus tard, il était toujours en poste. Il se rappelait parfaitement la nuit du meurtre.

— Personne n'a cru à son histoire de viol. D'après le procureur, elle avait essayé... (Un sourire malveillant étira ses lèvres.)... comment dire... de séduire son père. Il n'a pas mordu à l'hameçon, et ça l'a rendue folle de rage. C'était un joli brin de fille, mais surtout une détraquée. Je ne sais pas où elle en est actuellement, mais chassez le naturel, il revient au galop !

Le reportage se termina par un résumé à l'intention des téléspectateurs qui auraient manqué le début. Grace Mackenzie avait été déclarée coupable d'homicide volontaire. De nouveau, on montra le premier cliché flou, suivi d'une photo récente, qui la montrait près de Charles, le jour où il avait prêté serment au Congrès. M. Mackenzie était candidat au Sénat, rappela le présentateur. Brutalement, on passa à autre chose. Un autre journaliste déploya le triste éventail des actualités internationales habituelles. Grace laissa aller sa tête contre le dossier du canapé, horrifiée. On a beau enterrer le passé, il finit toujours par vous rattraper. Tout était là, comme au premier jour. Toute l'affaire illustrée par des photos, et aussi l'hostilité de la ville, représentée par le chef de la police. Les mêmes adjectifs, les mêmes sarcasmes : « Un joli brin de fille »... « une détraquée »...

— Bientôt, ils prétendront que c'est moi qui l'ai violé ! s'indigna-t-elle. Peut-on les poursuivre en diffamation ?

— Peut-être, répliqua Charles avec calme, afin de rassurer les enfants. Attendons d'abord de voir ce qui va se passer. Nous aviserons ensuite. Cela m'étonnerait qu'ils en restent là, malheureusement. Il faut que nous nous préparions à affronter le pire.

— Le pire ? demanda-t-elle, révoltée. Parce qu'il y a *pire* ?

— J'en ai peur, ma chérie.

Il en avait fait la triste expérience lors de son divorce avec Michelle...

Vers dix-neuf heures, une meute de journalistes, caméras au poing, envahit la pelouse de leur domicile. Le correspondant d'une chaîne de télévision se servit d'un porte-voix pour inviter Grace à se montrer. Charles appela la police. Des agents en uniforme refoulèrent les reporters hors de la propriété, mais ils campèrent sur le trottoir, de l'autre côté de la rue. Des grappes de photographes, cachés dans les arbres, braquaient leur objectif sur la chambre à coucher du couple, au premier. Charles monta baisser les stores. Ils étaient assiégés dans leur propre maison.

— Ça va durer longtemps ? demanda Grace tristement, après que les enfants se furent couchés.

Les journalistes étaient toujours sur le trottoir d'en face.

— Un certain temps... Oui, probablement assez longtemps.

Assis à la table de la cuisine, le store baissé, ils se dévisagèrent, épuisés. Charles demanda à Grace si elle voulait parler devant les caméras pour exposer sa propre version des faits.

— J'ai peur d'avoir l'air de m'excuser. Oh, Charles, ne peut-on pas traduire ces gens en justice ?

— On verra, ma chérie, on verra.

Il avait déjà mis sur l'affaire deux spécialistes des procès en diffamation. Pour le moment, ils en étaient à évaluer l'ampleur du désastre.

Le lendemain matin, les journalistes étaient toujours devant la maison. Charles regarda une chaîne locale. On évoquait le scandale, naturellement. Il en était de même sur les chaînes câblées, et sur le réseau national. Tous s'étaient emparés du sujet le plus brûlant de l'année.

Effarés, les deux époux regardèrent l'interview de deux gardiennes de Dwight. Toutes deux disaient se souvenir de Grace, ce qui était impossible compte tenu de leur jeune âge.

— Je ne les ai jamais vues, dit-elle à Charles.

Il était resté auprès d'elle afin de la soutenir. Elle était bloquée à la maison. Dehors, journalistes et photographes guettaient sa sortie. Abby avait refusé de quitter son lit. Un ami s'était proposé pour conduire Andrew et Matt à l'école.

Les deux gardiennes laissèrent entendre, sans toutefois le préciser clairement, que Grace Adams se droguait. Elle fondit en larmes, le visage enfoui dans ses mains.

— Oh, mon Dieu ! Pourquoi mentent-elles ?

Elle ne comprenait pas.

— Parce qu'elles veulent avoir leur heure de gloire, passer à la télévision, être des stars, comme toi.

— Je ne suis pas une star. Je ne suis qu'une femme au foyer.

— Pour elles, tu es une star.

Sur une autre chaîne, une journaliste interviewait le chef de la police de Watseka. Et une habitante de Watseka, que Grace n'avait jamais vue auparavant, se présenta comme sa meilleure amie de lycée. Elle aussi affirmait avoir très bien connu Grace, précisant qu'elle n'arrêtait pas de lui parler de son papa, qu'elle lui vouait un véritable culte, et qu'elle était très jalouse de sa mère.

— Cette femme a vingt ans de plus que moi ! Je ne sais même pas qui elle est, s'écria Grace.

Suivit l'interview de l'officier de police qui avait procédé à son arrestation. C'était un vieil homme à présent et il admit que Grace paraissait terrifiée et qu'elle tremblait des pieds à la tête quand ils l'avaient trouvée.

— A votre avis, avait-elle été violée ? demanda la journaliste sans l'ombre d'une hésitation.

— C'était difficile à dire, vous savez, je ne suis pas médecin. En tout cas, elle n'avait rien sur le dos.

— Elle était *nue* ?

La journaliste se tourna vers la caméra, choquée, tandis que le policier acquiesçait.

— Oui, mais les médecins qui l'ont examinée plus tard n'ont pas constaté de viol. Je crois qu'ils ont conclu qu'elle avait eu des rapports sexuels avec quelqu'un. Si ça se trouve, son père les avait surpris et...

— Merci, sergent Johnson.

Mais le plus terrible se déroulait sur une autre chaîne. Un entretien avec Frank Wills. L'ancien associé de John Adams paraissait plus répugnant, plus ignoble et haineux que vingt ans auparavant. Grace était une gosse bizarre, déclara-t-il platement, sans s'embarrasser de préambules inutiles. Elle en voulait à l'argent de son père.

— *Quoi* ? bondit-elle. Il a tout pris, ce bandit !

De nouveau, elle se laissa tomber sur le canapé, en proie au désespoir.

— Ma chérie, cesse de te mettre dans des états pareils. Ces individus mentent comme ils respirent et tu le sais. D'ailleurs pourquoi s'en priveraient-ils ?

— Je ne peux plus les supporter !

Le passé l'avait rattrapée. Le piège s'était à nouveau refermé sur elle. Il n'y avait pas d'issue, pas de répit, aucun moyen d'échapper à cet engrenage.

Il faut trouver la force de résister, Grace. Quand un scandale éclate, rien ne peut l'arrêter.

Il le savait mieux que quiconque. Le feu brûlerait long-temps avant de s'éteindre.

— Mais pourquoi ? Pourquoi dois-je supporter cette situation ? demanda-t-elle, en larmes.

— Parce que les gens aiment les scandales. Ils s'en repaissent. Quand j'étais marié avec Michelle, nos noms faisaient régulièrement la une des journaux. Elle a été traînée dans la boue. Ils ont insinué les choses les plus immondes, sans se soucier de ce qu'elle pouvait ressentir.

— Mais ton ex-femme était une vedette de cinéma. Comme tous les gens connus, elle devait adorer qu'on parle d'elle.

— On peut dire la même chose de moi, parce que je suis un homme politique.

Elle pleura sans retenue dans ses bras. Et il tenta de la consoler. Peu après, les yeux gonflés, elle monta pour discuter avec sa fille. Abby était couchée, livide. Elle avait regardé les mêmes émissions dans la chambre de ses parents.

— Comment as-tu pu commettre toutes ces horreurs ! hurla-t-elle en voyant sa mère.

— Je ne suis pas le monstre qu'ils peignent, Abby, répondit Grace, à travers ses larmes. J'étais terrifiée. J'avais peur de lui... Il me battait... Il m'a violée pendant quatre ans... Je n'en pouvais plus. Je n'avais pas l'inten-tion de le tuer. Je voulais juste l'arrêter. J'étais comme un animal blessé, j'ai cherché à me défendre par n'importe quel moyen. Je n'avais pas le choix, ma chérie. (Elle sanglotait, et Abigail la regardait, en pleurs elle aussi.) Mais tout le reste est faux. Toutes les interviews que tu as entendues ne sont qu'un tissu de mensonges. Je ne connais pas ces gens-là, excepté Franck Wills, qui a menti, lui aussi. Il a hérité de l'argent de mon père. Tout ce qui m'est revenu, je l'ai donné à des œuvres de charité. Et j'ai passé le reste de ma vie à soulager d'autres

325

malheureux, à les aider à survivre. Oh, mon Dieu, Abby, murmura-t-elle en enlaçant sa fille. Je t'aime tellement ! J'ai eu une enfance si malheureuse, et personne ne s'est comporté correctement avec moi, à part ton père. Il a transformé ma vie. Il m'a donné le bonheur... et vous. (Ses sanglots redoublèrent, alors que sa fille la serrait dans ses bras.) Abby, je t'aime plus que ma vie... pardonne-moi, s'il te plaît.

— Toi aussi, maman, pardonne-moi. J'ai été méchante. Moi aussi je t'aime, maman.

— Ça va aller, ma chérie, ne pleure pas, ça va aller.

Charles avait assisté, bouleversé, à la scène depuis la porte entrebâillée. Il repartit discrètement vers son bureau d'où il appela ses avocats. L'un d'eux arriva dans l'après-midi. Il n'apportait aucune bonne nouvelle. Aucune loi ne protégeait la vie privée des personnes publiques, hommes politiques ou vedettes de cinéma. C'était le revers de la médaille, le tribut à payer à la célébrité. Pour engager des poursuites, il fallait apporter la preuve qu'ils avaient été victimes d'une campagne calomnieuse. Ou que leurs revenus s'en étaient ressentis... En fait, Grace n'avait aucun droit.

— Vous n'avez aucun recours contre vos détracteurs, madame Mackenzie. S'ils prétendaient que vous avez tué votre père alors que vous ne l'aviez pas fait, ce serait différent. Le reste n'est pas passible de poursuites, à moins que vous ayez les preuves formelles qu'en prison vous n'apparteniez à aucun gang et que vous ne vous êtes jamais droguée. Mais comment allez-vous vous y prendre ? Faire témoigner vos anciennes compagnes de détention ? En outre, vous devrez *prouver* que toutes ces personnes interviewées ont pour but de vous nuire.

— Autrement dit, ils peuvent raconter n'importe quoi, impunément.

— C'est à peu près ça, oui. Malheureusement, nous sommes sous le règne des magazines à scandales, ces infâmes feuilles de chou qui vendent du sensationnel à leurs lecteurs. Et sous la tyrannie des indices d'écoute. D'après les médias, le public réclame des faits divers bien horribles, bien sanglants. On vous porte aux nues pour mieux vous détruire le lendemain. On flatte les instincts les plus vils. On vous persécute jusqu'à la mise à mort, parce que votre cadavre rapporte de l'argent ! Nous sommes entourés de vautours prêts à tout, même à soudoyer des témoins. Et tant qu'un sujet n'est pas épuisé, ils l'exploitent à fond. Les gens diront qu'ils vous ont vue danser la danse du ventre sur la tombe de votre père, rien que pour toucher un peu d'argent et passer à la télévision. Voilà la triste réalité. Et même la presse réputée sérieuse utilise parfois ce genre de procédés. Les journalistes s'en prennent à des innocents comme vous et à leur famille, et les harcèlent sans pitié. Hélas, on peut tout prouver, sauf la malveillance. Vous avez payé très cher le drame qui a brisé votre jeunesse, madame Mackenzie. Malheureusement, ce n'est pas fini. Si vous engagez des poursuites, ils invoqueront les lois défendant les libertés de la presse. Vous ne réussirez qu'à jeter de l'huile sur le feu.

— Vous n'êtes pas très encourageant, maître, murmura Charles, accablé.

— Je sais, dit l'homme de loi avec un geste d'impuissance.

Il aimait bien son client, éprouvait de la compassion pour sa femme mais savait que toute tentative pour les tirer de ce mauvais pas était vouée à l'échec.

— Soyez patients. La tempête finira par se calmer.

Mais, des semaines durant, la tempête fit rage.

Les enfants retournèrent à l'école à contrecœur. Il ne restait plus que huit jours avant les vacances d'été. La famille Mackenzie se retira dans sa résidence secondaire du Connecticut. Là aussi, les paparazzi vinrent les espionner. Chaque jour voyait une suite à ce feuilleton palpitant. Enfin, David Glass sortit de l'ombre. Il téléphona aux Mackenzie. Il vivait à Van Nuys et avait quatre enfants. Il se déclara désolé. Il en avait le cœur brisé, dit-il, sachant ce que Grace avait enduré dans le passé. Mais rien ne pouvait plus arrêter ce déferlement de médisances. Il avait essayé de contacter certains journaux, puis s'était ravisé, craignant que ses propos soient dénaturés. Il avait été content, malgré tout, d'apprendre que Grace était mariée et mère de trois enfants. Il s'excusa de n'avoir plus donné signe de vie. Il était devenu le principal associé du cabinet juridique de son beau-père, et il avoua, d'une voix penaude, que Tracy, sa femme, jalousait férocement Grace lorsqu'ils s'étaient établis en Californie. C'est la raison pour laquelle il avait cessé de lui écrire, afin d'éviter ses incessantes scènes de ménage. Grace fut ravie de son appel. Elle passa David à Charles. Les deux hommes étaient d'accord. La presse n'avait que faire de la vérité. Le scandale rapportait davantage. Les magazines à sensation avaient triplé leurs tirages. Certains shows télévisés avaient crevé le plafond de l'audimat. Il était clair que l'on préférait la meurtrière dépravée à l'ancienne égérie des œuvres caritatives. Le public réclamait le récit de ses égarements sexuels en prison. Ce qu'elle avait enduré durant son enfance, les sévices de son père n'offraient aucun intérêt. David pensait, comme Charles, qu'il valait mieux disparaître et se mettre à l'écart, jusqu'à ce que le combat cesse, faute de combattants.

Apparemment, la dignité ne payait pas. Un mois plus tard, Grace faisait toujours la une de l'actualité. La fureur ne s'était pas apaisée. Les journaux continuaient d'annoncer de nouveaux rebondissements. La radio, la télévision se déchaînaient toujours. Grace décida de réagir. Après de nombreuses discussions avec Charles et son conseiller, ils se mirent d'accord. Elle donnerait une interview à l'un des journalistes les plus populaires de la télévision.

— Je ne suis pas sûr que ça les arrêtera, soupira Charles.

Mais, au point où ils en étaient, ça ne pourrait pas leur nuire davantage.

L'entretien aurait lieu une semaine avant l'anniversaire de Grace, durant une des émissions les plus regardées. La chaîne annonça l'événement à grand renfort de publicité et, aussitôt, les paparazzi retournèrent faire le siège de leur maison de campagne. C'était une source d'angoisse constante pour les enfants. Ils s'étaient repliés dans leur coquille, ne sortaient plus, ne voyaient plus leurs amis, refusaient même de leur parler au téléphone. Ils vivaient dans la peur, l'anxiété, la honte peut-être. Pour eux, Grace essayait de mener une existence normale. Mais elle ne pouvait aller faire ses courses sans être abordée par des curieux. Elle comprit vite que la moindre conversation était invariablement dirigée vers sa vie passée, le meurtre, la prison. Les commerçants se comportaient de la même manière. Du garagiste à l'épicier, ils finissaient tous par lui poser les mêmes questions. Son père l'avait-il vraiment violée ? Le tuer avait-il été une expérience traumatisante ? Y avait-il autant de lesbiennes qu'on le dit dans les prisons ?

— Non, là tu plaisantes ! s'exclamait Charles, incrédule, chaque fois qu'elle lui rapportait ce genre de propos.

C'était à devenir fou. Une fois, une femme s'était précipitée vers elle à la station-service en hurlant :

— Pan ! pan ! tu l'as eu, hein, Grace ?

Parfois, elle éclatait de rire, mais, le plus souvent, c'était les larmes qui l'emportaient. Elle reçut une lettre indignée de Cheryl Swanson, de Chicago. Son ancienne patronne avait pris sa retraite. Elle et Bob avaient divorcé, ce qui n'était guère étonnant, et elle ne comprenait pas pourquoi Grace lui avait caché la vérité à l'époque.

— Parce qu'elle ne m'aurait pas embauchée, expliqua-t-elle à Charles.

Chaque jour un courrier volumineux arrivait, sans compter les coups de fil anonymes, ou les simples feuilles blanches sur lesquelles on avait tracé avec du sang le mot *meurtrière*. Ils reçurent une très gentille lettre, compatissante et chaleureuse, de Winnie, établie à Philadelphie, une autre du père Tim, devenu aumônier d'une maison de retraite en Floride. Il leur faisait part de toute sa sympathie, rappelant à Grace qu'elle était une enfant de Dieu.

Elle se le répéta à plusieurs reprises, le jour de l'interview. Les collaborateurs de Charles avaient soigneusement épluché les questions, et elle avait préparé ses réponses. Mais les questions approuvées furent mystérieusement remplacées par d'autres, et on lui demanda, de but en blanc, « ce que cela faisait d'avoir des rapports sexuels avec son père ». L'émission se passait en direct, toutes les caméras étaient tournées vers elle, elle ne pouvait reculer. Du reste, elle n'y songea pas. Elle regarda son interlocuteur droit dans les yeux.

— Ce que *ça fait* ? Avez-vous déjà vu des victimes de mauvais traitements ? Savez-vous ce que certains parents infligent à leurs enfants ? Les viols, les mutilations, les assassinats ? Eh bien, moi je le sais, monsieur. J'ai vu des tout-petits portant sur tout le corps des brûlures de cigarette, ébouillantés, *cassés* au propre comme au figuré. Allez donc leur demander ce que *ça fait*. Ça fait peur ! On vit dans une terreur permanente, dans une honte permanente, dans la hantise qu'à tout instant du jour ou de la nuit votre bourreau revienne.

Un silence pesant suivit. Le journaliste s'éclaircit la gorge.

— En fait... euh... madame Mackenzie, les gens se demandent ce que vous ressentez depuis que votre condamnation à deux ans de prison ferme a été révélée au public.

— Je suis triste... désolée... j'ai subi des sévices abominables accomplis au nom de la sacro-sainte famille. Et j'ai moi-même commis un crime abominable. J'ai tué mon père. J'ai payé, avant, pendant, après. Les révélations de la presse, vingt ans plus tard, n'auront servi qu'à tourmenter inutilement mes enfants et mon mari. Et à induire le public en erreur, sous prétexte de l'informer.

Elle cita les faux témoignages, les obscénités racontées par de parfaits inconnus, sans jamais citer le nom des magazines qui les avaient publiés. Le journaliste esquissa un sourire.

— Pensez-vous vraiment que les lecteurs de ces magazines accordent un crédit quelconque à ce genre d'articles ?

— Alors, pourquoi les achètent-ils ?

L'interview se poursuivit sur un terrain glissant. Mais elle répondit aux questions les plus pernicieuses avec une dignité extraordinaire. Finalement, son interlocuteur lui demanda comment elle avait créé SOS ENFANTS. Elle évoqua alors, d'une voix émue, ses expériences à Sainte-Mary, puis à Saint-Andrew, et sa volonté de combattre la misère, la détresse, le désarroi partout où elle les rencontrait. Il y avait d'autres journalistes dans le studio. Quelques-uns posèrent de nouvelles questions. Mais le vent avait tourné. Elle avait gagné leur sympathie. Charles fut le premier à la féliciter.

Ils fêtèrent son anniversaire seuls chez eux. Abigail, dont c'était l'anniversaire également, était chez des amis. Grace et Charles s'étaient assis paisiblement au bord de la piscine, sous le ciel étoilé. Elle avait refusé d'aller au restaurant, de crainte d'être reconnue par ses voisins de table. Derrière les murs de leur propriété, elle se sentait au calme, en sécurité.

En août, tout était redevenu normal. Les paparazzi s'étaient mis en chasse d'autres scoops, les photographes avaient quitté les environs.

— Tu es aussi populaire qu'avant, déclara Charles.

Ils prirent une semaine de vacances, laissant les enfants avec leur gouvernante. Depuis que le scandale avait éclaté, la santé de Grace s'était détériorée. Les crises d'asthme s'étaient succédé, elle se sentait épuisée. Mais cette fois-ci, elle comprit tout de suite ce qui lui arrivait. Elle était enceinte.

— Comment as-tu réussi à concevoir un bébé au milieu de tant de bruit et de fureur ? la taquina-t-il, quand elle le mit au courant.

Le premier choc passé, il se déclara enchanté.

Ensuite, il s'inquiéta pour elle. Le bébé naîtrait en mars, ce qui voulait dire que pendant les premiers mois de sa grossesse, Grace subirait le stress de la campagne électorale, qui reprendrait dès leur retour à Washington. Elle serait enceinte de cinq mois aux élections. En y songeant, Charles étouffa un gémissement.

— Seigneur, j'aurai cinquante-neuf ans à sa naissance. Et près de quatre-vingts quand il terminera le lycée. Oh, mon Dieu, Grace ! Tu te rends compte ?

— Plains-toi ! Tu as l'air d'avoir trente ans !

En septembre, ils regagnèrent Washington.

Abigail entra au lycée et Andrew eut une petite amie, la fille de l'ambassadeur de France. Matt était en primaire. Charles reprit sa campagne entouré de ses collaborateurs. Ils n'avaient pas encore annoncé aux enfants l'arrivée d'un petit frère ou d'une petite sœur. Grace estimait qu'il était trop tôt encore. Ils avaient décidé d'attendre l'anniversaire de Matt, fin septembre. Grace allait organiser une fête à laquelle son plus jeune fils convierait tous ses amis. Elle avait recommencé à accompagner Charles lors de ses meetings. Depuis des semaines, son nom avait disparu des colonnes des magazines et des chaînes de télévision. Les gens ne se retournaient plus sur son passage, tout semblait être rentré dans l'ordre.

Les choses basculèrent de nouveau par un torride après-midi de septembre, la veille de l'anniversaire de Matt. Grace effectuait les derniers achats pour la fête dans un supermarché. Serviettes en papier, fourchettes et couteaux en plastique, Coca-Cola. Elle avançait vers la caisse, quand elle la vit. Une édition de *Frissons*, le bien-nommé, montrant une photo... Grace s'approcha. C'était *elle*, sur la couverture. Nue. Nonchalamment étendue, tête rejetée en arrière, yeux mi-clos, jambes écartées. On avait imprimé un rectangle noir sur les seins, un autre sur le pubis, et le titre indiquait en lettres de feu : « La femme d'un sénateur a posé pour des photos pornos à Chicago ». Les mains tremblantes, elle ramassa tous les exemplaires, qu'elle jeta dans son chariot.

— Vous les prenez tous ? s'étonna le jeune vendeur.

— Oui. Vous en avez d'autres ?

— Oui, je crois, dans l'arrière-boutique. Vous les voulez aussi ?

— Oui.

Elle quitta le supermarché avec cinquante numéros de *Frissons* et les achats pour l'anniversaire de Matt, courut jusqu'à la voiture comme si elle était poursuivie, le souffle court. Elle ne sortait plus sans son aérosol et dut s'en servir, une fois à l'intérieur du véhicule. Elle démarra, prit la direction de la maison en pleurant à chaudes larmes. Elle avait été stupide. Stupide et naïve, une fois de plus... Elle eut l'impression d'avoir voulu vider l'océan avec une petite cuillère.

Après s'être garée, elle se précipita dans la maison, à bout de souffle. Charles était assis dans la cuisine, l'air effaré. Il avait la même revue entre les mains. L'un de ses collaborateurs venait de la lui apporter. Voyant l'expression désespérée de Grace, son teint livide, celui-ci prit discrètement congé. Charles leva sur sa femme un regard dans lequel elle lut, pour la première fois depuis seize ans, une sorte de désapprobation mêlée de colère.

— C'est quoi, ça, Grace ?

— Je ne sais pas, dit-elle en pleurs, tandis qu'elle s'asseyait près de lui, tremblante. Je ne sais pas.

— Ce n'est pas toi. Ce ne peut pas être toi.

Pourtant, la femme de la photo lui ressemblait. Malgré les yeux fermés, elle était parfaitement reconnaissable.

Soudain, la mémoire lui revint. Marcus Anders. Il l'avait dévêtue, finalement. Elle ne portait qu'un ruban noir autour du cou. Elle vérifia le nom du photographe en bas de la couverture. C'était bien lui. Sa pâleur s'accentua. Charles la regardait.

— Sais-tu qui a pris cette photo ?

Elle fit oui de la tête, morte de honte. Oh, elle n'aurait pas dû le rencontrer, l'aimer, porter ses enfants.

— De quoi s'agit-il, Grace ? Quand as-tu posé pour cette photo ? demanda-t-il d'un ton glacial.

— Je... je ne suis pas sûre d'avoir vraiment... posé, balbutia-t-elle en butant sur les mots. Je suis sortie avec un type à Chicago, je t'en avais parlé.

— J'ignorais qu'il était photographe.

— Il voulait me prendre en photo... pour l'agence...

Sa voix dérapa.

— Quelle agence ?

— L'agence de mannequins dans laquelle je travaillais à l'époque.

Sa vie s'effilochait. C'était fini. Elle n'aurait plus la force de se battre. De se justifier, encore et encore. Si Charles souhaitait divorcer, elle s'inclinerait. Elle n'avait plus rien à perdre. Elle avait déjà tout perdu.

— Ils voulaient que tu fasses des photos pornos ?

— Ils essayaient de me convaincre de devenir top-model. J'ai refusé. Il m'a suppliée de poser pour une série de photos. Juste pour son press-book. Nous étions amis, je lui faisais confiance. C'était le premier homme avec lequel je sortais. J'avais vingt et un ans et aucune expérience. Mes copines le détestaient, et à juste titre. Elles étaient plus intelligentes que moi. Bref, il m'a attirée dans son atelier, il a mis de la musique, et il m'a servi un ou deux verres de vin dans lesquels il avait mis quelque chose. Il m'a droguée. J'ai perdu connaissance et il en a profité pour prendre des photos. Mais je portais un slip et une chemise d'homme, je m'en souviens très bien. Je ne me suis pas déshabillée.

— Tu en es sûre ?

Elle le regarda. Elle ne lui avait jamais menti.

— Non. Je ne suis sûre de rien. J'ai cru qu'il m'avait violée et je me trompais. Je n'ai pas pensé qu'il avait pu retirer mes vêtements. Il ne m'a jamais montré les photos. J'ai réclamé en vain les négatifs. A un moment donné, il m'a laissé entendre que, sous l'empire de la drogue, j'avais signé une autorisation. Je ne l'ai pas cru. J'aurais été incapable de tenir un stylo... J'ai su plus tard qu'il avait montré ces photos au patron de l'agence. Celui-ci m'a dit que les poses étaient suggestives. Mais il a précisé que je portais une chemise... Je n'ai plus jamais revu Marcus. Je n'ai jamais imaginé que des années plus tard, je serais mariée à quelqu'un d'important, et qu'il en profiterait.

Grace regarda à nouveau le magazine. Ce corps nu et alangui, et le ruban noir autour du cou... Elle était droguée, cela sautait aux yeux... à ses yeux en tout cas. En fait, on pouvait s'y méprendre. Elle demeura immobile, et son cœur se serra douloureusement quand elle vit les traits convulsés de Charles. Comment allait-il expliquer cela à ses électeurs, aux médias, à leurs propres enfants ?

— Je ne sais quoi dire. J'ai du mal à croire que tu...

Il s'interrompit. Son menton s'était mis à trembler, et des larmes contenues brillaient dans ses yeux. Elle aurait préféré un éclat, une gifle. N'importe quoi. Mais pas cette expression de chagrin.

— Je n'ai pas posé de mon plein gré, murmura-t-elle, en pleurant elle aussi, certaine que la photo de Marcus sonnait le glas de leur mariage. Il m'a droguée.

— Quelle idiote... marmonna-t-il. Et quel salaud !

Il se leva, monta l'escalier et s'enferma dans leur chambre. Grace ne le suivit pas. Oui, le passé vous rattrape toujours, songea-t-elle amèrement. Elle était marquée à jamais. Maudite jusqu'à la fin des temps. Après l'anniversaire de Matt, elle partirait. Elle sortirait de la vie de

Charles et de leurs enfants. Ils ne souffriraient plus par sa faute.

Le soir, la photo était sur toutes les chaînes. La nouvelle s'était répandue comme une traînée de poudre. Toutes les agences de presse appelaient en même temps. Les collaborateurs de Charles répondaient invariablement qu'il devait s'agir d'une erreur. Une confusion. Il y avait, certes, une certaine ressemblance entre le modèle de la photo et Mme Mackenzie... Non, celle-ci n'avait fait aucun commentaire.

Le lendemain, ce fut pire. Marcus Anders en personne donna une interview sur l'une des plus grandes chaînes nationales. Il avait les cheveux presque blancs maintenant, et son visage était très marqué, mais c'était bien lui. Il affirma, avec un sourire lascif, que, oui, il s'agissait bien de Mme Mackenzie.

— Elle a posé pour moi à Chicago, il y a dix-huit ans. C'était une jolie petite poupée... Et quel tempérament !

— Sans doute avait-elle besoin d'argent, à cette époque, suggéra le journaliste.

— Pas du tout. Elle adorait son métier. Certaines femmes ont du plaisir à s'exhiber.

— Vous a-t-elle donné l'autorisation d'utiliser cette photo, monsieur Anders ?

— Bien sûr, répondit le photographe avec une expression de majesté outragée.

De nouveau la photo envahit l'écran, et Grace sentit monter en elle une bouffée de haine. Peu après, elle appela Me Goldsmith, son avocat, spécialisé dans les cas de diffamation.

— Cette ordure ment. Il n'a aucune autorisation.

— Je verrai ce que je peux faire, Grace. Mais si vous avez posé pour lui et signé quoi que ce soit...

— Je n'ai rien signé. Rien du tout.

— D'accord. Je vous tiens au courant... Mais je vous préviens, vous n'aurez pas gain de cause. La photo est un document, que vous le vouliez ou non. J'espère au moins qu'il n'y en a pas d'autres.

— Je n'en ai aucune idée, gémit-elle. C'est pourquoi je veux porter plainte contre le journal.

— Attention, s'ils ont acheté ce cliché parce que Marcus leur a juré qu'il avait une autorisation écrite de vous, ils sont de bonne foi. La loi les protège.

— La loi protège tout le monde sauf moi. Pourquoi suis-je toujours au banc des accusés ?

Pourquoi était-elle l'éternelle victime ? Elle ne supportait plus l'injustice. Ils n'avaient pas le droit de détruire son mariage et sa famille sous prétexte que Charles s'était lancé dans la politique. Après seize années merveilleuses, le cauchemar avait recommencé. La boucle était bouclée. Le mensonge avait triomphé de la vérité.

Son avocat lui faxa une photocopie de la fameuse autorisation. Sa signature figurait au bas du feuillet. Tremblante, déformée, mais reconnaissable. Marcus avait dû la lui extorquer avant qu'elle ne sombre dans l'inconscience.

La plupart des copains de Matt s'étaient décommandés. Les parents avaient vu la photo à la télévision. Ceux qui avaient amené leurs enfants à la fête avaient regardé Grace avec une évidente curiosité. Charles les avait salués aimablement. Il n'avait pas adressé la parole à sa femme depuis la veille et avait dormi dans la chambre d'amis. Ils avaient, une fois de plus, réuni les enfants pour leur annoncer la nouvelle catastrophe. Matthew baissa la tête, Andrew serra les poings, Abigail fondit en larmes.

— Comment oses-tu nous parler de moralité, ou m'interdire de coucher avec des garçons, alors que tu as été une... une femme de mauvaise vie ? Oh, mais je suppose que tu étais forcée de poser, comme tu étais forcée de coucher avec ton père. Qui t'a forcée cette fois-ci, maman ?

Grace n'avait pas supporté cette attaque. Elle avait giflé Abby, avant de s'en excuser.

— Je n'ai pas posé, Abigail. Du moins pas volontairement. J'ai été droguée et abusée par un photographe de Chicago.

— Oui, bien sûr...

Abby s'était retenue pour ne pas ajouter « on connaît la chanson ». Elle partit peu après chez une camarade de classe, tandis qu'Andrew sortait avec sa petite amie. En dépit du peu d'enfants présents, Matt s'amusa bien pendant la fête. Le soir, au moment où Grace préparait le dîner, Abigail téléphona. Elle avait décidé de rester dormir chez son amie. Grace ne s'y opposa pas. Elle n'en aurait pas eu la force. Andrew, qui rentra vers neuf heures, monta directement dans sa chambre.

Charles travaillait dans la bibliothèque quand Grace monta l'escalier. Lorsqu'il entra dans leur chambre pour chercher un dossier, elle était en train de faire ses valises.

— Qu'y a-t-il encore ?

Penchée sur les bagages, Grace ne se retourna pas.

— Je pense que vous avez suffisamment souffert.

Il retint un soupir. A quoi jouait-elle ? Il s'était mis en colère, et à juste titre. Après mûre réflexion, il avait décidé d'attendre. Il fallait laisser mourir le passé, essayer d'oublier, éviter des discussions susceptibles de raviver les vieilles blessures. Il avait besoin de temps, de solitude. Mais elle ne semblait pas le comprendre.

— Où comptes-tu aller ? demanda-t-il calmement.

— Je ne sais pas. A New York, probablement.

Il sourit.

— Chercheras-tu du travail, là-bas ?

Elle ne s'aperçut pas qu'il plaisantait.

— Oh, oui. Comme star de cinéma porno. J'ai d'excellentes références.

— Grace, murmura-t-il en s'approchant, ne sois pas bête.

Elle se retourna, et le dévisagea.

— Bête ? Tu as raison. Je suis bête au point de détruire la carrière de mon mari. Et de me faire détester par mes propres enfants.

— Ils ne te détestent pas. Ils ne comprennent pas. Moi non plus, d'ailleurs. Mets-toi à notre place. Il est difficile de s'expliquer pourquoi la terre entière semble t'en vouloir.

— C'est pourtant comme ça. Tel est mon destin, apparemment. Je devrais y être habituée, depuis le temps. Mais je n'arrive pas à m'y faire. Ne t'inquiète pas. Sans moi tu remporteras les élections.

— Tu es plus importante à mes yeux que la campagne électorale, dit-il doucement.

— Oh, arrête ! jeta-t-elle d'une voix dure.

Elle se détestait. Elle ne lui avait apporté que des soucis. Oui, elle avait été suffisamment bête pour s'accrocher à un espoir absurde, comme si on pouvait échapper à la fatalité. Elle se tourna vers Charles, mais il avait quitté la pièce.

Il regagna la bibliothèque, en se disant qu'elle finirait bien par se calmer. Et ils passèrent la nuit dans des chambres séparées. Le lendemain, elle prépara le petit déjeuner comme d'habitude.

— Tu ne vas partir nulle part, n'est-ce pas ? dit-il en faisant allusion aux deux valises qui attendaient là-haut.

Elle fit semblant de ne pas comprendre, et il ne voulut pas insister devant Matt et Andrew. Les garçons prirent le chemin de l'école. Charles partit à son tour. Il avait d'importants meetings, ce jour-là. Il n'eut pas l'occasion d'appeler Grace avant midi. Quand il le fit, la sonnerie du téléphone résonna dans le vide.

Il y avait longtemps que Grace n'était plus là. Elle avait écrit à chacun, assise sur le lit, les yeux brouillés de larmes. Elle avait dû s'y reprendre plusieurs fois et avait eu beaucoup de mal à rédiger la lettre pour Matthew. Il était trop jeune pour comprendre pourquoi sa mère l'abandonnait. Elle s'en allait pour leur bien, expliquait-elle dans ses lettres. Parce qu'elle les aimait et qu'elle regrettait toute la peine qu'elle leur avait faite.

Elle avait été l'appât qui avait attiré les requins. Mais à présent, elle allait disparaître. Elle irait à New York pendant quelques jours avant de partir à Los Angeles. Elle chercherait du travail et attendrait le bébé. Ensuite, elle l'enverrait à Charles... à moins qu'il lui permette de le garder.

La confusion, les larmes, le désespoir rendirent sa démarche chancelante. La femme de ménage l'aperçut dans la cour. Peu après, elle entendit ses sanglots venant du garage, mais n'osa s'approcher. Elle savait pourquoi Grace pleurait. Elle aussi avait pleuré quand elle avait vu la photo à la télévision.

Mais Grace ne prit pas la voiture. Elle avait appelé un taxi, qui l'attendait derrière la maison. Elle sortit en portant elle-même ses bagages. La femme de ménage aperçut le taxi qui démarrait par la fenêtre de la cuisine. Elle n'y fit pas attention. Elle croyait Grace toujours dans le garage. Celle-ci avait appelé une de ses amies, qui avait promis d'aller chercher Matthew à l'école. Elle avait laissé les lettres pour Charles et les enfants dans la chambre conjugale.

Le chauffeur prit la direction de l'aéroport Dulles. En cinq minutes, il trouva le moyen de raconter sa vie à sa cliente. Iranien, il avait émigré aux Etats-Unis, un pays merveilleux. Sa femme attendait un bébé. Etc. Grace ne prêta qu'une oreille distraite à ce qu'il disait. Un exemplaire de *Frissons* avec sa photo en couverture reposait sur le siège avant, près du conducteur. Tout en continuant son interminable monologue, il jeta à sa passagère un coup d'œil par-dessus son épaule. Le feu passa au rouge, et il heurta la voiture qui les précédait. Le choc ne fut pas brutal, mais une nouvelle secousse se produisit quand la voiture qui les suivait cogna le pare-choc. Personne n'étant blessé, les conducteurs sortirent des voitures pour constater les dégâts et échanger les numéros de leur permis de conduire et de leurs polices d'assurance. Les transactions durèrent une demi-heure. Grace n'avait pas bougé. Si elle ratait son avion, elle attendrait le vol suivant.

— Ça va ? demanda son chauffeur en regagnant sa place.

L'idée qu'elle pourrait se plaindre à son patron le terrorisait. Il la regarda d'un air implorant, puis un sourire éclaira sa face débonnaire.

— Hé ! dit-il en indiquant la photo sur la revue, vous lui ressemblez.

Dans sa bouche, c'était un compliment que sa cliente ne parut pas apprécier.

— Jolie fille, pas vrai ? Superbe ! (De nouveau, ses yeux allèrent du magazine au visage de Grace, qu'il apercevait dans le rétroviseur... Oui, on aurait dit la même femme. Quoique... Non, peut-être pas.) Elle a épousé un membre du Congrès, poursuivit-il, intarissable, quel veinard !

Ce n'était certainement pas le terme qu'aurait utilisé Charles, et qui aurait pu l'en blâmer ?

A l'aéroport, elle se sentit épuisée. Une raideur à la nuque, due à son petit accident de la route, ne l'inquiéta pas outre mesure. Elle parvint à prendre son avion. Sur la passerelle, une douleur diffuse irradia son bas-ventre. Dans l'avion, elle se sentit mieux. Après l'atterrissage à New York, elle s'aperçut qu'elle saignait, mais pas beaucoup. Ce n'était pas grave. Elle s'allongerait à l'hôtel, et cela s'arrêterait. Elle avait déjà eu des problèmes semblables quand elle attendait Matt ou Andrew. Son médecin lui avait conseillé de rester couchée, et les saignements avaient vite disparu.

Elle donna au taxi l'adresse du Carlyle. L'hôtel, situé à l'angle de la 76e Rue Est et Madison, se trouvait à quelques blocs de son ancien domicile. Elle aimait ce quartier, et ce vieux palace où elle était déjà descendue avec Charles. Elle se laissa bercer par des souvenirs heureux.

Le réceptionniste l'accueillit d'un sourire aimable. Elle avait réservé une chambre par téléphone, sous son nom de jeune fille. Le garçon d'étage l'escorta dans une pièce agréable, tendue de chintz rose. Il y déposa ses bagages, et elle lui tendit un généreux pourboire. Personne n'avait fait allusion à sa ressemblance avec la reine du porno dont la photo figurait sur les couvertures des magazines à sensation.

Grace s'étendit sur le lit, épuisée. S'il était rentré à la maison, Charles avait dû trouver les lettres. Elle n'appellerait pas. Elle sortirait de sa vie, ne se manifesterait plus jamais. La raideur à la nuque s'était accentuée. Elle avait des élancements dans le ventre et dans le dos. La fatigue alourdissait ses paupières. A sa tristesse s'ajoutait une faiblesse étrange. Elle eut l'impression que le plafond tournoyait, puis elle ferma les yeux.

La douleur la réveilla. Il était quatre heures de l'après-midi. Elle se tourna sur le côté en gémissant. Son pantalon et le couvre-lit étaient imprégnés de sang. Elle faillit s'évanouir lorsqu'elle se remit debout. Elle enfila péniblement son imperméable, saisit son sac, se traîna jusqu'à l'ascenseur. En traversant le hall, elle chancela. Une atroce douleur la cassa en deux, mais elle parvint à franchir la porte à tambour. L'hôpital n'était pas loin, il fallait qu'elle y arrive. Sur le trottoir, elle respira à fond l'air tiède et moite de septembre.

— Taxi, miss ? demanda le portier.

Une contraction fulgurante l'empêcha de répondre. Ses jambes flageolèrent, et elle s'accrocha à l'homme en livrée, qui la regarda, impressionné par sa pâleur.

— Ça ne va pas ?

— Euh... pas vraiment... j'ai un problème... Je voudrais aller...

Nouvelle contraction. Horrible. Elle laissa sa phrase en suspens. Le portier plissa les yeux. Ce visage lui était vaguement familier. Un mannequin ? Une actrice de cinéma ? Tant de gens célèbres descendaient au Carlyle... Il avait d'abord pensé qu'elle était ivre morte, mais non ! Elle souffrait, visiblement.

— ... à l'hôpital... parvint-elle à articuler, à bout de forces.

— Vous ne tenez pas sur vos jambes. Prenez un taxi. Il n'aura qu'à traverser Park Avenue. Il y en a un, justement.

Il l'aida à s'installer sur la banquette arrière.

— Hôpital Lenox, vite ! cria-t-il au chauffeur, alors que Grace lui tendait un billet de cinq dollars.

— Merci, je me sens mieux, murmura-t-elle.

Mais, à l'évidence, ça n'allait pas fort. Le taxi fonça dans Park Avenue et, arrivé à l'hôpital, s'engagea vers le service des urgences. Arrivé à destination, le conducteur se tourna vers sa passagère. Il ne la vit pas. Il la découvrit par terre, sur le tapis de la voiture, inconsciente.

15

Les lumières électriques défilaient au-dessus de sa tête, alors que le chariot sur lequel elle était étendue roulait vers une destination inconnue. Ils franchirent des portes battantes, le long d'un couloir interminable, bourdonnant de bruits divers qu'elle ne put identifier. Enfin, le chariot s'arrêta. Une odeur d'éther imprégnait l'air. Elle aperçut une lumière vive. Puis les bruits se précisèrent : des sons métalliques, et une voix répétant inlassablement son prénom. Des visages flous, cachés derrière des masques de chirurgien. Mais que faisaient-ils ? Une atroce douleur l'envahit. Elle voulut se redresser pour les arrêter. La douleur l'engloutit comme un puits noir, et il n'y eut plus que le silence.

Le téléphone se mit à sonner dans la maison de Washington. Il était cinq heures et demie du matin mais Charles ne dormait pas. Il n'avait pas fermé l'œil de la nuit, en priant pour que Grace se manifeste. Il regrettait son attitude. Il s'était comporté comme un idiot, mais les attaques incessantes de la presse avaient eu raison de sa résistance nerveuse. « Oh, Grace ! » Il avait menti aux enfants, et leur avait fait croire que leur mère se trouvait à New York où elle devait donner une conférence à propos de SOS ENFANTS. Cela lui laissait quelques jours pour retrouver Grace. Il avait composé à plusieurs reprises le numéro de leur maison de campagne dans le Connecticut. Pas de réponse. Il avait appelé le Carlyle à New York. Aucune Mme Mackenzie ne figurait sur le registre. Il se demandait si elle ne se cachait pas tout bêtement dans un hôtel à Washington, quand la sonnerie du téléphone retentit. Il décrocha aussitôt.

— Monsieur Mackenzie ?

Une voix féminine inconnue, impersonnelle. Ils avaient trouvé sa carte de visite, dans le sac de la patiente. M. Charles Mackenzie. Et son permis de conduire portait le nom de Grace Mackenzie-Adams.

— Oui ?

Sûrement un appel anonyme. Les lettres d'insultes et les coups de fil avaient afflué, après la parution de la fameuse photo.

— Nous avons une Mme Grace Mackenzie, ici.

— Qui êtes-vous ?

Avait-elle été kidnappée ? Oh, Seigneur !

— L'hôpital Lenox Hill de New York. Mme Mackenzie vient juste de sortir du bloc opératoire. Elle a eu une hémorragie assez importante.

« Oh, mon Dieu, le bébé... » Un étau glacé serra le cœur de Charles.

— Comment va-t-elle ?

— Elle a perdu beaucoup de sang. Mais nous préférons ne pas lui faire de transfusion. (Par les temps qui couraient, ils les évitaient autant que possible.) Et elle a perdu son bébé, poursuivit la voix. Je suis désolée.

— Merci. Est-elle consciente ? Puis-je lui parler ?

— Elle est en salle de réveil. Elle y restera jusqu'à huit heures et demie, neuf heures. Le docteur s'inquiète de sa tension, qui est trop basse actuellement.

— Elle ne peut pas sortir, n'est-ce pas ?

— Je ne crois pas, non, répondit l'infirmière d'un ton surpris. Elle n'en aurait pas la force. Il y avait une clé de l'hôtel Carlyle dans son sac. J'ai appelé là-bas, mais le concierge m'a dit qu'elle était arrivée seule.

— Merci... Merci de m'avoir appelé. J'arrive ! Je serai là dès que possible.

Il raccrocha, bondit du lit, griffonna un mot à l'intention des enfants, prétextant un rendez-vous d'affaires matinal. Il s'habilla et se précipita dans sa voiture sans même prendre le temps de se raser. A six heures et demie, il arriva au parking de l'aéroport. A sept heures, il était dans l'avion pour New York. Les hôtesses et les stewards, qui l'avaient reconnu, restèrent impassibles. Ils lui servirent le petit déjeuner et lui apportèrent le journal, comme à n'importe quel autre passager. Durant le vol, il resta immobile, le visage tourné vers le hublot.

Ils atterrirent à huit heures et quart. Un peu après neuf heures, il traversait à grandes enjambées le hall de l'hôpital Lenox. Deux aides-soignants poussaient le chariot de Grace, quand Charles sortit de l'ascenseur. Il les suivit. Dans sa chambre, Grace leva sur lui de grands yeux embrumés.

— Comment es-tu venu ? demanda-t-elle.

Les aides-soignants l'avaient installée dans son lit et avaient quitté la pièce. Elle paraissait épuisée, à en juger par sa pâleur mortelle.

— En avion.

Il lui saisit la main. Il ignorait si elle savait pour le bébé.

— Je crois que je suis tombée, murmura-t-elle confusément.

— Où ça ?

— Je ne me rappelle pas. J'ai pris un taxi à Washington et quelqu'un nous est rentré dedans... (Avait-elle rêvé ? Elle ne s'en souvenait plus.) Ensuite, j'ai eu des douleurs épouvantables. (Elle le regarda, soudain alarmée.) Où suis-je ?

— A l'hôpital Lenox. A New York.

346

Il s'était assis sur une chaise en vinyle, près du lit, et lui tenait toujours la main. Son teint cendreux l'inquiétait. Il avait hâte de parler au médecin de garde.

— Qui m'a emmenée ici ?

— Un chauffeur de taxi. Il paraît que tu as perdu connaissance dans la voiture. Encore ivre ! plaisanta-t-il.

Elle éclata en sanglots. Elle venait de toucher son ventre et l'avait senti étrangement plat sous sa paume. Elle était dans son troisième mois de grossesse, et le petit renflement qui avait poussé là avait disparu. La mémoire lui revint d'un seul coup. Les contractions. Les saignements. Personne ne l'avait prévenue. Charles se pencha vers elle.

— Grace ? Mon amour, je t'aime. Je t'aime plus que tout. Je veux que tu le saches.

Ses sanglots redoublèrent. Elle pleurait sur elle-même, sur Charles et leurs enfants, sur le petit être qui ne verrait jamais le jour.

— Mon bébé... j'ai perdu mon bébé...

Il l'entoura de ses bras. Leurs larmes se mêlèrent.

— Je suis navré, ma chérie. Si j'avais été moins idiot, j'aurais compris que tu avais vraiment l'intention de partir. J'ai failli mourir quand j'ai lu ta lettre.

— As-tu donné mes lettres aux enfants ?

— Non. Je les ai gardées. Je voulais te retrouver et te ramener à la maison. Oh, mon Dieu, si je t'avais retenue au lieu de jouer les indifférents, tu n'aurais pas eu cet accident.

— Chut... fit-elle doucement. Ce n'est la faute de personne. C'est peut-être arrivé à cause de toutes ces pressions que nous avons subies. Ce n'était sans doute pas le bon moment...

— Il n'y a pas de mauvais moment. Je veux un autre bébé avec toi, murmura-t-il avec tendresse. Je veux réussir notre vie. Repartir de zéro.

— Moi aussi.

Il lui caressa les cheveux, couvrit son visage de baisers. Il attendit que Grace s'endorme avant d'aller s'entretenir avec le médecin. Mme Mackenzie se sentirait faible pendant quelques jours, lui apprit ce dernier. Elle avait perdu énormément de sang. Oui, elle pourrait avoir d'autres enfants, mais il ne le recommandait pas.

— Il faut que Mme Mackenzie se repose, conclut-il. Restez un jour ou deux à votre hôtel avant de retourner à Washington. Une fois rentrée, qu'elle reste alitée, pendant une quinzaine de jours. Il ne faut pas prendre une fausse couche à la légère.

Grace quitta l'hôpital l'après-midi même. Il la conduisit au Carlyle, la mit au lit, appela la réception. Alors qu'elle se reposait, il téléphona à ses collaborateurs à Washington. Il serait absent quarante-huit heures, expliqua-t-il. Il répéta la même chose à leur femme de ménage, la priant d'annoncer aux enfants qu'il avait rejoint leur mère à New York et que tous deux rentreraient après-demain. Elle lui promit de rester auprès d'eux.

— Et voilà, dit-il à Grace en raccrochant. Repose-toi, essaie de reprendre des forces et de tout oublier.

Lorsqu'ils avaient quitté l'hôpital, l'infirmière de garde s'était tournée vers le médecin-chef.

— Vous savez qui ils sont, docteur ?

Il avait esquissé un signe de dénégation. Le nom des Mackenzie ne lui disait rien.

— C'était Charles Mackenzie, le député du Connecticut, et sa femme, une star du porno. Vous ne lisez donc pas les journaux ?

— Ça dépend lesquels, répondit-il, amusé.

Le lendemain matin, après une bonne nuit de sommeil, Grace se sentait mieux. Elle parvint à terminer son petit déjeuner mais n'eut pas la force de se lever. Elle téléphona à son ancien obstétricien, qui eut la gentillesse de lui rendre visite. Des vitamines, du repos, et de la patience, prescrivit-il. En l'accompagnant jusqu'à l'ascenseur, Charles lui fit part des inquiétudes du médecin de l'hôpital Lenox.

— Vous n'avez aucun souci à vous faire, le rassura l'obstétricien. Occupez-vous plutôt de son rétablissement. Elle est anémiée, après une telle perte de sang.

— Oui. Dernièrement, la vie n'a pas été très rose pour nous.

— Je sais. J'ai lu les journaux. Vous ne méritez pas ça. J'en suis navré.

L'ascenseur arriva. Après avoir pris congé du praticien, Charles retourna auprès de sa femme. L'après-midi s'écoula lentement. Enlacés sur le lit, ils regardèrent de vieux films à la télé, et se firent monter leur repas. Le lendemain, une limousine vint les chercher pour les conduire à l'aéroport. Une fois sur place, Charles installa Grace sur une chaise roulante. Il avait pensé la ramener à Washington par la route, puis s'était ravisé. L'avion était plus rapide, et plus confortable. Arrivés à Washington, Charles pilota sa femme, assise sur sa chaise roulante, à travers l'immense aérogare. Devant le kiosque à journaux, ils aperçurent une affichette qui annonçait : « La femme d'un sénateur se fait avorter à New York. » Sous la phrase s'étalait une photo de Grace, prise lors d'une réception. De nouvelles larmes jaillirent des yeux de la jeune femme. Elle pleurait encore quand Charles l'aida à monter dans la voiture qu'il avait laissée au parking deux jours plus tôt.

— Grace, je t'aime, ma chérie. Sois forte. Ne les laisse pas nous détruire.

— Non, murmura-t-elle, sans pouvoir s'arrêter de pleurer.

Heureusement, cette fois-ci, la radio et la télévision ne firent pas écho au magazine à scandale. D'un commun accord, Grace et Charles ménagèrent la sensibilité à fleur de peau de leurs enfants. Maman avait eu un accident dans un taxi à New York, leur expliqua-t-il. Et comme ils ignoraient qu'elle était enceinte, il ne parla pas de la fausse couche.

Le lendemain, Grace était encore très faible. Tout à la joie de la revoir, ses enfants l'entourèrent d'affection. Abby alla jusqu'à lui apporter le petit déjeuner au lit. Vers midi, elle put descendre au rez-de-chaussée. Elle s'apprêtait à boire sa première gorgée de thé, quand elle les vit par la fenêtre du salon. Des manifestants, brandissant des panneaux sur lesquels on pouvait lire : « Assassin », « Meurtrière », « Tueuse d'enfants », « Avorteuse »... Une crise d'asthme foudroyante la terrassa. Elle réussit à appeler Charles. Le cauchemar continuait. De nouveau, il demanda à la police d'intervenir. Un car arriva une demi-heure plus tard. Entre-temps, une équipe de reporters avait rejoint la foule. Les manifestants refluèrent vers le trottoir d'en face d'où ils scandèrent des slogans qui achevèrent d'exaspérer Grace. Charles arriva peu après. Des huées saluèrent son passage, les reporters se ruèrent vers lui, brandissant leurs micros.

— Ma femme a eu un accident de voiture, se contenta-t-il de dire.

Lorsque les enfants rentrèrent de l'école, les manifestants s'étaient dispersés. Quelques photographes arpentaient encore la chaussée. Dans la cuisine, Grace préparait le dîner, comme si ces gestes quotidiens pouvaient conjurer le mauvais sort. Charles eut beau lui ordonner de monter se reposer, elle refusa de lui obéir :

— Pas question. Nous reprenons une existence normale. Je ne permettrai plus à personne de nous empoisonner la vie.

— Tu pourrais peut-être différer de quelques jours cette démonstration de force.

— Non !

Elle se mit à table, pâle et épuisée, mais déterminée à se battre. Le dîner se déroula dans une ambiance presque gaie. Abby s'était calmée. La nouvelle épreuve qu'ils traversaient avait soudé à jamais leur famille. Andrew traita les journalistes de vampires.

— Si je m'écoutais, je les insulterais de la fenêtre de ma chambre, fulmina-t-il. Tout le monde éclata de rire, y compris Grace.

— Attention, dit-elle cependant. Sinon, le nom des Mackenzie va encore faire la une des magazines à scandale !

Après le dîner, Abby aida sa mère à débarrasser la table.

— Maman, ce n'est pas vrai, cette histoire d'avortement, n'est-ce pas ?

Evidemment, elle avait lu les manchettes.

— Non, ma chérie.

— J'en étais sûre.

— Je n'aurais jamais avorté. J'adore ton père et nous voudrions avoir un autre enfant.

— Tu crois que ce sera possible ?

— Pour le moment, c'est difficile à dire. Ton pauvre père a tant de soucis.

— Toi aussi, dit Abby, avec ferveur. J'ai parlé de toi avec la mère de Nicole. Elle m'a dit qu'elle était navrée, et que les journalistes racontent n'importe quoi pour faire augmenter les tirages. Je me suis rendu compte combien tu devais souffrir. Je ne voulais pas rendre les choses encore plus pénibles. Tu ne m'en veux pas, maman ?

— Bien sûr que non, dit Grace en posant un baiser sur les cheveux soyeux de sa fille, qui la prit par la taille.

— Excuse-moi, maman.

Elles restèrent enlacées un long moment, avant de gagner l'étage, bras dessus bras dessous, sous le regard ému de Charles. La vie reprenait son cours, l'amour qui les liait viendrait à bout des incessants coups du sort. Quelques jours s'écoulèrent dans le calme. A la fin de la semaine, *Frissons* publia une autre photo de Grace. A l'évidence, Marcus avait réalisé une série. Elle portait en tout et pour tout le ruban de velours noir autour du cou. Et elle arborait la même pose lascive, vue sous un angle différent qui rendait l'expression de son visage encore plus suggestive. La colère la suffoqua.

— Quelles sont leurs intentions ? Publier tout l'album ? s'emporta-t-elle.

M⁰ Goldsmith répéta son laïus habituel. L'autorisation qu'elle avait signée donnait carte blanche au photographe. Devant l'insistance de Grace, il secoua la tête. Marcus Anders était le propriétaire légal de ces photos. Il avait le droit d'en disposer comme bon lui semblait. Aucune loi, aucun amendement ne protégeait la vie privée des hommes et des femmes célèbres.

— Et si je proposais à cette ordure de lui racheter les photos ? demanda Grace à son mari, en désespoir de cause.

— Surtout pas, répondit Charles. Il en profiterait pour te faire chanter. Et puis, il a probablement signé un contrat d'exclusivité avec *Frissons*. Il a dû toucher une coquette somme.

— Tant mieux pour lui. Mais il pourrait au moins me reverser une commission.

Il rit, mais Grace ne décolérait pas. La semaine suivante, elle accepta d'accompagner Charles à un meeting. Elle fut accueillie par ses collaborateurs avec chaleur. Mais quelque chose d'insidieux s'était glissé dans leur amabilité habituelle. La campagne battait son plein. Il était difficile d'évaluer les dégâts causés par la parution des photos auprès de l'électorat.

Un troisième cliché parut quinze jours plus tard. Ce jour-là, Matt revint de l'école en pleurant. L'un de ses camarades avait insulté sa maman, expliqua-t-il, quand Grace voulut connaître la cause de ses larmes. Il a dit un gros mot, ajouta-t-il. Elle eut l'impression de recevoir une gifle mais ne broncha pas.

— Quel gros mot ? questionna-t-elle avec un calme feint.

— Tu sais bien, répondit-il, l'air malheureux. Celui qui commence par P.

Il se remit à pleurer. Grace l'attira doucement dans ses bras. L'envie de fuir la submergea de nouveau.

— Mon chéri... je suis désolée...

Le lendemain, le même incident se produisit. Matt rentra, inconsolable. Plus tard, une altercation éclata entre ses parents. Grace voulait emmener les enfants dans le Connecticut. Charles s'y opposait. Ils devaient se battre sur le terrain, affirma-t-il, et Grace répliqua, furieuse, qu'elle refusait de sacrifier sa famille à une campagne électorale. Matt, resté dans sa chambre, les entendit se déchirer. Il en conclut que, par sa faute, ses parents ne s'aimaient plus. Lorsque Grace monta pour le border, il n'était plus là. Abby, pendue au téléphone, ne l'avait pas vu. Andrew non plus. La jeune femme redescendit au rez-de-chaussée.

— Où est Matt ? demanda-t-elle à Charles.

— Il n'est pas dans sa chambre ?

Ils échangèrent un regard affolé. Leurs appels restèrent sans réponse. Pas de trace du petit garçon à l'intérieur, ni dans le jardin.

— Mon Dieu, il n'a pas pu sortir, murmura Charles, livide. Nous l'aurions vu passer.

— Pas obligatoirement, répondit Grace. (Puis, à mi-voix :) Tu crois qu'il nous a entendus ?

— Peut-être.

Le spectre d'un nouveau malheur profila son ombre hideuse. Si Matt errait dans les rues de Washington à cette heure tardive, il courait toutes sortes de dangers. Un kidnapping. Une mauvaise rencontre. Une fois de plus, ils se précipitèrent dans la chambre de leur fils cadet. Un rectangle blanc posé sur la commode attira leur attention. Un mot de Matt.

« Maman, papa, je ne veux plus que vous vous disputiez à cause de moi. Je pars. Je vous aime. Embrassez Bisou. » (C'était le nom du labrador.)

Paniquée, Grace serra le feuillet sur sa poitrine.

— Oh, mon Dieu, où peut-il bien être ?

— Je ne sais pas. Je vais appeler la police.

— Ça ne risque pas d'alerter les paparazzi ?

— Je m'en fiche ! Je veux le retrouver ce soir, avant qu'il lui arrive quelque chose.

Les policiers arrivèrent dans le quart d'heure. Ils commencèrent par se montrer rassurants. Des gosses de cet âge n'allaient jamais très loin, dirent-ils. Quand ils faisaient une fugue, ils restaient la plupart du temps à proximité de leur domicile. Ils notèrent les noms et les adresses des amis de Matthew, réclamèrent une photo récente, et la description des vêtements qu'il portait au moment de sa disparition. Ils remontèrent ensuite dans les voitures pie, qui démarrèrent en trombe. Charles et Grace restèrent à la maison, au cas où Matt réapparaîtrait. Hagards, ils s'assirent dans le salon. La pendule égrenait les minutes avec une lenteur effrayante. Les policiers revinrent une demi-heure plus tard. Ils entendirent le crissement des pneus sur le gravier et bondirent vers l'entrée, entourés d'Andrew et Abby. Ils poussèrent des cris de soulagement quand le petit garçon descendit de voiture, escorté par les enquêteurs. Ils l'avaient localisé à deux pâtés de maisons de là, assis sur un banc, en pleurs. Il ne leur avait opposé aucune résistance, expliqua l'un des officiers avec un sourire indulgent.

— Mon Dieu, Matt, pourquoi es-tu parti ? demanda Grace en le prenant dans ses bras.

Jusqu'alors, aucun de ses enfants ne s'était enfui. Mais elle savait bien que la pression qu'ils subissaient était trop forte.

— Papa et toi, vous vous êtes disputés à cause de moi, dit Matt tristement.

Il avait eu une peur bleue dehors, dans la nuit.

— Nous ne nous sommes pas disputés. Nous discutions.

— Non. Vous étiez en train de crier.

— Les grandes personnes se disputent parfois, concéda Charles en l'attirant sur ses genoux. Ça n'est pas bien grave.

Les policiers avaient pris congé après avoir promis de ne pas ébruiter l'affaire. Les journaux n'auraient eu aucun scrupule à s'en emparer. Ils n'avaient plus de vie privée, se dit Grace, au comble du désespoir.

— Maman et moi, nous nous aimons beaucoup, et tu le sais.

— Oui, papa. Mais tout a changé. Mes copains à l'école n'arrêtent pas de se moquer de moi, et maman pleure tout le temps, alors...

Grace serra les dents. C'était la vérité.

— Rappelle-toi ce que je t'ai dit l'autre jour, Matthew, déclara posément Charles. Il faut que nous soyons très forts. « Tous pour un, un pour tous. » Tu t'en souviens ?

— Oui, marmonna Matt, à moitié convaincu.

Sa mère le mit au lit. Il s'endormit dès que sa tête toucha l'oreiller. Bisou alla se coucher sur le tapis, comme pour monter la garde. Grace quitta la chambre de son fils, le cœur serré.

La semaine suivante, nouvelle photo sur la couverture de *Frissons*. La plus érotique de toutes... L'objectif avait saisi Grace de face, mettant en relief l'expression sensuelle de ses traits. Les lèvres entrouvertes, les yeux écarquillés, comme en extase. Nue, évidemment. Elle fixa le cliché sans un mot. Jour après jour, semaine après semaine, les pièces du monstrueux puzzle s'emboîtaient. Il fallait que ça s'arrête. Il le fallait à tout prix.

Elle saisit le combiné. D'une main qui ne tremblait plus, elle composa le numéro de *Frissons*. M. Anders n'était pas à Chicago, ni à New York, lui apprit obligeamment une standardiste, mais à Washington. Grace parvint aisément à lui extorquer son adresse en se faisant passer pour un de ses anciens modèles. Marcus ne lui avait pas laissé le choix. Peu importait ce qu'il adviendrait d'elle par la suite, maintenant elle allait passer à l'action.

Dommage d'en être arrivée là, pensa-t-elle avec lassitude. Mais aucun regret ne vint altérer sa décision. Dans le coffre-fort de Charles, elle découvrit rapidement ce qu'elle cherchait : le revolver qu'il avait acheté des années plus tôt. Il était en parfait état. Prêt à fonctionner.

Elle prit sa voiture. Les enfants étaient à l'école, Charles au travail. Personne ne savait ce qu'elle allait faire...

Vingt minutes plus tard, elle sonnait à l'interphone d'un immeuble situé à F Street. La porte s'ouvrit presque aussitôt. Personne n'avait songé à lui demander qui elle était. Il devait y avoir pas mal de passage, là-haut... Elle emprunta le couloir. La porte du studio, entrouverte, lui permit de jeter un coup d'œil à l'intérieur. Marcus était seul, le dos tourné. Equipé d'un appareil photo sophistiqué, il photographiait une coupe de fruits posée sur une table recouverte d'une nappe damassée. Il ne se retourna pas quand Grace pénétra dans la pièce.

— Salut, Marcus.

Elle s'était exprimée d'un ton léger, comme si elle avait plaisir à le revoir. Sa voix basse, presque sensuelle, ne lui était pas familière.

— Oui ? Qui est-ce ?

Il se tourna vers elle, un petit sourire aux lèvres, et l'enveloppa d'un regard admiratif. Soudain, l'ayant reconnue, il se figea. Elle braquait sur lui un pistolet et un sourire vengeur éclairait ses traits fins.

— Je ne sais pas pourquoi je n'y ai pas pensé plus tôt, dit-elle en toute simplicité. N'appuie pas sur le bouton, sinon je tire. Et pose ton appareil, il pourrait tomber.

Sa voix, claire et nette, avait perdu son accent sensuel de tout à l'heure. Livide, il s'exécuta.

— Allons, Grace... Tâche de comprendre. Je gagne ma vie.

— Mais pas honnêtement, répliqua-t-elle sèchement.

— C'étaient de belles photos. Les plus belles que j'aie jamais faites.

— Elles sont immondes. Comme toi. Tu n'es qu'une ordure, Marcus. Tu m'avais juré que tu ne m'avais pas déshabillée.

— J'ai menti.

— Tu as dû me faire signer la fameuse autorisation, alors que j'étais pratiquement inconsciente.

Elle paraissait parfaitement calme. Trop calme. Et froide. Elle allait le tuer, il en eut subitement conscience. Il l'avait poussée à bout, et il récoltait maintenant la monnaie de sa pièce.

— Grace, je t'en prie. Ressaisis-toi. Je te donnerai les négatifs.

— Je me fiche des négatifs. Je vais te tuer, Marcus. Je n'ai pas besoin d'autorisation écrite pour ça. Juste d'une arme.

— Pour l'amour du ciel, ce ne sont que des photos.

— Avec lesquelles tu as détruit ma vie... mes enfants... mon mari... mon mariage.

— Ton mari n'est qu'un imbécile, sinon, il ne t'aurait pas épousée. Tu n'es pas une affaire au lit, *madame Mackenzie* ! Même droguée tu étais un vrai glaçon.

Il cherchait à gagner du temps. En fait, il avait peur.

— Oui, un glaçon, poursuivit-il méchamment. Je suis bien placé pour le savoir.

— Tu n'as jamais couché avec moi, dit-elle.

— Et comment ! J'en ai la preuve. D'autres prises de vue, autrement plus intéressantes que celles que j'ai vendues à *Frissons*.

— Tu es un malade mental !

D'une légère pression du pouce, elle dégagea le cran de sécurité, qui émit un déclic métallique. Le visage de Marcus se décomposa.

— Grace, tu ne vas pas tirer !

— Oh si ! Tu l'as bien mérité.

— Tu retourneras en prison, bredouilla-t-il.

Il fondit en larmes et son nez se mit à couler. Il était pathétique. Durant les dix-neuf dernières années, il avait tiré le diable par la queue, et avait trempé dans des combines pas toujours très légales. Il était au bout du rouleau, et quand le scandale avait éclaté, il avait cru avoir trouvé la solution à tous ses problèmes financiers.

— Eh bien, j'y retournerai, répondit-elle froidement. Mais toi, tu seras mort.

Il tomba à genoux.

— Non, je t'en supplie. Je te donnerai toutes les photos, même celle sur laquelle tu es avec ce type. C'est de la dynamite... mais je suis prêt à te les donner. Et pour rien.

Il sanglotait à présent.

— Quel type ? Nous étions seuls dans le studio.

— Elles sont là, dans mon coffre. Je vais les chercher.

— Tu ne bouges pas. Tu dois avoir une arme quelque part. Je n'ai pas besoin de tes œuvres d'art.

— Tu ne veux pas les voir ?

— C'est ton cadavre que je veux voir, ordure !

A présent, sa main tremblait. Sans comprendre pourquoi, en regardant Marcus, effondré à ses pieds, elle crut voir le visage de Charles, puis celui de Matthew... Si elle tuait cet homme, elle ne les reverrait plus, sauf dans des parloirs garnis de barreaux... Elle eut envie de les serrer contre son cœur, Charles et Matthew, Abigail et Andrew.

— Lève-toi ! ordonna-t-elle.(Marcus se redressa, secoué de sanglots.) Et cesse de pleurnicher.

— Grace, pitié, ne tire pas.

Elle recula lentement vers la porte. Elle allait sûrement le tuer maintenant, pensa-t-il, terrifié. Il eut l'impression de se trouver devant un peloton d'exécution, et renifla pitoyablement. Grace l'observa un instant. Sa haine avait fait place à un incommensurable mépris.

— Espèce de lâche ! lança-t-elle. Tu gagnes ta vie en pourrissant celle des autres. Tu me dégoûtes. Tu ne mérites même pas une balle de revolver.

Croyant sa dernière heure arrivée, Marcus avait fermé les yeux. Il entendit un claquement de porte. Lorsqu'il rouvrit les yeux, elle n'était plus là. Ses pleurs redoublèrent et il s'affala sur le plancher, tremblant des pieds à la tête. Il avait du mal à croire qu'il était encore vivant.

Grace rentra chez elle. Elle remit le revolver à sa place. Ensuite, elle appela Charles.

— Chéri, il faut que je te parle.

— Ça ne peut pas attendre jusqu'au déjeuner ?

— Si, bien sûr.

Elle avait vaincu ses propres démons, songea-t-elle, encore frissonnante. Si elle avait tiré sur Marcus, à l'heure qu'il était, elle serait en route vers le poste de police le plus proche, les menottes aux poignets... Elle avait failli basculer dans la folie. Dieu merci, elle s'était ressaisie à temps.

— Tu vas bien ? s'alarma Charles.

— Très bien. Beaucoup mieux que ces derniers temps.

— Pourquoi ? Tu as tué quelqu'un ? la taquina-t-il.

Il ne croyait pas si bien dire.

— Presque, répondit-elle, amusée.

— Rendez-vous au Rivage, à treize heures.

— Entendu. Je t'aime, Charles.

Ils ne s'étaient pas donné rendez-vous depuis des années. Arrivée la première, elle le regarda entrer avec un joyeux petit pincement au cœur. Il s'assit, commanda un verre de vin (Grace ne buvait jamais à midi), et ils choisirent leurs plats. Lorsqu'ils furent servis, elle commença à parler. Il l'écouta jusqu'au bout, sans l'interrompre. Seule sa pâleur trahissait son émotion. Ayant terminé son récit, elle le regarda d'un air penaud. Elle avait perdu la tête, acheva-t-elle timidement.

Charles émit un doux sifflement.

— C'est Matt qui a raison. J'ai intérêt à bien me tenir, sinon tu es capable de me tuer.

Il sourit, et elle éclata d'un rire frais, heureuse de ne pas avoir commis l'irréparable. Marcus Anders ne méritait pas un tel sacrifice.

— Exactement, mon cher. Ne l'oublie pas.

Pourtant, elle savait pertinemment que plus jamais elle ne recommencerait.

— Moi aussi j'ai quelque chose à t'avouer, dit Charles. Oh, rien d'aussi palpitant, je te rassure.

Il avait longuement réfléchi. A la lumière des derniers événements, il sut qu'il avait pris la bonne décision. Il n'osait imaginer ce qui serait advenu d'eux si Grace avait assassiné le photographe.

— Je vais me retirer de la campagne électorale, Grace. Ça ne vaut pas la peine de continuer. Je te l'ai déjà dit à New York : je veux vivre heureux avec toi, repartir de zéro. Je n'ai cessé d'y penser depuis. Le prix de la gloire est trop élevé.

— Tu en es sûr ? Comment occuperas-tu ton temps ?

S'il renonçait au siège sénatorial maintenant, les portes du monde politique se refermeraient pour longtemps, peut-être même pour toujours.

— Je trouverai bien quelque chose, sourit-il. Six ans à Washington, c'est bien assez. On rentre chez nous.

— Mais tu ne reviendras pas ?

— J'en doute. Le jeu n'en vaut pas la chandelle. Notre amour, notre bonheur avec nos enfants nous ont valu l'animosité des envieux. Ils sont nombreux, tu sais... J'en ai assez de passer ma vie à m'inquiéter, à me battre contre la jalousie. J'ai cinquante-neuf ans, je suis fatigué. Il est grand temps d'aller planter notre tente ailleurs.

Ironie du sort, il avait convoqué les journalistes à une conférence de presse au moment même où Grace tenait Marcus en joue.

Il l'annonça le soir même aux enfants. Contre toute attente, ils furent déçus. Ils s'étaient habitués à la vie trépidante de la grande ville. Ils déclarèrent qu'ils allaient s'ennuyer à mourir dans le Connecticut. Ils ne s'amusaient guère à Greenwich, sauf en été.

— Qu'à cela ne tienne, dit leur père. Changeons carrément de décor. Un voyage en Europe nous ferait le plus grand bien. Londres, la France, la Suisse peut-être, pendant un an ou deux, ça vous dit ?

Abby prit un air horrifié, et Matthew parut réticent.

— Qu'est-ce qu'il y a en Suisse, papa ?

— Des vaches ! jeta Abby, dégoûtée. Et des chocolats.

— C'est d'accord pour moi. J'adore les vaches et le chocolat, exulta son petit frère. On pourra emmener Bisou, papa ?

— Oui. Sauf si nous allons en Angleterre.

— Bon, alors je vote contre Londres, répondit Matt aussitôt.

Andrew opta pour la France, ce qui n'étonna personne. Le père de sa petite amie avait été rappelé à Paris.

— Je pourrais obtenir un poste dans la filiale parisienne de mon ancien cabinet juridique. A moins que nous n'allions nous installer quelque part dans le Midi. Nous avons le choix, les enfants.

Il leur sourit et enlaça Grace. Ils allaient laisser derrière eux les remous du scandale. Tel un capitaine, il s'apprêtait à redresser la barre, afin de conduire son bateau à bon port. Ils avaient bien failli faire naufrage dans la tourmente.

Il appela Roger Marshall pour s'excuser. Son ami se montra compréhensif. Il aurait agi de même à la place de Charles, dit-il. Il pensait que dans un futur proche, de nouvelles opportunités se présenteraient, mais Charles ne voulut rien entendre.

Le lendemain matin, il se rendit à la conférence de presse, le cœur léger. Devant l'attroupement des journalistes, il déclara qu'il se retirait officiellement de la campagne sénatoriale. Pour des raisons personnelles, précisa-t-il.

— Est-ce que ces raisons ont un rapport avec les photos à caractère pornographique publiées par *Frissons*, monsieur le député ? Ou avec le séjour en prison de votre femme ?

Quels charognards ! pensa-t-il, écœuré. Le journalisme avait perdu ses titres de noblesse. Il n'était plus au service de la vérité. Sous le manteau de la fameuse liberté de la presse, les médias, ivres de leur pouvoir, s'engageaient dans la fange de la calomnie. Ils vous poignardaient dans le dos et ne cessaient de frapper que lorsque le sang coulait.

— A ma connaissance, ma femme n'a jamais posé pour ce genre de photos, répondit-il d'un ton sans réplique.

Des questions fusèrent de toutes parts.

— Et l'avortement, c'était vrai ?... Retournerez-vous au Congrès dans deux ans ?... Quels sont vos projets politiques ?... Un poste dans un cabinet ministériel ?... Au cas où le président serait réélu ?... Votre femme a-t-elle tourné dans des films pornos à Chicago ?

— Je vous remercie, mesdames et messieurs, pour votre gentillesse et votre courtoisie durant ces six dernières années. Au revoir et merci.

Il les salua, puis quitta la salle bondée, sans un regard en arrière. Dans deux mois, à la fin de son mandat au Congrès, il serait libre.

16

Le dernier cliché fut publié par *Frissons* quinze jours après la conférence de presse de Charles. Marcus avait fait des pieds et des mains pour rompre son contrat, mais la rédaction du magazine n'avait rien voulu entendre. Ils avaient conclu un marché pour toute la série de photos, il était hors de question d'en interrompre la parution. Marcus avait été payé et il avait dépensé l'argent. Il vivait dans la terreur permanente de voir resurgir Grace, revolver au poing. Cette fois-ci, elle ne l'épargnerait pas. Il commença par se terrer dans son atelier, puis plia bagage. Il avait renoncé à vendre la photo sur laquelle on la voyait avec un homme, dans une posture plus que compromettante. Une prise de vue exceptionnelle, plus vraie que nature... mais qui n'intéressait plus les journalistes. Mackenzie avait démissionné, tout ce qui touchait à lui ou à sa femme était de l'histoire ancienne.

Trois jours plus tard, les agences de presse reçurent un curieux appel téléphonique. Il émanait d'un homme qui dirigeait un laboratoire de photographie à New York. Il avait été escroqué, déclara-t-il. Marcus Anders avait gagné près d'un demi-million de dollars sur son dos. Il aurait dû se douter, dès le début, que Marcus manigançait quelque chose de louche. Il n'y avait pensé que quand les photos avaient commencé à être diffusées. Et il avait mieux compris où Marcus voulait en venir, quand le scandale avait éclaboussé Mme Mackenzie, acculant son mari à démissionner. Comme il s'estimait lésé, il avait décidé de parler.

José Cervantes — c'était son nom — passait pour le meilleur truqueur de la profession. Son habileté et la qualité de ses retouches lui avaient valu une abondante clientèle de photographes honnêtes, et de crapules comme Anders. Il pouvait coller la tête de Margaret Thatcher sur les épaules massives d'Arnold Schwarzenegger. Un simple raccord, et le tour était joué. Pour les photos de Grace, il avait eu recours à un mince ruban noir. Il avait passé en revue, avec Marcus, plusieurs photos de modèles nus et leur choix s'était arrêté sur un corps lascif, dans des poses impudiques. Son complice l'avait assuré qu'il s'agissait d'une blague, et il l'avait cru. Quand les photos avaient paru dans *Frissons*, il n'avait pas osé se manifester, de crainte d'être accusé de fraude. Puis il avait réfléchi. En soi, le trucage de photos n'a rien de répréhensible, c'est un métier comme un autre. Il avait déjà mis ses talents au service d'agences de publicité ou de maisons d'édition, pour des couvertures de livre ou des affiches de cinéma, sans que cela tire à conséquence. Mais avec Marcus, c'était différent. La manière dont le photographe avait utilisé les documents était illégale. Là résidait la malveillance, la fameuse « intention de nuire », si difficile à prouver...

Car Marcus Anders avait tout mis en œuvre pour salir la réputation de Grace. Il ignorait tout de ses années de prison et avait complètement oublié les fameuses photos. Il ne s'en était souvenu que lorsque le premier scandale avait éclaté. Il avait lu les articles à propos du meurtre de John Adams, et avait fait le rapprochement. Il avait vu alors le moyen de faire fortune et avait ressorti les vieux clichés pour les confier à José. Ensuite, il les avait vendus à *Frissons*. Toutes les photos étaient truquées. Les originaux montraient Grace vêtue d'une chemise d'homme blanche. Sur certaines, elle portait même un jean. L'expression de son visage, alors qu'elle gisait à moitié inconsciente, avait aidé au montage. De fait, on aurait juré qu'elle sortait des bras de son amant. Un amant imaginaire, comme tout le reste.

Les aveux de José Cervantes jetèrent une fois pour toutes le discrédit sur *Frissons*. Me Goldsmith, l'avocat des Mackenzie, jubilait. Une plainte pour fraude, escroquerie et malveillance fut déposée contre Marcus, qui s'était volatilisé. Le bureau du procureur lança un avis de recherche contre le photographe. En attendant qu'on le retrouve, le rédacteur en chef du magazine fut assigné à comparaître pour diffamation.

Les Mackenzie, eux, respiraient enfin. Ils avaient célébré Noël en famille dans le Connecticut, puis étaient revenus fermer la maison de R Street. Un jeune député, originaire de l'Alabama, la leur avait achetée.

— Est-ce que Washington va te manquer ? demanda Grace à Charles lors de leur dernière nuit à Georgetown alors qu'ils se reposaient dans leur vaste lit.

Elle se sentait toujours responsable de ce qui s'était passé. Son mari n'allait-il pas, un jour, regretter son rêve brisé ? Il l'assura que non. Avoir été au Congrès pendant six ans lui avait permis d'accomplir ses devoirs de législateur. Mais aujourd'hui, au terme de cette longue et douloureuse épreuve, il était sûr que sa famille comptait davantage que la politique, et le bonheur plus que le pouvoir.

Il avait eu plusieurs propositions dans le secteur privé et, naturellement, ses anciens associés souhaitaient qu'il reprenne ses fonctions au sein du cabinet juridique. Mais il n'avait donné aucune réponse. Pour l'instant, ils allaient souffler. Ils sillonneraient l'Europe pendant six ou huit mois. Leur périple les conduirait en Suisse, en France, en Angleterre. Il avait inscrit les enfants dans deux écoles de renom, à Genève et à Paris. Bisou serait hébergé par des amis à Greenwich jusqu'au retour de ses maîtres, l'été suivant. Il ne restait plus qu'à fermer la maison.

Le lendemain, Grace et les enfants étaient déjà dans la voiture quand le téléphone sonna. Charles s'assurait qu'ils n'avaient rien oublié. Il avait trouvé le ballon de football de Matt et une vieille paire de chaussures sous le porche... Tout le reste avait disparu. La maison était vide.

Il décrocha machinalement. Il eut du mal à reconnaître son correspondant, un fonctionnaire du ministère des Affaires étrangères, qu'il avait croisé lors de soirées officielles au Capitole. Il ne savait pratiquement rien sur lui, sauf qu'il faisait partie de l'entourage du président et que c'était un ami de Roger Marshall.

— Le président souhaiterait vous voir aujourd'hui, si vous avez un moment, dit-il.

Charles se demanda pourquoi. Le chef de l'Etat voulait sans doute le saluer, avant qu'il ne parte. Pourtant, c'était étrange. Il devait y avoir une raison plus importante. Mais laquelle ?

— Nous étions sur le point de repartir dans le Connecticut. Nous quittons Washington. Les enfants sont dans la voiture.

— Faites une brève halte à la Maison-Blanche. On trouvera de quoi occuper vos chères têtes blondes. Le président dispose d'un petit quart d'heure à onze heures moins le quart. Cela vous convient-il ?

Charles avait peut-être envie de claquer des portes derrière lui, mais sûrement pas celle du bureau ovale.

— Oui, si vous pouvez supporter trois gosses excités comme des puces et un chien capricieux.

— J'en ai cinq, répondit son interlocuteur en riant. Et un cochon, que ma femme m'a offert à Noël.

— Dans ce cas, nous arrivons.

Il sortit et mit sa famille au courant de ce léger changement d'itinéraire. Les enfants en restèrent bouche bée.

— Le président est ton copain, papa ? s'extasia Matt, plein de fierté.

— De quoi s'agit-il ? voulut savoir Grace, tandis qu'ils prenaient la direction de Pennsylvania Avenue. Vont-ils te pousser à te présenter aux présidentielles dans quatre ans ? Dis-leur que tu n'as pas le temps.

— Entendu, répondit-il dans un rire.

Il les laissa dans la voiture et suivit un garde. Les enfants se virent offrir une visite éclair, et un jeune Marine hérita du labrador.

Pendant ce temps, dans le bureau ovale, le président serrait chaleureusement la main de Charles. Il regrettait qu'il ait abandonné la campagne sénatoriale, dit-il, mais comprenait parfaitement son geste. Parfois, des questions d'ordre privé supplantent la raison d'Etat. Charles remercia son hôte de son soutien. Washington lui manquerait, acheva-t-il, mais il espérait qu'ils se reverraient.

— Je l'espère aussi, dit le président avec un sourire. Quels sont vos projets, monsieur Mackenzie ?

Charles les lui révéla. D'abord, à la fin de la semaine, ils partaient skier en Suisse.

— Et la France ? demanda son hôte d'un ton détaché.

Ils visiteraient la Normandie et la Bretagne, expliqua Charles, après quoi les enfants iraient à l'école à Paris.

— Quand pensez-vous arriver là-bas ?

— En février ou en mars. Nous resterons jusqu'aux vacances scolaires, c'est-à-dire jusqu'en juin. Nous ferons un saut en Angleterre et un mois plus tard, nous rentrerons chez nous. Il faudra bien que je me remette au travail.

— Pourquoi pas en avril ?

— Je vous demande pardon, monsieur ? fit Charles, étonné, et le sourire du président s'élargit.

— Je vous demandais si vous ne voudriez pas vous mettre au travail en avril.

— Mais je serai encore à Paris...

— Ce n'est pas un problème. Je dirais même que ça tombe bien. Notre ambassadeur en France va prendre sa retraite en avril, pour des raisons de santé, je crois. Un poste d'ambassadeur à Paris pendant deux ou trois ans vous tenterait-il ? Ensuite, ce sera le moment de préparer les prochaines élections. Dans quatre ans, nous battrons le rappel de nos meilleurs hommes, Charles. J'aimerais vous voir parmi eux.

— Ambassadeur ? En France ? murmura Charles d'un air abasourdi. Puis-je en parler à mon épouse avant de vous donner ma réponse ?

— Naturellement.

— Je vous tiendrai au courant le plus tôt possible.

— Prenez votre temps. Il s'agit d'un poste intéressant. Je crois qu'il vous plaira, mon cher.

— Oui, je le crois aussi.

Charles descendit au rez-de-chaussée, tout excité. Rien qu'à sa démarche, Grace devina l'importance de l'entretien. Il fallut une éternité pour rassembler les enfants et le labrador et les faire monter dans la voiture. Puis, tout le monde se mit à poser des questions en même temps.

— Alors, papa, qu'est-ce qu'il t'a dit, le président ?

Il démarra et quitta la résidence présidentielle.

— Oh, rien, les politesses habituelles, « bon voyage » ; « donnez de vos nouvelles » ; « envoyez-nous des cartes postales » ; etc.

— *Papa !* se plaignit Abby, alors que Grace le poussait doucement du coude.

— Vas-tu nous le dire, à la fin ?

— Peut-être. Qu'est-ce que j'aurai en échange ?

— Dépêche-toi, sinon je te jette de la voiture, menaça-t-elle.

— Ecoute-la, papa, l'avertit Matt, et tout le monde pouffa, tandis que le chien aboyait furieusement.

— D'accord, d'accord. Il a dit que nous étions les gens les plus mal élevés qu'il ait jamais connus et qu'il ne voulait plus nous voir ici... (Sa déclaration souleva des cris d'indignation, et il sourit.) Si mal élevés, en fait, qu'il aimerait que nous restions en Europe...

— Tant mieux, plaisanta Andrew.

Il avait hâte de revoir sa petite amie.

Charles lança à Grace un coup d'œil de biais.

— Il m'a offert l'ambassade des Etats-Unis en France, dit-il tranquillement, tandis qu'à l'arrière de la voiture les enfants poussaient des hurlements de joie.

— Vraiment ? dit-elle, surprise. Quand, maintenant ?

— En avril.

— Et qu'as-tu répondu ?

— Que j'allais vous demander votre avis, à vous tous, avant de prendre une décision. Qu'en penses-tu, ma chérie ?

Il lui lança un nouveau coup d'œil, tandis qu'ils traversaient Washington et dépassaient un panneau de signalisation indiquant la direction de Greenwich.

— Je pense que nous sommes les gens les plus chanceux de la terre.

Elle était sincère. Ils avaient échappé aux flammes de l'enfer et en étaient revenus, tous unis.

— Sais-tu ce que je pense aussi ? reprit-elle dans un murmure, en se penchant vers lui.

— Quoi donc ?

— Je crois que je suis enceinte, chuchota-t-elle, afin que les enfants ne puissent l'entendre.

Ils échangèrent un sourire.

— J'aurai quatre-vingt-deux ans quand celui-ci finira le lycée. Mais mieux vaut arrêter de compter... Nous l'appellerons François, je suppose ?

— Ou Françoise, corrigea-t-elle, et il se mit à rire.

— Ou les deux si on a des jumeaux... Est-ce que ça veut dire que nous allons nous établir pendant quelque temps en France ?

— Ça m'en a tout l'air.

Sur la banquette arrière, les enfants chantaient des chansons françaises à tue-tête. Andy était aux anges.

— J'espère que tu ne vois pas d'inconvénient à accoucher là-bas ? dit-il doucement.

— Pas du tout. Y a-t-il un endroit plus merveilleux que Paris pour mettre un enfant au monde ?

— Donc, tu dis oui.

— J'insiste !

— Il voudrait que nous soyons de retour dans trois ans pour participer à la nouvelle campagne présidentielle... J'hésite... Je n'ai aucune envie de revivre le même cauchemar.

— La prochaine fois, il n'y aura plus de problèmes. Ils ne pourront plus nous persécuter.

— Il est vrai qu'après le coup de Trafalgar de ce crétin, nous aurons peut-être les moyens d'acheter *Frissons*.

Goldsmith comptait exiger des dommages et intérêts substantiels.

— Oh, oui ! Nous y mettrons le feu, suggéra-t-elle, avec un sourire vengeur.

— Avec joie !

Il se pencha pour effleurer son front d'un baiser rapide. A l'arrière, les enfants continuaient de chanter. Comme si rien ne s'était jamais passé. Leur amour et leur entente avaient effacé les mauvais souvenirs.

— Washington, *au revoir* ! crièrent Andy, Abby et Matt en français, à la vue du Potomac.

Avant de traverser le pont, Charles jeta un ultime regard vers la ville où tant de rêves étaient nés, puis avaient disparu. Il haussa les épaules.

— Allez, en avant !

Grace se pelotonna contre lui, le visage illuminé d'un sourire radieux.

Vous avez aimé ce livre ?
Vous souhaitez en savoir plus sur Danielle STEEL ?
Devenez, gratuitement et sans engagement, membre du
CLUB DES AMIS DE DANIELLE STEEL
et recevez une photo en couleurs dédicacée.

Il vous suffit de renvoyer ce bon accompagné d'une enveloppe timbrée à vos nom et adresse, au *CLUB DES AMIS DE DANIELLE STEEL - 12, avenue d'Italie - 75627 PARIS CEDEX 13.*

CLUB DES AMIS DE DANIELLE STEEL
12, avenue d'Italie - 75627 Paris cedex 13

NOM :
PRÉNOM :
ADRESSE :

CODE POSTAL :
VILLE :
Pays :

Age :
Profession :

La liste de tous les romans de Danielle Steel publiés aux Presses de la Cité se trouve au début de cet ouvrage.
Si un ou plusieurs titres vous manquent, commandez-les à votre libraire. Au cas où celui-ci ne pourrait obtenir le ou les livres que vous désirez, écrivez-nous pour le (ou les) acquérir par l'intermédiaire du Club.

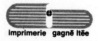

imprimerie   gagné ltée

IMPRIMÉ AU CANADA